英語 Make Me High 系列

108課綱、全民英檢中高級適用

進階英文字彙力 4501~6000 PLUS+

丁雍嫻 邢雯桂
盧思嘉 應惠蕙 編著

音檔 習題本 APP

丁雍嫻
學歷／國立臺灣師範大學英語學系學士
國立臺灣師範大學英語學系研究所暑期班
經歷／國立新竹女子高級中學

邢雯桂
學歷／國立中央大學英美語文學系學士
美國新罕布夏大學英語教學碩士
經歷／國立新竹女子高級中學

盧思嘉
學歷／國立彰化師範大學英語學系學士
英國伯明罕大學英語教學碩士
經歷／國立新竹女子高級中學

應惠蕙
學歷／國立臺灣師範大學英語學系學士
國立臺灣師範大學英語學系碩士
經歷／國立新竹女子高級中學、華東臺商子女學校

三民書局

序

英語 Make Me High 系列的理想在於超越，在於創新。
這是時代的精神，也是我們出版的動力；
這是教育的目的，也是我們進步的執著。

針對英語的全球化與未來的升學趨勢，
我們設計了一系列適合普高、技高學生的英語學習書籍。

面對英語，不會徬徨不再迷惘，學習的心徹底沸騰，
心情好 High！
實戰模擬，掌握先機知己知彼，百戰不殆決勝未來，
分數更 High！

選擇優質的英語學習書籍，才能激發學習的強烈動機；
興趣盎然便不會畏懼艱難，自信心要自己大聲說出來。
本書如良師指引循循善誘，如益友相互鼓勵攜手成長。
展書輕閱，你將發現……
學習英語原來也可以這麼 High！

使用說明 ▶▶▶

符號表

符號	意義
[同]	同義詞
[反]	反義詞
～	代替整個主單字
-	代替部分主單字
< >	該字義的相關搭配詞
( )	單字的相關補充資訊
▲	符合 108 課綱的情境例句
💡	更多相關補充用法
___ /___	不同語意的替換用法
___/___	相同語意的替換用法

略語表

1. adj. 形容詞
2. adv. 副詞
3. art. 冠詞
4. aux. 助動詞
5. conj. 連接詞
6. n. 名詞
   [C] 可數
   [U] 不可數
   [pl.] 複數形
   [sing.] 單數形
7. prep. 介系詞
8. pron. 代名詞
9. v. 動詞
10. usu. pl. 常用複數
11. usu. sing. 常用單數
12. abbr. 縮寫

圖片來源：Shutterstock

習題本附冊

1. 一回一卷，每卷共 15 題。
2. 每讀完一回單字，就用習題本附冊檢測實力。
3. 解答可裁切，核對答案好方便。

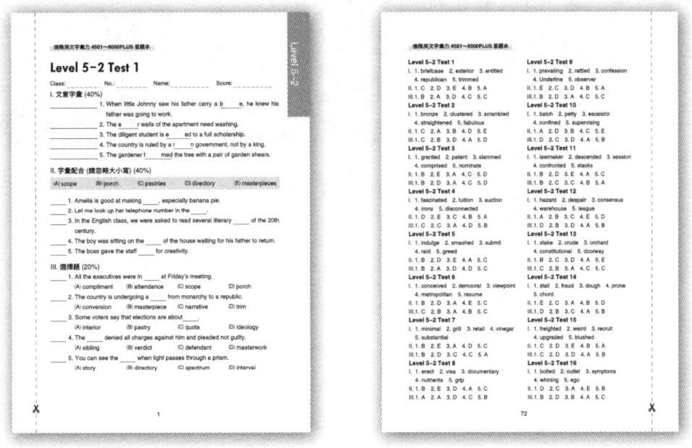

電子朗讀音檔下載方式

請先輸入網址或掃描 QR code 進入「三民・東大音檔網」。
https://elearning.sanmin.com.tw/Voice/

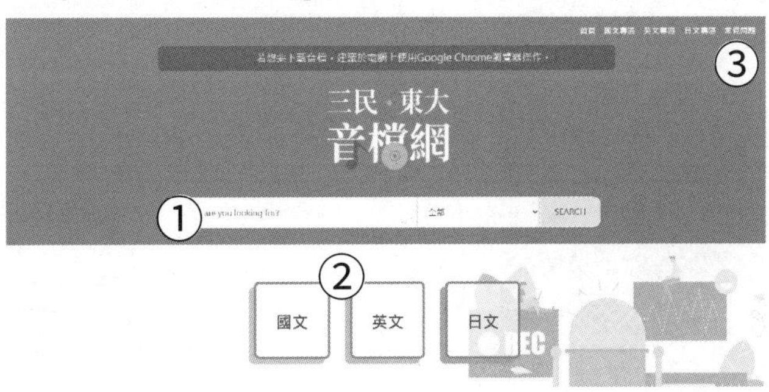

三民東大外文組-英文	若有音檔相關問題，歡迎聯絡我們 ④ 服務時間：週一-週五，08:00-17:30 ⑤ 臉書粉絲專頁：Sanmin English - 三民英語編輯小組

① 輸入本書書名即可找到音檔。請再依提示下載音檔。
② 也可點擊「英文」進入英文專區查找音檔後下載。
③ 若無法順利下載音檔，可至「常見問題」查看相關問題。
④ 若有音檔相關問題，請點擊「聯絡我們」，將盡快為你處理。
⑤ 更多英文新知都在臉書粉絲專頁。

部分音檔來源：https://soundoftext.com/

英文三民誌 2.0 APP

掃描下方 QR code，即可下載 APP。

Android　　iOS

開啟 APP 後，請點擊進入「英文學習叢書」，尋找《進階英文字彙力 4501~6000PLUS》。

使用祕訣

① 利用「我的最愛」功能，輕鬆複習不熟的單字。

② 開啟 APP 後，請點擊進入「三民 / 東大單字測驗」用「單字測驗」功能，讓你自行檢測單字熟練度。

目次

嗨！你今天學習了嗎？

閱讀完一個回次後，你可以在該回次的◯打勾並在 12/31 填寫完成的日期。

一起培養進階英文字彙力吧！

(Level 6 Unit 1—Unit 40、PLUS Unit 1—Unit 10 請見下一頁喔)

Level 6 Unit 1—Unit 40

PLUS Unit 1—Unit 10

Unit 1

1 **attendance**
[ə`tɛndəns]

n. [U] 出席 <in, at>

▲All the executives were **in attendance at** yesterday's meeting. 所有的主管都出席了昨天的會議。

💡take attendance 點名 | regular/poor attendance at school 都有／不常去上學

---

2 **briefcase**
[`brifkes]

n. [C] 公事包

▲My neighbor usually wears a suit and carries a **briefcase** to work. 我的鄰居通常都穿著西裝、提個公事包去上班。

---

3 **clinical**
[`klɪnɪkl̩]

adj. 臨床的

▲**Clinical trials** show that the new medicine is quite effective. 臨床試驗證明這個新藥相當有效。

---

4 **compliment**
[`kɑmpləmənt]

n. [C] 讚美 <on>

▲The whole class **paid** the student great **compliments on** her speech. 全班都很讚賞那位學生的演講。

💡take sth as a compliment 把…視為稱讚

compliment
[`kɑmplə,mɛnt]

v. 讚美，稱讚 <on>

▲The judges all **complimented** us **on** our performance. 評審都稱讚我們的表演。

---

5 **conversion**
[kən`vɝʒən]

n. [C][U] 轉變 <to, from, into>

▲The country is undergoing a **conversion from** monarchy **to** democracy. 該國正在從君主政體轉變為民主政體。

---

6 **defendant**
[dɪ`fɛndənt]

n. [C] 被告

▲The **defendant** denied all charges and pleaded not guilty. 被告否認所有指控，不肯認罪。

---

7 **directory**
[də`rɛktərɪ]

n. [C] 姓名地址錄，通訊錄，名錄 (pl. directories)

▲Joe found the company's number in the **telephone directory**. Joe 在電話簿裡找到那家公司的電話號碼。

business directory 企業名錄

8 **entitle** [ɪn`taɪtl̩]

v. 為 (書籍等) 命名；使享有…資格或權利 <to>

▲The magazine **is entitled** *Newsweek*.
這本雜誌名為《新聞週刊》。

▲The membership **entitles** you **to** a 50% discount.
憑會員資格可享有五折折扣。

entitle sb to do sth 使有權做…

9 **exterior** [ɪk`stɪrɪɚ]

n. [C] 外表 [反] interior

▲The teacher hid his anger behind a calm **exterior**.
老師平靜的外表下隱藏著怒火。

the exterior of a building 建築物的外部

exterior [ɪk`stɪrɪɚ]

adj. 外部的 [反] interior

▲The **exterior** walls of the building are made of glass.
這棟建築物的外牆是用玻璃做的。

10 **gloomy** [`glumɪ]

adj. 沮喪的；陰暗的 (gloomier | gloomiest)

▲My aunt was very **gloomy** after losing her job.
我的阿姨失業後很沮喪。

▲Those kids shone the flashlight into the **gloomy** cellar.
那些孩子們點亮手電筒照陰暗的地下室。

11 **ideology** [ˌaɪdɪ`ɑlədʒɪ]

n. [C][U] 意識形態，思想體系 (pl. ideologies)

▲Some people say that elections are about **ideology**.
有些人說選舉和意識形態有關。

12 **interval** [`ɪntɚvl̩]

n. [C] (時間或空間的) 間隔

▲The singer returned to the stage after an **interval** of two years. 那位歌手隔了兩年後重返舞臺。

at regular intervals 相隔一定的時間或距離

13 **masterpiece** [`mæstɚˌpis]

n. [C] 傑作 [同] masterwork

▲Van Gogh's *Sunflowers* is considered a **masterpiece** of Impressionist art. 梵谷的〈向日葵〉被視為印象派藝術的傑作。

14 **narrative**

[ˋnærətɪv]

n. [C] 故事，敘述 [同] story

▲This novel is a **gripping narrative** of the explorer's adventures across the Sahara Desert.

這本小說是引人入勝的橫跨撒哈拉沙漠探險故事。

narrative

[ˋnærətɪv]

adj. 敘述的

▲Epics such as *The Iliad* and *The Odyssey* are **narrative** poems. 像是〈伊利亞德〉和〈奧德賽〉這樣的史詩是敘事詩。

---

15 **pastry**

[ˋpestrɪ]

n. [U] 油酥麵團；[C] (派、塔等) 油酥糕點 (pl. pastries)

▲Cut the **pastry** into small pieces and then roll them into balls. 將油酥麵團切成小塊然後把它們搓成球狀。

▲The couple had some **pastries** and tea for breakfast.

那對夫妻吃了一些油酥糕點配茶當早餐。

---

16 **porch**

[pɔrtʃ]

n. [C] 門廊

▲On summer nights, Ted and his family would sit on the **porch** and gaze up at the stars.

在夏天的夜晚，Ted 和家人會坐在門廊上看星星。

---

17 **quota**

[ˋkwotə]

n. [C] 配額，限額 <of, on>

▲The boxer avoids exceeding her daily **quota of** calories so as not to gain weight.

那名拳擊手為了不要增加體重而避免攝取超過每日配額的卡路里。

💡 introduce/lift a quota on sth 對…設定／解除限額

---

18 **republican**

[rɪˋpʌblɪkən]

n. [C] 共和主義者

▲Many **republicans** want an elected leader instead of a king or queen.

許多共和主義者想要經由選舉產生領導人，而不要國王或女王。

republican

[rɪˋpʌblɪkən]

adj. 共和的

▲In a country with a **republican** government, the ruler with real power is an elected leader, instead of a king or queen.

在有共和政體的國家中，擁有實權的統治者是經由選舉產生的領導人，而不是國王或女王。

---

19 **scope** [skop]

n. [U] 範圍 <of, beyond, within>；機會 <for> [同] potential

▲The task lies **beyond the scope of** the novice's ability. 這件工作在那位新手的能力範圍之外。

▲There's still **scope for** improvement. 還有改善的機會。

widen/narrow the scope of sth 擴大／縮小…的範圍

---

20 **sibling** [ˋsɪblɪŋ]

n. [C] 手足，兄弟姊妹

▲Tom has 4 **siblings**: 2 brothers and 2 sisters. Tom 有四個兄弟姊妹：兩個兄弟、兩個姊妹。

sibling rivalry 手足鬩牆，兄弟姊妹之間的競爭

---

21 **spectrum** [ˋspɛktrəm]

n. [C] 光譜；範圍 <of> (pl. spectra, spectrums)

▲When light passes through a prism, you can see the **spectrum**. 當光線通過三稜鏡時，你可以看見光譜。

▲I am interested in a **wide spectrum of** intellectual activities. 我對各式各樣的益智活動很感興趣。

---

22 **stink** [stɪŋk]

n. [C] 臭味 <of>

▲Do you smell a **stink**? 你有聞到臭味嗎？

the stink of smoke/sweat 菸／汗臭味｜cause a stink 引起軒然大波｜give sb the stink eye 非常不滿地看著…

stink [stɪŋk]

v. 發出惡臭 <of>；讓人感到糟糕，討厭 (stank, stunk｜stunk｜stinking)

▲That drunk's breath **stank of** alcohol and smoke. 那個酒鬼的呼氣有酒臭味和菸臭味。

▲Your plan **stinks**. 你的計畫糟透了。

---

23 **testify** [ˋtɛstə,faɪ]

v. (尤指出庭) 作證 <for, against>

▲The victim's neighbor **testified that** she heard a gunshot. 被害人的鄰居作證說聽到一聲槍響。

testify for/against sb 作有利／不利於…的證詞

---

24 **trim** [trɪm]

v. 修剪；削除 <off>；裝飾 <with> (trimmed｜trimmed｜trimming)

▲I got my hair **trimmed**. 我剪頭髮了。

▲The butcher **trimmed** the fat **off** the meat.
肉販把肉的脂肪切除。
▲Let's **trim** the Christmas tree **with** ribbons.
我們來用緞帶裝飾耶誕樹吧。

trim [trɪm]
n. [C] 修剪 (usu. sing.)
▲Kate's hair needs a **trim**. Kate 該剪頭髮了。

trim [trɪm]
adj. 苗條健康的 (trimmer | trimmest)
▲Ann keeps **trim** by swimming. Ann 靠游泳來保持苗條健康。

---

25 **verdict** [ˋvɝdɪkt]
n. [C] 判決，裁決
▲It took the jury 5 hours to **reach a verdict** of not guilty.
陪審團花了五個小時才做出無罪裁決。

Unit 2

1 **attic** [ˋætɪk]
n. [C] 閣樓
▲The kids found boxes of old books and letters in the **attic**.
那些孩子們在閣樓發現好幾箱舊書和信件。

---

2 **bronze** [brɑnz]
n. [U] 青銅；[C] 銅牌 [同] bronze medal
▲The statue is made of **bronze**. 這座雕像是青銅做的。
▲My sister got a **bronze** in the 400-meter race.
我姊在四百公尺賽跑中得到銅牌。
the Bronze Age 青銅器時代

bronze [brɑnz]
adj. 古銅色的
▲The designer wanted the model to be a young man with **bronze** skin. 設計師希望模特兒是有古銅色肌膚的年輕男性。

bronze [brɑnz]
v. 使成古銅色
▲The athlete's skin has **been bronzed** by the sun.
太陽將那位運動員的皮膚曬成古銅色。

3 **cluster** [ˋklʌstɚ]
n. [C] 串，團，群
▲Sightseers were standing in a **cluster** around the famous statue. 觀光客在那座著名的雕像旁圍成一團。
💡a cluster of grapes/stars 一串葡萄／一群星星

cluster [ˋklʌstɚ]
v. 聚集，群集 <around>
▲Tim and his friends **clustered around** the campfire. Tim 和朋友們聚集在營火周圍。

---

4 **comply** [kəmˋplaɪ]
v. 遵從，遵守 <with>
▲All of us should **comply with** the epidemic control regulations. 我們都應該要遵守防疫規定。

---

5 **convict** [kənˋvɪkt]
v. 宣判…有罪 <of>
▲That man over there was **convicted of** theft and fraud. 那邊那個男人被判犯了竊盜和詐騙罪。

convict [ˋkɑnvɪkt]
n. [C] 囚犯
▲The police are chasing the escaped **convict**. 警方正在追捕逃犯。

---

6 **defy** [dɪˋfaɪ]
v. 違抗
▲The couple got into trouble because they openly **defied** the law. 那對情侶因為公然違法而惹上麻煩。

---

7 **disapprove** [ˌdɪsəˋpruv]
v. 不贊同，不認可，反對 <of> [反] approve
▲Eunice **strongly disapproves of** drunk driving. Eunice 強烈反對酒駕。

disapproval [ˌdɪsəˋpruvl̩]
n. [U] 不贊同，不認可，反對 <of> [反] approval
▲The principal expressed **strong disapproval of** their plan. 校長對他們的計畫表示強烈反對。
💡shake sb's head in/with disapproval 搖頭表示反對

---

8 **entity** [ˋɛntətɪ]
n. [C] 獨立存在的個體，實體
▲These countries are all regarded as **separate entities**. 這些國家都被視為獨立的實體。

---

9 **fabulous**
[ˋfæbjələs]
adj. 很棒的 [同] wonderful
▲I am a big fan of the **fabulous** dancer.
我是這位很棒的舞者的熱烈崇拜者。

---

10 **gorgeous**
[ˋgɔrdʒəs]
adj. 非常漂亮的，很美的；美好的，令人愉快的 [同] lovely
▲Jenny looked **gorgeous** in her new dress.
Jenny 穿著新洋裝非常漂亮。
▲What a **gorgeous** day! 多麼美好的一天！

---

11 **idiot**
[ˋɪdɪət]
n. [C] 笨蛋
▲It's not polite to talk down to people as if they were **idiots**.
以居高臨下的態度跟人說話、彷彿人家是笨蛋似的，這樣很無禮。

idiotic
[ˌɪdɪˋɑtɪk]
adj. 愚蠢至極的
▲What an **idiotic** question! 這是什麼愚蠢的問題啊！

---

12 **intervention**
[ˌɪntɚˋvɛnʃən]
n. [C][U] 干涉，介入 <in>
▲People are opposed to **military intervention in** other countries' affairs. 人們反對軍事干涉他國事務。

---

13 **mattress**
[ˋmætrəs]
n. [C] 床墊
▲Many people prefer to sleep on soft **mattresses**.
很多人比較喜歡睡軟的床墊。

---

14 **negotiation**
[nɪˌgoʃɪˋeʃən]
n. [C][U] 商議，協商，談判 <with, between, under>
▲The treaty is still **under negotiation**. 條約還在協商中。
💡in negotiation with sb on sth 與…針對…進行協商

---

15 **patch**
[pætʃ]
n. [C] 補丁；(與周圍不同的) 一小片 <of>
▲The frugal farmer often wears jeans with **patches** on the knees. 那位節儉的農民常穿著膝蓋上縫有補丁的牛仔褲。
▲Spotty is a white dog with black **patches** on its back.
Spotty 是一隻背上有黑色斑塊的白狗。
💡a patch of shade 一片陰涼處

patch
[pætʃ]
v. 補綴，修補
▲I have to **patch** my jeans; the knees are torn.
我必須把牛仔褲補一補，膝蓋部分都磨破了。

💡patch things up with sb 和…重修舊好｜patch up sth 修補 (物品、關係)

16 **practitioner** [præk`tɪʃənɚ]
n. [C] (醫界等的) 從業人員
▲Dr. Lin is a **practitioner** of Chinese medicine. 林醫師是中醫從業人員。
💡medical/legal practitioner 醫生／律師

17 **racism** [`resɪzəm]
n. [U] 種族歧視
▲Many immigrants stood together to fight against **racism**. 許多移民團結對抗種族歧視。

18 **resemblance** [rɪ`zɛmbləns]
n. [C][U] 相似 <to, between>
▲That boy **bears** a close **resemblance to** his father. 那個男孩長得非常像他的父親。
💡striking resemblance between A and B …和…非常相似之處

19 **scramble** [`skræmbl̩]
v. (手腳並用地) 攀爬；爭搶 <for>
▲Those mountain climbers **scrambled** along the edge of the cliff. 那些登山者沿著懸崖邊攀行。
▲The children **scrambled for** the candy. 孩子們爭奪糖果。
💡scramble to sb's feet 急忙站起來

scramble [`skræmbl̩]
n. [sing.] 攀登；爭搶 <for>
▲It is quite **a scramble** to get to the top of the mountain. 到山頂得攀爬好一段路。
▲There was **a scramble for** good seats in the bus. 大家爭著搶在巴士上的好位子。

20 **siege** [sidʒ]
n. [C][U] 圍攻；包圍
▲The town was **under siege** in the war. 這座城鎮在戰爭中被圍攻。
▲Dozens of journalists **laid siege to** the politician's office. 眾多記者包圍了那位政治人物的辦公室。
💡withstand a siege 抵抗圍攻｜raise/lift a siege 解除圍攻

21 **speculate**
v. 推測 <about, on>；做投機買賣 <in, on>

[ˋspɛkjə͵let] ▲Bob don't want to **speculate about** the future.
Bob 不想推測未來。
▲He made a big fortune by **speculating in** the stock market.
他靠著在股市做投機買賣賺了一大筆錢。

speculation [͵spɛkjəˋleʃən]
n. [C][U] 推測 <about>
▲There has been much **speculation about** the future.
對未來的推測一直都很多。
pure/mere speculation 毫無根據的臆測

---

22 **straighten** [ˋstretn̩]
v. 弄直 <out>；整理 <up>
▲The clerk **straightened** his tie before entering the office.
那位職員在進辦公室之前先把領帶弄直。
▲Judy **straightened up** the documents on the desk before leaving the office. Judy 下班前先將桌上的文件整理好了。
straighten up 挺直身體 | straighten sth out 弄直…；解決…

---

23 **theology** [θiˋɑlədʒɪ]
n. [U] 神學
▲John wants to study **theology** and philosophy at college.
John 想在大學研讀神學和哲學。

---

24 **triple** [ˋtrɪpl̩]
adj. 三倍的；由三部分組成的
▲The applicant demanded **triple** pay.
那名應徵者要求三倍的工資。
▲That professional athlete's trainer is a **triple** champion.
那位職業選手的教練曾得過三屆冠軍。

triple [ˋtrɪpl̩]
v. (使) 成為三倍
▲The staff tried their best to **triple** the profits of the company. 全體員工努力要使公司的獲利成為三倍。

triple [ˋtrɪpl̩]
n. [C] 三個一組；(棒球的) 三壘打
▲Two espressos, no, **triples**, please.
兩杯濃縮咖啡，喔不，三杯好了。
▲The batter got to the third base because of a **triple**.
那位打擊者因為一支三壘打上到三壘。

---

25 **versus** [ˋvɝsəs]

prep. 與…對抗，…對…；與…對比 (abbr. vs.) [同] against

▲Tonight's match is Brazil **versus** Uruguay.
今晚的比賽是巴西與烏拉圭對打。

▲We talked about the cost of traveling by plane **versus** traveling by train. 我們談論搭飛機與搭火車旅行的花費比較。

Unit 3

1 **attorney** [əˋtɝnɪ]

n. [C] 律師 [同] lawyer

▲The **attorney** advised her client to remain silent.
那名律師建議她的當事人保持沉默。

defense attorney 辯護律師

---

2 **bulk** [bʌlk]

n. [C] 巨大的東西，龐然大物 (usu. sing.)；[sing.] 大部分 (the ～) <of>

▲The elephant heaved its **bulk** out of the river.
大象挪動龐大的軀體從河裡站起來。

▲**The bulk of** this book deals with the advanced vocabulary of English. 本書談到的大部分是進階的英文詞彙。

in bulk 大量地

---

3 **coherent** [koˋhɪrənt]

adj. (論述等) 條理清楚的，合乎邏輯的，連貫的；(人) 說話有條理的

▲The witness gave a **coherent account** of the accident.
目擊者為那起意外提供了條理清楚、合乎邏輯的描述。

▲Ed was too drunk to be **coherent**. Ed 醉到無法好好講話。

---

4 **comprise** [kəmˋpraɪz]

v. 包含，包括；組成 [同] make up

▲The U.S. **comprises** 50 states. 美國包含五十個州。

▲The U.S. **is comprised of** 50 states. 美國由五十個州組成。
= Fifty states **comprise** the U.S. 五十個州組成美國。

5 **correlation** [ˌkɔrəˋleʃən]

n. [C][U] 相互關係，相關性，關聯 <with, between>

▲There is a **close correlation between** smoking and many diseases such as lung cancer and heart attack.
抽菸和很多疾病都密切相關，例如肺癌和心臟病。

---

6 **delegate** [ˋdɛləˌget]

n. [C] 代表

▲My cousin is the Australian **delegate to** the United Nations.
我表哥是澳洲駐聯合國代表。

delegate [ˋdɛləˌget]

v. 委任，委派 <to>

▲Susan **was delegated to** attend the conference.
Susan 被委派為代表去參加會議。

---

7 **disclose** [dɪsˋkloz]

v. 揭露，透露 [同] reveal

▲The CEO **disclosed that** she will retire next month.
那名執行長透露她將在下個月退休。

---

8 **entrepreneur** [ˌɑntrəprəˋnɝ]

n. [C] 企業家

▲The young **entrepreneur** made his money in the stock market. 那名年輕的企業家靠股市賺錢。

---

9 **faculty** [ˋfækḷtɪ]

n. [C][U] 全體教職員；[C] (感官、心智等的) 機能，能力 (usu. pl.) <of>

▲We had a party to welcome the new members of our school's **faculty**. 我們辦了一個派對歡迎我們學校的新進教職員。

▲The patient lost her **mental faculties** two years later.
那名病人在兩年後喪失了心智能力。

💡 the faculty of sight/hearing 視覺／聽覺 | critical faculties 判斷能力

---

10 **grant** [grænt]

n. [C] (政府或機構的) 補助金

▲The girl was awarded a **student grant from** the government to complete her education.
那名女孩獲得一筆來自政府的獎助學金，讓她完成學業。

💡 research grant 研究補助金

grant
[grænt]

v. 准予，給與；承認，同意

▲The journalist was **granted** permission to take pictures.
這個記者獲准拍照。

▲I **grant** that you may be right, but I still won't change my mind. 我承認你可能是對的，但我還是不會改變心意。

take sth for granted 視…為理所當然

---

11 **illusion**
[ɪˋluʒən]

n. [C] 錯誤的想法或認知，幻想 <about>

▲I **had no illusions about** my chances of success.
我對我成功的機會不抱幻想。

be under the illusion that... 存有…的幻想

---

12 **investigator**
[ɪnˋvɛstə͵getɚ]

n. [C] 調查者，調查員

▲The **investigators** are examining the crime scene.
調查員正在勘查案發現場。

private investigator 私家偵探

---

13 **meantime**
[ˋmin͵taɪm]

n. [U] 期間

▲My car is under repair; **in the meantime**, I take the bus to work. 我的車送修，在此期間我搭公車上班。

meantime
[ˋmin͵taɪm]

adv. 在此期間，同時 [同] meanwhile

▲Tom is going to college. **Meantime**, he will work part-time to support his family.
Tom 要上大學了，同時他將會打工賺錢貼補家用。

---

14 **nominate**
[ˋnɑmə͵net]

v. 提名 <as, for>

▲The film **was nominated for** 11 Academy Awards.
這部電影獲得奧斯卡十一項提名。

be nominated as sth 被提名為…

---

15 **patent**
[ˋpætn̩t]

n. [C][U] 專利 (權) <on, for>

▲The inventor **took out a patent on** her invention.
那位發明家取得了她發明的專利。

apply for a patent on/for sth 為…申請專利｜sth be protected by patent …受專利保護

patent [ˋpætn̩t]

adj. 專利 (權) 的；明顯的 [同] obvious

▲My boss needs a **patent** lawyer to help her with **patent** applications. 我的老闆需要一位專利權律師幫她處理專利申請。

▲What the boy said was **a patent lie**.
那個男孩所說的話是個明顯的謊言。

💡patent medicine 專利藥品，成藥

patent [ˋpætn̩t]

v. 取得…的專利 (權)

▲This product is **patented** by the company.
這個產品的專利為這家公司所有。

---

16 **predator** [ˋprɛdətɚ]

n. [C] 掠食者，肉食性動物

▲Most frogs are **natural predators of** insects.
大部分的青蛙是昆蟲的天敵。

---

17 **rack** [ræk]

n. [C] 架子

▲I put my bag onto the **luggage rack**.
我把袋子放到行李架上。

rack [ræk]

v. 折磨，使痛苦 <by, with>

▲Sam's head **was racked with** pain. Sam 頭疼得厲害。

💡rack sb's brain(s) 絞盡腦汁

---

18 **resident** [ˋrɛzədənt]

n. [C] 居民；住院醫師

▲Many **residents** of the town travel by boat.
那個城鎮的許多居民以船作為交通工具。

▲My sister works as a **resident** in this hospital.
我姊姊是這間醫院的住院醫師。

resident [ˋrɛzədənt]

adj. 居住的 <in>

▲My friend is **resident in** Venice. 我朋友住在威尼斯。

---

19 **scrap** [skræp]

n. [C] (紙、布等的) 小片，小塊，碎片；(資訊等的) 少量，一點點

▲The boy wrote the message on a **scrap of** paper.
男孩把消息寫在碎紙片上。

▲Have you found any **scrap of** information of the missing dog? 你有找到任何走失小狗的資訊了嗎？

scrap [skræp]
v. 放棄，捨棄 (scrapped | scrapped | scrapping)
▲Our plan was **scrapped** for lack of support.
我們的計畫因為缺乏支持被取消了。

20 **slam** [slæm]
n. [C] 砰的一聲 (usu. sing.)
▲The door shut with a **slam**. 門砰的一聲關上了。

slam [slæm]
v. 砰地關上或放下；嚴厲批評，猛烈抨擊 (slammed | slammed | slamming)
▲Josh **slammed** his book **down on** the desk.
Josh 把他的書砰地摔在桌上。
▲The mayor was **slammed** by the leader of the Opposition.
市長被反對黨領袖猛烈抨擊。
slam the door in sb's face 當…的面摔門；悍然拒絕…

21 **sphere** [sfɪr]
n. [C] 球體；範圍，領域
▲The Earth is a **sphere**. 地球是個球體。
▲This is outside my **sphere of influence**.
這超出我的勢力範圍。

22 **strand** [strænd]
v. 使進退不得，使陷於困境；使 (船、魚等) 擱淺
▲Because of the typhoon, many people **were left stranded** at the airport. 因為颱風，很多人被困在機場。
▲The boat **was stranded** on the reef. 船在暗礁上擱淺了。

strand [strænd]
n. [C] (繩子、頭髮等的) 一縷，一綹
▲The detective found a **strand of** red hair on the carpet.
警探在地毯上發現一綹紅髮。

23 **therapist** [ˋθɛrəpɪst]
n. [C] 治療師
▲My cousin works as a physical **therapist** in a hospital.
我的表姊在醫院當物理治療師。

24 **trophy** [ˋtrofɪ]
n. [C] 獎盃；戰利品
▲The tennis player finally **won a trophy** in the tournament.
那名網球選手終於在錦標賽中贏得獎盃。

▲The duke hung the deer's head on the wall as a **trophy** of his hunting trip. 公爵把鹿頭掛在牆上，當成狩獵之旅的戰利品。

---

25 **vertical** [ˋvɝtɪkḷ]

adj. 垂直的

▲The tower is not completely **vertical** to the ground.
那座塔並沒有完全和地面垂直。

vertical [ˋvɝtɪkḷ]

n. [C] 垂直的線或平面 (the ～)

▲The engineer will figure out how many degrees the post is off from **the vertical**. 工程師會弄清楚那根柱子傾斜了幾度。

Unit 4

1 **auction** [ˋɔkʃən]

n. [C][U] 拍賣

▲A couple bought the antique vase **at auction** yesterday.
一對夫妻在昨天的拍賣買了這個古董花瓶。

💡put sth up for auction 將…交付拍賣

auction [ˋɔkʃən]

v. 拍賣 <off>

▲The auctioneer tried to **auction off** the antiques.
拍賣會主持人試著拍賣掉這些古董。

---

2 **bureaucracy** [bjʊˋrɑkrəsɪ]

n. [C][U] 官僚的體制或作風

▲Dealing with **bureaucracy** can sometimes be annoying.
跟官僚體制應對有時可能很討厭。

---

3 **coincidence** [koˋɪnsədəns]

n. [C][U] 巧合

▲George and Mary met again **by coincidence**.
George 和 Mary 碰巧又見面了。

coincide [ˌkoɪnˋsaɪd]

v. 同時發生 <with>；相符 <with>

▲The incident **coincided with** the mayor's arrival.
那事件恰巧在市長到達時發生。

▲The politician's words never **coincide with** his deeds.
那個政客總是言行不一。

coincident [koˋɪnsədənt]

adj. 同時發生的 <with>

▲Poverty tends to be **coincident with** disease.
貧困和疾病常常伴隨而生。

coincidental [koˏɪnsəˋdɛntl̩]

adj. 巧合的

▲It was **purely coincidental** that Jeff and his ex-girlfriend both showed up at the party.
Jeff 和他前女友同時出現在此派對上純屬巧合。

---

4 **compulsory** [kəmˋpʌlsərɪ]

adj. 強制性的

▲Military service is **compulsory** in some countries.
服兵役在某些國家是強制性的。

compulsory education 義務教育

---

5 **corridor** [ˋkɔrədɚ]

n. [C] 走廊

▲The children ran down the **corridor**. 孩子們沿著走廊奔跑。

---

6 **delegation** [ˏdɛləˋgeʃən]

n. [C] 代表團

▲The government sent a **delegation to** the United Nations to attend a conference. 政府派了一個代表團去聯合國參加會議。

---

7 **disconnect** [ˏdɪskəˋnɛkt]

v. 切斷 (水、電或瓦斯等)；切斷 (電話、網路等的連線)

▲**Disconnect** the computer **from** the electricity supply before fixing it. 修理電腦前要先切斷電源。

▲We were **disconnected** by the operator.
我們的談話被接線生切斷。

---

8 **envious** [ˋɛnvɪəs]

adj. 羨慕的，嫉妒的 <of>

▲My friends are **envious of** my good fortune.
我的朋友們都羨慕我的好運。

---

9 **fascinate** [ˋfæsəˏnet]

v. 使著迷

▲The idea of sailing around the world **fascinated** John.
駕船環遊世界的想法使 John 著迷。

fascinated [ˋfæsəˏnetɪd]

adj. 著迷的 <by>

▲Everyone was **fascinated by** the beautiful music.
這美妙的音樂使每個人都著迷。

	fascinating [ˋfæsəˌnetɪŋ]	adj. 迷人的 ▲Some young girls **find** romance novels **fascinating**. 有些年輕女孩覺得浪漫小說很迷人。
10	**gravity** [ˋgrævətɪ]	n. [U] (地心) 引力，重力；重大，嚴重性 ▲Objects fall to the ground because the force of **gravity** pulls them down. 物體落地是因為地心引力把它們往下拉。 ▲He failed to realize the **gravity of** the situation. 他未能了解事態的嚴重性。
11	**implication** [ˌɪmplɪˋkeʃən]	n. [C] 可能的影響或後果 (usu. pl.) <for>；[C][U] 含意，暗示 ▲The proposal will **have** far-reaching **implications for** our future. 這項提案將對我們的未來有深遠的影響。 ▲The boy resented the **implication that** he didn't tell the truth. 男孩很生氣有人暗指他沒講實話。
12	**irony** [ˋaɪrənɪ]	n. [U] 嘲諷；[C][U] 出人意料或啼笑皆非的事 ▲"Thank you so much," the angry man said with **irony**. 那個生氣的男人語帶嘲諷地說：「真是謝謝你啊！」 ▲**The irony is that** my son had burned the midnight oil to prepare for the exam, but he overslept! 令人啼笑皆非的是我兒子熬夜準備考試但卻睡過頭了！
13	**mentor** [ˋmɛntɚ]	n. [C] 指導者 ▲Judy's college professor is her **mentor** and close friend. Judy 的大學教授是她的良師益友。
14	**nomination** [ˌnɑməˋneʃən]	n. [C][U] 提名 <for> ▲The movie got 6 **nominations for** the Academy Awards. 這部電影榮獲奧斯卡六項提名。
15	**pathetic** [pəˋθɛtɪk]	adj. 悲慘的；差勁的 ▲Eric looked **pathetic** after the serious illness. Eric 大病一場之後看起來很悲慘。 ▲Stop making your **pathetic** excuses. 別再編那些爛藉口了。

16 **premier**
[prɪ`mɪɚ]
adj. 首要的，最重要的
▲South Africa is one of the **premier** producers of diamonds.
南非是最重要的鑽石產地之一。

premier
[prɪ`mɪɚ]
n. [C] 首相，總理 [同] prime minister
▲The **premier** attended the conference. 首相出席了那場會議。

---

17 **radiation**
[ˌredɪ`eʃən]
n. [U] 輻射
▲Exposure to high levels of **radiation** can cause some forms of cancer. 暴露於高強度的輻射可能會導致某些癌症。

---

18 **residential**
[ˌrɛzə`dɛnʃəl]
adj. 住宅的，有住宿設施的
▲No factories should be built in the **residential** areas.
住宅區不應蓋工廠。
💡residential college 提供住宿的大學

---

19 **script**
[skrɪpt]
n. [C] 劇本，講稿；[C][U] 文字
▲Who wrote the **script** for this movie?
這部電影的劇本是誰寫的？
▲The letter was written in Arabic **script**. 信是用阿拉伯文寫的。

script
[skrɪpt]
v. 為 (電影、廣播、演講等) 寫劇本或講稿
▲This movie is **scripted** and directed by Ang Lee.
這部電影由李安編寫劇本並導演。

---

20 **slot**
[slɑt]
n. [C] 溝槽；時段
▲After putting a coin in the **slot**, the kid pressed the button to get a can of soda from the vending machine.
那個孩子把硬幣放入投幣口後按下按鈕，從自動販賣機取得一罐汽水。
▲There are many commercials in the 8 o'clock time **slot** on TV. 電視八點檔的時段有很多廣告。
💡slot machine 吃角子老虎機

slot
[slɑt]
v. 將…插入或投入溝槽中
▲The clerk helped me **slot** the SIM card **into** my new smartphone. 店員幫我把 SIM 卡插入我的新智慧型手機裡。

21 **spine**
[spaɪn]

n. [C] 脊椎 [同] backbone；(仙人掌、豪豬等的) 刺

▲The poor man injured his **spine** in a car accident.
那個可憐的男子在一場車禍中傷到了他的脊椎。

▲Some animals such as porcupines and hedgehogs protect themselves with **spines**. 有些動物如豪豬和刺蝟用刺來保護自己。

---

22 **strategic**
[strəˋtidʒɪk]

adj. 戰略的

▲The enemy occupied an important **strategic** location.
敵軍占據了一個戰略要地。

---

23 **thereby**
[ðɛrˋbaɪ]

adv. 因此，藉此

▲Brian signed the document, **thereby** gaining control of the firm. Brian 在文件上簽名，藉此取得公司的控制權。

---

24 **tuition**
[tjuˋɪʃən]

n. [U] 學費；家教 <in>

▲College **tuition** can be very expensive. 大學學費可能會很貴。

▲My sister gives private **tuition in** English. 我姊是英文家教。

tuition fee 學費

---

25 **veteran**
[ˋvɛtərən]

n. [C] 老手，經驗豐富者；退伍軍人

▲My uncle is a **veteran of** several political campaigns.
我叔叔參與過數次政治運動，是經驗豐富的老手。

▲The **veteran of** the Vietnam War was awarded a medal.
那位越戰退伍軍人榮獲一枚勳章。

Unit 5

1 **authorize**
[ˋɔθəˌraɪz]

v. 授權，認可

▲The president **authorized** the foreign minister **to** negotiate with the U.S. 總統授權外交部長與美國進行交涉。

authorized
[ˋɔθəˌraɪzd]

adj. 經授權的，獲得授權的

▲Ms. Liu is the only **authorized** dealer in Asia.
劉女士是亞洲唯一獲得授權的經銷商。

---

2 **butcher**
[ˋbʊtʃɚ]

n. [C] 肉販，肉店；屠夫

▲Some local **butchers** do not sell bacon.
當地有些肉販沒賣培根。

▲The **butcher** decided to stop slaughtering animals.
那名屠夫決定不再宰殺動物了。

butcher's 肉店，肉鋪

butcher
[ˋbʊtʃɚ]

v. 屠殺

▲Hundreds of thousands of innocent Chinese were **butchered** by the Japanese soldiers during World War II.
第二次世界大戰時數十萬無辜的中國人民被日本軍人屠殺。

---

3 **collaboration**
[kəˏlæbəˋreʃən]

n. [C][U] 合作 <with, between>

▲Jack is working **in collaboration with** Alice on a book.
Jack 和 Alice 合作編寫一本書。

---

4 **concede**
[kənˋsid]

v. 承認；讓出，讓與 <to>

▲I **concede that** I am wrong. 我承認我錯了。

▲The officials claimed that they would not **concede** the island **to** Japan. 官員聲稱不會將這島嶼讓給日本。

concede defeat 認輸

---

5 **corrupt**
[kəˋrʌpt]

adj. 墮落的；貪汙腐敗的

▲The drug dealer leads a **corrupt** life.
那個毒販過著墮落的生活。

▲The people overthrew the **corrupt** government.
人民推翻腐敗的政府。

corrupt
[kəˋrʌpt]

v. 使墮落，使腐化

▲Power tends to **corrupt** those who hold it.
權力容易使掌權者腐化。

---

6 **deliberate**
[dɪˋlɪbərɪt]

adj. 刻意的 [同] intentional [反] unintentional；慎重的

▲That kid told a **deliberate** lie to cover his mistake.
那孩子刻意撒謊以掩飾過錯。

▲The professor commented on the matter with **deliberate** thought. 教授對那件事的評論有經過慎重的思考。

deliberate [dɪˋlɪbəˏret]

v. 仔細考慮 <on, over, about>

▲We **deliberated on** possible solutions to the problem.
我們仔細思考問題可能的解決之道。

deliberately [dɪˋlɪbərɪtlɪ]

adv. 刻意地，故意 [同] intentionally

▲Witnesses said that the fire was started **deliberately**.
目擊者說有人故意縱火。

---

7 **discourse** [ˋdɪskors]

n. [C] 演講，論文 <on>

▲Mr. Wang delivered a **discourse on** critical thinking.
王先生發表了一場關於批判性思考的演講。

---

8 **envision** [ɪnˋvɪʒən]

v. 預想，設想

▲We can **envision** the future by learning from the past.
我們可以透過了解過往來預想未來。

---

9 **filter** [ˋfɪltɚ]

n. [C] 過濾器

▲We bought a water **filter** to purify the drinking water.
我們買了濾水器來淨化飲用水。

💡coffee filter paper 咖啡濾紙

filter [ˋfɪltɚ]

v. 過濾，穿透；(消息) 走漏，逐漸傳開

▲I enjoy seeing sunlight **filter through** branches and leaves.
我喜歡看陽光穿透枝葉間的縫隙灑落而下。

▲The news gradually **filtered through to** everyone in the school. 這個消息逐漸在學校中傳開來。

💡filter out sth 將…過濾掉，濾除

---

10 **greed** [grid]

n. [U] 貪心 <for>

▲In Shakespeare's play, Macbeth's **greed for** power cost him his life.
在莎士比亞的戲劇中，馬克白對權力的貪婪使他喪失了生命。

---

11 **indulge** [ɪn`dʌldʒ]

v. 縱容；沉迷，沉溺 <in>

▲Some parents **indulge** their children dreadfully.
有些父母太過縱容孩子。

▲The main character in the movie is a shopaholic and **indulges in** shopping. 那部電影的主角是個購物狂，沉迷於血拼。

💡indulge oneself in sth 沉迷於…

indulgence [ɪn`dʌldʒəns]

n. [U] 縱容；沉迷，沉溺 <in>

▲Some grandparents treated their grandchildren with **indulgence**. 有些祖父母會縱容寵溺孫子孫女。

▲The alcoholic's **indulgence in** drinks brought about the car accident. 那個酒鬼對酒精飲料的沉溺導致了那場車禍。

indulgent [ɪn`dʌldʒənt]

adj. 縱容的，溺愛的

▲The father is **indulgent** toward his daughter.
那名父親溺愛他的女兒。

---

12 **journalism** [`dʒɝnə,lɪzəm]

n. [U] 新聞業，新聞工作

▲Susan plans to begin her career in **journalism** after graduation. Susan 打算畢業後要投身新聞工作。

---

13 **merge** [mɝdʒ]

v. 合併 <into, with>；融入，融合 <into, with>

▲The two lanes **merge into** one. 兩線道合併成一線。

▲**Merging into** the crowd, the suspect soon got rid of the police and disappeared.
那名嫌犯融入人群之中，很快就擺脫警方，消失得無影無蹤了。

merger [`mɝdʒɚ]

n. [C] 合併 <of, with, between>

▲The **merger of** the two companies is big news.
那兩家公司合併是大新聞。

---

14 **nominee** [,nɑmə`ni]

n. [C] 被提名人 <for>

▲Many celebrities attended the party, including several Oscar **nominees**.
許多名流出席了那場宴會，其中包括了幾位獲得奧斯卡獎提名的人。

15 **patron**
[ˋpetrən]

n. [C] 贊助者 <of>；顧客，常客 [同] customer

▲This lady is well-known as a **patron of** the arts.
這位女士是知名的藝術贊助者。

▲This parking lot is for **patrons** only. 這個停車場是顧客專用的。

patronage
[ˋpetrənɪdʒ]

n. [U] 贊助；光顧

▲The principal's **patronage** has made the performance possible. 校長的贊助促成了這次的表演。

▲Thank you for your **patronage**. 謝謝惠顧。

patronize
[ˋpetrə͵naɪz]

v. 以施恩或高人一等的態度對待；光顧

▲This program focuses on children's interests, instead of **patronizing** them. 這節目注重兒童的興趣，而不是對他們高高在上。

▲My parents prefer to **patronize** stores in the neighborhood.
我爸媽比較喜歡光顧附近的店家。

---

16 **premise**
[ˋprɛmɪs]

n. [C] 前提

▲The detective's reasoning is based on the **premise that** the crime scene was not actually a locked room.
那位偵探的推理是以案發現場並非密室為前提。

---

17 **raid**
[red]

n. [C] 突擊，突襲 <on, against>；警方的突擊搜查 <on>

▲The enemy launched **air raids on** the capital.
敵軍對首都發動空襲。

▲The police made a **raid on** the suspect's house.
警方突擊搜查嫌犯的住所。

raid
[red]

v. 突擊，突襲；(警方) 突擊搜查

▲The enemy **raided** our military base.
敵人突襲我們的軍事基地。

▲The police found illegal drugs when they **raided** the nightclub. 警方突擊搜查那家夜店時找到了非法毒品。

---

18 **respondent**
[rɪˋspɑndənt]

n. [C] (問卷調查等的) 受訪者

▲A majority of **respondents** agreed with the plan.
大多數受訪者贊同這項計畫。

---

19 **sector**
[ˋsɛktɚ]

n. [C] (國家經濟或商業活動的) 領域，產業；戰區

▲Salaries in **the public sector** can be quite different from those in **the private sector**.
國營產業的薪資與民間業界的可能不太一樣。

▲At one time, this place was the British **sector** of Berlin.
這地方曾一度是英國在柏林的戰區。

💡the manufacturing/financial/service sector 製造業／金融業／服務業

---

20 **smash**
[smæʃ]

v. 打碎，打破；猛擊

▲The boy accidentally **smashed** the mirror **to pieces**.
男孩不小心把鏡子砸得粉碎。

▲The police surrounded the house and then **smashed** the door open. 警察包圍房子，然後把門撞開。

smash
[smæʃ]

n. [sing.] 破碎聲，碎裂聲；[C] 大受歡迎的歌曲或影片等 [同] smash hit

▲The plate fell to the floor with a **smash**.
盤子掉在地上啪啦一聲碎了。

▲This movie will be a **box-office smash**.
這部片會大受歡迎，票房大賣。

---

21 **sponsorship**
[ˋspɑnsɚʃɪp]

n. [C][U] 資助，贊助

▲We are looking for **sponsorship** for our school team.
我們在為校隊找贊助。

---

22 **submit**
[səbˋmɪt]

v. 呈遞，提交 <to>；服從，順從，屈服 <to> [同] give in (submitted | submitted | submitting)

▲I'll **submit** my homework **to** the teacher on Monday.
我星期一會交作業給老師。

▲The patient would not **submit to** being hospitalized.
那名病人不願住院。

💡submit oneself to sth 服從…，接受…

submission [səbˋmɪʃən]

n. [C][U] 呈交；[U] 服從，屈服，投降 [同] surrender

▲**Submission** of applications is due at noon on Friday.

呈交申請書的最後期限是星期五中午。

▲Those soldiers raised their hands **in submission**.

那些士兵舉手投降。

be forced into submission 被迫屈服

---

23 **thesis** [ˋθisɪs]

n. [C] 學位論文，畢業論文

▲My sister is writing a **thesis on** Taiwanese cuisine.

我姊正在寫畢業論文，是有關臺灣料理的。

---

24 **tumor** [ˋtumɚ]

n. [C] 腫瘤

▲The patient had an operation to remove a brain **tumor**.

病人接受移除腦部腫瘤的手術。

benign/malignant tumor 良性／惡性腫瘤

---

25 **viewer** [ˋvjuɚ]

n. [C] 觀眾

▲The TV program is popular and attracts many **viewers**.

這個電視節目很受歡迎，吸引很多觀眾。

Unit 6

1 **autonomy** [ɔˋtɑnəmɪ]

n. [U] 自治 (權) [同] independence；自主 (權)

▲The local government enjoys a high degree of **autonomy**.

地方政府享有高度的自治權。

▲Some parents give their children considerable **autonomy**.

有些父母給與孩子很大的自主權。

local/economic autonomy 地方自治／經濟自主

---

2 **canal** [kəˋnæl]

n. [C] 運河

▲Venice has a complex system of **canals**.

威尼斯有著複雜的運河系統。

3 **collective** [kə`lɛktɪv]

adj. 集體的，共同的，集合的

▲All of us take **collective** responsibility for the environment.
我們全都對環境負有共同責任。

collective noun 集合名詞

collective [kə`lɛktɪv]

n. [C] 集體經營的農場或企業

▲In the old communist society, most people worked in **collectives**. 在舊共產主義社會中，大部分的人在集體農場工作。

collectively [kə`lɛktɪvlɪ]

adv. 集體地，共同地，集合地

▲A group of students taught together can be **collectively** referred to as a class.
一群一起上課的學生可以集體統稱為一個班級。

---

4 **conceive** [kən`siv]

v. 想出，想像 <of>；懷孕

▲The writer **conceived** the plot for her novel when she visited London. 作者在探訪倫敦時構想出小說的情節。

▲Sam's wife plans to **conceive** so she quits drinking and smoking. Sam 的太太計畫要懷孕所以戒酒戒菸。

conceive of sb/sth (as sth) 想像…(為…)

conceivable [kən`sivəbl̩]

adj. 可想像的，可想見的，可能的 [反] inconceivable

▲**It is conceivable that** the absentee will be flunked.
可以想見缺勤者會被當掉。

---

5 **corruption** [kə`rʌpʃən]

n. [U] 貪汙腐敗

▲The government officer was accused of **corruption** and bribery. 那位政府官員被指控貪汙及收賄。

---

6 **democrat** [`dɛmə͵kræt]

n. [C] 民主主義者；美國民主黨員 (D-)

▲**Democrats** oppose dictators. 民主主義者反對獨裁者。

▲My friend used to be a **Democrat**, but now he is a Republican. 我朋友以前是美國民主黨員，但現在是共和黨員。

---

7 **disrupt** [dɪs`rʌpt]

v. 擾亂

▲Protesters stormed the building and **disrupted** the meeting.
抗議者攻占建築物，擾亂了會議。

---

8 **episode** [ˋɛpə,sod]

n. [C] 事件；(連載小說、連續劇等的) 一集，一回

▲The first landing on the moon was an important **episode** in human history. 首次登陸月球是人類史上的一大事件。

▲I can't wait to see the final **episode** of the soap opera. 我等不及要看這連續劇的完結篇了。

---

9 **fiscal** [ˋfɪskl̩]

adj. 財政稅收的，金融的

▲The government needs sound **fiscal policies** to combat inflation. 政府需要健全的財稅政策來抑制通貨膨脹。

---

10 **grieve** [griv]

v. (因為某人去世而) 悲痛 <for, over>

▲The old woman **grieved for** her son. 老婦因為喪子而悲痛。

---

11 **inevitable** [ɪnˋɛvətəbl̩]

adj. 不可避免的，必然的 [同] unavoidable

▲**It is inevitable that** all living creatures will die. 所有的生物都會死亡，這是不可避免的。

inevitably [ɪnˋɛvətəblɪ]

adv. 不可避免地，必然地

▲According to the economist, a recession **inevitably** leads to high unemployment rates. 根據那位經濟學家所說，經濟不景氣必然會導致高失業率。

---

12 **judicial** [dʒuˋdɪʃəl]

adj. 司法的

▲People in that country don't quite trust the **judicial** system. 該國人民不太相信司法系統。

💡judicial review 司法審查

---

13 **metropolitan** [,mɛtrəˋpɑlətn̩]

adj. 大都會的，大都市的

▲The **metropolitan** area is notorious for its terrible air pollution. 這個大都會區以嚴重的空氣汙染而惡名昭彰。

metropolitan [,mɛtrəˋpɑlətn̩]

n. [C] 都市人

▲Many people think that **metropolitans** are sophisticated. 不少人認為都市人比較世故。

---

14 **notify** [ˋnotə,faɪ]

v. 正式告知，通知 <of> [同] inform

▲**Notifying** your supervisor **of** your resignation in advance is necessary. 提早告知上司你要辭職是必要的。

notification [ˌnotəfə`keʃən]

n. [C][U] 通知 <of>

▲All the residents have received **prior notification of** the power outage. 所有居民都已經提前收到停電通知。

💡written notification 書面通知

---

15 **pedal** [`pɛdl̩]

n. [C] 腳踏板

▲One of the **pedals** came off my bike.
我的腳踏車有一個踏板掉下來了。

pedal [`pɛdl̩]

v. 騎腳踏車

▲The girl **pedaled** her bicycle up the hill. 女孩騎腳踏車上坡。

---

16 **premium** [`primɪəm]

n. [C] 保險費，保費；額外的費用，附加費

▲I hope that the monthly **premium** for my health insurance will not go up again. 希望我每月的健康保險費不會再上漲。

▲The couple paid a **premium** for a better location.
那對夫妻為了得到更好的地點支付了額外的費用。

---

17 **rally** [`rælɪ]

n. [C] 大會；(價格、景氣等) 止跌回升，復甦 (pl. rallies)

▲The group held an antiwar **rally** appealing for peace.
該團體舉行了訴求和平的反戰大會。

▲There seems to be a **rally** in the stock market recently.
最近股市似乎有復甦的現象。

rally [`rælɪ]

v. 召集，集合；復甦，重振

▲The general **rallied** the scattered troops.
將軍把離散的軍隊集合起來。

▲Finally, the team **rallied** and ended up winning.
最後，這支隊伍轉敗為勝。

💡rally to sb's support 集結起來支持…

---

18 **resume** [rɪ`zum]

v. (中斷後) 繼續，重新開始；回到，重返 (座位、職位等)

▲The speaker **resumed** his talk after a long silence.
演講者在沉默許久後才繼續演說。

▲The seminar will **resume** in a second. Please **resume** your seats. 研討會即將重新開始。請各位回座。

resume [ˋrɛzə͵me]

n. [C] 履歷表 (also résumé)

▲Alex sent his **resume** to about 30 companies and got several interviews.

Alex 向大約三十家公司投遞履歷表，得到一些面試機會。

19 **seminar** [ˋsɛmə͵nɑr]

n. [C] 研討會

▲Dr. Chen will **attend** a **seminar on** juvenile crime tomorrow. 陳博士明天要參加一場有關青少年犯罪的研討會。

hold/conduct a seminar 舉辦研討會

20 **smog** [smɑg]

n. [C][U] 煙霧，霧霾，霾害

▲Vehicle exhaust is one major source of **smog** in the cities.

車輛排放的廢氣是城市裡霧霾的一個主要來源。

21 **spouse** [spaʊs]

n. [C] 配偶

▲Please bring your **spouse** to the party.

請帶您的配偶一起參加派對。

22 **subsidy** [ˋsʌbsə͵dɪ]

n. [C] 補助金，補貼，津貼 (pl. subsidies)

▲The government is criticized for abolishing **subsidies** to farmers. 政府因為取消對農民的補貼而遭受批評。

housing/agricultural subsidy 住房津貼／農業補助

23 **thigh** [θaɪ]

n. [C] 大腿

▲Many girls want to have slender **thighs**.

很多女孩子希望擁有纖瘦的大腿。

24 **tuna** [ˋtunə]

n. [C][U] 鮪魚 (pl. tuna, tunas)

▲Mom bought some bread and several cans of **tuna** to make sandwiches for us.

媽媽買了一些麵包和幾罐鮪魚來幫我們做三明治。

25 **viewpoint** [ˋvju͵pɔɪnt]

n. [C] 觀點 (pl. viewpoints)

▲From an economic **viewpoint**, the plan has no merits.

從經濟的觀點來看，這項計畫並無優點。

Unit 7

1 **backyard**
[ˌbækˋjɑrd]

n. [C] 後院

▲Mom grew flowers and vegetables in our **backyard**.
媽媽在我們的後院種了花和菜。

---

2 **canvas**
[ˋkænvəs]

n. [U] 帆布；[C] 油畫 (pl. canvases)

▲We bought a tent that is made of **canvas**.
我們買了一頂帆布做的帳篷。

▲This gallery has several **canvases** by Rembrandt.
這間美術館有幾幅林布蘭的油畫。

canvas
[ˋkænvəs]

v. 用帆布覆蓋

---

3 **collector**
[kəˋlɛktɚ]

n. [C] 收藏家；收取或收集…的人

▲My father is an avid coin **collector**. 我爸是狂熱的錢幣收藏家。

▲My uncle is a retired ticket **collector**. 我叔叔是退休的收票員。

💡tax/garbage/stamp collector 收稅員／收垃圾的人／集郵者

---

4 **conception**
[kənˋsɛpʃən]

n. [C][U] 想法，概念，觀念 <of> [同] concept, notion；懷孕

▲Many young children **have no conception of** money management. 很多小孩對金錢管理毫無概念。

▲Teenage **conception** can cause many problems.
青少年懷孕很可能導致許多問題。

---

5 **counsel**
[ˋkaʊnsl̩]

n. [U] 建議，勸告 [同] advice

▲The young man listened to his parents' wise **counsel** and remained patient. 那位年輕人聽從父母明智的勸告，保持耐心。

💡seek/reject counsel 尋求建議／不聽勸告

counsel
[ˋkaʊnsl̩]

v. 建議，勸告 [同] advise

▲My doctor **counseled** me **to** take a long vacation.
我的醫生建議我休個長假。

---

6 **denial**
[dɪˋnaɪəl]

n. [C][U] 否認 <of>；拒絕 <of>

▲The official **issued a strong denial of** all the charges against her. 那名官員堅決否認所有的指控。

▲The couple protested against the **denial of** their right to see their children. 那對夫妻因為被拒絕探視孩子而抗議。

in denial (對事實等) 拒絕接受，拒絕承認

---

7 **doctrine**
[ˋdɑktrɪn]

n. [C][U] 教義，信條

▲The missionary believes in Christian **doctrine**.
那位傳教士信奉基督教教義。

---

8 **equity**
[ˋɛkwətɪ]

n. [U] 公平，公正 [反] inequity

▲Many people want a society in which **equity** and justice prevail. 許多人都想要充滿公平和正義的社會。

---

9 **fleet**
[flit]

n. [C] 艦隊；(同家公司的) 車隊或船隊等

▲The war finally ended after the Spanish **fleet** was defeated.
西班牙艦隊被擊敗後，戰爭終於結束了。

▲The boss owns **a** large **fleet of** taxis.
那個老闆擁有很大的計程車隊。

fleet
[flit]

adj. 能快速移動的，跑得快的

▲The runner is **fleet of foot**. 這位跑者跑得飛快。

fleeting
[ˋflitɪŋ]

adj. 短暫的，飛逝的 [同] brief

▲We caught only a **fleeting glimpse** of the superstar.
我們只瞬間瞥見了那位巨星。

---

10 **grill**
[grɪl]

n. [C] 烤肉架，燒烤架；烤肉，燒烤的食物

▲My neighbor cooked pork on the **grill**. 我鄰居用烤肉架烤豬肉。

▲My roommate had a seafood **grill** for lunch.
我室友吃了一盤海鮮燒烤當午餐。

grill
[grɪl]

v. 用烤肉架燒烤 [同] barbecue；長時間審問，盤問 <about>

▲I **grilled** some fish for dinner. 我烤了些魚當晚餐。

▲The suspect was **grilled** by the police for more than 10 hours. 那名嫌犯被警察審問了超過十個小時。

---

11 **inherent** [ɪn`hɪrənt]

adj. 本質上的，固有的 <in>

▲Competition is an **inherent** part of the free market economy.
自由市場經濟本質上就會有競爭。

---

12 **jug** [dʒʌg]

n. [C] 罐，壺 [同] pitcher；一壺的量 (also jugful)

▲Please rinse the bottles and **jugs** before placing them in the trash can. 瓶罐放進垃圾桶之前請先沖洗。

▲The waiter gave us **a jug of** hot coffee.
服務生給了我們一壺熱咖啡。

jug [dʒʌg]

v. 將…裝入罐或壺中；用陶罐燉煮 (兔肉等)

---

13 **minimal** [`mɪnɪml̩]

adj. 極少或極小的，最低限度的

▲We only made **minimal** changes when renovating the old temple. 我們整修這間古廟時，只做了最少的改變。

---

14 **notion** [`noʃən]

n. [C] 概念 <of>；(心血來潮或異想天開的) 想法

▲I didn't have the slightest **notion of** the answer.
我完全不知道答案是什麼。

▲The old lady has a strange **notion that** everybody hates her.
那位老太太有個奇怪的想法，以為大家都討厭她。

abstract notion 抽象概念 | dispel the notion that... 摒除…的想法

---

15 **pedestrian** [pə`dɛstrɪən]

n. [C] 行人

▲This area used to be open to **pedestrians** only.
這個區域以前只開放給行人。

pedestrian area/walkway/crossing 步行區／人行道／行人穿越道

pedestrian [pə`dɛstrɪən]

adj. 平淡無奇的，缺乏想像力的

▲This novel is **pedestrian** and unimaginative.
這本小說平淡無奇、缺乏想像力。

---

16 **prescribe** [prɪ`skraɪb]

v. 開藥，開處方 <for>；(法律等) 規定

▲The doctor **prescribed** medicine **for** the patient's stomachache after diagnosis.
醫生診斷後幫那位病人開了治胃痛的藥。

▲The law **prescribes** heavy punishment for drunk driving. 法律規定要嚴懲酒醉駕車。

17 **ranch** [ræntʃ]

n. [C] 大牧場，大農場

▲My brother is going to work part-time **on a ranch** during the summer vacation. 我弟暑假要去一座大農場打工。

cattle/sheep ranch 牧牛／羊場 | ranch house 牧場主人所住的房子；(屋頂平緩的) 平房

ranch [ræntʃ]

v. 經營大牧場或大農場

▲My aunt **ranches** in Australia. 我阿姨在澳洲經營大農場。

rancher [ˋræntʃɚ]

n. [C] 大牧場或大農場的經營者或工作者

▲My uncle works as a cattle **rancher**. 我舅舅是牧牛場主。

18 **retail** [ˋritel]

n. [U] 零售

▲The sportswear is for **retail** only. 這款運動服僅供零售。

retail [ˋritel]

adj. 零售的

▲The recommended **retail price** is 20 dollars. 建議零售價為二十美元。

retail trade/business 零售業

retail [ˋritel]

adv. 零售地

▲It is usually cheaper to buy wholesale than **retail**. 買東西通常是批發比零售便宜。

retail [ˋritel]

v. 零售 <at, for>

▲The dress **retails at** 30 dollars. 這款洋裝零售每件三十美元。

retailer [ˋritelɚ]

n. [C] 零售商

▲This company is a major clothing **retailer**. 這家公司是一大服飾零售商。

19 **senator** [ˋsɛnɪtɚ]

n. [C] 參議員；評議委員

▲This young man is a **senator** from the state of California. 這位年輕人是來自加州的參議員。

▲This gentleman is a **senator** in Harvard University. 這位男士是哈佛大學的評議委員。

senate [ˋsɛnɪt]

n. [C] (美國) 參議院 (usu. the S-)；(大學的) 評議會

▲Will **the Senate** approve the bill? 參議院會批准這項法案嗎？

▲Is that man a member of the **senate** of Harvard University?
那位男子是哈佛大學評議會的成員嗎？

---

20 **snatch** [snætʃ]

v. 一下子搶走，一把抓起，奪取；抓住機會 (做)⋯，趁機抽空 (做)⋯

▲The thief **snatched** the old lady's purse and ran.
小偷一把搶過老太太的手提包就跑。

▲The student **snatched** some sleep on the bus.
那名學生趁機在公車上睡了一下。

snatch [snætʃ]

n. [C] 奪取；片段，小量 <of>

▲There are reports of several bag **snatches**.
有幾起包包搶奪案的報導。

▲I caught **snatches of** the conversation from the next table.
我聽到隔壁桌的一些談話片段。

💡in snatches 斷斷續續地

---

21 **squad** [skwɑd]

n. [C] 分隊，小隊，小組

▲A **bomb squad** soon arrived to defuse the time bomb.
防爆小組迅速抵達拆除定時炸彈。

💡flying/drugs/rescue squad 霹靂／緝毒／救援小組

---

22 **substantial** [səbˋstænʃəl]

adj. (在數量、重要性等方面) 大的，可觀的；堅固的

▲The billionaire has donated a **substantial** amount of money to charity. 那位億萬富翁捐了很多錢給慈善機構。

▲The newlywed couple bought several pieces of **substantial** furniture. 那對新婚夫妻買了幾樣堅固的家具。

💡substantial change/improvement/contribution/salary/meal
重大的改變／大幅的進步／重大的貢獻／優渥的薪水／豐盛的餐點

---

23 **threshold** [ˋθrɛʃold]

n. [C] 門檻；閾，界限

▲You shall never cross the **threshold** of this house again!
你永遠別想再跨進這房子的門檻！

▲Do you have a high or low **boredom threshold**?
你容不容易感到厭倦？
💡pain threshold 忍痛力 | on the threshold of sth 即將⋯

---

24 **uncover** [ʌnˋkʌvɚ]
v. 打開⋯的蓋子；揭發，揭露
▲The waiter **uncovered** the dish. 服務生打開餐盤的蓋子。
▲The journalist **uncovered** a political scandal.
這名記者揭發了一樁政治醜聞。

---

25 **vinegar** [ˋvɪnɪgɚ]
n. [C][U] 醋
▲The dish is so sour. You could have added too much **vinegar**. 這道菜好酸，你可能放太多醋了。

Unit 8

1 **ballot** [ˋbælət]
n. [C][U] 無記名投票，投票表決；[C] 選票 [同] ballot paper
▲We elected the president of the club **by ballot**.
我們投票選出社長。
▲Have you **cast** your **ballot**? 你投票了嗎？
💡count the ballots 計算選票，計票 | ballot box 投票箱，票匭

ballot [ˋbælət]
v. 要求⋯投票表決 <on>
▲The union is considering **balloting** its members **on** the issue. 工會在考慮要讓會員就這件事進行投票表決。

---

2 **carnival** [ˋkɑrnəvl̩]
n. [C][U] 嘉年華會
▲Judy and Jack met each other when they went to the **carnival** in Rio de Janeiro, Brazil. Judy 和 Jack 是在參加巴西的里約熱內盧嘉年華會時認識彼此的。

---

3 **columnist** [ˋkɑləmnɪst]
n. [C] 專欄作家
▲Ann Landers was a famous American **columnist** in the 20th century. 安夫人是二十世紀的知名美國專欄作家。

---

4 **condemn**
[kən`dɛm]

v. 公開譴責 <as, for>；將…判刑 <to>

▲Most countries **condemned** Russia **for** its invasion of Ukraine. 大多數國家都對俄羅斯入侵烏克蘭表示譴責。

▲The murderer **was condemned to** life imprisonment. 兇手被判無期徒刑。

---

5 **counselor**
[`kaʊnsəlɚ]

n. [C] 諮商師，顧問；(兒童夏令營的) 輔導員

▲The couple talked to a marriage **counselor** about their problem. 那對夫妻找婚姻諮商師討論他們的問題。

▲Both Tom and Jenny work as camp **counselors**. Tom 和 Jenny 都在當營隊輔導員。

---

6 **deploy**
[dɪ`plɔɪ]

v. 部署，調度 (軍隊、武器等)；運用 (資源等)

▲Troops and weapons were **deployed** in this area. 這個地區以前有部署軍隊和武器。

▲Try to **deploy** some arguments to prove your points. 試著運用一些論據來證明你的觀點。

---

7 **documentary**
[ˌdɑkjə`mɛntərɪ]

n. [C] 紀錄片 <on, about>

▲We saw a **documentary on** the aboriginal peoples in Taiwan. 我們看了一部有關臺灣原住民的紀錄片。

documentary
[ˌdɑkjə`mɛntərɪ]

adj. 文件的，書面的；(電影等) 紀實的

▲Investigators are looking for **documentary evidence** or **proof** of torture. 調查員正在找刑求的書面證據。

▲This movie has a **documentary** style. 這部片是紀實風格。

---

8 **erect**
[ɪ`rɛkt]

v. 建立；使直立，豎起 [同] put up

▲The villagers **erected** a statue in memory of the great poet. 村民們建立了一座雕像來紀念這位偉大的詩人。

▲A marker was **erected** over the old man's grave. 一個墓碑豎立在那位老先生的墳墓上。

💡erect a tent 搭帳篷

erect
[ɪ`rɛkt]

adj. 筆直的

▲The soldier was **standing erect**. 士兵筆直地站著。

---

9 **fluency** [ˋfluənsɪ]

n. [U] 流利，流暢

▲The professor speaks English with **fluency**.
教授講英語很流利。

---

10 **grip** [grɪp]

n. [C] 抓牢，抓緊，緊握 (usu. sing.) <on>；[sing.] 掌握，控制 <on>

▲Olive **kept a grip on** my hands. Olive 緊握住我的手。

▲Some people would do anything to **keep their grip on** power. 有些人為了掌握權力會不擇手段。

get a grip (on oneself) 控制自己的情緒，鎮定自制，自我克制

grip [grɪp]

v. 抓牢，抓緊，緊握；吸引，使感興趣 (gripped | gripped | gripping)

▲Victor **gripped** May's arm. Victor 抓住 May 的手臂。

▲This suspense novel really **grips** readers.
這本懸疑小說很吸引讀者。

---

11 **inherit** [ɪnˋhɛrət]

v. 繼承 <from>；遺傳 <from>

▲My friend **inherited** a million dollars **from** her father.
我朋友從她父親那裡繼承了一百萬元。

▲These kids **inherited** their parents' good looks.
這些孩子遺傳了他們雙親好看的長相。

inherited disease 遺傳病

inheritance [ɪnˋhɛrətəns]

n. [C][U] 遺產 (usu. sing.)

▲Ada has recently received a large **inheritance** from a distant relative. Ada 最近從一個遠親那邊繼承了一大筆遺產。

---

12 **jury** [ˋdʒurɪ]

n. [C] 陪審團；(競賽等的) 評審團 (pl. juries)

▲After full discussion, the **jury** found the defendant not guilty. 經過充分討論，陪審團裁決被告無罪。

▲The **jury**, consisting of the winners in previous years, found this farmer's pumpkin to be the biggest and the best.
由前幾年冠軍組成的評審團認定這位農夫的南瓜是最大最棒的。

be/sit/serve on a jury 擔任陪審員 | the jury is (still) out on sth …仍未確定，尚無定論

13 **minimize** [ˋmɪnə͵maɪz]
v. 將…減到最低
▲Make preparations in advance of the typhoon to **minimize** the damage.
在颱風來襲之前事先做準備，以便將災害減到最低。

14 **nutrient** [ˋnjutrɪənt]
n. [C] 營養，養分，營養素，營養物質
▲Vegetables and fruits provide many essential **nutrients**.
蔬果提供許多必要的營養。

nutrient [ˋnjutrɪənt]
adj. 營養的
▲A person on a strict diet may suffer from a **nutrient deficiency**. 嚴格控制飲食的人可能會營養不良。

15 **perspective** [pɚˋspɛktɪv]
n. [C] 觀點 <on, from> [同] viewpoint；[U] 理性客觀的判斷力
▲What's your **perspective on** life? 你的人生觀為何？
▲Try to **keep** everything **in perspective**.
試著理性看待每件事。
from a different/historical/female perspective 從不同／歷史／女性的觀點來看 | from sb's perspective 從…的觀點來看

perspective [pɚˋspɛktɪv]
adj. 透視畫法的

16 **presume** [prɪˋzum]
v. 以為，認為，認定，假定 [同] assume；冒昧，膽敢，擅自
▲I **presumed that** we could reason with the salesman.
我以為我們能跟業務員講理。
▲I wouldn't **presume to** tell you what to do.
我不會冒昧告訴你要做什麼。

presumption [prɪˋzʌmpʃən]
n. [C] 假定，推測，以為，認為
▲The duchess made a **presumption that** her servant stole her ring. 公爵夫人認為僕人偷了她的戒指。

17 **rational**

[ˋræʃənl̩]

adj. 合理的 [反] irrational；理性的 [反] irrational

▲You must give **rational** arguments to be persuasive.
你必須提出合理的論點才有說服力。

▲We need a **rational** and cool-headed leader.
我們需要理性、頭腦冷靜的領袖。

---

18 **rhetoric**

[ˋrɛtərɪk]

n. [U] (煽動或浮誇的) 言詞，華麗的詞藻，花言巧語；修辭學

▲The politician's speech was full of **empty rhetoric**.
那個政客的演講全是空虛的花言巧語。

rhetorical

[rɪˋtɔrɪkl̩]

adj. 修辭學的，修辭上的

▲"Who cares?" is one of the so-called **rhetorical questions**. 「誰在乎？」是一種所謂的修辭性問句。

---

19 **sensor**

[ˋsɛnsɚ]

n. [C] 感應器，感應裝置

▲I'm looking for a **sensor** that can detect smoke or fire.
我想找一個可以偵測煙霧或火災的感應器。

---

20 **sniff**

[snɪf]

v. 嗅，聞 <at>；吸鼻子

▲The dog **sniffed at** the stranger. 狗嗅了嗅陌生人。

▲People with hay fever often **sniff** and sneeze.
患乾草熱的人常常又是吸鼻子又是打噴嚏。

💡sniff at sth 對…嗤之以鼻｜sniff out sth 嗅出…；察覺…｜sniff around 四處探查

sniff

[snɪf]

n. [C] 嗅聞或吸鼻子

▲The cook took a **sniff** of the soup. 廚師聞了聞湯。

---

21 **squash**

[skwɑʃ]

n. [C][U] 南瓜屬的植物或其果實 (pl. squashes, squash)；[U] 壁球

▲I planted some **squash** in the field. 我在田裡種了一些南瓜。

▲Do you want to **play squash**? 你想要玩壁球嗎？

squash

[skwɑʃ]

v. 塞進，擠進 <in, into> [同] squeeze；壓扁，壓壞，壓爛 [同] flatten

▲My roommate **squashed** the clothes **into** a small suitcase. 我室友把衣服塞進小小的行李箱中。

▲A car ran over the ball and **squashed** it.
一輛車輾過了球，把它壓扁了。

22 **successor** [sək`sɛsɚ]
n. [C] 繼任者 <to>
▲Ted was chosen to be the **successor to** the current president. Ted 被選為現任董事長的繼任者。

23 **thrill** [θrɪl]
n. [C] 激動，興奮刺激，戰慄
▲It **gave** us **a thrill** to meet the superstar.
和那位巨星碰面令我們興奮激動。

thrill [θrɪl]
v. (使) 興奮，激動
▲The good news **thrilled** me. 那個好消息令我感到興奮。

24 **undergraduate** [ˌʌndɚ`grædʒuɪt]
n. [C] 大學生
▲A group of Harvard **undergraduates** threw a party at the bar last night. 昨晚有一群哈佛大學生在這家酒吧開派對。

25 **visa** [`vizə]
n. [C] 簽證
▲My visitor's **visa** expired. I need to extend it.
我的觀光簽證過期了。我需要延長簽證。
entry/exit/transit visa 入境／出境／過境簽證 | tourist/student/work visa 觀光／學生／工作簽證

Unit 9

1 **banner** [`bænɚ]
n. [C] 橫幅標語
▲The protesters carried **banners** which said, "No More Chernobyls." 抗議者拿著上面寫了「拒絕車諾比事件重演」的標語。
under the banner of sth 以…為由，打著…的口號

2 **casino** [kə`sino]
n. [C] 賭場 (pl. casinos)
▲Las Vegas is known for many **casinos**.
拉斯維加斯以賭場眾多聞名。

3 **combat**
[ˋkɑmbæt]

n. [C][U] 戰鬥

▲Many soldiers were killed **in combat**. 很多士兵在戰鬥中被殺。

combat
[ˋkɑmbæt]

v. 打擊 (combated, combatted | combated, combatted | combating, combatting)

▲One of the responsibilities of the police is to **combat** crime.
警察的職責之一是打擊犯罪。

---

4 **confession**
[kənˋfɛʃən]

n. [C][U] 坦白，供認

▲The killer was relieved after **making** a full **confession**.
那名凶手全盤招供了之後如釋重負。

💡I have a confession (to make)... 我要坦白承認一件事…

---

5 **credibility**
[ˌkrɛdəˋbɪlətɪ]

n. [U] 可信度，信用

▲The bribery has **undermined** that man's **credibility as** a judge. 行賄案已破壞了那個男人身為評審的信用。

---

6 **depress**
[dɪˋprɛs]

v. 使沮喪

▲Failing to get into his ideal college **depressed** Jimmy.
無法進入理想的大學讓 Jimmy 很沮喪。

depressed
[dɪˋprɛst]

adj. 沮喪的

▲Some people feel **depressed about** the election results.
有些人對選舉的結果感到沮喪。

depressing
[dɪˋprɛsɪŋ]

adj. 令人沮喪的

▲Such bad news was really **depressing**.
這樣的壞消息真的很令人沮喪。

---

7 **domain**
[doˋmen]

n. [C] 領域，範圍

▲Is this issue outside or within the **domain** of medicine?
這個議題算不算在醫學的領域範圍內呢？

---

8 **erupt**
[ɪˋrʌpt]

v. (火山) 爆發 <from>；(動亂、戰爭、抗議等) 突發 [同] break out

▲The volcano **erupted** and left several tourists injured.
火山爆發造成數名觀光客受傷。

▲The police worried that violence or riots might **erupt**.
警方擔心可能會爆發暴力衝突或暴動。

eruption [ɪ`rʌpʃən]

n. [C][U] (火山) 爆發；(動亂、戰爭、抗議等) 突發

▲The ancient Roman city of Pompeii was destroyed by a volcanic **eruption**. 羅馬古城龐貝毀於一場火山爆發。

▲The **eruption** of war in the Middle East disturbed world peace. 中東戰爭的爆發擾亂了世界和平。

---

9 **forum** [`forəm]

n. [C] 討論會，研討會 <on, for>；網路論壇，討論區 (pl. forums, fora)

▲There will be a **forum for** discussion **on** economic development. 將會有一場探討經濟發展的研討會。

▲Nowadays many people discuss or criticize things on Internet **forums**. 現在很多人會在網路論壇討論或批評事情。

---

10 **guideline** [`gaɪd,laɪn]

n. [C] 指導方針 (usu. pl.) <on, for>

▲The government **issued guidelines on** the stock market **for** would-be investors. 政府發行了股市指南給有意投資者。

---

11 **initiative** [ɪ`nɪʃɪətɪv]

n. [sing.] 主動，自主性，主導權 (the ～)

▲We **took the initiative** in starting diplomatic relationships with that country. 我們主動與那個國家建立外交關係。

on sb's own initiative 主動地

initiative [ɪ`nɪʃɪətɪv]

adj. 開始的，發起的

---

12 **landlord** [`lænd,lɔrd]

n. [C] 房東或地主

▲Few **landlords** would lower their tenants' rents; some **landlords** even raise the rents.
很少房東會幫租客調降租金；有些房東甚至會調漲租金。

---

13 **missionary** [`mɪʃə,nɛrɪ]

n. [C] 傳教士 (pl. missionaries)

▲The **missionaries** built buildings for their religious work.
那些傳教士建造用於宗教工作的房屋。

missionary [`mɪʃə,nɛrɪ]

adj. 傳教士的，傳教的

▲Bill did **missionary** work in Africa. Bill 以前在非洲當過傳教士。

missionary zeal 傳教士般的狂熱，極度的熱忱

---

14 **observer** [əb`zɝvɚ]
n. [C] 觀察者，觀察員；觀察家，評論家
▲UN **observers** will also attend the conference.
聯合國觀察員也將會出席這場會議。
▲Political **observers** criticized the new policy as a bunch of crap. 政治評論家批評新政策根本是一派胡言。

---

15 **pessimism** [`pɛsə,mɪzəm]
n. [U] 悲觀，悲觀主義 <about, over> [反] optimism
▲Because of the pandemic, **pessimism about** the economy could remain for a while.
因為疫情的關係，對經濟的悲觀可能會持續一陣子。

pessimist [`pɛsəmɪst]
n. [C] 悲觀的人，悲觀主義者 [反] optimist (pl. pessimists)
▲The old man is a **pessimist**; he believes the worst things will happen to him.
那個老人是個悲觀的人，他認為最壞的事都會發生在他身上。

---

16 **prevail** [prɪ`vel]
v. 流行，盛行 <in, among>；占上風，占優勢，勝過 <over>
▲Internet slang **prevails among** the younger generation.
網路用語在年輕一代中很盛行。
▲Good will eventually **prevail over** evil. 善終將戰勝邪惡。
💡prevail on/upon sb 說服…

prevailing [prɪ`velɪŋ]
adj. 普遍的，流行的 [同] current
▲The **prevailing** attitudes toward abortion are polarized.
對於墮胎，大眾普遍的態度兩極化。

---

17 **rattle** [`rætl̩]
v. 嘎嘎作響，發出卡嗒聲；使緊張，使惶恐不安
▲The windows were **rattling** in the violent wind.
窗戶在暴風中嘎嘎作響。
▲Many investors got **rattled** by the rumors of a coming economic crisis. 許多投資人因經濟危機將至的傳言而惶恐不安。
💡rattle on 喋喋不休

rattle [`rætl̩]
n. [C] (硬物碰撞等發出的) 嘎嘎聲，卡嗒聲 (usu. sing.)
▲A **rattle of** dishes from the kitchen caught our attention.
廚房傳來的一陣碗盤碰撞聲吸引了我們的注意。

---

18 **rib**
[rɪb]

n. [C] 肋骨；排骨

▲The thief fell off a ladder and broke a **rib**.
那個小偷從梯子上摔下來而斷了一根肋骨。

▲I had barbecued pork **ribs** for lunch. 我午餐吃了烤豬肋排。

rib
[rɪb]

v. 揶揄，調侃，取笑 <about> [同] tease (ribbed | ribbed | ribbing)

▲My friends **ribbed** me **about** my silly mistake.
我的朋友揶揄我愚蠢的錯誤。

---

19 **sentimental**
[ˌsɛntəˋmɛntl̩]

adj. 情感的；多愁善感的，感傷的 <about>

▲For **sentimental** reasons, the old man came back to his hometown. 基於情感上的理由，那位老人回到了家鄉。

▲Many old people are **sentimental about** the past.
許多老年人會為往事感傷。

---

20 **soar**
[sor]

v. 暴增；高聳，高飛翱翔

▲The temperature **soared** to 46°C, and many people died from the heat. 溫度飆升到攝氏四十六度，很多人因高溫而熱死。

▲In big cities, you can see skyscrapers **soar** skyward.
在大城市裡可以看到高聳入天的摩天大樓。

---

21 **squat**
[skwɑt]

adj. 矮胖的

▲The **squat** guy over there is a lawyer.
那邊那個矮胖的傢伙是位律師。

squat
[skwɑt]

n. [C] 蹲，蹲著的姿勢

▲The coach stood up from a **squat** and then bent to a **squat** again. 教練從蹲著的姿勢站起來，然後又蹲下去。

squat
[skwɑt]

v. 蹲；擅自非法占用 (房屋或土地) (squatted | squatted | squatting)

▲The boy **squatted down** to pick up his pen. 男孩蹲下來撿筆。

▲A gang of druggies are **squatting in** that empty house.
那棟空屋被一群吸毒者占用。

---

22 **suite**
[swit]

n. [C] (旅館等的) 套房

▲I want to reserve a **suite**. 我想預約一間套房。

💡honeymoon suite 蜜月套房

---

23 **thriller**
[ˋθrɪlɚ]

n. [C] 驚悚片或驚悚小說等文藝作品

▲This movie is the best **thriller** I have ever seen.
這部電影是我看過最棒的驚悚片。

---

24 **underline**
[ˌʌndɚˋlaɪn]

v. 在 (字句等) 之下劃線，(為了強調而) 將…劃底線；強調，突顯 [同] highlight

▲I **underlined** the important words in red.
我在重要的字下面劃了紅色底線。

▲Many shocking examples **underlined** the seriousness of the situation. 許多令人震驚的例子突顯了形勢的嚴峻。

underline
[ˋʌndɚˌlaɪn]

n. [C] 底線

▲You can see a wavy red **underline** appear under a word that is spelled wrongly. 在拼錯的字下面可以看到有波浪狀的紅色底線。

---

25 **vomit**
[ˋvɑmɪt]

n. [U] 嘔吐物

▲The nurse made sure that the unconscious patient didn't choke on his own **vomit**.
護士確保那名失去意識的病人不被他自己的嘔吐物噲到。

vomit
[ˋvɑmɪt]

v. 嘔吐

▲The smell was so terrible that all of us wanted to **vomit**.
那味道臭得讓我們都想吐。

Unit 10

1 **batch**
[bætʃ]

n. [C] 一批 <of>

▲The dealer delivered the goods **in batches**. 商家分批送貨。

💡a batch of letters 一批信件 | a fresh batch of bread 一爐剛烤好的麵包

---

2 **cemetery** n. [C] (常指非附屬於教會的) 墓地 (pl. cemeteries)
[ˋsɛmə͵tɛrɪ]
▲They buried their mother in a public **cemetery**.
他們把母親葬在公墓。

3 **comedian** n. [C] 喜劇演員
[kəˋmidɪən]
▲Chaplin is one of the most famous **comedians** in the 20th century. 卓別林是二十世紀最著名的喜劇演員之一。

4 **confine** v. 限制，使侷限於 <to> [同] restrict；關住，困住，使離不開
[kənˋfaɪn]
▲The authorities hope to **confine** infection **to** relatively small regions. 當局希望將感染侷限在相對小的地區。
▲During the lockdowns, many people were **confined to** their homes. 封城期間，許多人都被限制待在家裡。

5 **creek** n. [C] 小溪
[krik]
▲When I was little, I used to catch tadpoles in the **creek**.
我小時候常在這條小溪裡抓蝌蚪。

6 **deputy** n. [C] 代理人，副手 (pl. deputies)
[ˋdɛpjə͵tɪ]
▲Who'll be your **deputy** while you are away?
你不在時誰是你的代理人？
💡deputy governor/mayor/chairman 副州長／副市長／副主席

7 **dome** n. [C] 半球形屋頂，圓頂，穹頂
[dom]
▲The **dome** of the cathedral was painted gold.
這座大教堂的圓頂被漆上金色。
💡the dome of the sky 蒼穹

dome v. 以圓頂覆蓋；使成半球形
[dom]

8 **escalator** n. [C] 電扶梯，自動手扶梯
[ˋɛskə͵letɚ]
▲We took the **escalator** down to the lower level.
我們搭電扶梯到下一層樓。
💡up/down escalator 向上／向下的電扶梯

escalate [ˋɛskə͵let]

v. 上升，增加；擴大，惡化 <into>

▲The inflation rate could **escalate** sharply during a time of war.
通貨膨脹率在戰時很可能急劇上升。

▲We do not want the border dispute to **escalate into** war.
我們不希望那起邊境爭端擴大成戰爭。

9 **foster** [ˋfɔstɚ]

adj. 寄養的，(暫時) 收養的

▲This child will be placed with a nice **foster** family.
這個孩子將被安置在一個良好的寄養家庭。

💡foster children/parents 寄養孩童／父母｜foster family/home 寄養家庭

foster [ˋfɔstɚ]

v. 培養，助長，促進 [同] encourage, promote；養育 (非親生子女)，收養

▲The establishment of industrial parks helped to **foster** the growth of the domestic industries.
工業園區的建立幫助促進了國內工業的成長。

▲The couple considered **fostering** the orphan.
那對夫妻考慮收養那名孤兒。

💡foster an interest in sth 培養對…的興趣

10 **gut** [gʌt]

n. [C] 腸道 [同] intestine；[pl.] 內臟 (~s)

▲To help food pass through the **gut** smoothly, consume enough water. 要讓食物順利通過腸道就要攝取足夠的水分。

▲Remove fish **guts** before cooking fish. 煮魚之前要先清除魚內臟。

💡have the guts (to do sth) 有做…的膽識或勇氣｜it takes guts to do sth 做…需要膽識或勇氣

gut [gʌt]

v. 清除 (魚等) 的內臟 (gutted｜gutted｜gutting)

▲I **gutted** the fish and then cooked it for dinner.
我清除魚的內臟，然後把牠煮了當晚餐。

11 **inject** [ɪnˋdʒɛkt]

v. 注射 <into, with>；注入，增添 (活力、資金等) <into>

▲The doctor **injected** the patient **with** antibiotics.
醫生為病人注射抗生素。

▲The teachers tried to **inject** more fun **into** their teaching materials. 老師們試著在教材中增添趣味。

💡inject money/capital into the business 為企業挹注資金

---

12 **laser**

[ˋlezɚ]

n. [C] 雷射

▲**Lasers** can be used to perform eye surgery or to read bar codes on products.

雷射可以用於眼睛手術，也可以用來讀取商品上的條碼。

💡laser printer 雷射印表機 | laser surgery 雷射手術

---

13 **moan**

[mon]

n. [C] 呻吟聲

▲The rescue team heard a **moan** from under the rubble.

搜救隊伍聽見瓦礫堆下傳來的呻吟聲。

moan

[mon]

v. 呻吟 [同] groan；發牢騷 <about> [同] complain

▲The wounded soldier **moaned** with pain. 受傷的士兵痛苦地呻吟。

▲Many students are **moaning about** the food in the school cafeteria. 很多學生在抱怨學校餐廳的食物。

---

14 **odds**

[ɑdz]

n. [pl.] 可能性

▲The **odds** are against us. 我們的勝算不大。

💡the odds are in favor of/against sth …可能／不可能發生 | the odds are in sb's favor/against sb …可能／不可能成功

---

15 **petty**

[ˋpɛtɪ]

adj. 微不足道的，瑣碎的 [同] trivial (pettier | pettiest)

▲Some adolescents are involved in shoplifting or other **petty** crimes. 有些青少年會順手牽羊或犯其他輕罪。

---

16 **proclaim**

[proˋklem]

v. 宣布，聲明，宣稱

▲The famous actor **proclaimed that** he would run for president.

那位知名演員宣布將參選總統。

💡proclaim sb/sth/oneself sth 宣布或宣稱…為…

---

17 **realism**

[ˋriə͵lɪzəm]

n. [U] 務實，實際；(文學、藝術等的) 逼真，寫實 (主義)

▲There is a mood of **realism** at the conference.

這場會議有務實的氛圍。

▲The student tried to achieve **realism** in his drawing.
那名學生試著讓他的畫寫實逼真。

18 **ridge** [rɪdʒ]
n. [C] 山脊；(屋脊等) 狹長的隆起
▲The mountain climber walked carefully along the **ridge**.
登山者小心地沿著山脊行走。
▲The boy saw a crow perch on the **ridge** of the roof.
男孩看到一隻烏鴉站在屋脊上。

ridge [rɪdʒ]
v. 使隆起成脊狀
▲The soles of the shoes are **ridged** to help prevent you from slipping. 鞋底有突起的紋路可以防滑。

19 **server** [ˋsɝvɚ]
n. [C] 伺服器；服務生 [同] waiter, waitress；(大湯匙等) 分菜用具；(網球、排球等的) 發球者
▲“Did the **server** crash?” “Yes, the **server** is down again!”
「伺服器當機了嗎？」「對，伺服器又當了！」
▲The **server** brought my food soon. 服務生很快就幫我上菜了。
▲The boy used the cake **server** to put a piece of cake onto each plate. 男孩用蛋糕鏟刀將蛋糕分到各個盤子裡。

20 **sob** [sɑb]
n. [C] 啜泣 (聲)，抽噎 (聲)，嗚咽 (聲)
▲Tess asked her father for forgiveness with **sobs**.
Tess 啜泣著求她父親原諒。

sob [sɑb]
v. 啜泣，抽噎，嗚咽 (sobbed | sobbed | sobbing)
▲We heard someone **sobbing** in the room.
我們聽到有人在那個房間裡啜泣。

21 **stability** [stəˋbɪlətɪ]
n. [U] 安定 (性)，穩定 (性) [反] instability
▲The job offers **stability** and a good salary.
這份工作提供穩定性及不錯的薪水。
economic/political/emotional stability 經濟／政治／情緒的穩定

22 **supervise** [ˋsupɚ͵vaɪz]
v. 監督
▲The teacher **supervised** the students taking their final exam.
老師監督學生們考期末考。

23 **throne** [θron]

n. [C] 王位 (usu. the ～)

▲The incident happened when the old king **was** still **on the throne.** 那件事發生在老國王還在位的時候。

succeed to the throne 繼承王位｜seize the throne 篡奪王位｜come to/ascend the throne 登上王位，即位

---

24 **undertake** [ˌʌndɚˋtek]

v. 從事，進行，承擔 (任務等)；承諾，答應 (undertook｜undertaken｜undertaking)

▲The directors of the company were reluctant to **undertake** a risky venture. 公司的董事們不願從事有風險的事業。

▲The writer **undertook to** finish writing by this weekend. 作者答應週末交稿。

---

25 **voucher** [ˋvaʊtʃɚ]

n. [C] 抵用券，兌換券

▲This **voucher** is valid till May and entitles you to 10% off all books. 這張抵用券到五月都有效，你憑券可享所有書籍都九折的優惠。

gift/travel voucher 禮券／旅遊券｜voucher for a free meal/swim 免費用餐券／游泳券

Unit 11

1 **betray** [bɪˋtre]

v. 背叛，出賣 <to>；洩漏 (祕密、情感等)

▲The general **betrayed** his country **to** the enemy. 將軍向敵人出賣祖國。

▲When I first met my neighbor, he seemed cold, but his smiling eyes **betrayed** his true nature. 我剛認識我的鄰居時，他看似冷漠，不過他微笑的雙眼顯露出真性情。

betrayal [bɪˋtreəl]

n. [C][U] 背叛

▲Ruining the natural environment is an act of **betrayal of** our ancestors. 破壞自然環境是一種背叛我們祖先的行為。

betrayer
[bɪˋtreɚ]

n. [C] 背叛者

▲Those who sell out their friends are called **betrayers**.
那些出賣朋友的人被稱為背叛者。

---

2 **certainty**
[ˋsɝtn̩tɪ]

n. [C] 確定的事；[U] 確切，確實

▲It's a **certainty** that we will win. 我們會贏是可以確定的事。

▲We are unable to predict what will happen next with any **certainty**. 我們無法確切預測接下來會發生什麼事。

---

3 **commentary**
[ˋkɑmən͵tɛrɪ]

n. [C][U] 實況報導 <on>；[C] 評論 <on>

▲The reporter's vivid **commentary on** the election caught everyone's attention.
這名記者對於這場選舉生動的實況報導吸引了所有人的注意。

▲Jessica's **commentary on** the economic condition is very insightful. Jessica 對於經濟狀況的評論相當具有洞察力。

---

4 **confront**
[kənˋfrʌnt]

v. 與…面對面或對峙；針對…提出質疑 <with>；面臨 <with>

▲They **confronted** each other across the table.
他們隔著桌子對峙。

▲The employee **confronted** the boss **with** questions about company policy. 這員工對老闆提出針對公司政策的質疑。

▲My husband was **confronted with** many challenges in his job. 我的丈夫在工作面臨到許多挑戰。

---

5 **cripple**
[ˋkrɪpl̩]

v. 使跛腳

▲The old man is **crippled** with severe joint pain.
這個老人因為關節劇痛而跛腳。

cripple
[ˋkrɪpl̩]

n. [C] 跛子

▲Although I'm a **cripple**, I still walk fast with the aid of crutches. 我雖然是個跛子，但在拐杖的幫助下還是走得快。

---

6 **descend**
[dɪˋsɛnd]

v. 下降 <to>；傳承 <from>

▲The passengers fastened their seat belts when the plane was **descending**. 乘客們在飛機下降期間繫好安全帶。

▲The portrait **descended from** father to son.
這幅肖像畫由父親傳給兒子。
be descended from sb 是…的後代

descendant [dɪ`sɛndənt]
n. [C] 子孫 <of> [反] ancestor
▲They are **descendants of** the original Chinese immigrants.
他們是中國最初移民的後裔。

---

7 **donate** [`donet]
v. 捐贈 <to>
▲The billionaire **donated** one thousand U.S. dollars **to** charity. 這名億萬富翁捐贈一千美元給慈善機構。

---

8 **estate** [ə`stet]
n. [C] 地產
▲Because of the global financial crisis, he had to sell his ancestral **estate**. 因為全球金融危機，他不得不賣掉祖傳的地產。

---

9 **fraction** [`frækʃən]
n. [C] 分數；極小部分
▲1/2 and 2/4 are **fractions** of the same amount.
1/2 和 2/4 是數量一樣的分數。
▲The accident happened in a **fraction of** a second.
那起事故在一瞬間就發生了。

---

10 **haul** [hɔl]
v. 拖拉；運送
▲The tow truck **hauled** the damaged car away.
拖車把這輛損壞的車輛拖走了。
▲The ship **hauls** goods all over the world.
這艘船把貨品運送到世界各地。
haul sb up 傳喚…(出庭)

haul [hɔl]
n. [C] 運送的距離
▲It's a long **haul** from Taipei to Pingtung.
從臺北到屏東是一段很長的運送距離。

---

11 **injection** [ɪn`dʒɛkʃən]
n. [C][U] 注射
▲Sue was given an **injection** for flu. Sue 因為流感而被打一針。

---

12 **lawmaker** [`lɔ͵mekɚ]
n. [C] 立法者，立法委員 [同] legislator
▲People in Taiwan have the right to elect **lawmakers**.

臺灣的人民有權選舉立法委員。

13 **mode** [mod]	n. [C] 模式 ▲Lesley turned the camera to manual **mode**. Lesley 把照相機調成手動模式。
14 **operational** [ˌɑpəˋreʃənl̩]	adj. 運作的 ▲The security system will be **fully operational** within two months. 安全系統將在兩個月內全面運作。
operationally [ˌɑpəˋreʃənəlɪ]	adv. 操作上地 ▲The machine must be **operationally** feasible. 機器在操作上必須是可行的。
15 **phase** [fez]	n. [C] 階段 ▲The negotiations have entered into a new **phase**. 談判已進入一個新階段。 in phase 同步地，一致地
phase [fez]	v. 分段實施 ▲The Ministry of Education is **phasing in** a new examination system. 教育部正分段實施新的考試制度。
16 **profound** [prəˋfaʊnd]	adj. 深奧的；深切的 ▲The book is too **profound** for me to understand. 這本書太深奧我無法理解。 ▲President felt **profound** sympathy for the victims of the disaster. 總統對災難的受害者感到深切的同情。
profoundly [prəˋfaʊndlɪ]	adv. 深切地 ▲Aaron's writing style was **profoundly** influenced by his teacher. Aaron 的寫作風格深切地受到他老師的影響。
17 **realm** [rɛlm]	n. [C] 領域 ▲The author's book opened a new **realm** of thoughts and ideas. 這名作者的書開啟了新的思想領域。
18 **rifle** [ˋraɪfl̩]	n. [C] 來福槍 ▲The **rifle** was used in the murder. 那把來福槍被用在謀殺案。

rifle
[ˋraɪfl̩]

v. (尤指為了行竊而) 迅速翻找 (書頁、櫃子等) <through>

▲The thief **rifled through** the drawers, but didn't find anything valuable.
小偷很迅速地翻找抽屜，可是沒有找到值錢的東西。

---

19 **session**
[ˋsɛʃən]

n. [C] 會議；(活動、授課的) 期間

▲The congress is now **in session**. 國會現在開會中。

▲The teacher cancelled the afternoon **session**.
老師取消下午的課。

💡hold a session on sth 開有關…的會

---

20 **soften**
[ˋsɔfən]

v. (使) 變軟，(使) 軟化；(使) 變得溫和，(使) 態度軟化

▲Oil **softens** leather. 油使皮革軟化。

▲The baby's sweet smile **softened** my heart.
嬰兒甜美的微笑軟化了我的心。

💡soften sb up 減低…的防備 | soften the blow 減低衝擊

---

21 **stack**
[stæk]

n. [C] 一堆 <of>

▲Paul quit his job last month because he inherited **stacks of** money from his grandfather!
Paul 上個月辭職了，因為他從他祖父那繼承了一大筆錢！

stack
[stæk]

v. 堆疊，堆積 <up>；使充滿 <with>

▲Addison **stacked up** the books on the table.
Addison 把書堆在桌上。

▲The committee was **stacked with** anti-nuclear members.
這個委員會充滿反核分子。

💡stack up against sb/sth 與…相比 | the odds are stacked against sb …處於不利的處境 | stack the deck 暗中做手腳

---

22 **supreme**
[səˋprim]

adj. 最高的，至高無上的

▲Zeus is the **supreme** god in Greek mythology.
宙斯是希臘神話裡最至高無上的神。

💡the Supreme Court 最高法院

23 **thrust** [θrʌst]

v. 猛推或猛塞；刺；迫使 (thrust｜thrust｜thrusting)

▲Mr. Brown **thrust** his hand at the wall because he was angry. Brown 先生因為生氣而用手猛推牆壁。

▲An unknown man **thrust** a knife into the lady's heart.
一個不知名的男子把刀刺進這位女士的心臟。

▲Captain Jones' death **thrust** me into command.
Jones 上尉的去世迫使我接下指揮官的職務。

thrust [θrʌst]

n. [C] 猛力一推；批評，抨擊

▲My **thrust** burst the door open. 我猛力一推把門撞開。

▲The critic's **thrust** at the administration upset many people.
那評論家對政府的猛烈批評讓很多人不滿。

---

24 **undo** [ʌn\`du]

v. 解開；使回復原狀，消除 (影響等) (undid｜undone｜undoing)

▲Alan **undid** the buttons on his shirt.
Alan 解開他襯衫上的鈕扣。

▲The staff tried to **undo the damage**. 工作人員試著挽救損失。

---

25 **vow** [vaʊ]

n. [C] 誓言

▲My father **made a vow** to quit smoking. 我父親發誓戒菸。

💡make/take a vow 發誓｜keep/break a vow 遵守／違背誓言

vow [vaʊ]

v. 發誓 <to, that>

▲The son **vowed to** avenge his father's death.
兒子立誓要為死去的父親報仇。

Unit 12

1 **bias** [\`baɪəs]

n. [C][U] 偏見 <against, toward, in favor of>

▲The woman has a **bias against** her neighbor.
這名女人對她的鄰居有偏見。

💡racial/religious/political bias 種族／宗教／政治偏見｜root out a bias 根除偏見

bias
[ˋbaɪəs]

v. 使有偏見 <against, toward, in favor of> [同] prejudice

▲The old man's background **biased** him **against** Christianity. 這位老人的背景使他對基督教有偏見。

---

2 **chapel**
[ˋtʃæpl̩]

n. [C] (基督教的) 小教堂

▲The couple got married at a **chapel** in Las Vegas last summer. 這對夫妻去年夏天在拉斯維加斯的小教堂結婚。

---

3 **commentator**
[ˋkɑmən͵tetɚ]

n. [C] 評論員

▲Danny's dream is to be a sports **commentator**.
Danny 的夢想是當一個體育節目評論員。

---

4 **consensus**
[kənˋsɛnsəs]

n. [sing.] 共識

▲The committee has reached a general **consensus** on this issue. 關於這個議題，委員會已經達成一致的共識。

---

5 **criterion**
[kraɪˋtɪrɪən]

n. [C] 衡量標準 (usu. pl.) <for> (pl. criteria)

▲What are the **criteria for** judging a work of art?
評斷藝術品的標準為何？

---

6 **despair**
[dɪˋspɛr]

n. [U] 絕望

▲Finding her little son died in the fire, the lady uttered a cry of **despair**. 發現小兒子命喪火場，那個女人發出絕望的哭喊。

💡be the despair of sb 成為…的心病｜to sb's despair 令…絕望的

despair
[dɪˋspɛr]

v. 絕望，死心 <of>

▲Many young couples **despair of** finding an affordable house in the capital.
許多年輕夫妻放棄在首都找到負擔得起的房子。

---

7 **donor**
[ˋdonɚ]

n. [C] 捐贈者

▲The **donor** took it as natural to help others and refused to receive any reward.
那位捐贈者認為幫助別人是很平常的事並拒絕接受報酬。

💡blood donor 捐血者｜organ donor 器官捐贈者

---

8 **ethic**

[ˋɛθɪk]

n. [C] 倫理，道德標準 (usu. pl.)

▲The issue of expired medicine has raised public concern about medical **ethics**.

過期藥品的議題引發大眾對於醫療道德的關心。

---

9 **fragment**

[ˋfrægmənt]

n. [C] 碎片 <of>

▲The vase broke into **fragments**. 花瓶打碎了。

fragment

[ˋfræg͵mɛnt]

v. (使) 破碎 <into>

▲The huge rock **fragmented into** smaller pieces.

這塊大岩石碎成小片。

---

10 **hazard**

[ˋhæzɚd]

n. [C] 危害物 <of, to>

▲Smoking is a major **health hazard**.

吸菸是健康的主要危害物。

💡take the hazard 承受風險｜at/in hazard 冒著危險地｜at all hazards 不顧一切危險地｜occupational hazard 職業性危害

hazard

[ˋhæzɚd]

v. 使遭受危險；冒險猜測

▲The new law **hazards** the safety of pedestrians.

這個新的法律危及行人的安全。

▲We **hazard a guess** that he will be late for the meeting again. 我們冒險猜測他會再次開會遲到。

hazardous

[ˋhæzɚdəs]

adj. 危險的

▲Traveling alone in a foreign country can be **hazardous**.

獨自在國外旅遊可能很危險。

---

11 **inning**

[ˋɪnɪŋ]

n. [C] (棒球中的) 回合，局

▲The player hit a home run in the extra **inning**.

這名球員在延長賽中擊出全壘打。

---

12 **league**

[lig]

n. [C] 聯盟

▲During the war, several countries formed a **league** to fight against their common enemies.

在戰爭期間，部分國家為了對抗共同的敵人而組織聯盟。

💡in league with sb 與…勾結

league [lig]

v. 結盟，聯合 <together>

▲Several women's groups **leagued together** against sex discrimination. 幾個婦女團體聯合起來對抗性別歧視。

---

13 **molecule** [ˋmɑlə͵kjul]

n. [C] 分子

▲A **molecule** is the smallest unit of a substance. 分子是物質的最小單位。

molecular [məˋlɛkjələ˞]

adj. 分子的

▲Heating a protein will change its **molecular structure**. 加熱蛋白質會改變其分子結構。

---

14 **optimism** [ˋɑptə͵mɪzəm]

n. [U] 樂觀 [反] pessimism

▲Even in a desperate situation, he is full of **optimism**. 即使情況很糟，他仍然保持樂觀。

optimist [ˋɑptə͵mɪst]

n. [C] 樂觀的人 [反] pessimist

▲An **optimist** looks at the bright side of things. 樂觀的人看到事物的光明面。

---

15 **photographic** [͵fotəˋgræfɪk]

adj. 攝影的

▲**Photographic** images can be stored on a CD. 攝影圖像可以儲存在光碟上。

---

16 **prohibit** [proˋhɪbɪt]

v. (以法律、規定等) 禁止 <from>

▲Smoking is strictly **prohibited** in this area. 在此區域吸菸是被嚴格禁止的。

---

17 **reassure** [͵riəˋʃʊr]

v. 使安心

▲After the doctor's examination, I felt **reassured** about my father's health. 經過醫生的檢查，我對於我父親的健康感到安心。

---

18 **rim** [rɪm]

n. [C] 邊緣

▲The glass is filled to the **rim**. 這個杯子被裝滿到了邊緣。

rim [rɪm]

v. 環繞 (rimmed | rimmed | rimming)

▲A low fence **rimmed** the swimming pool. 一道矮圍籬把游泳池環繞起來。

---

19 **shareholder** [ˋʃɛr,holdɚ]

n. [C] 股東 [同] stockholder

▲As a **shareholder** of this company, Jack will attend the annual conference this Wednesday.
身為這家公司的股東，Jack 將會出席本週三的年會。

---

20 **sole** [sol]

adj. 唯一的；獨占的，獨有的

▲Mike lost his **sole** son in a car crash.
Mike 在一場車禍中失去了他唯一的兒子。

▲Betty has the **sole** right to use of the equipment.
Betty 擁有該設備的專用權。

sole [sol]

n. [C] 腳底；鞋底

▲The sand on the beach was so hot that burnt the **soles** of my feet. 海灘上的沙子太燙以致於燙傷了我的腳底。

▲My son doesn't like to wear shoes with rubber **soles**.
我兒子不喜歡穿有膠底的鞋子。

sole [sol]

v. 把鞋子配上底

▲The shoemaker had the shoes **soled**. 鞋匠把鞋子配上底。

solely [ˋsollɪ]

adv. 僅，只

▲My mom cooks three meals every day **solely** for the sake of our health. 我母親每天煮三餐僅只是為了我們的健康。

---

21 **stain** [sten]

n. [C] 汙漬；(名聲等的) 汙點

▲Fruit **stains** are difficult to remove. 水果汙漬很難去除。

▲Adam's act has **left** a great **stain** on the family's good name. Adam 的行為給家族的好名聲留下了很大的汙點。

stain [sten]

v. 弄髒 <with>；染色

▲The rug was **stained with** ink. 地毯被墨水弄髒了。

▲Boris **stained** the leather a dark brown color.
Boris 把皮革染成深棕色。

---

22 **surplus** [ˋsɝplʌs]

n. [C][U] 剩餘

▲Let's divide the **surplus** equally.
我們把剩餘的平均分了吧。

surplus [ˋsɝplʌs]	adj. 過剩的 ▲The man wants to invest his **surplus** cash in real estate. 男子想把過剩的錢投資在房地產上。
23 **tick** [tɪk]	n. [C] 滴答聲 ▲Hearing the **ticks** of the clock in a pitch-black room is scary. 在一片漆黑的房裡聽見時鐘的滴答聲讓人感到害怕。
tick [tɪk]	v. 滴答響 ▲The little girl stood there, listening to the clock **ticking**. 小女孩站在那兒聽時鐘滴答滴答響。
24 **unemployment** [ˏʌnɪmˋplɔɪmənt]	n. [U] 失業 (率)；失業救濟金 ▲**Unemployment** is on the rise in the country. 這個國家的失業率正在上升。 ▲After Mike was laid off, he began to **collect unemployment**. Mike 被解僱之後開始領取失業救濟金。 💡 eliminate/reduce unemployment 消除／減少失業率
unemployed [ˏʌnɪmˋplɔɪd]	adj. 失業的，沒有工作的 ▲My aunt has been **unemployed** for two months. 我阿姨已經失業兩個月了。 💡 the unemployed 失業人口
25 **warehouse** [ˋwɛrˏhaʊs]	n. [C] 倉庫 ▲There are lots of **warehouses** near the harbor. 港口附近有很多倉庫。
warehouse [ˋwɛrˏhaʊz]	v. 存入倉庫 ▲After the fire, this company **warehoused** their goods into their new building. 火災過後，這間公司改將商品存入他們的新大樓。

Unit 13

1 **bizarre**
[bɪ`zɑr]

adj. 怪異的

▲The movie was scary because many **bizarre** things happened. 這部電影很嚇人，因為有很多怪異的事情發生。

---

2 **characterize**
[`kærɪktə,raɪz]

v. 描述特點 <as>；是…的特徵

▲The play is **characterized as** a black comedy.
這部劇被描述為有黑色喜劇的特點。

▲Confidence **characterizes** a successful businessman.
自信是一個成功商業人士的特徵。

characterization
[,kærɪktərə`zeʃən]

n. [C][U] (對劇中、書中人物的) 描寫或塑造

▲The **characterization** of the vampire is very unique in this film. 這部電影對吸血鬼的描寫非常特別。

---

3 **commuter**
[kə`mjutɚ]

n. [C] 通勤者

▲The buses are always packed with **commuters** during rush hour. 公車在尖峰時段總是擠滿了通勤者。

---

4 **constitutional**
[,kɑnstə`tjuʃənl̩]

adj. 憲法允許的

▲We have a **constitutional right** to speak freely.
我們能自由言論是憲法允許的權利。

💡constitutional monarchy 君主立憲制

constitutional
[,kɑnstə`tjuʃənl̩]

n. [C] 健身散步

▲My grandma takes a **constitutional** after dinner every day. 我祖母每天晚飯過後都會健身散步。

---

5 **crude**
[krud]

adj. 粗略的；粗俗的

▲This is just a **crude** idea, which may even not be put into practice. 這只是粗略的想法，可能根本不會付諸實行。

▲Nobody appreciated his **crude** sense of humor.
沒有人欣賞他那粗俗的幽默。

💡crude oil/sugar/rubber 原油／粗糖／生橡膠

6	**destiny** [ˋdɛstənɪ]	n. [C] 命運 ▲Robin believed it was his **destiny** to fight for justice. Robin 相信為正義而戰是他的命運。
7	**doorway** [ˋdɔr,we]	n. [C] 門口 ▲Ann stood in the **doorway**. Ann 站在門口。
8	**ethical** [ˋɛθɪkl̩]	adj. 道德的 [同] moral [反] unethical ▲It is not **ethical** for a doctor to reveal the patient's confidences. 醫生洩漏病人的祕密是不道德的。
9	**framework** [ˋfrem,wɝk]	n. [C] 架構 ▲We need to set up the **framework** of the project before we begin. 在我們開始之前，必須先建立好企劃的架構。
10	**heir** [ɛr]	n. [C] 繼承人 ▲Samuel **fell heir to** the great estate. Samuel 繼承了那筆龐大的財產。 heir apparent 法定繼承人
11	**innovation** [,ɪnəˋveʃən]	n. [C] 新事物；[U] 創新 ▲The smartphone is one of the most important **innovations** of the past 20 years. 智慧型手機是近二十年來重大的新事物之一。 ▲The school should try to encourage **innovation** in teaching. 學校應該努力鼓勵教學創新。
	innovate [ˋɪnə,vet]	v. 創新 ▲It's harder but also more rewarding to **innovate**. 創新比較難但得到的回報也比較多。
12	**legacy** [ˋlɛgəsɪ]	n. [C] 遺產 [同] inheritance ▲The billionaire had **left** her son a **legacy** of a billion dollars. 這名億萬富翁留給她兒子十億美元的遺產。
13	**morality** [mɔˋrælətɪ]	n. [U] 正當性 <of>；[C][U] 道德觀 (pl. moralities) ▲We had a debate over the **morality of** euthanasia.

我們就安樂死的正當性進行辯論。

▲Speaking ill of others behind their backs is against my **morality**. 在別人背後說他們的壞話違背我的道德觀。

---

14 **orchard** [ˋɔrtʃɚd]

n. [C] 果園

▲The farmer brought us to see his **plum orchard**.
農夫帶我們去看他的梅子園。

apple/cherry orchard 蘋果／櫻桃園

---

15 **pickup** [ˋpɪkˏʌp]

n. [C] 小卡車，皮卡 (also pickup truck)

▲Although the **pickup** is second-hand, it is still in good condition. 雖然小卡車是二手的，它仍然狀態良好。

---

16 **projection** [prəˋdʒɛkʃən]

n. [U] 放映；[C] 預測

▲The teacher showed us some slides in the **projection** room. 老師在放映室放幻燈片給我們看。

▲The factory failed to reach its production **projections**.
這家工廠未能達到預期的生產目標。

---

17 **rebellion** [rɪˋbɛljən]

n. [C][U] 叛亂 <against>；叛逆 <against>

▲The people finally raised a **rebellion against** the tyrant.
人民終於發動對暴君的叛亂。

▲**Teenage rebellion against** parents or teachers is often regarded as part of the growing-up process.
青少年對家長或老師的叛逆行為常被認為是成長過程的一部分。

suppress/crush a rebellion 鎮壓叛亂

rebellious [rɪˋbɛljəs]

adj. 反叛的；叛逆的

▲Teenagers tend to be **rebellious**. 青少年有叛逆的傾向。

rebellious streak 叛逆的傾向 | rebellious troops 反叛軍

rebelliously [rɪˋbɛljəslɪ]

adv. 叛逆地

▲The boy spoke **rebelliously**, challenging his teacher.
那男孩說話叛逆向老師挑戰。

---

18 **rip** [rɪp]

v. 撕裂，撕碎；劃破 (ripped | ripped | ripping)

▲The letter was **ripped into pieces**. 信被撕碎了。

▲Jane **ripped** her skirt on a nail. Jane 的裙子被釘子劃破。

rip [rɪp]
n. [C] 裂口
▲I sewed up a **rip** in the sleeve. 我把袖子上的裂口縫起來。

---

19 **shatter** [ˋʃætɚ]
v. 粉碎；破壞 <into>
▲The ball **shattered** the window. 這球把窗戶打得粉碎。
▲The news **shattered** her hope. 這個消息破壞了她的希望。

shattering [ˋʃætərɪŋ]
adj. 令人震驚的，毀滅性的
▲The failure of the project was a **shattering blow** to his pride. 計畫失敗讓他的自尊受到毀滅性的打擊。

---

20 **solo** [ˋsolo]
n. [C] 獨奏 (pl. solos)
▲Judy played a piano **solo**. Judy 彈奏了鋼琴獨奏。

solo [ˋsolo]
adv. 單獨地
▲Charles Lindbergh became the very first person to fly **solo** across the Atlantic Ocean.
林白是第一個單獨飛越大西洋的人。

solo [ˋsolo]
adj. 單獨的
▲Vic wants to try a **solo** flight across the world.
Vic 想試試單獨飛越全世界。

---

21 **stake** [stek]
n. [C] 樁；利害關係 <in>
▲The cowboy tied his horse to a **stake**.
牛仔把馬拴在樁上。
▲David has a big **stake in** the success of the plan.
計畫成功與否對 David 有極大的利害關係。
at stake 有失去的危險｜pull up stakes 移居他處；離職｜go to the stake for sth 為…不惜赴湯蹈火

stake [stek]
v. 用樁撐起 <up>；投注 <on>
▲The farmer **staked up** the tomato plants.
農夫用樁撐起番茄苗。
▲Alice **staked** her political future **on** the outcome of the election. Alice 把她的政治前途投注在這場選舉結果上。

💡stake out 標出界線；祕密監視 | stake a claim 宣布所有權

22 **suspend** [sə`spɛnd]

v. 垂掛 <from>；暫緩，暫停；停學 <from>

▲Chandeliers are **suspended from** the ceiling.
天花板上垂掛著吊燈。

▲The rescue operation had to be **suspended** because of bad weather. 因天候惡劣，救援行動必須先暫緩。

▲Jeff was **suspended from** school for misbehaving.
Jeff 因行為不檢而受到停學的處分。

23 **tile** [taɪl]

n. [C] 瓦片；磁磚

▲The strong winds loosened many **tiles** on the roof.
強風使屋頂上的許多瓦片鬆動。

tile [taɪl]

v. 鋪上磁磚

▲The workers spent a whole day **tiling** the floor.
工人花了一整天把地板鋪上磁磚。

24 **unfold** [ʌn`fold]

v. 展開；顯露，揭露 [反] fold

▲Louise **unfolded** the napkin and put it on her lap.
Louise 展開餐巾放在大腿上。

▲The man's scheme began to **unfold** in front of everyone. 這個男人的陰謀開始在每個人面前揭露出來。

25 **warrior** [`wɔrɪɚ]

n. [C] 戰士

▲It took much training to be a good **warrior**.
成為一名好戰士需要接受很多訓練。

Unit 14

1 **blur** [blɝ]

n. [C] 模糊不清的事物

▲Without glasses, everything is a **blur** to me.
沒有了眼鏡，所有的東西對我來說都模糊不清。

blur [blɝ]

v. 變得模糊 (blurred | blurred | blurring)

▲Tina was so sleepy that her vision **blurred**.
Tina 非常地想睡，以致於視線變得模糊。

---

2 **chord** [kɔrd]

n. [C] 和絃

▲With proper **chords**, you can also make a beautiful song of your own. 配上適當的和絃，你也可以創作出你自己的美妙歌曲。

💡strike/touch a chord (with sb) 得到 (…的) 共鳴或贊同

---

3 **compact** [kəmˋpækt]

adj. 小巧的

▲My office is **compact** and well-equipped.
我的辦公室小巧而配備齊全。

compact [ˋkɑmpækt]

n. [C] 協定

▲They made a **compact** to cooperate. 他們訂定合作的協定。

compact [kəmˋpækt]

v. 壓縮

▲We **compacted** all the trash into one garbage bag.
我們把所有的垃圾壓縮到一個垃圾袋裡。

---

4 **constraint** [kənˋstrent]

n. [C] 束縛，限制 (usu. pl.) <on> [同] restriction；[U] 拘束

▲To solve the **financial constraints**, the company decides to lay off half of the employees.
為了解決財務的束縛，這家公司決定裁掉一半的員工。

▲Emma told me to relax and chat without **constraint** at the party. Emma 告訴我在聚會上要放鬆和無拘束地聊天。

💡economic/legal/political constraints 經濟／法律／政治束縛

---

5 **crystal** [ˋkrɪstl̩]

n. [C][U] 水晶

▲My husband bought me a pair of **crystal** earrings as an anniversary gift. 我丈夫買給我一對水晶耳環當作紀念日禮物。

crystal [ˋkrɪstl̩]

adj. 清澈的，透明的

▲My grandparents live by a river with **crystal** water.
我的祖父母住在一條清澈的河旁邊。

💡crystal clear 清澈晶瑩的；清楚明瞭的

---

6 **diagnose**
[ˌdaɪəgˋnos]

v. 診斷 <as, with>

▲The patient's condition was **diagnosed as** a stroke.
這名病患的病況被診斷為中風。

💡sb be diagnosed as having depression/diabetes/flu/cancer
被診斷患有憂鬱症／糖尿病／流感／癌症｜
sb be diagnosed with depression/diabetes/flu/cancer
被診斷患有憂鬱症／糖尿病／流感／癌症

---

7 **dough**
[do]

n. [C][U] 麵團

▲The baker is rolling the **dough**. 麵包師傅在揉麵團。

---

8 **exclaim**
[ɪkˋsklem]

v. 突然大叫

▲"Would you please shut up," Jessica **exclaimed** angrily.
「拜託你閉嘴行不行，」Jessica 生氣地叫了出來。

---

9 **fraud**
[frɔd]

n. [C][U] 詐欺；[C] 騙子

▲The young man was accused of **fraud**.
這個年輕人被控詐欺。

▲The old man was tricked out of millions of dollars by a **fraud** gang. 這位老人被一個詐騙集團騙了數百萬美元。

💡commit fraud 詐欺

---

10 **herb**
[ɝb]

n. [C] 香料

▲Beef stew can be flavored with **herbs**. 燉牛肉可加香料調味。

herbal
[ˋɝbl̩]

adj. 草本的

▲**Herbal** medicine has been replaced by synthetic medicine.
草本的藥物已被合成藥物所取代。

---

11 **inquiry**
[ɪnˋkwaɪrɪ]

n. [C][U] 詢問，查詢 <about>；調查 <into> [同] investigation (pl. inquiries)

▲The tourist made an **inquiry about** the opening hours of the museum. 那位觀光客詢問博物館的開放時間。

▲The government **made** an **inquiry into** the air crash.
政府調查飛機失事的原因。

---

12 **legislative** [ˋlɛdʒɪs͵letɪv]

adj. 立法的

▲The government decided to take **legislative** action over the problem. 政府決定就這個問題採取立法行動。

---

13 **mortality** [mɔrˋtælətɪ]

n. [U] 死亡數量；不免一死

▲Cancer **mortality** among young people has been on the increase. 年輕族群的癌症死亡數量一直在增加。

▲Human beings are subject to **mortality**. 人不免一死。

💡 mortality rate 死亡率

---

14 **originality** [ə͵rɪdʒəˋnælətɪ]

n. [U] 獨創性

▲Carl's work lacks **originality**. Actually, he just copies other people's work.
Carl 的作品缺乏獨創性。事實上，他只是模仿別人的作品。

---

15 **pier** [pɪr]

n. [C] 碼頭

▲As the storm came, huge waves swept over the **pier** and struck the boats docked there.
隨著暴風雨的到來，巨大的海浪席捲碼頭並襲擊了停在那邊的船隻。

---

16 **prone** [pron]

adj. 容易…的，有…的傾向 <to>；俯臥的，趴著的

▲People are **prone to** illness when they are tired.
人們疲勞時容易生病。

▲The police found a dead body lying **prone** on the floor.
警察發現一具俯臥在地板上的屍體。

---

17 **recipient** [rɪˋsɪpɪənt]

n. [C] 收受者

▲You should write the name of the **recipient** in the middle of the envelope. 你應該把收信者的姓名寫在信封中央。

---

18 **rod** [rɑd]

n. [C] 釣竿

▲The old man fished with a **rod** and line. 老人用釣竿垂釣。

---

19 **sheer** [ʃɪr]

adj. 全然的；陡峭的

▲My parents felt **sheer** delight when they heard the good news. 我父母在聽到這個好消息時，感到全然的喜悅。

▲Johnny managed to climb the **sheer** cliff.
Johnny 設法攀爬陡峭的懸崖。

sheer [ʃɪr]
adv. 垂直地
▲The cliff falls **sheer** to the river below.
懸崖陡降直到下面的河川。

---

20 **sophomore** [ˋsɑf͵mor]
n. [C] (高中、大學的) 二年級學生
▲Nancy is now a **sophomore** in college.
Nancy 現在是名大學二年級學生。

---

21 **stall** [stɔl]
n. [C] 攤位；隔欄，欄舍，小隔間
▲My dad bought the magazine from the news **stall**.
我父親從報紙攤位買了這本雜誌。
▲This stable contains eight **stalls**. 這間馬棚有八個隔欄。

stall [stɔl]
v. (把家畜) 關入畜舍中；拖延；(車、引擎等) 熄火，拋錨
▲Can you **stall** that pig? 你可以把那隻豬關入豬舍嗎？
▲Mike asked the teacher a lot of questions to **stall for time** so the teacher wouldn't have the time to give the test.
Mike 問老師一大堆問題來拖延時間，好讓老師沒有時間考試。
▲Lucy's car was **stalled** in the mud. Lucy 的車在淤泥中熄火了。

---

22 **sustainable** [səˋstenəbl̩]
adj. 可持續的
▲Wind energy is a type of **sustainable** energy, which can be used continuously without polluting the environment.
風力發電是一種可持續的能源，可以在不汙染環境的情況下持續使用。

---

23 **tin** [tɪn]
n. [C] (裝餅乾等的) 有蓋金屬盒或罐頭；[U] 錫
▲Iris put a **tin** of peas on the table. Iris 把豌豆罐頭放在桌上。
▲There is a **tin** mine near the cave. 山洞附近有個錫礦。

---

24 **unlock** [ʌnˋlɑk]
v. 打開門鎖
▲Rick **unlocked** the door and entered the house.
Rick 打開門鎖然後進到屋裡。
💡unlock the mystery/secret of sth 解開…之謎

25 **wary** [ˋwɛrɪ]

adj. 小心的 <of>

▲Be **wary of** strangers. 當心陌生人。

Unit 15

1 **blush** [blʌʃ]

n. [C] 臉紅

▲Martin walked away from me to hide his **blushes**.
Martin 為了不想讓我看到他臉紅而走開。

blush [blʌʃ]

v. 臉紅 <with>

▲The little girl **blushed with** embarrassment.
小女孩尷尬地臉紅了。

2 **chore** [tʃor]

n. [C] 雜務

▲Cynthia helps her mother do the **household chores** every day. Cynthia 每天幫母親做家務。

3 **compassionate** [kəmˋpæʃənɪt]

adj. 有同情心的

▲The kind woman is very **compassionate** toward the orphans and often brings some food to them.
這位善心的女士對孤兒富有同情心，經常帶食物給他們。

4 **consultation** [ˌkɑnsl̩ˋteʃən]

n. [U] 商議 <with>；諮詢 <with>

▲The president is **in consultation with** his advisers.
董事長正與他的顧問群商議中。

▲The doctor charges a low fee for **consultation**.
這位醫生的諮詢費用低廉。

5 **custody** [ˋkʌstədɪ]

n. [U] 監護權；拘留

▲After divorce, the mother lost **custody of** her children.
離婚之後，那位母親失去了孩子的監護權。

▲The suspect of this murder was still **in custody**.
這起謀殺案的嫌疑人仍然被拘留中。

💡joint custody 共同監護權｜take sb into custody 拘留…

6 **dialect**

[ˋdaɪə,lɛkt]

n. [C][U] 方言

▲Chinese has a great variety of **dialects**.

漢語有非常多種不同的方言。

7 **driveway**

[ˋdraɪv,we]

n. [C] (連接公用道路與車庫或民宅等的) 車道

▲Don't park your car **on** the **driveway**. Park it in the garage. 不要把你的車停在車道上。停在車庫裡。

8 **exclude**

[ɪkˋsklud]

v. 排除，不包含 <from> [反] include

▲Grandmother asked us to **exclude** sugar **from** our diet.

祖母叫我們不要吃含糖的飲食。

excluding

[ɪkˋskludɪŋ]

prep. 除去

▲Your bill comes to $25, **excluding** tax.

你的帳款除去稅是二十五美元。

9 **freight**

[fret]

n. [U] 貨運；貨物

▲You can send the goods by **air**, **sea**, or **rail freight**.

你可以將這些貨物空運、海運或是陸運。

▲Some ships carry both passengers and **freight**.

有些船載客也載貨。

freight train 貨運列車

freight

[fret]

v. 運送 (貨物) <with>

▲The ship was **freighted with** coal. 這艘船運送著煤炭。

10 **hockey**

[ˋhɑkɪ]

n. [U] 冰上曲棍球 [同] ice hockey

▲Samuel played **hockey** every day to improve his game.

Samuel 為了提升球技每天打冰上曲棍球。

11 **insane**

[ɪnˋsen]

adj. 瘋狂的

▲It was **insane** of you to jump from such a height.

你從這麼高的地方跳下來是一件瘋狂的事。

go insane 發瘋，瘋了 | the insane 精神病患者

12 **liability**

[,laɪəˋbɪlətɪ]

n. [C] 負債 (usu. pl.)；[U] 責任，義務 <for>

▲The man has **liabilities** of nearly a million dollars.

這個男人有將近百萬美元的負債。

▲The driver admitted her **liability for** the car accident.
司機承認了她對這起事故應該負責任。

---

13 **mortgage**
[ˋmɔrgɪdʒ]

n. [C] (房屋) 貸款或抵押
▲The couple have a twenty-year **mortgage** on their new house. 這對夫妻的新家有二十年期的房屋貸款。
💡take out/pay off a mortgage 取得／清償房貸 | mortgage interest rate 房貸利率

mortgage
[ˋmɔrgɪdʒ]

v. 抵押
▲Rex **mortgaged** his house to pay off his debts.
Rex 抵押房子以還清債款。

---

14 **outfit**
[ˋaʊtˌfɪt]

n. [C] (整套) 服裝
▲Tracy had that **outfit** made in Paris.
Tracy 那套服裝是在巴黎訂做的。

outfit
[ˋaʊtˌfɪt]

v. 提供裝備，配置 <with> (outfitted | outfitted | outfitting)
▲The expedition team was **outfitted with** the latest equipment. 探險隊配置了最新裝備。

---

15 **pillar**
[ˋpɪlɚ]

n. [C] 柱子，柱狀物；(團體中的) 核心人物，臺柱 <of>
▲The roof is supported by four huge **pillars**.
屋頂由四根大柱子支撐。
▲Mr. Brown is **a pillar of society**.
Brown 先生是社會的中堅分子。
💡from pillar to post 到處奔走，四處奔波 | pillar of strength 中流砥柱

---

16 **propaganda**
[ˌprɑpəˋgændə]

n. [U] (政治等的) 宣傳
▲People's opinions are greatly influenced by political **propaganda**. 民意深受政治宣傳的影響。

---

17 **recruit**
[rɪˋkrut]

v. 招募 <to, for>
▲The golf club **recruited** a few new members.
高爾夫俱樂部招募了幾個新會員。

recruit [rɪ`krut]

n. [C] 新兵；新進人員，新手

▲How many **raw recruits** are enlisted and trained?
有多少新兵入伍受訓？

▲The manager addressed the new **recruits** to the company. 經理對公司新進職員說話。

draft/drill/seek recruits 徵募／訓練／尋求新兵或新手

recruitment [rɪ`krutmənt]

n. [U] 招募

▲We will start our annual **recruitment** of college graduates in June. 我們六月將展開年度招募大學畢業生的工作。

---

18 **sacred** [`sekrɪd]

adj. 神聖的

▲The Bible is **sacred** to all Christians.
《聖經》對所有基督徒而言是神聖的。

---

19 **sheriff** [`ʃɛrɪf]

n. [C] (縣、郡的) 治安官，警長

▲The local **sheriff** has already come to the scene.
地方的治安官已到現場。

---

20 **sovereignty** [`savrɪntɪ]

n. [U] 主權 <over>

▲People should learn to protect national **sovereignty**.
人民應該學習保護國家主權。

---

21 **stance** [stæns]

n. [C] 立場 <on>

▲What is your **stance on** the presidential election?
你對於總統大選的立場為何？

---

22 **swap** [swap]

v. 交換 <for, with> [同] exchange (swapped | swapped | swapping)

▲Thomas **swapped** his camera **for** a watch.
Thomas 用相機來換手錶。

swap [swap]

n. [C] 交換 (usu. sing.)

▲The boss asked us to arrange a job **swap**.
老闆要求我們安排交換工作。

do a swap 作交換

---

23 **torch** [tɔrtʃ]

n. [C] 火炬；手電筒 [同] flashlight

▲The Olympic **torch** is now carried by a famous runner.
奧林匹克聖火現在由一位知名的跑者傳遞。

▲The police shines the **torch** over the man in the dark and asks him to put his hands up.
警察用手電筒照亮在暗處的男子並要求他舉高雙手。

carry a torch for sb 暗戀…

torch [tɔrtʃ]

v. 縱火

▲The drunk man **torched** the building to take revenge on society. 這名酒醉的男子縱火燒大樓來報復社會。

---

24 **upgrade** [ʌp`gred]

v. 升級 [反] downgrade

▲Medical facilities are being **upgraded**.
醫療設施正在升級中。

upgrade [`ʌp,gred]

n. [C] 改進

▲We need **upgrades** in our security system.
在保安系統上我們需要改進。

---

25 **weird** [wɪrd]

adj. 怪異的 [同] strange

▲The man is very **weird**. He is wearing a T-shirt on such a cold day. 這男人很奇怪。他在這麼冷的天氣穿著一件 T 恤。

Unit 16

1 **bolt** [bolt]

n. [C] 門閂；閃電

▲Sam slowly slid the **bolt** open and left the house quietly.
Sam 慢慢地把門閂打開，悄悄地離開了房子。

▲A **bolt of lightning** struck the tree. 一道閃電擊中這棵樹。

make a bolt for sth 往…急忙逃走

bolt [bolt]

v. 奔逃，逃跑 <for>；囫圇吞嚥 <down> [同] gobble

▲The audience **bolted for** the exit. 觀眾急忙往出口逃。

▲The boy **bolted down** two sandwiches and rushed to class.
男孩囫圇吞了兩個三明治後趕去上課。

2 **chronic** [ˋkrɑnɪk]
adj. 慢性的 [反] acute
▲The old man has suffered from a **chronic** heart disease for years. 那位老人受慢性心臟病之苦已經很多年了。

3 **compel** [kəmˋpɛl]
v. 迫使 <to> (compelled | compelled | compelling)
▲The illness **compelled** the student **to** give up his studies.
這疾病迫使那位學生放棄他的學業。

4 **contempt** [kənˋtɛmpt]
n. [U] 輕蔑 <for>
▲He showed **contempt for** the poor. 他對窮人表現出輕蔑的態度。
💡hold sb/sth in contempt 輕視… | beneath contempt 令人不齒 | with contempt 輕蔑地

5 **customs** [ˋkʌstəmz]
n. [pl.] 海關
▲It took me a long time to go through **customs**.
我花了很多時間才通過海關。

6 **diameter** [daɪˋæmətɚ]
n. [C][U] 直徑
▲The circle is five inches in **diameter**. 這個圓的直徑為五英寸。

7 **ego** [ˋigo]
n. [C] 自我 (意識) 或自負 (pl. egos)
▲Nelson has such a big **ego** that he regards himself as the champion in the contest.
Nelson 很自負，認為自己是這場比賽的冠軍。
💡boost sb's ego 增強…的自信心

8 **exclusive** [ɪkˋsklusɪv]
adj. 獨有的，專用的，專有的
▲The scholar has the **exclusive** right to use the private library.
這位學者有使用這個私人圖書館的專有權。
💡exclusive report/interview 獨家報導／採訪

9 **frontier** [frʌnˋtɪr]
n. [C] 國界；[sing.] (尤指十九世紀美國西部的) 邊疆
▲Music has no **frontiers**. 音樂無國界。

▲Stories about cowboys on the American **frontier** are fascinating. 美國邊疆牛仔的故事引人入勝。

---

10 **honorable**
[ˋɑnərəbl̩]

adj. 值得尊敬的

▲In my country, serving in the military is considered an **honorable** profession. 在我的國家，從軍被認為是值得尊敬的職業。

---

11 **installation**
[ˌɪnstəˋleʃən]

n. [U] 安裝

▲Tim was blamed for the **installation** of unnecessary software on the company's computer.
Tim 因為在公司的電腦上安裝不必要的軟體而被責罵。

---

12 **lounge**
[laʊndʒ]

n. [C] (飯店、機場等的) 休息室

▲The staff can take a break in the staff **lounge**, such as chatting and having some snacks.
員工可以在員工休息室小憩，像是聊天和吃零食。

💡the departure lounge 候機室

lounge
[laʊndʒ]

v. 閒晃 <around>

▲My cousin likes to **lounge around** during the weekend.
我表哥週末喜歡四處閒晃。

---

13 **motive**
[ˋmotɪv]

n. [C] 動機 <for>

▲Before scolding Julie, you should find out her **motive for** telling a lie. 你在責備 Julie 之前，應該找出她說謊的動機。

---

14 **outlet**
[ˋaʊtˌlɛt]

n. [C] 宣洩方法 <for>；零售店

▲Painting is her **outlet for** stress. 繪畫是她宣洩壓力的方法。

▲That store has several **outlets** around the city.
那間店在這城市有很多零售店。

---

15 **pipeline**
[ˋpaɪpˌlaɪn]

n. [C] (石油、瓦斯等的) 輸送管

▲The government needs to build a gas **pipeline** here immediately. 政府必須立即在這裡建造瓦斯輸送管。

💡in the pipeline 正在進行中

---

16 **prophet** [ˋprɑfɪt]
n. [C] 預言家，先知
▲Listen to the words of the **prophet** carefully. 仔細聽先知的話。

17 **regime** [rɪˋʒim]
n. [C] 政權
▲The country is prospering under the new **regime**.
那個國家在新政權下蓬勃發展。

18 **saddle** [ˋsædl̩]
n. [C] 馬鞍
▲Put a **saddle** on the horse before riding it. 騎馬前先裝上馬鞍。
in the saddle 掌權；騎馬

saddle [ˋsædl̩]
v. 使承擔 (責任) <with>
▲Ann is **saddled with** too many jobs. Ann 擔負太多工作。

saddler [ˋsædlɚ]
n. [C] 馬具商
▲The **saddler** sells the best saddles and leather objects for horses in town. 這位馬具商賣鎮上最好的馬鞍和皮製馬具。

19 **shield** [ʃild]
n. [C] 盾牌 (等保護物) <against>
▲The bank robber used one of the bank clerks as a human **shield**. 銀行搶匪挾持一名銀行行員當作人體盾牌。

shield [ʃild]
v. 保護 <from>
▲Motorcyclists wear helmets to **shield** their heads **from** injury.
機車騎士戴安全帽保護頭部以免受傷。

20 **spacious** [ˋspeʃəs]
adj. 寬敞的 [同] roomy
▲It is really a **spacious** hall. 這真是個寬敞的大廳。

21 **startle** [ˋstɑrtl̩]
v. 吃驚
▲I was **startled** by the horrible sight of the car crash.
那場車禍的駭人景象使我大吃一驚。

startling [ˋstɑrtl̩ɪŋ]
adj. 令人吃驚的
▲The **startling** news spread quickly.
這令人吃驚的消息很快地傳開。

22 **symptom** [ˋsɪmptəm]
n. [C] 症狀 <of>；徵兆 <of> [同] indication
▲A cough and a sore throat are the usual **symptoms of** a cold. 咳嗽和喉嚨痛是感冒常有的症狀。

▲The rapid rise in prices is a **symptom of** inflation.
物價飆漲是通貨膨脹的徵兆。

---

23 **tournament** [ˋtɝnəmənt]

n. [C] 錦標賽

▲Peter won the championship in the **tournament**.
Peter 贏得錦標賽冠軍。

💡tennis/badminton/golf tournament 網球／羽球／高爾夫球錦標賽

---

24 **utility** [juˋtɪlətɪ]

n. [C] 設施

▲The rent includes **utilities** such as gas, water, and electricity.
租金包含公共設施費用，像瓦斯、水和電。

---

25 **whine** [waɪn]

n. [C] 哀鳴聲 (usu. sing.)

▲A high-pitched **whine** came out from an empty house.
尖銳的哀鳴聲從無人的房子傳出。

whine [waɪn]

v. 哀鳴

▲The old man heard his dog **whining** outside the door.
老人聽到他的狗在門外哀鳴著。

Unit 17

1 **bonus** [ˋbonəs]

n. [C] 獎金，紅利

▲The workers received their Christmas **bonuses**.
員工收到他們的耶誕節獎金。

---

2 **chunk** [tʃʌŋk]

n. [C] 厚塊

▲The butcher cut a **chunk** of meat for my mom.
肉販切一大塊肉給我的母親。

💡a chunk of meat/bread/wood/ice 一大塊肉／麵包／木頭／冰塊

chunky [ˋtʃʌŋkɪ]

adj. 厚重的，厚實的，沉甸甸的

▲The **chunky** pair of earrings hurt my ears.
這副沉甸甸的耳環讓我的耳朵很痛。

3 **compensation** [ˌkampənˋseʃən]

n. [U] 賠償金

▲The electricity company promised to give **compensation** for losses caused by the power outage.
電力公司承諾會賠償停電造成的損失。

💡 in compensation for sth 作為…的賠償

---

4 **continental** [ˌkantəˋnɛntl̩]

adj. 大陸 (性) 的

▲A **continental** climate is much drier than an oceanic one.
大陸性氣候比海洋性氣候乾燥多了。

---

5 **debut** [deˋbju]

n. [C] 首次亮相

▲The ballet dancer made her **debut** in *The Nutcracker* at the age of 18.
這位芭蕾舞者在十八歲時於《胡桃鉗》中首次亮相。

---

6 **diaper** [ˋdaɪəpɚ]

n. [C] 尿布

▲Eco-friendly parents use cloth **diapers** instead of disposable **diapers** on their babies.
環保的父母讓他們的小孩使用布尿布而不是紙尿布。

---

7 **emission** [ɪˋmɪʃən]

n. [C] (氣體、熱量、光線等的) 排放

▲It has been proven that driving hybrid cars can cut vehicle **emissions**. 駕駛油電混合車已經被證實能減少車輛廢氣的排放。

---

8 **execution** [ˌɛksɪˋkjuʃən]

n. [U] 實行

▲The **execution** of the project went well. 這個計畫進行順利。

---

9 **galaxy** [ˋgæləksɪ]

n. [C] 星系 (pl. galaxies)

▲Scientists have discovered a giant **galaxy**.
科學家發現一個巨大的星系。

---

10 **hormone** [ˋhɔrmon]

n. [C] 荷爾蒙

▲When women are getting old, the **hormones** in their bodies decrease. 當女人逐漸年長，她們體內的荷爾蒙會減少。

---

11 **integrate** [ˋɪntəˌgret]

v. 融合，融入 <into, with>

▲Simon is trying hard to **integrate** himself **into** the new school. Simon 很努力融入新的學校。

---

12 **lump** [lʌmp]

n. [C] 腫塊；方糖

▲My classmate banged his head against a shelf and got a big **lump**. 我同學的頭撞到架子腫了一個大包。

▲I want two **lumps** in my tea. 我的茶要放兩塊方糖。

have a lump in sb's throat 哽咽

lump [lʌmp]

v. 把⋯湊在一起，歸攏在一起 <together>

▲We **lumped** our money **together** to buy her a birthday present. 我們湊錢為她買生日禮物。

---

13 **mumble** [ˋmʌmbl̩]

v. 含糊地說，咕噥

▲Jack **mumbled** to himself while he was doing the housework. Jack 一邊做家事一邊喃喃自語。

mumble [ˋmʌmbl̩]

n. [C] 喃喃自語 (usu. sing.)

▲Helen spoke in a low **mumble**, and I could hardly hear what she had said.
Helen 喃喃自語低聲說話，我幾乎聽不到她在說什麼。

---

14 **outsider** [ˌautˋsaɪdɚ]

n. [C] 外人，局外人 [反] insider

▲Even though I have been living in Japan for 10 years, I still feel like an **outsider** here.
即使我已在日本住了長達十年，我仍覺得自己在這裡是外人。

---

15 **pirate** [ˋpaɪrət]

n. [C] 海盜

▲According to the news report, some **pirates** attacked a liner. 根據新聞報導，一些海盜攻擊一艘郵輪。

pirate [ˋpaɪrət]

v. 盜版，剽竊

▲It is illegal to **pirate** CDs. 盜版光碟是違法的。

---

16 **proportion** [prəˋporʃən]

n. [C] 部分；比例 [同] ratio

▲A large **proportion** of the trainees drop out in the first month. 大部分的受訓者在第一個月就退出了。

▲The **proportion** of boys to girls in the class is 5 to 4.
這個班級的男女生比例為五比四。

💡in proportion to sth 與…成比例｜out of (all) proportion to sth 與…不成比例｜keep a sense of proportion 辨別輕重緩急

proportion [prə`porʃən]

v. 使成比例，使協調 <to>

▲The furniture is well **proportioned to** the room. 家具與房間很相稱。

---

17 **reinforce** [ˌriɪn`fors]

v. 加強

▲The police **reinforce** law enforcement because the crime rate is increasing. 因為犯罪率增加，所以警方加強執法。

reinforcement [ˌriɪn`forsmənt]

n. [U] 加強

▲The bridge needs **reinforcement** before the rainy season. 在雨季前這座橋梁需要補強。

---

18 **salmon** [`sæmən]

n. [C] 鮭魚 (pl. salmon)

▲**Salmon** return to the rivers where they were born. 鮭魚會洄游至出生的河流。

---

19 **shiver** [`ʃɪvɚ]

n. [C] 顫抖

▲A **shiver** ran down my back. 我背上感到一陣寒顫。

shiver [`ʃɪvɚ]

v. (因寒冷或恐懼而) 顫抖 <with> [同] tremble

▲I was **shivering with** cold. 我冷得直發抖。

---

20 **sparkle** [`sparkl̩]

v. 閃閃發光

▲The icy road **sparkled** in the sunlight. 結冰的路面在陽光下閃閃發光。

sparkle [`sparkl̩]

n. [C][U] 光芒

▲I know that Jenny is in love from the **sparkle** in her eyes. 我從 Jenny 眼中的閃耀光芒知道她戀愛了。

---

21 **steer** [stɪr]

v. 駕駛；引導

▲The captain **steered** the ship out of the harbor. 船長將船駛離港口。

▲The coach **steered** his team to victory. 教練帶領他的隊伍獲得勝利。

💡steer the conversation away 轉移話題

steer [stɪr]

n. [C] 建議

▲My father gave me a **steer** on my studies.

我的父親在我的學業方面給予我建議。

---

22 **tackle** [ˋtækl̩]

v. 處理或解決 (難題等)

▲The firefighters finally **tackled** the blaze, but the building had burned to ashes.

消防隊員終於控制火勢，但房子已經燒成灰燼。

tackle [ˋtækl̩]

n. [U] 工具

▲Alan took his fishing **tackle** with him to the lake.

Alan 攜帶著他的釣魚工具去湖邊。

---

23 **traitor** [ˋtretɚ]

n. [C] 背叛者，叛徒

▲Alex was a **traitor** to his country. Alex 是賣國賊。

---

24 **utilize** [ˋjutəˏlaɪz]

v. 使用

▲Human beings **utilize** nuclear energy not only for generating electricity but also for making weapons.

人們使用核能不僅是為了生產電力，還為了製造武器。

---

25 **wig** [wɪg]

n. [C] 假髮

▲Leo wears a **wig** to cover his bald head.

Leo 戴假髮掩蓋他的禿頭。

Unit 18

1 **booth** [buθ]

n. [C] 小隔間 (pl. booths)

▲The detective sat in the back **booth**, observing the bar.

警探坐在後面的隔間觀察這個酒吧。

a phone booth 電話亭 | a polling/voting booth 投票間

---

2 **cite** [saɪt]

v. 引用 [同] quote

▲The poem **cited** in my report was written by Shakespeare.

我報告中所引用的詩是莎士比亞寫的。

3 **competent** [ˋkɑmpətənt]

adj. 勝任的 <at> [反] incompetent

▲Bill is hard-working but he is not **competent at** his job.
Bill 很努力，但他無法勝任工作。

---

4 **contractor** [ˋkɑntræktɚ]

n. [C] 承包商

▲The **contractor** promised to control the water leaks and repair the water damage in the office building within a week.
承包商允諾會在一週內控制辦公大樓的漏水及修復漏水造成的損壞。

---

5 **decay** [dɪˋke]

n. [U] 腐敗；衰退，衰微

▲The deserted wooden cottage smelled of **decay**.
這間被遺棄的木造小屋有腐敗的味道。

▲Many local traditions have fallen into **decay** in recent years. 近年來許多的地方傳統都已式微。

decay [dɪˋke]

v. 腐敗 [同] rot；衰退 [同] decline

▲The meat began to **decay** without refrigeration.
肉類在沒有冷藏之下開始腐敗。

▲As you age, your mental and physical health will **decay**.
隨著你的年紀增長，身心健康都會衰退。

---

6 **digestion** [daɪˋdʒɛstʃən]

n. [U] 消化

▲A cow's stomach is divided into 4 chambers, which helps it store food for later **digestion**.
牛的胃分為四個腔室，幫助牠儲存食物以便稍後消化。

---

7 **endorse** [ɪnˋdɔrs]

v. (公開) 贊同，支持

▲We totally **endorse** what the leader said.
我們完全贊同領袖所說的話。

endorsement [ɪnˋdɔrsmənt]

n. [C][U] 支持，認可

▲We need some **endorsements** to launch the campaign.
我們需要一些支援來展開這項活動。

---

8 **exile** [ˋɛgzaɪl]

n. [U] 流放，放逐

▲The criminal was sent into **exile**. 犯人被流放到國外。

exile [ˋɛgzaɪl]

v. 流放，放逐

▲Napoleon was **exiled** to Saint Helena in 1815.
拿破崙於 1815 年時被流放到聖赫勒拿島。

---

9 **gasp** [gæsp]

n. [C] 喘氣或倒抽一口氣

▲Craig gave a **gasp** of horror when he saw a snake in the bedroom. Craig 看到房間裡有蛇，嚇得倒抽一口氣。

💡the last gasp 最後一口氣，奄奄一息

gasp [gæsp]

v. 喘氣 <for>；(因驚訝等) 倒抽一口氣，屏息

▲The swimmer raised his head and **gasped for** air.
泳者抬起頭來喘氣。

▲Kelly **gasped** when she saw that the kitten was almost hit by a car. Kelly 看到小貓差點被車撞到，她倒抽了一口氣。

---

10 **hostage** [ˋhɑstɪdʒ]

n. [C] 人質

▲The girl was taken **hostage** by the bank robber.
女孩被銀行搶匪扣為人質。

---

11 **integration** [ˌɪntəˋgreʃən]

n. [U] 整合，結合

▲The **integration** of the bus and the MRT systems saves passengers a lot of time.
公車與捷運系統的整合節省乘客不少時間。

---

12 **mandate** [ˋmændet]

n. [C] (政黨等經選舉獲得的) 授權

▲This party has a **mandate** for reform after the election victory. 選舉獲勝後，這政黨有改革的權力。

---

13 **municipal** [mjuˋnɪsəpl̩]

adj. 市政的

▲The **municipal** authorities have to manage 20 administrative areas. 市政府當局必須管理二十個行政區。

💡municipal government 市政府｜municipal election 市政選舉｜municipal library 市立圖書館

---

14 **overhead** [ˌovɚˋhɛd]

adv. 在頭上方，在空中

▲A flock of seagulls flew **overhead**. 一群海鷗從頭頂上飛過。

overhead

adj. 在頭上方的，高架的

[ˋovɚ,hɛd] ▲There are many **overhead** power lines in my village. 在我的村莊裡，有很多高架輸電線。

overhead [ˋovɚ,hɛd]
n. [C][U] (公司的) 經常性支出，營運成本
▲The **overhead** is extremely high since the office is in New York. 因為辦公室在紐約，所以營運成本非常地高。

---

15 **placement** [ˋplesmənt]
n. [C][U] 臨時工作或實習工作
▲Anna's father found a **placement** for her in his company right after she graduated from university.
Anna 從大學畢業後，她父親馬上幫她在自己公司找到一份臨時工作。

---

16 **prosecution** [,prɑsɪˋkjuʃən]
n. [C][U] 起訴
▲The suspect will face **prosecution** only when there is enough evidence to prove that he or she was involved in the crime.
嫌疑犯只在有足夠的證據證明他或她與犯罪有關時才會遭到起訴。

---

17 **render** [ˋrɛndɚ]
v. 使變成 [同] make；給與
▲The defendant's insulting remarks **rendered** the judge speechless. 被告侮辱的話讓法官啞口無言。
▲Help will be **rendered** if necessary. 需要時會給與援助。

---

18 **scan** [skæn]
n. [C] 掃描
▲The pregnant woman was rushed to the hospital for a **scan** after she fell down. 那名孕婦跌倒後被緊急送往醫院做掃描。

scan [skæn]
v. 審視；瀏覽 [同] skim (scanned | scanned | scanning)
▲Peter **scanned** her face for a sign of hope.
Peter 審視她的臉龐，盼有一絲希望。
▲I **scanned** the newspaper before I went to work.
我上班前瀏覽了報紙。

---

19 **shove** [ʃʌv]
v. 猛推，推擠；隨便放，亂塞
▲The girl **shoved** through the crowd. 女孩推擠著穿越人群。
▲The mailman **shoved** the letter into his pocket.
郵差把信塞入口袋。

shove [ʃʌv]

n. [C] 猛推，推擠

▲My friend gave me a hard **shove**. 我朋友猛推我一下。

---

20 **specialize** [ˋspɛʃə͵laɪz]

v. 專攻 <in>

▲My company **specializes in** making handcrafted furniture and cooking utensils. 我的公司專門製作手工家具和炊具。

---

21 **stereotype** [ˋstɛrɪə͵taɪp]

n. [C] 刻板印象

▲Some people have **stereotypes** about different races and cultures. 有些人對於不同的種族和文化有刻板印象。

stereotype [ˋstɛrɪə͵taɪp]

v. 以刻板印象看待…，把…定型 <as>

▲Asians are **stereotyped as** hard workers.
亞洲人被定型為辛勤的工作者。

---

22 **tangle** [ˋtæŋgl̩]

n. [C] 纏結的一團

▲The wool was in a **tangle**. 毛線纏結成一團。

tangle [ˋtæŋgl̩]

v. 纏結，纏住

▲The fishing line **tangles** every time he throws a cast.
他每次甩竿時釣魚線都纏結在一起。

---

23 **transit** [ˋtrænzɪt]

n. [U] 通過；運送

▲They granted us safe **transit** across the country.
他們允許我們安全通過該國。

▲My luggage was lost **in transit**. 我的行李在運送過程中遺失。

💡transit lounge 轉機候機室 | transit visa 過境簽證

transit [ˋtrænsɪt]

v. 通過，穿越

▲We are **transiting** the Straits of Gibraltar.
我們現在正穿越直布羅陀海峽。

---

24 **variable** [ˋvɛrɪəbl̩]

n. [C] 變數 [反] constant

▲I can't tell you the exact cost beforehand because there are so many **variables**.
我不能事先告訴你確切的成本，因為有很多變數。

variable [ˋvɛrɪəbl̩]

adj. 多變的

▲Willy is a man of **variable** moods.

Willy 是一位心情多變的男子。

---

25 **wilderness** [ˋwɪldɚnɪs]

n. [C] 荒地 (usu. sing.)

▲The Sahara is one of the largest **wildernesses** in the world. 撒哈拉沙漠是世界上最大的荒地之一。

Unit 19

1 **boredom** [ˋbordəm]

n. [U] 無聊

▲My classmates started to play cards to relieve the **boredom.** 為了解悶，我的同學們玩起牌來。

---

2 **citizenship** [ˋsɪtəzn̩ˌʃɪp]

n. [U] 公民身分

▲Iris is applying for American **citizenship**. Iris 正在申請美國公民身分。

---

3 **compliance** [kəmˋplaɪəns]

n. [U] 遵守 <with>

▲All the experiments in the laboratory must be conducted **in compliance with** safety regulations. 這個實驗室進行的所有實驗都必須遵守安全規範。

---

4 **contradiction** [ˌkɑntrəˋdɪkʃən]

n. [C][U] 矛盾

▲There is a **contradiction** between the man's testimony and the clues found in the house. 那個男子的證詞和屋中找到的線索有矛盾之處。

💡in contradiction to sth 與…相反

contradictory [ˌkɑntrəˋdɪktərɪ]

adj. 矛盾的 <to>

▲The result of the study is **contradictory to** the previous ones. 這個研究的結果與先前的相矛盾。

---

5 **deceive** [dɪˋsiv]

v. 欺騙 <into>

▲The dishonest businessman **deceived** the old lady **into** signing the contract. 那個不誠實的商人欺騙老太太簽合約。

6 **dimension**
[də`mɛnʃən]

n. [C] 尺寸 (usu. pl.) [同] measurement；規模
▲Please tell me the **dimensions** of the room.
請告訴我這房間的尺寸。
▲The researchers are considering the **dimensions** of the problem. 研究人員正在考慮這問題的規模。

7 **enterprise**
[`ɛntɚ,praɪz]

n. [C] 事業
▲The ambitious young man dreams of starting a new **enterprise** of his own.
這位有抱負的年輕人夢想開創自己的新事業。

8 **exploit**
[ɪk`splɔɪt]

v. 開發 (資源)；剝削
▲Most of the natural resources in that country have been **exploited**. 那個國家大部分的天然資源都已被開發利用。
▲The stingy factory owner **exploits** his workers with long hours and low wages.
這小氣的工廠老闆用長工時、低薪資來剝削工人。

exploit
[ɪk`splɔɪt]

n. [C] 英勇的行為 (usu. pl.)
▲The soldier's **exploits** in the war brought honor to his family. 那位士兵在戰場上英勇的行為帶給家人榮耀。

9 **generator**
[`dʒɛnə,retɚ]

n. [C] 發電機
▲The **generator** will be on automatically if there is a power outage. 若有停電，發電機會自動開啟。

10 **hostility**
[hɑs`tɪlətɪ]

n. [U] 敵意 <to, toward>
▲As a newcomer to this town, I constantly feel the **hostility toward** me from the locals.
身為這城鎮的新來者，我一直感受到當地人對我的敵意。

hostilities
[hɑs`tɪlətɪs]

n. [pl.] 戰爭，戰鬥
▲**Hostilities** will break out one day between the two sides. 雙方之間終有一天會爆發戰爭。

11 **integrity**
[ɪn`tɛgrətɪ]

n. [U] 正直；完整性 [同] unity
▲As a man of **integrity**, Mr. Gilbert is not likely to betray

his team.

身為一個正直的人，Gilbert 先生不太可能背叛他的團隊。

▲Our nation's **integrity** must be protected.

我們國家的完整性必須加以保衛。

---

12 **masculine** [ˋmæskjəlɪn]

adj. 男性的

▲Cathy has a deep **masculine** voice.

Cathy 有深沉的男性嗓音。

masculine [ˋmæskjəlɪn]

n. [C] 陽性 (the ～)

▲The Spanish word for "color" is the **masculine.**

在西班牙語中「顏色」一詞是陽性。

masculinity [ˌmæskjəˋlɪnətɪ]

n. [U] 男子氣概

▲Tom tried to prove his **masculinity** by excelling in sports. Tom 試著利用精通運動來證明他的男子氣概。

---

13 **mustard** [ˋmʌstɚd]

n. [U] 芥末醬

▲I always put **mustard** on my hot dogs.

我總是在熱狗上放芥末醬。

---

14 **overwhelm** [ˌovɚˋhwɛlm]

v. (在情感等方面) 使深受影響 [同] overcome

▲Jenny was **overwhelmed** while listening to the orchestra playing her favorite symphony.

聽到管弦樂團演奏她最喜愛的交響樂曲令 Jenny 激動不已。

overwhelming [ˌovɚˋhwɛlmɪŋ]

adj. 無法抗拒的

▲Drug addicts have an **overwhelming** desire to take drugs. 吸毒成癮者對吸食毒品有無法抗拒的慾望。

overwhelmingly [ˌovɚˋhwɛlmɪŋlɪ]

adv. 壓倒性地

▲The performance is **overwhelmingly** successful.

演出壓倒性地成功。

---

15 **plural** [ˋplurəl]

adj. 複數的

▲Some nouns such as "family" and "couple" can take both singular and **plural** verbs.

一些名詞像是 family 和 couple 可接單數或複數動詞。

plural [ˋplʊrəl]

n. [C][U] 複數

▲The word “sheep” remains the same in the **plural**.
sheep 這個字複數形也是 sheep。

---

16 **province** [ˋprɑvɪns]

n. [C] 省

▲Ontario is the second largest **province** in Canada.
安大略是加拿大第二大省。

---

17 **rental** [ˋrɛntḷ]

n. [C][U] 租金

▲How much is the monthly **rental** for that apartment?
那間公寓每月的租金是多少錢？

---

18 **scar** [skɑr]

n. [C] 傷疤；(心靈、精神上的) 創傷

▲Shelly has a **scar** on her forehead.
Shelly 的額頭上有一個傷疤。

▲Such an awful experience must have **left a scar** on her.
如此可怕的經驗一定在她心裡留下了創傷。

scar [skɑr]

v. 留下傷疤 (scarred | scarred | scarring)

▲The pirate’s cheek was **scarred** by a sword cut.
這個海盜的臉頰上有一道刀疤。

---

19 **shrug** [ʃrʌg]

n. [C] 聳肩 (usu. sing.)

▲Watson said, “I don’t know,” with a **shrug**.
Watson 聳肩地說：「不知道。」

shrug [ʃrʌg]

v. 聳肩 (shrugged | shrugged | shrugging)

▲When I asked Ben where his sister was, he just replied by **shrugging** his shoulders.
當我詢問 Ben 他的姊姊在哪裡，他只以聳肩答覆。

---

20 **specify** [ˋspɛsə͵faɪ]

v. 詳細說明，明確指出

▲Please **specify** the time and place for our next meeting.
請詳述下次集會的時間和地點。

---

21 **stew** [stju]

n. [C] 燉煮的食物

▲My favorite dish is beef **stew**. 我最喜歡的菜肴是燉牛肉。

stew [stju]

v. 燉煮

▲**Stew** the meat for 2 hours. 把肉燉兩個小時。

22 **tempt** [tɛmpt]

v. 引誘，吸引 <to>

▲Customers are **tempted to** buy more because of special offers. 顧客因為特惠而被引誘買得更多。

23 **transition** [træn`zɪʃən]

n. [C][U] 轉變

▲The **transition** from a feudal society to a modern one took years. 封建社會轉變成現代社會需要好幾年的時間。

in transition 在過渡期

24 **vein** [ven]

n. [C] 靜脈

▲**Veins** carry blood toward the heart while the arteries are quite the opposite.
靜脈往心臟輸送血液，而動脈正好相反。

25 **windshield** [`wɪnd,ʃild]

n. [C] 擋風玻璃

▲Last Monday morning, William found that the **windshield** of his car had been crushed by a falling rock. 上週一早上，William 發現他車子的擋風玻璃被掉下來的石頭砸壞了。

Unit 20

1 **boundary** [`baʊndərɪ]

n. [C] 邊界 (pl. boundaries)

▲Many Mexicans illegally crossed the **boundary** between Mexico and America. 許多墨西哥人非法跨越墨西哥及美國邊界。

2 **civic** [`sɪvɪk]

adj. 市民的

▲Being the host city for this international sports event has created **civic** pride in this area.
擔任此國際運動賽事的主辦城市已是這裡市民的驕傲。

3 **complication** [ˌkɑmpləˋkeʃən]

n. [C][U] 使更複雜或困難的事物

▲Bad weather added **complication** to the rescue of the crash victims. 惡劣的天氣讓失事受害者的救援增加更多的困難。

---

4 **controversy** [ˋkɑntrəˌvɝsɪ]

n. [C][U] 爭議 <over, about> (pl. controversies)

▲The educational reform has caused much **controversy**. 教育改革引起很多爭議。

---

5 **dedicate** [ˋdɛdəˌket]

v. 奉獻 <to>

▲George has **dedicated** his youth and passion **to** the company. George 對公司奉獻出他的青春和熱情。

---

6 **diplomatic** [ˌdɪpləˋmætɪk]

adj. 有手腕的 <with> [同] tactful

▲The salesperson is **diplomatic with** all of his customers. 推銷員對他所有的顧客都很有手腕。

---

7 **enthusiastic** [ɪnˌθjuzɪˋæstɪk]

adj. 熱中的 <about>

▲My best friend became **enthusiastic about** modern drama. 我最好的朋友熱中於現代戲劇。

---

8 **exploration** [ˌɛkspləˋreʃən]

n. [C][U] 探索

▲The travelers hired experienced tour guides to help with the **exploration of** the mountain so that they wouldn't get lost. 這些旅客僱用有經驗的領隊協助探索這個山區，這樣他們就不會迷路了。

---

9 **genetics** [dʒəˋnɛtɪks]

n. [U] 遺傳學

▲**Genetics** is the study of how genes are passed down from one generation to their offspring. 遺傳學是研究基因如何由一代傳給後代子孫。

---

10 **icon** [ˋaɪkɑn]

n. [C] 圖示；偶像

▲I clicked on the **icon** to log in, but nothing happened. 我點擊圖示登入，但沒有反應。

▲Who is your favorite sports **icon**? 誰是你最喜歡的體育偶像？

---

11 **intensify** [ɪn`tɛnsə,faɪ]

v. 加強 [同] heighten

▲The coming final exams **intensified** the pressure on the students. 即將到來的期末考加大了學生們的壓力。

---

12 **massage** [mə`sɑʒ]

n. [C][U] 按摩

▲My daughter gave me a **massage** to relieve my back pain. 我的女兒幫我按摩來減輕我背部的疼痛。

massage [mə`sɑʒ]

v. 按摩

▲You can ease your headache by **massaging** your temples. 你可以按摩太陽穴來減輕頭痛。

---

13 **myth** [mɪθ]

n. [C][U] 神話

▲According to Greek **myth**, Athena represents wisdom, craft and war. 根據希臘神話，雅典娜代表智慧、工藝和戰爭。

mythical [`mɪθɪkl̩]

adj. 虛構的

▲The unicorn is a **mythical** creature. 獨角獸是虛構的生物。

mythology [mɪ`θɑlədʒɪ]

n. [C][U] 神話 (pl. mythologies)

▲Thomas is interested in the stories of Greek **mythology**. Thomas 對希臘神話故事有興趣。

---

14 **particle** [`pɑrtɪkl̩]

n. [C] 微粒；極少量

▲The vibration of **particles** in the air makes sound travel. 空氣微粒的震動讓聲音傳播。

▲He didn't tell us even a **particle** of the secret. 他連半點祕密也不透露給我們。

---

15 **poke** [pok]

v. 戳 <into>；伸出 <out of, through>

▲He **poked** a hole in the wallpaper. 他在壁紙上戳了一個洞。

▲Don't **poke** your head **out of** the window. 不要把頭伸到窗外。

poke [pok]

n. [C] 戳

▲Jimmy's classmate gave him a **poke** in the ribs in class. Jimmy 的同學在班上戳了他的肋骨一下。

---

16 **quiver** [ˋkwɪvɚ]

n. [C] 顫抖 <of>

▲The teacher felt a **quiver of** excitement when he was told the good news. 被告知好消息時，老師因興奮而顫抖。

quiver [ˋkwɪvɚ]

v. 顫抖 <with> [同] tremble

▲Betrayed by her beloved, Molly was **quivering with** anger. 因被摯愛背叛，Molly 憤怒地顫抖。

---

17 **repay** [rɪˋpe]

v. 報答 <for> (repaid | repaid | repaying)

▲I don't know how to **repay** you **for** your kindness. 我不知要如何報答你的好意。

repayment [rɪˋpemənt]

n. [C][U] 償還

▲The bank demands mortgage **repayments** in 30 days. 銀行要求在三十天內償還抵押貸款。

---

18 **scenario** [sɪˋnɛrɪˌo]

n. [C] 情況，設想 (pl. scenarios)

▲As a leader, you had better consider all the possible **scenarios** to guide your team in the right direction. 身為領導人，你必須考慮所有可能的情況，引導你的團隊朝向正確的方向。

---

19 **shuttle** [ˋʃʌtl̩]

n. [C] (往返兩地的) 接駁車

▲The hotel offers a free **shuttle** service. 飯店提供免費的接駁巴士。

shuttle [ˋʃʌtl̩]

v. 往返

▲To avoid traffic jams, I prefer to **shuttle** between Boston and New York by train. 為了避免塞車，我較喜歡搭火車往返波士頓與紐約。

---

20 **spectator** [ˋspɛktetɚ]

n. [C] 觀眾

▲More than 60,000 **spectators** were watching the football match. 超過六萬名觀眾在看這場足球賽。

---

21 **stimulus** [ˋstɪmjələs]

n. [C][U] 刺激 <to> (pl. stimuli)

▲Bonus payments can be a **stimulus to** higher production. 獎金可以刺激產量的提高。

---

22 **terrify** [ˋtɛrə,faɪ]

v. 驚嚇

▲The lion's roar **terrified** the little kids.
獅子的吼聲嚇壞了這些小孩。

terrifying [ˋtɛrə,faɪɪŋ]

adj. 嚇人的

▲Bungee jumping is a **terrifying** experience for most people. 高空彈跳對大多數的人而言是一個嚇人的體驗。

---

23 **treaty** [ˋtritɪ]

n. [C] 條約 (pl. treaties)

▲The prime minister signed a peace **treaty** yesterday.
首相昨天簽署和平條約。

---

24 **venue** [ˋvɛnju]

n. [C] (活動) 場地 <for>

▲This conference room is the alternative **venue for** our annual convention. 這間會議室是我們年度大會的替代場地。

---

25 **wither** [ˋwɪðɚ]

v. 枯萎；消失 <away>

▲The grass **withered** in the heat. 草因天熱枯萎了。

▲With the crash of the stock market, investors' hopes **withered away**. 隨著股市的崩盤，投資者的希望消失了。

---

26 **worthwhile** [ˋwɝθˋhwaɪl]

adj. 值得的

▲It was **worthwhile** to learn Spanish when I was a high school student. 當我是高中生時，我學了西班牙文，這是值得的。

---

27 **yacht** [jɑt]

n. [C] 遊艇

▲Look at that beautiful **yacht** on the river.
看那河上美麗的遊艇。

yacht [jɑt]

v. 駕遊艇

▲Let's **yacht**! 我們駕遊艇吧！

NOTE

Unit 1

Level 6

1 **admiral** [ˋædmərəl]

n. [C] 海軍上將

▲**Admirals** are highest ranking navy officers who direct military operations.

海軍上將是海軍最高階軍官，負責指揮軍事行動。

---

2 **annoyance** [əˋnɔɪəns]

n. [U] 惱怒 [同] irritation

▲To my **annoyance**, my brother took my digital camera without telling me and broke it.

令我惱怒的是，弟弟擅自拿走我的數位相機，而且把它弄壞了。

---

3 **arithmetic** [əˋrɪθmə͵tɪk]

n. [U] 算術

▲If my **arithmetic** is correct, you have been playing the video game for 48 hours.

如果我的算術是正確的，你已經打電動打了四十八小時了。

arithmetic [͵ærɪθˋmɛtɪk]

adj. 算術的

▲We have an **arithmetic** test tomorrow. 我們明天有算術測驗。

---

4 **bilateral** [baɪˋlætərəl]

adj. 雙邊的，雙方的

▲We have signed a **bilateral** agreement to help economic growth. 我們已經簽訂一項雙邊協定以幫助經濟成長。

---

5 **broth** [brɔθ]

n. [U] 高湯

▲If you make corn soup with chicken **broth**, it will be tastier.

若你用雞肉高湯來做玉米湯會更美味。

---

6 **Celsius** [ˋsɛlsɪəs]

n. [U] 攝氏

▲To kill all the bacteria, the water is heated to 100 degrees **Celsius**. 為了殺菌，水被加熱至攝氏一百度。

---

7 **colloquial** [kəˋlokwɪəl]

adj. 口語的

▲Some **colloquial** expressions are not suitable for academic essays. 有些口語的用詞不適合用在學術論文。

---

8 **consonant** [ˋkɑnsənənt]

n. [C] 子音

▲Ben has difficulty pronouncing the **consonant** "z."
Ben 覺得發出子音 z 很難。

---

9 **coral** [ˋkɔrəl]

n. [U] 珊瑚

▲The Great Barrier Reef attracts many tourists coming to explore the colorful **coral** reefs.
大堡礁吸引許多觀光客前來探索五顏六色的珊瑚礁。

coral [ˋkɔrəl]

adj. 珊瑚色的

▲Ann is wearing **coral** lipstick to go with her pink dress.
Ann 擦珊瑚色口紅來搭配她粉紅色的洋裝。

---

10 **courtyard** [ˋkort͵jɑrd]

n. [C] 中庭

▲My parents are used to taking a walk in the **courtyard**.
我父母習慣在中庭散步。

---

11 **crossing** [ˋkrɔsɪŋ]

n. [C] 穿越道

▲Drivers should stop at the **crossing** and yield to pedestrians. 駕駛在穿越道應該要停車並禮讓行人。

💡 zebra/railroad crossing 斑馬線／平交道

---

12 **detach** [dɪˋtætʃ]

v. 拆開 <from> [同] remove [反] attach；使分離 <from>

▲Some workers **detached** the engine **from** the rest of the train. 一些工人把火車頭和火車廂拆開。

▲Peter **detached** himself **from** his drunkard friends and started a new life. Peter 脫離那些酗酒的朋友，開始了新的生活。

---

13 **enrich** [ɪnˋrɪtʃ]

v. 使 (心靈、生活等) 豐富

▲Pursuing some hobbies such as cooking and gardening has **enriched** the retired man's life.
從事一些像是烹飪和園藝的嗜好豐富了這位退休男子的生活。

enrichment [ɪnˋrɪtʃmənt]

n. [U] 豐富

▲The old man was seeking spiritual **enrichment** in religion.
這位老先生在宗教中尋求靈性的富足。

---

14 **eternity**

n. [U] 永恆；[sing.] 漫長的時間

[ɪˋtɝnətɪ]

▲On the wedding ceremony, Matt told his wife that he would love her for **eternity**. 在婚禮上，Matt 告訴妻子他永遠愛她。

▲Two days' waiting for the result of the exam seemed like an **eternity**. 等待放榜的兩天似乎過得無限漫長。

---

15 **hospitable** [ˋhɑspɪtəbl̩]

adj. 友好熱情的，好客的 <to> [同] welcoming

▲Mr. and Mrs. Smith are always **hospitable to** their guests. Smith 先生和太太總是對他們的客人十分的友好熱情。

---

16 **liberate** [ˋlɪbə,ret]

v. 解放，使自由 <from> [同] release

▲The prisoner of war was **liberated from** the prison camp. 那名戰俘從集中營被釋放出來。

---

17 **merchandise** [ˋmɝtʃən,daɪz]

n. [U] 貨品 [同] product

▲Keep the receipt in case you want to return the **merchandise**. 保留收據以防你想退貨。

merchandise [ˋmɝtʃən,daɪz]

v. 銷售

▲The CEO emphasized that the company would apply itself to **merchandising** this new product this year. 執行長強調今年公司會盡全力促銷這一項新產品。

---

18 **nickel** [ˋnɪkl̩]

n. [U] 鎳

▲Though some people are allergic to **nickel**, the British government still uses it as the material for making coins. 即便有些人對鎳金屬過敏，英國政府還是用它作為製作硬幣的原料。

nickel [ˋnɪkl̩]

v. 將…鍍上鎳

---

19 **notorious** [noˋtorɪəs]

adj. 惡名昭彰的 <for> [同] infamous

▲The king is **notorious for** his cruelty to his people. 那個國王因對人民殘暴而惡名昭彰。

notoriously [noˋtorɪəslɪ]

adv. (因惡名) 眾人皆知

▲It is **notoriously** difficult to drive in the city. 眾人皆知在市區開車是有難度的。

---

20 **radius** [ˋredɪəs]

n. [C] 半徑 (pl. radii, radiuses)

▲Please draw a circle with a **radius** of 10 cm.
請用十公分的半徑來畫一個圓。

21 **solidarity** [ˌsɑləˋdærətɪ]

n. [U] 團結

▲Supporters will march to show their **solidarity** tomorrow.
支持者明天將遊行表明他們的團結。

express solidarity with sb 表示和…的團結

22 **strangle** [ˋstræŋgḷ]

v. 勒死；扼殺，壓制

▲That man **strangled** his wife with a necktie.
那個男人用領帶勒死了他的妻子。

▲The boy's artistic talent was **strangled** by his father.
男孩的藝術天分被父親所扼殺。

23 **trek** [trɛk]

n. [C] (徒步) 長途跋涉

▲Tony is on a **trek through** the Sahara Desert.
Tony 正步行穿越撒哈拉沙漠。

trek [trɛk]

v. 徒步旅行 (trekked | trekked | trekking)

▲We are going **trekking in** the Himalayas this year.
我們今年要去喜馬拉雅山旅行。

24 **vanilla** [vəˋnɪlə]

n. [U] 香草

▲**Vanilla** ice cream is my favorite dessert.
香草冰淇淋是我最喜歡的點心。

25 **veil** [vel]

n. [C] 面紗；[sing.] 覆蓋物

▲The widow wore a black **veil** at the funeral.
寡婦在喪禮上戴著黑色面紗。

▲The road is obscured by a **veil** of mist, so you'd better drive at low speed. 整條路都被蒙上了一層霧，你最好慢速行駛。

draw a veil over sth 避而不談…

veil [vel]

v. 戴面紗；隱藏，遮掩

▲Muslim women often **veil** their faces in public.
穆斯林婦女通常在公開場合戴面紗。

▲Emily **veiled** her anger with a smile. Emily 用微笑隱藏憤怒。

Unit 2

1 **advisory**
[ədˋvaɪzərɪ]

adj. 顧問的

▲John acts in an **advisory** role in our company.
John 在我們的公司扮演顧問的角色。

---

2 **antibiotic**
[ˌæntɪbaɪˋɑtɪk]

n. [C] 抗生素

▲The doctor prescribed some **antibiotics** for my sore throat.
醫生開了一些抗生素治療我的喉嚨痛。

antibiotic
[ˌæntɪbaɪˋɑtɪk]

adj. 抗生素的

▲Penicillin is one kind of **antibiotic** drug.
盤尼西林是一種抗生素藥物。

---

3 **ascend**
[əˋsɛnd]

v. 上升，登上，攀登 [反] descend

▲My grandfather panted heavily after **ascending** the stairs.
上樓梯後，我的祖父氣喘吁吁。

---

4 **beforehand**
[bɪˋforˌhænd]

adv. 預先，事先

▲We reserved a table at the restaurant two days **beforehand**. 我們兩天前就在這家餐廳訂位。

---

5 **blaze**
[blez]

n. [C] 火焰，大火

▲Within minutes the firemen controlled the **blaze**.
消防員在幾分鐘內就控制了火勢。

💡a blaze of publicity 眾所周知的事

blaze
[blez]

v. 熊熊燃燒；發光，閃耀

▲The living room was warm with a fire **blazing** in the fireplace. 客廳有壁爐的火熊熊燃燒而變得溫暖。

▲My father's eyes **blazed** with anger as he saw my transcript. 我父親看到我的成績單時，眼裡冒出怒火。

💡blaze down (太陽) 炎炎照耀，閃耀

---

6 **brotherhood** [ˋbrʌðɚ͵hʊd]
n. [U] 手足情誼，親善友愛
▲The Statue of Liberty is a symbol of **brotherhood** between France and the U.S. 自由女神像是法國與美國親善關係的象徵。

---

7 **cement** [səˋmɛnt]
n. [U] 水泥
▲Concrete is made of **cement**, stones, sand, and water.
混凝土是水泥、石頭、沙子及水製成的。

cement [səˋmɛnt]
v. 加強，鞏固
▲We are planning to **cement** the link with other communities.
我們正計畫加強與其他社區的聯繫。

---

8 **comet** [ˋkɑmɪt]
n. [C] 彗星
▲Do you know when Halley's **Comet** will come back?
你知道哈雷彗星何時回來嗎？

---

9 **conspiracy** [kənˋspɪrəsɪ]
n. [C][U] 共謀或密謀策劃 <to, against> (pl. conspiracies)
▲The woman was found guilty of **conspiracy** in the murder of her husband. 這個女子被發現共謀殺害她丈夫。

conspire [kənˋspaɪr]
v. 共謀 <to, against> [同] plot
▲John **conspired** with other directors **against** the president.
John 和其他董事共謀反對董事長。

---

10 **crutch** [krʌtʃ]
n. [C] (夾在腋下用的) 拐杖 <on>
▲Allen broke his leg and has been **on crutches** for two months. Allen 摔斷腿並用了兩個月的拐杖。

---

11 **cumulative** [ˋkjumjələtɪv]
adj. 累積的
▲Your **cumulative** grade in class depends on homework, test scores, and attendance.
你這堂課的累積成績靠回家作業、考試成績和出席率決定。

---

12 **defect** [ˋdifɛkt]
n. [C] 毛病，缺陷
▲The mechanic checked the machine for **defects**.
技師檢查機器以找出毛病。
💡birth/speech/hearing/heart/sight defect 先天性／言語／聽覺／心臟／視力缺陷

defect [dɪˋfɛkt]

v. 投奔，叛離 <from, to>

▲A Cuban diplomat **defected to** the United States.
一名古巴外交官投奔美國。

---

13 **detain** [dɪˋten]

v. 羈押，拘留；耽擱 [同] delay

▲The suspect was **detained** at the police station for 24 hours. 嫌犯被羈押在警局中二十四個小時。

▲Since you are busy, I won't **detain** you.
既然你忙，我就不耽擱你了。

---

14 **examinee** [ɪg͵zæməˋni]

n. [C] 應試者，考生

▲There are thousands of **examinees** at school today.
今天在學校有數以千計的考生。

---

15 **examiner** [ɪgˋzæmənɚ]

n. [C] 主考官

▲Lucas sat facing three **examiners**, who took turns asking him questions. Lucas 坐在三位主考官面前，被他們依序問問題。

---

16 **hybrid** [ˋhaɪbrɪd]

adj. 混合的

▲Ken just bought a **hybrid** car yesterday as his birthday present for himself.
昨天 Ken 買給自己一輛油電混合車當作生日禮物。

hybrid [ˋhaɪbrɪd]

n. [C] 混合物 [同] mixture

▲The dance is a **hybrid** of modern dance and street dance.
這舞蹈融合了現代舞和街舞。

---

17 **liberation** [͵lɪbəˋreʃən]

n. [U] 解放 (運動)

▲Lara is a spokesperson for the women's **liberation** movement. Lara 是這次婦女解放運動的發言人。

---

18 **mimic** [ˋmɪmɪk]

v. 模仿 [同] imitate (mimicked | mimicked | mimicking)

▲This comedian can **mimic** the way other people talk.
這位喜劇演員可以模仿其他人說話的方式。

mimic [ˋmɪmɪk]

n. [C] 模仿者 [同] imitator

▲In my class, Kelly is the greatest **mimic**.
在我班上，Kelly 是最棒的模仿者。

Level 6

19 **nourish** [ˋnɝɪʃ]

v. 提供營養或養育；懷有，培養

▲Teenagers need lots of fresh food to **nourish** them.
青少年們需要許多新鮮食物來提供營養。

▲Dora has **nourished** the dream of studying abroad.
Dora 一直懷有出國讀書的夢想。

nourishment [ˋnɝɪʃmənt]

n. [U] 營養

▲Children must get enough **nourishment** to grow up properly. 孩童需要攝取足夠的營養才能好好長大。

nourishing [ˋnɝɪʃɪŋ]

adj. 有營養的

▲Fresh vegetables are very **nourishing.** 新鮮蔬菜很有營養。

---

20 **orient** [ˋɔrɪənt]

n. [U] 東方國家 (the ～)

▲Many westerners are curious about the cultures of **the Orient**. 很多西方人對東方文化感到好奇。

orient [ˋɔrɪˏɛnt]

v. 使適應 <to>

▲The new immigrants need some time to **orient** themselves **to** the new surroundings. 新移民需要些時間來適應新環境。

---

21 **rap** [ræp]

n. [U] 饒舌音樂

▲Sue wants to be a **rap** artist. Sue 想當饒舌歌手。

---

22 **soothe** [suð]

v. 安慰，撫慰 [同] calm；舒緩，減輕 (疼痛)

▲The mother **soothed** her crying baby. 母親安慰哭鬧的嬰兒。

▲This ointment can help **soothe** my sunburn.
這藥膏可幫助舒緩我的曬傷。

---

23 **stride** [straɪd]

n. [C] 大步，闊步

▲Tom has a long **stride** that is hard to keep up with.
Tom 的步伐很大，不容易跟上。

make giant strides 突飛猛進 | get into sb's stride (工作) 漸入情況 | take sth in sb's stride 從容處理

stride [straɪd]

v. 大步行走或跨越 <over> (strode | stridden | striding)

▲Leo **strode over** a ditch. Leo 跨越一條水溝。

---

24 **underneath** [ˌʌndɚˋniθ]

prep. 在…之下 [同] under, below, beneath

▲The criminal hid the weapon **underneath** his coat.
那個罪犯將武器藏在他的大衣底下。

underneath [ˌʌndɚˋniθ]

adv. 在下面，在底下

▲Mary seems hard, but she is very generous **underneath**.
Mary 看似苛刻，但她其實非常慷慨。

underneath [ˌʌndɚˋniθ]

n. [sing.] 底部，下面

▲The **underneath** of the bread is terribly burnt.
麵包的底部被烤焦了。

underneath [ˌʌndɚˋniθ]

adj. 底下的，下面的

▲The **underneath** part of the bed is very dirty.
床底下的部分很髒。

---

25 **versatile** [ˋvɝsətl̩]

adj. 多才多藝的；多功能的

▲Alex is a **versatile** actor. Alex 是個多才多藝的演員。

▲That jacket is **versatile**. It can be worn in fall, winter, and spring. 那是件多功能的夾克，可以在秋、冬和春天穿。

Unit 3

1 **affiliate** [əˋfɪlɪet]

n. [C] 隸屬機構，分支機構

▲Our company is an **affiliate** of A&Q Corp.
我們公司隸屬於 A&Q 公司。

---

2 **applicable** [ˋæplɪkəbl̩]

adj. 適用的 <to>

▲The new law is **applicable to** all motorcycle riders.
新法律適用於所有摩托車騎士。

---

3 **aspire** [əˋspaɪr]

v. 渴望

▲The baseball team **aspired** to win the championship so much. 那支棒球隊非常渴望贏得冠軍。

---

4 **bleach**
[blitʃ]

n. [U] 漂白劑

▲Shelly used **bleach** to remove the stain on the white shirt. Shelly 用漂白劑去除白襯衫上的汙漬。

bleach
[blitʃ]

v. (藉化學作用或因陽光) 漂白，褪色

▲The label on the skirt says it cannot be **bleached**. 裙子上的標籤說明不可漂白。

---

5 **bureaucrat**
[ˋbjʊrə͵kræt]

n. [C] 官僚

▲The newly elected legislator turned out to be a nasty **bureaucrat**. 新選上的立法委員結果變成令人討厭的官僚。

---

6 **census**
[ˋsɛnsəs]

n. [C] 人口普查 (pl. censuses)

▲It is important to have a **census** every ten years. 十年一度的人口普查是重要的。

---

7 **commonwealth**
[ˋkɑmən͵wɛlθ]

n. [sing.] 聯邦，國協

▲Australia is a member of the British **Commonwealth**. 澳洲是大英國協的成員國。

---

8 **contention**
[kənˋtɛnʃən]

n. [C] 論點，看法；[U] 爭議，爭吵

▲Our main **contention** is that the project would be too expensive. 我們主要的論點是這計畫會花費太大。

▲Differences of opinion among the family members may lead to **contention**. 家庭成員意見不同可能引起爭吵。

---

9 **cub**
[kʌb]

n. [C] (狼、獅、熊等肉食性動物的) 幼獸

▲The bear took care of its **cub**. 大熊照顧牠的小孩。

---

10 **cynical**
[ˋsɪnɪkl̩]

adj. 憤世嫉俗的

▲Lily became so **cynical** after her job application was rejected. Lily 在求職遭拒後變得十分憤世嫉俗。

---

11 **detention**
[dɪˋtɛnʃən]

n. [U] 羈押，拘留

▲The criminal was held **in detention** before a date was set for his trial. 這個罪犯在決定審判日期之前被拘留。

---

12 **drastic**

[ˋdræstɪk]

adj. 嚴厲的或激烈的

▲The mayor took **drastic** measures to sweep away the sex industry. 市長採取嚴厲的措施要消滅性產業。

drastically

[ˋdræstɪklɪ]

adv. 急劇地

▲Never **drastically** change your diet without a doctor's instruction. 未經醫生的指示，不要急劇地改變你的飲食。

---

13 **excerpt**

[ˋɛksɝpt]

n. [C] 摘錄 <from>

▲An **excerpt from** the government's latest report on domestic violence will appear in tomorrow's newspapers.

明天的報紙將刊登一段政府有關家庭暴力最新報告的摘錄。

excerpt

[ɪkˋsɝpt]

v. 摘錄

▲Parts of Tina's speech were **excerpted** in the magazine.

Tina 的部分演說被引用在雜誌中。

---

14 **fable**

[ˋfebl̩]

n. [C] 寓言

▲There are some moral values in **fables**.

在寓言故事中有一些道德觀念。

---

15 **glacier**

[ˋgleʃɚ]

n. [C] 冰河

▲We planned to see the **glaciers** in New Zealand.

我們計畫去紐西蘭看冰河。

---

16 **hygiene**

[ˋhaɪdʒin]

n. [U] 衛生

▲My dentist always emphasizes the importance of good oral **hygiene**. 我的牙醫總是強調良好口腔衛生的重要性。

💡 food/personal/dental hygiene 食物／個人／口腔衛生

---

17 **linger**

[ˋlɪŋgɚ]

v. 留連 <on>

▲The audience still **lingered** in their seats, hoping the singer would come back onstage for an encore.

觀眾還留連在座位上不走，希望歌手會回到舞臺再唱一曲。

Level 6

18 **navigate**
[ˋnævə͵get]

v. 導航，向駕駛指示行車路線
▲You should drive, and I can **navigate**.
你來開車，我可以跟你指示行車路線。

---

19 **oath**
[oθ]

n. [C] (在法庭上的) 宣誓，誓言 (pl. oaths)
▲You have to take the **oath** before you give testimony in court. 在法庭作證前必須先宣誓。
💡under/on oath (尤指在法庭上) 發誓是真的

---

20 **orphanage**
[ˋɔrfənɪdʒ]

n. [C] 孤兒院
▲The **orphanage** devoted itself to caring for the orphans.
孤兒院致力於照顧孤兒。

---

21 **realization**
[͵riələˋzeʃən]

n. [sing.] 領悟，意識到 [同] awareness
▲Judy felt sad after the **realization** of her failure.
Judy 意識到失敗後感到傷心。

---

22 **sorrowful**
[ˋsɑrofəl]

adj. 悲傷的，傷心的 [同] sad
▲Bill told us a **sorrowful** story about the death of his younger brother.
Bill 告訴我們一個關於他弟弟去世的悲慘故事。

---

23 **subjective**
[səbˋdʒɛktɪv]

adj. 主觀的 [反] objective
▲Most of our likes and dislikes are **subjective**.
我們的好惡多是主觀的。

subjective
[səbˋdʒɛktɪv]

n. [C][U] 主詞，主格 (the ～)；主觀事物

---

24 **vigorous**
[ˋvɪgərəs]

adj. 活力充沛或強而有力的 [同] energetic
▲Stretch after you do **vigorous** exercise. Otherwise, your muscles would be sore the next day.
做完劇烈運動後要伸展一下，否則隔天會肌肉痠痛。

---

25 **villain**
[ˋvɪlən]

n. [C] 惡棍，歹徒，流氓
▲The police caught the **villain** who robbed the convenience store. 警察抓到了搶劫便利商店的歹徒。

Unit 4

1 **accumulate**
[ə`kjumjə͵let]

v. 累積 [同] build up

▲Daisy worked diligently to **accumulate** wealth, hoping to pay off her student loan soon.
Daisy 勤奮地工作以累積財富，希望可以盡快還清她的學生貸款。

---

2 **affirm**
[ə`fɝm]

v. 斷言，確定 [同] confirm

▲Mr. Brown **affirmed** that everything was fine.
Brown 先生肯定地說一切都很好。

---

3 **assassinate**
[ə`sæsə͵net]

v. 暗殺

▲Mr. Smith fought for freedom but was **assassinated** one day. Smith 先生為自由而戰，但某一天被暗殺了。

assassination
[ə͵sæsə`neʃən]

n. [C][U] 暗殺

▲The **assassination** of Mr. Wilson shocked many people.
Wilson 先生的暗殺震驚了許多人。

---

4 **astronaut**
[`æstrə͵nɔt]

n. [C] 太空人

▲**Astronauts** require a high level of physical fitness.
太空人需要具備很好的體適能。

---

5 **blond**
[blɑnd]

n. [C] (尤指) 金髮男子

▲Who is the **blond** that is talking to Ann?
那位跟 Ann 說話的金髮男子是誰？

blonde
[blɑnd]

n. [C] (尤指) 金髮女子

▲Look at the **blonde** over there. She is so charming.
看在那裡的金髮女子。她真的很迷人。

blond
[blɑnd]

adj. 金髮的 (男性常用 blond，女性常用 blonde)

▲Simon's **blond** hair shines in the sun.
Simon 的金髮在陽光中閃耀。

---

6 **bypass**
[`baɪ͵pæs]

n. [C] (繞過城市或城鎮的) 旁道，外環道路

▲Contractors are building a new **bypass** around the town.

承包商正在城鎮周圍建造新的外環道路。

bypass [ˋbaɪ͵pæs]

v. 繞過；越過，不顧

▲To avoid traffic jams, we **bypassed** the busy downtown area and took a side road.
為了避開交通阻塞，我們繞過繁忙的市中心，走旁邊的小路。

▲Dennis **bypassed** his manager and talked to the CEO about the project.
Dennis 越過他的經理，直接跟執行長說計畫的事。

---

7 **ceramic** [səˋræmɪk]

adj. 陶器的，瓷器的

▲They decorated the walls with colorful **ceramic** tiles.
他們用彩色瓷磚裝飾牆壁。

ceramic [səˋræmɪk]

n. [C] 陶器，瓷器 (usu. pl.)

▲**Ceramics** have been used by human beings since prehistoric times. 人類從史前時代就開始使用陶器。

---

8 **communicative** [kəˋmjunə͵ketɪv]

adj. 健談的

▲Salespeople need to be patient and very **communicative**. 推銷員必須有耐心且健談。

---

9 **contestant** [kənˋtɛstənt]

n. [C] 競爭者，參賽者

▲Hundreds of **contestants** from all over the country fought for first place in the boxing championship.
數百名來自全國各地的競賽者爭取拳擊錦標賽的冠軍。

---

10 **cucumber** [ˋkjukʌmbɚ]

n. [C][U] 黃瓜

▲**Cucumbers** are often made into pickles.
黃瓜常被做成醬菜。

---

11 **dedication** [dɛdəˋkeʃən]

n. [U] 奉獻，盡心盡力 [同] commitment

▲Tom's **dedication** to his work impressed his boss.
Tom 對工作的盡心盡力令老闆印象深刻。

---

12 **deter** [dɪˋtɝ]

v. 阻止，使打消念頭 <from> (deterred | deterred | deterring)

▲The installation of cameras in the store is aimed at **deterring** people **from** shoplifting.

店裡裝置攝影機的目的在於打消人們順手牽羊的念頭。

13 **excess**
[ˋɛksɛs]
adj. 多餘的，過多的，過度的
▲For the sake of health, Thomas wants to lose the **excess** weight. 為了健康，Thomas 想要減去多餘的體重。

excess
[ɪkˋsɛs]
n. [sing.] 過度 <of>
▲An **excess of** alcohol will damage your body.
過度飲酒會傷害你的身體。

14 **fragrance**
[ˋfregrəns]
n. [C][U] 芳香，香氣
▲The **fragrance** of coffee filled the kitchen.
廚房裡瀰漫著咖啡香。

15 **illuminate**
[ɪˋlumə͵net]
v. 照亮
▲These trees were **illuminated** at night during the Christmas and New Year holidays.
耶誕新年期間的夜晚，這些樹被打上燈光。

illumination
[ɪ͵luməˋneʃən]
n. [C][U] 照明
▲During the blackout, the only **illumination** came from emergency lights along the corridor.
停電時，唯一的照明來自於走廊的緊急照明燈。

16 **imperial**
[ɪmˋpɪrɪəl]
adj. 帝國的，皇帝的
▲The **imperial** palace is being renovated. 皇宮正在修復中。

imperialism
[ɪmˋpɪrɪəlɪzəm]
n. [U] 帝國主義
▲Small nations feel threatened by the cultural and economic **imperialism** of world powers.
來自世界強國的文化和經濟帝國主義使小國家感受到威脅。

17 **lizard**
[ˋlɪzɚd]
n. [C] 蜥蜴
▲Tony's new pet is a **lizard**. Tony 的新寵物是蜥蜴。

18 **odor**
[ˋodɚ]
n. [C][U] (常指難聞的) 氣味，臭味 <of>
▲When smelling a gas **odor**, never turn on or off any electrical equipment around you.
當聞到瓦斯味時，絕對不要打開或關上身邊任何電器。

💡body odor 體臭

19 **offspring** [ˋɔf͵sprɪŋ]

n. [C] 子女，孩子 (pl. offspring)

▲Many parents have trouble getting along with their teenage **offspring**. 許多父母與青少年子女相處上有困難。

20 **outbreak** [ˋaʊt͵brek]

n. [C] 爆發

▲An **outbreak** of food poisoning led to dozens of school children being hospitalized earlier today.
今天稍早發生一起食物中毒事件，造成數十名學童住院治療。

21 **outward** [ˋaʊtwɚd]

adj. 表面的

▲To all **outward** appearances, this couple seem to be fine and happy. 從表面看來，這對情侶似乎和睦快樂。

outward [ˋaʊtwɚd]

adv. 向外地 (also outwards)

▲This door can open **outward** and inward.
這扇門可以向外或向內開。

outwardly [ˋaʊtwɚdlɪ]

adv. 表面上 [反] inwardly

▲**Outwardly**, Sue may appear serious, but she is actually humorous. 表面上，Sue 可能看起來很嚴肅，但她其實很幽默。

22 **reckless** [ˋrɛkləs]

adj. 魯莽的 <of> [同] rash

▲David was fined for **reckless** driving.
David 因魯莽駕駛而遭罰款。

recklessly [ˋrɛkləslɪ]

adv. 魯莽地

▲I have to break the bad habit of spending money **recklessly**. 我必須改掉亂花錢的壞習慣。

23 **spacecraft** [ˋspes͵kræft]

n. [C] 太空船 [同] spaceship (pl. spacecraft)

▲An unmanned **spacecraft** has been successfully launched into deep space.
一艘無人駕駛的太空船已經成功發射至遙遠的宇宙。

24 **surname** [ˋsɝ͵nem]

n. [C] 姓氏

▲We guess the man may come from Japan because his **surname** is Suzuki.

我們猜這個人可能來自日本，因為他的姓氏是鈴木。

25 **vitality** [vaɪˋtæləti]
n. [U] 活力 [同] vigor
▲The young person is always full of **vitality**.
這個年輕人總是充滿了活力。

Unit 5

1 **aboriginal** [ˌæbəˋrɪdʒənl̩]
adj. 原始的，土生土長的，原住民的
▲Many **aboriginal** people used to make a living by farming and hunting. 許多原住民以前靠農耕及狩獵維生。

aboriginal [ˌæbəˋrɪdʒənl̩]
n. [C] 原住民
▲Many **aboriginals** were persecuted by colonizers.
許多原住民遭到殖民者迫害。

aborigine [ˌæbəˋrɪdʒəni]
n. [C] 原住民
▲The government is trying hard to preserve the culture of the **aborigines**. 政府正努力保存原住民的文化。

2 **airway** [ˋɛrˌwe]
n. [C] 氣道
▲Before giving the patients artificial respiration, you have to make sure their **airways** are clear.
為病人們做人工呼吸前，你必須確定他們的氣道是暢通的。

3 **apprentice** [əˋprɛntɪs]
n. [C] 學徒
▲Mr. Twain was an **apprentice** in a printing factory when he was young. 吐溫先生年輕時曾在印刷工廠當學徒。

4 **asthma** [ˋæzmə]
n. [U] 氣喘
▲Sandra suffers from **asthma**. Sandra 患有氣喘。

5 **attendant** [əˋtɛndənt]
n. [C] 接待員
▲The museum **attendant** told me not to bring any food into the building. 博物館接待員告訴我不可攜帶食物入內。

6 **blot** [blɑt]	v. (用紙或布) 吸乾 (blotted | blotted | blotting) ▲Eric tried to **blot** the stains on the tablecloth. Eric 試著把桌布上的汙漬吸乾。 blot sth out 抹掉 (記憶)
blot [blɑt]	n. [C] 汙漬；(人格、名聲等的) 汙點 <on> ▲I don't know how to get rid of the ink **blots** on my shirt. 我不知道如何去除我襯衫上的墨水漬。 ▲Cheating in the exam was a **blot on** the student's character. 考試作弊是那名學生人格上的汙點。 a blot on the landscape 破壞風景的東西
7 **calculator** [ˋkælkjə͵letɚ]	n. [C] 計算機 ▲The teacher asked the students not to use the **calculators** in class. 老師要求學生在課堂上不要使用計算機。
8 **certify** [ˋsɝtə͵faɪ]	v. 證實，證明 ▲The authorities **certified** that the proposal had been rejected. 當局證實此提議已被否絕。
certified [ˋsɝtə͵faɪd]	adj. 有證書的 ▲Tim is a **certified** lawyer and works as a legal consultant. Tim 是有證書的律師，以擔任法律顧問為業。
9 **compile** [kəmˋpaɪl]	v. 彙編 ▲The encyclopedia took ten years to **compile**. 這套百科全書花了十年彙編而成。
10 **continuity** [͵kɑntəˋnuətɪ]	n. [U] 連續性 ▲Several episodes in the novel lack **continuity**. 小說中的一些片段缺乏連續性。
11 **cultivate** [ˋkʌltə͵vet]	v. 耕種 [同] grow；培養或塑造 ▲The settlers **cultivated** the wilderness. 拓荒者耕種荒地。 ▲Ben tried to **cultivate** an image as an eloquent speaker. Ben 試著將自己的形象塑造為一位有說服力的演講人。

12 **dental**

[ˋdɛntl̩]

adj. 牙科的

▲Although **dental** treatment costs a lot of money, it will save future problems.

雖然牙科治療很貴，可是會省去未來的問題。

---

13 **detergent**

[dɪˋtɝdʒənt]

n. [C][U] 清潔劑

▲It is important to use the **detergent** to do the dishes.

用清潔劑洗碗是很重要的。

---

14 **exclusion**

[ɪkˋskluʒən]

n. [C][U] 排除，除外 <from, of>

▲Mason spent all his time with his girlfriend **to the exclusion of** his other friends.

Mason 把所有時間花在和女友在一起，無暇顧及其他的朋友。

---

15 **frantic**

[ˋfræntɪk]

adj. 忙亂的

▲The rescuers made **frantic** attempts to save people from the earthquake rubble.

救援人員拼命努力要救出困在地震碎石中的人們。

---

16 **indifference**

[ɪnˋdɪfərəns]

n. [U] 漠不關心 <to, toward>

▲Many people showed **indifference to** the political issue.

許多人對這個政治議題漠不關心。

---

17 **literacy**

[ˋlɪtərəsɪ]

n. [U] 知識，能力

▲Computer **literacy** is crucial to surviving in the workplace. 電腦知識對於在職場生存可說是非常重要。

---

18 **longevity**

[lɑnˋdʒɛvətɪ]

n. [U] 長壽；壽命

▲What's the secret to your grandfather's **longevity**?

你祖父長壽的訣竅是什麼？

▲The **longevity of** mayflies is only one day.

蜉蝣的壽命只有一天。

---

19 **oriental**

[ˌorɪˋɛntl̩]

adj. 東方的

▲**Oriental** cuisine is getting popular in western countries.

東方料理在西方國家漸受歡迎。

oriental
[ˌorɪ`ɛntl̩]

n. [C] 東方人

▲Some of Leo's classmates called him a dark **oriental**.
Leo 的一些同學說他是黝黑的東方人。

20 **outnumber**
[ˌaut`nʌmbɚ]

v. 在數量上超過

▲The enemy greatly **outnumbered** us. Our chance of winning was slim.
敵軍的數量超過我們很多，我們要贏的機會渺茫。

21 **outright**
[`autˌraɪt]

adj. 徹底的

▲Helen gave me an **outright** refusal. Helen 斷然地拒絕我。

outright
[ˌaut`raɪt]

adv. 當場地

▲The driver was killed **outright** in the accident.
駕駛人在車禍中當場死亡。

22 **recreational**
[ˌrɛkrɪ`eʃənl̩]

adj. 休閒娛樂的

▲The hotel compiled a list of its top ten **recreational** activities. 這家旅館編了一份最受歡迎的十項休閒娛樂活動清單。

23 **spontaneous**
[spɑn`tenɪəs]

adj. 自發的或不由自主的

▲There was **spontaneous** applause from the audience after the performance. 表演結束後，觀眾自發地鼓掌。

spontaneously
[spɑn`tenɪəslɪ]

adv. 自發地或不由自主地

▲On hearing the lively music, the girl **spontaneously** started to dance.
一聽到這活潑的音樂，那女孩情不自禁地開始跳舞。

24 **symbolize**
[`sɪmbəˌlaɪz]

v. 象徵 [同] represent

▲Generally, doves **symbolize** peace.
一般來說，鴿子象徵和平。

25 **wardrobe**
[`wɔrdrob]

n. [C] 衣櫥

▲Judy has many new dresses in the **wardrobe**.
Judy 衣櫃裡有很多新洋裝。

Unit 6

Level 6

1 **algebra**
[ˋældʒəbrə]

n. [U] 代數

▲My best subject in high school was **algebra**.
代數是我高中時最拿手的科目。

---

2 **astray**
[əˋstre]

adv. 迷路地；誤入歧途地

▲The child **went astray** in the woods.
這孩子在樹林裡迷了路。

▲David was **led astray** when he was young.
David 年輕時曾誤入歧途。

💡go astray 誤入歧途

astray
[əˋstre]

adj. 迷路的；誤入歧途的

---

3 **awesome**
[ˋɔsəm]

adj. 很棒的

▲The concert last night was **awesome**.
昨晚的音樂會很棒。

---

4 **banquet**
[ˋbæŋkwɪt]

n. [C] (正式的) 宴會

▲Many heads of government and industry are invited to the state **banquet**.
許多政府首腦及業界龍頭被邀請至國宴。

---

5 **blunt**
[blʌnt]

adj. 鈍的 [反] sharp；直率的

▲The knife is too **blunt** to cut anything.
這把刀太鈍了什麼都切不下。

▲To be **blunt**, I don't like him. 直話直說，我不喜歡他。

💡blunt instrument 鈍器

blunt
[blʌnt]

v. 使 (情感等) 減弱

▲Alcohol **blunted** the man's grief for his dead son.
酒減弱了那個男人的喪子之痛。

---

6 **calligraphy** [kə`lɪgrəfɪ]
n. [U] 書法
▲Chinese **calligraphy** is the art of writing with a brush.
中國書法是用毛筆書寫的藝術。

---

7 **champagne** [ʃæm`pen]
n. [U] 香檳
▲I like to watch the small bubbles rise to the surface when **champagne** is poured into a glass.
我喜歡看著香檳倒入杯中時細小泡泡浮升到表面的樣子。

---

8 **complement** [`kɑmplə,mɛnt]
v. 使完善，補足，與…互補或相配
▲The necklace **complements** your dress perfectly.
這條項鍊與你的洋裝相得益彰。

complement [`kɑmpləmənt]
n. [C] 補充或襯托的事物 <to>
▲Leo's fine appearance is a nice **complement to** his gentle personality. Leo 的俊秀外表與溫和個性十分相襯。

complementary [,kɑmplə`mɛntərɪ]
adj. 互補的 <to>
▲These two arguments are **complementary to** each other. 這兩個論點是互補的。

---

9 **contradict** [,kɑntrə`dɪkt]
v. 與…矛盾；反駁
▲Eric's behavior **contradicts** his principles.
Eric 的行為與原則相矛盾。
▲Helen **contradicted** her boss, saying the figures were wrong. Helen 反駁她的上司，說那數據是錯的。

---

10 **curb** [kɝb]
n. [C] 抑制 <on>
▲If you cannot put a **curb on** spending, you will not be able to make both ends meet.
你若無法抑制花費，將入不敷出。

curb [kɝb]
v. 抑制
▲The government needs to **curb** inflation.
政府必須抑制通貨膨脹。

---

11 **destined** [`dɛstɪnd]
adj. 命中注定的；預定前往…的 <for>
▲Eddie was **destined for** the medical profession.

Eddie 命中注定要從事醫療工作。

▲The cargo plane is **destined for** London.

這架貨運飛機預定前往倫敦。

---

12 **devour**

[dɪ`vaʊr]

v. 狼吞虎嚥地吃光 [同] gobble

▲It is so impressive that such a petite girl can **devour** all the dishes on the table.

真是讓人印象深刻，這嬌小的女孩可以吃光滿桌的菜。

💡be devoured by sth 被 (焦慮等) 吞噬，內心充滿 (焦慮等)

---

13 **fascination**

[ˌfæsə`neʃən]

n. [C][U] 魅力，吸引力；著迷 <with, for>

▲Venice **holds a fascination for** me.

威尼斯對我很有吸引力。

▲The writer of these children's books has a **fascination with** fairy tales.

寫這些童書的作家一直對童話故事很著迷。

---

14 **graze**

[grez]

v. (牛、羊等) 吃草 <on>；擦傷，擦破

▲The cattle **grazed on** the hillside. 牛在山坡上吃草。

▲The old man fell down and **grazed** his knee.

老人跌倒並擦破了膝蓋。

---

15 **induce**

[ɪn`djus]

v. 誘使 <to>；導致

▲Nothing will **induce** me **to** change my mind.

沒有任何事可誘使我改變心意。

▲The medicine may **induce** some side effects.

這個藥可能會導致一些副作用。

---

16 **lullaby**

[`lʌləˌbaɪ]

n. [C] 催眠曲，搖籃曲 (pl. lullabies)

▲The mother was humming a **lullaby** in a low voice.

那位母親低聲哼著催眠曲。

---

17 **lunar**

[`lunɚ]

adj. 月球的

▲**Lunar eclipses** usually last for a few hours or so.

月蝕通常持續幾個小時。

💡lunar calendar 陰曆

---

18 **originate**
[ə`rɪdʒə,net]

v. 創始；開始 <in, from>

▲That style of dancing was **originated** in Ireland.
那種舞步創始於愛爾蘭。

▲Quarrels usually **originate from** misunderstandings.
爭吵通常開始於誤會。

19 **oyster**
[`ɔɪstɚ]

n. [C] 牡蠣

▲Ken doesn't dare to eat raw **oysters**.
Ken 不敢吃生牡蠣。

the world is sb's oyster …可以隨心所欲

20 **paradox**
[`pærə,dɑks]

n. [C][U] 矛盾的人或事物

▲The **paradox** is that the more one owns, the more one wants. 矛盾的是，人擁有的愈多，想要的反而愈多。

21 **rehearse**
[rɪ`hɝs]

v. 預演

▲The stage actors will **rehearse** the play the day before the performance.
舞臺劇演員們會在戲劇演出的前一天預演。

22 **solitary**
[`sɑlə,tɛrɪ]

adj. (喜歡) 獨處的

▲Rather than going out with friends, Arthur likes to be **solitary**. 比起和朋友出去玩，Arthur 喜歡一個人獨處。

solitary
[`sɑlə,tɛrɪ]

n. [U] 單獨監禁 (also solitary confinement)

▲The savage prisoner spent 500 days in **solitary**.
這名凶殘的犯人被單獨監禁了五百天。

23 **spotlight**
[`spɑt,laɪt]

n. [C] 大眾關注的焦點；聚光燈

▲The actor's romance is **in the spotlight**.
這名男演員的羅曼史成為大眾關注的焦點。

▲The main character stood in the **spotlight** and bemoaned his miserable fate.
主角站在聚光燈下悲嘆自己多舛的命運。

under the spotlight 被徹底剖析 | in the spotlight 備受矚目的

spotlight [ˋspɑt͵laɪt]

v. 以聚光燈照亮；使大眾關注 [同] highlight (spotlighted, spotlit | spotlighted, spotlit | spotlighting)

▲The singer slowly walks out onto the **spotlighted** stage. 歌手緩緩出場走上被聚光燈照亮的舞臺。

▲The seminar **spotlighted** the pollution crisis.
研討會使大眾關注汙染危機。

---

24 **telecommunications** [͵tɛləkə͵mjunəˋkeʃənz]

n. [pl.] 電信 (科技)

▲Bad management has led to this **telecommunications company** going bankrupt.
經營不善導致這家電信公司破產。

---

25 **weary** [ˋwɪrɪ]

adj. 疲倦的 (wearier | weariest)

▲After working all day, Linda lies in bed and rests her **weary** eyes.
工作整天後，Linda 躺在床上讓她疲倦的雙眼休息。

💡weary of 對…感到厭倦的

weary [ˋwɪrɪ]

v. (使) 感到疲倦

▲Andy doesn't dare to admit how much his son **wearies** him. Andy 不敢承認他的兒子多麼使他疲倦。

Unit 7

1 **alienate** [ˋeljən͵et]

v. 使疏遠 <from>

▲Mike is **alienated from** his friends. Mike 遭到朋友疏遠。

alienation [͵eljənˋeʃən]

n. [U] 疏離感

▲The sense of **alienation** is growing in modern society.
疏離感正在現代社會中蔓延。

---

2 **anthem** [ˋænθəm]

n. [C] (團體組織的) 頌歌

▲After the game, the team members sang the **national anthem** to celebrate their victory.

比賽結束後，團隊成員唱國歌慶祝他們的勝利。

💡national/school anthem 國歌／校歌

3 **astronomer** [ə`strɑnəmɚ]

n. [C] 天文學家

▲The **astronomers** discovered a planet that was similar to the Earth. 那些天文學家發現了一顆和地球相似的行星。

4 **bachelor** [`bætʃəlɚ]

n. [C] 單身漢；學士

▲The poet remained a **bachelor** all his life.
這個詩人終身都是單身漢。

▲Rita received a **bachelor** of Arts degree.
Rita 得到文學士學位。

💡confirmed bachelor 單身且想保持此狀態的男子

5 **bodily** [`bɑdɪlɪ]

adj. 身體的

▲The virus spreads through contact with infected blood, other **bodily fluids**, or dead patients.
這病毒通過接觸受感染的血液、其他體液或死亡的患者而傳播。

bodily [`bɑdɪlɪ]

adv. 整體地，整個地

▲The temple will have to be moved **bodily** to the new site because of the urban renewal program.
由於都市更新計畫，寺廟將不得不整體地移動到新的地點。

6 **cape** [kep]

n. [C] 岬，海角

▲The boat sailed around the **cape** before it entered the harbor. 在進入港口前，那艘船繞過海岬。

💡the Cape of Good Hope 好望角

7 **captive** [`kæptɪv]

adj. 被俘虜的；受制於人的，無選擇權的

▲The man was **held captive** as a political prisoner.
那個男人被當作政治犯被俘虜起來。

▲Taxi passengers are a **captive audience** since they have to listen to what the driver says till they get off the taxi. 計程車乘客是不得不聽的聽眾，因為他們必須聽司機說話直到下車為止。

💡hold/take sb captive 俘虜…

captive [ˋkæptɪv]

n. [C] 俘虜

▲Soldiers bound and chained the **captives**.
士兵綑綁並用鏈條拴住俘虜。

---

8 **chemist** [ˋkɛmɪst]

n. [C] 化學家

▲A **chemist** spends a lot of time working in a laboratory.
化學家花很多時間在實驗室裡工作。

---

9 **complexion** [kəmˋplɛkʃən]

n. [C] 臉色

▲The little girl has a **pale complexion**. 小女孩的臉色蒼白。

pale/rosy/fair complexion 蒼白／紅潤／白皙的臉色

---

10 **convene** [kənˋvin]

v. 召開

▲Henry **convened** a meeting of the students to discuss an issue of dress code.
Henry 召開了一次學生會議，討論關於穿著規範的議題。

---

11 **curfew** [ˋkɝfju]

n. [C][U] 宵禁

▲The government announced to **impose a curfew** because of a state of political turmoil. 因為政治動盪，政府宣布實施宵禁。

impose/lift a curfew 實施／解除宵禁

---

12 **dictate** [ˋdɪktet]

v. 口述；命令 <to>

▲The president of the company **dictated** a letter **to** his secretary. 公司的董事長口述一封信要祕書記下。

▲No one will **dictate to** me. 沒有人可以命令我。

---

13 **differentiate** [͵dɪfəˋrɛnʃɪ͵et]

v. 辨別 <between, from>；使不同 <from>

▲Children at this age still can't **differentiate between** right and wrong. 這個年紀的孩子仍無法辨別是非。

▲Language **differentiates** man **from** animals.
語言使人不同於動物。

---

14 **fertility** [fɝˋtɪlətɪ]

n. [U] 肥沃；生育能力 [反] infertility

▲The farmer uses animal waste to maintain the **fertility** of his farm soil. 這農夫使用動物的排泄物來維持農田土壤的肥沃。

Level 6

▲Some people have **fertility** problems and seek qualified medical help. 有些人有生育能力問題，而尋求正當的醫療幫助。

---

15 **grease** [gris]
n. [U] 油
▲The car mechanic had a lot of **grease** on his hands.
汽車修理工的手上有很多油。

grease [gris]
v. 用油塗
▲**Grease** the pan if you want to keep the omelet from sticking. 如果你想要防止歐姆蛋黏鍋，用油塗在平底鍋上。
grease sb's palm 向…行賄；收買

---

16 **infer** [ɪn`fɝ]
v. 推論 <from> (inferred | inferred | inferring)
▲Mandy **inferred from** John's statement that he was not satisfied with his present situation.
Mandy 從 John 的話推論他對現況不滿。

---

17 **lush** [lʌʃ]
adj. 茂盛的；豪華的
▲The villa is surrounded by **lush** meadows.
這間別墅被茂盛的草地環繞。
▲The rich couple stayed in a **lush** hotel.
那對有錢的夫婦住在一家豪華飯店裡。

---

18 **ornament** [`ɔrnəmənt]
n. [C] 裝飾品；[U] 裝飾
▲My mom is putting **ornaments** on the Christmas tree.
我媽正在把裝飾品掛到耶誕樹上。
▲The bread displayed in the shop window is for **ornament**.
商店櫥窗裡展示的麵包只是裝飾。

ornament [`ɔrnə͵mɛnt]
v. 裝飾，點綴 <with>
▲The shelf was **ornamented with** a vase and several pictures. 架上裝飾著一只花瓶和幾張照片。

---

19 **outgoing** [`aut͵goɪŋ]
adj. 外向的
▲Ken's **outgoing** personality makes it easy for him to make friends. Ken 外向的個性使他很容易交到朋友。

---

20 **peacock**
[`pi,kɑk]

n. [C] 孔雀

▲A **peacock** is eating the peas in front of a rooster.
一隻孔雀正在吃公雞面前的豌豆。

---

21 **pianist**
[pɪ`ænɪst]

n. [C] 鋼琴家

▲The concert hall was filled with sweet music as the **pianist** moved his fingers swiftly on the keyboard.
當鋼琴家的手指快速地在琴鍵上移動時，音樂廳裡便充滿美妙的音樂。

---

22 **relentless**
[rɪ`lɛntlɪs]

adj. 持續的

▲Many people blamed the death of Princess Diana on paparazzi's **relentless** pursuit.
許多人把黛安娜王妃的死歸咎於狗仔隊持續的追蹤。

---

23 **stimulation**
[,stɪmjə`leʃən]

n. [U] 刺激

▲Reading a book can act as great **stimulation** of the mind.
閱讀書籍可以用來作為心智上很好的刺激。

---

24 **vice**
[vaɪs]

n. [C] 壞習慣，惡習；[U] 罪行，惡行

▲Mr. Chen's only **vice** is smoking. 陳先生唯一的惡習就是抽菸。
▲That part of the city is full of **vice**. 城市的那一區充斥著罪行。

---

25 **woodpecker**
[`wʊd,pɛkɚ]

n. [C] 啄木鳥

▲A **woodpecker** is making holes on the trunks with its beak, finding insects for food. 啄木鳥用牠的喙在樹幹上啄洞找蟲子吃。

Unit 8

1 **abundance**
[ə`bʌndəns]

n. [sing.] 大量 <of>；[U] 充足，富足

▲Our garden produced an **abundance of** cabbages last year. 去年我們家院子種出了大量的甘藍菜。
▲People on this beautiful island live **in abundance**.
在這美麗島嶼上的人們過著富足的生活。

2 **align**
[ə`laɪn]

v. (使) 成一直線，(使) 對齊

▲The librarian carefully **aligned** the books on the shelf.
圖書館管理員小心地將書架上的書排成一直線。

align oneself with sb/sth 與…結盟

---

3 **attain**
[ə`ten]

v. 獲得 [同] achieve

▲Van Gogh **attained** no fame during his lifetime.
梵谷在生前沒有獲得名聲。

attainment
[ə`tenmənt]

n. [U] 獲得 <of>

▲The **attainment of** happiness depends on your attitude toward life. 快樂的獲得取決於你對生活的態度。

---

4 **beverage**
[`bɛvrɪdʒ]

n. [C] 飲料 (usu. pl.)

▲The restaurant doesn't serve alcoholic **beverages**.
這家餐廳不供應含酒精的飲料。

---

5 **bosom**
[`buzəm]

n. [C] 前胸

▲The mother **held** the baby **to her bosom**.
母親將小嬰兒抱在胸前。

in the bosom of sth 在 (家庭等) 的關懷裡

---

6 **capsule**
[`kæpsḷ]

n. [C] 膠囊

▲Medicine in **capsules** is easier to swallow.
藥裝在膠囊裡比較容易吞嚥。

time capsule 時光膠囊

---

7 **caretaker**
[`kɛr,tekɚ]

n. [C] 管理員 [同] custodian

▲The school **caretakers** clean up the campus every day.
每天學校管理員都會清理校園。

---

8 **chestnut**
[`tʃɛsnət]

n. [C] 栗子

▲Lisa made a birthday cake with the flavor of **chestnut**.
Lisa 做了一個栗子口味的生日蛋糕。

old chestnut 老掉牙的話題

chestnut
[ˋtʃɛsnət]
adj. 栗色的，紅棕色的
▲Mary dyed her hair **chestnut**. Mary 把頭髮染成紅棕色。

9 **compute**
[kəmˋpjut]
v. 計算 [同] calculate
▲It's easy to **compute** such a complicated math problem by computer. 以電腦計算這種複雜的數學題相當容易。

10 **corpse**
[kɔrps]
n. [C] 屍體
▲The police found the old man's **corpse** in the room.
警方在房間裡找到這個老人的屍體。

11 **curry**
[ˋkɝɪ]
n. [C][U] 咖哩 (pl. curries)
▲Nick gave us a cooking demonstration; he taught us how to cook beef **curry**.
Nick 為我們做烹飪示範，他教我們如何煮牛肉咖哩。
curry powder 咖哩粉

12 **dictation**
[dɪkˋteʃən]
n. [U] 聽寫
▲The secretary can **take dictation** in shorthand.
這位祕書能速記聽寫。

13 **disastrous**
[dɪˋzæstrəs]
adj. 災難性的 [同] catastrophic
▲This decision will have a **disastrous** impact on the economy. 這決定將會給經濟帶來災難性的衝擊。

14 **eccentric**
[ɪkˋsɛntrɪk]
adj. 古怪的 [同] odd, weird, bizarre
▲Carrying an open umbrella indoors is just one of his **eccentric** acts. 在室內撐傘不過是他古怪的行徑之一。

eccentric
[ɪkˋsɛntrɪk]
n. [C] 怪人
▲People who stay from social norms are often described as **eccentric**. 遠離社會規範的人常常被描述為怪人。

15 **fertilizer**
[ˋfɝtə͵laɪzɚ]
n. [C][U] 肥料
▲Ammonium nitrate is commonly used to make **fertilizers** and explosives. 硝酸銨普遍用於製造肥料和炸藥。

16 **harness**
[ˋhɑrnɪs]
n. [C] 馬具
▲The horseman is putting a **harness** on a horse.
馬術師正在幫馬套上馬具。
in harness with 與…合作

harness
[ˋhɑrnɪs]
v. (用馬具) 套牢，拴繫 <to>；利用 (太陽能等自然力)
▲A horse was **harnessed to** a cart loaded with luggage.
一匹馬被套牢在一輛滿載行李的馬車上。
▲The car **harnesses** the sun to generate electricity.
這部車利用太陽能發電。

---

17 **inflict**
[ɪnˋflɪkt]
v. 施加 (痛苦等)，使遭受 (傷害等) <on>
▲These bullies take delight in **inflicting** pain **on** their classmates. 這些霸凌者以折磨他們的同學為樂。

---

18 **maiden**
[ˋmedn̩]
adj. 初次的
▲It's the singer's **maiden** appearance on TV.
這是這位歌手在電視上初次亮相。
maiden name 娘家的姓｜maiden voyage/flight 處女航／首次飛行

maiden
[ˋmedn̩]
n. [C] 少女
▲Different from what we used to read, the story is about the adventure of a **maiden**.
和我們以往所讀到的不同，這是篇關於少女的冒險故事。

---

19 **overflow**
[ˋovɚ͵flo]
n. [sing.] 容納不下 (的人或物) <of>
▲There are enough wards to accommodate the **overflow of** patients from the other hospitals.
有足夠的病房容納其他醫院容納不下的病人。
overflow of population 人口過剩

overflow
[͵ovɚˋflo]
v. 溢出，滿出來，爆滿 <with>
▲Torrential rain has made the ditches **overflow** and turned the roads into rivers. 豪雨讓水溝滿溢，把道路變成了河流。
be filled to overflowing 多到滿出來，滿溢的

---

20 **persistent**

[pɚˋsɪstənt]

adj. 堅持的，固執的；持續的

▲Mark is **persistent** in seeing you. Mark 堅持要見你。

▲The **persistent** rain has caused great damage to the cotton crops. 持續不斷的降雨已造成棉花收成的嚴重損害。

persistent offender 慣犯

---

21 **pimple**

[ˋpɪmpl̩]

n. [C] 青春痘，面皰

▲Many people try to hide their **pimples** by wearing makeup. 許多人藉由化妝掩飾他們的青春痘。

---

22 **remainder**

[rɪˋmendɚ]

n. [sing.] 剩餘的部分 (the ～) <of>

▲My mom gave **the remainder of** the meal to my dog. 我媽把剩餘的飯菜給我的狗吃。

---

23 **subscription**

[səbˋskrɪpʃən]

n. [C][U] 訂閱

▲Don't forget to **renew** your **subscription to** the magazine. 不要忘了延長雜誌的訂閱期限。

renew/cancel a subscription 延長／取消訂閱

---

24 **suspension**

[səˋspɛnʃən]

n. [C][U] (作為處罰的) 暫令停止活動；(車輛等的) 懸吊系統，懸吊裝置

▲The athlete received a two-year **suspension**. 那個運動員遭受暫停活動兩年的處分。

suspension bridge 吊橋

---

25 **workforce**

[ˋwɝkˏfɔrs]

n. [sing.] 勞動人口

▲Two-thirds of the **workforce** is affected by the financial crisis. 三分之二的勞動人口受到金融危機的影響。

Unit 9

1 **abbreviate**

[əˋbrivɪˏet]

v. 縮寫 <to>

▲People **abbreviate** Sunday **to** "Sun." 人們將 Sunday 縮寫成 Sun.。

Level 6

abbreviation [ə͵brivɪ`eʃən]
n. [C] 縮寫 <for>
▲“Dr.” is an **abbreviation for** “doctor.”
Dr. 是 doctor 的縮寫。

---

2 **acclaim** [ə`klem]
n. [U] (公開的) 讚賞
▲The writer’s novel received **acclaim**.
這位作家的小說獲得讚賞。

acclaim [ə`klem]
v. (公開) 讚賞
▲The director’s latest movie was **acclaimed** as a masterpiece.
這位導演最新的電影被讚賞為傑作。

---

3 **allege** [ə`lɛdʒ]
v. (未經證實地) 宣稱
▲A man **alleged** that the U.S. government had covered up an alien visit to the Earth.
一名男子宣稱美國政府掩蓋了外星人到訪地球的事。

---

4 **audit** [`ɔdɪt]
n. [C] 審計，查帳
▲Our company’s annual **audit** will take place next Friday. 我們公司的年度審計將會在下週五舉行。

---

5 **booklet** [`bʊklət]
n. [C] 小冊子
▲Everyone will get a **booklet** before entering the meeting room.
在進入會議室之前，每個人都會拿到一本小冊子。

---

6 **boulevard** [`bulə͵vɑrd]
n. [C] 林蔭大道；大道 (abbr. Blvd.)
▲It is nice to explore the city by taking a stroll along its tree-lined **boulevards**.
沿著林蔭大道漫步是探索這個城市的好方法。
▲The hotel opened in 1912 on the famous Sunset **Boulevard**. 這家飯店在 1912 年時於著名的日落大道開幕。

---

7 **caption** [`kæpʃən]
n. [C] (照片、圖畫的) 說明文字
▲**Captions** underneath the photos explain the details of the pictures. 照片下的說明文字解釋了那些照片的細節。

caption [ˋkæpʃən]

v. 圖片說明

▲The photograph **captioned** "The End of the World" is really eye-catching.
那張圖說寫著「世界末日」的照片很吸睛。

8 **chant** [tʃænt]

n. [C] 反覆呼喊或吟唱的詞語

▲When Jackie arrived at the airport, he was greeted by the **chant** of "Jackie! We love you!" 當 Jackie 抵達機場時，迎接他的是反覆的呼喊聲：「Jackie！我們愛你！」

Buddhist chant 佛教誦經

chant [tʃænt]

v. 唱聖歌

▲The choir was **chanting** psalms. 唱詩班唱著聖歌。

9 **chili** [ˋtʃɪlɪ]

n. [C][U] 辣椒 (pl. chilies, chiles, chilis) (also chile, chili pepper)

▲Mexican dishes are usually very spicy, as they contain a lot of **chilies** and other spices.
墨西哥菜通常很辣，因為它們含有大量的辣椒和其他調味香料。

chili sauce 辣椒醬

10 **computerize** [kəmˋpjutə͵raɪz]

v. 電腦化

▲To increase efficiency, they **computerized** their office.
他們將辦公室電腦化以提升效率。

computerization [kəm͵pjutərəˋzeʃən]

n. [U] 電腦化

▲The **computerization** of the library makes data searching much faster.
圖書館的電腦化使資料搜尋加快許多。

11 **cosmetic** [kɑzˋmɛtɪk]

adj. 美容的；表面的 [同] superficial

▲This best-selling **cosmetic** cream uses natural ingredients. 這款暢銷的美容霜使用天然成分。

▲The government's measures to lower the unemployment rate are just **cosmetic**.
政府對於降低失業率的措施只是表面的。

Level 6

💡cosmetic surgery 整形手術

12 **customary** [ˋkʌstə,mɛrɪ]	adj. 慣例的 [同] usual ▲In Japan, it is **customary** to wear kimonos on formal occasions. 在日本，正式場合中穿和服是慣例。
13 **dictator** [ˋdɪktetɚ]	n. [C] 獨裁者 ▲This country has been ruled by the military **dictator** for two decades. 這個國家已被這軍事獨裁者統治了二十年。
14 **discharge** [ˋdɪs,tʃardʒ]	n. [C][U] 釋放；排放 ▲The prisoner got his **discharge** from jail last week. 這囚犯上星期從監獄獲釋了。 ▲The **discharge** of poisonous chemicals from a nearby factory killed hundreds of birds. 數百隻的鳥因為鄰近的工廠排放有毒的化學物而死亡。
discharge [dɪsˋtʃardʒ]	v. 准許…離開；排放 ▲Emily went back to work right after she was **discharged** from the hospital. Emily 一獲准出院就回去上班了。 ▲The factory **discharges** waste into the river. 工廠排放廢水到河裡。
15 **firecracker** [ˋfaɪr,krækɚ]	n. [C] 鞭炮 ▲People in Taiwan like to **set off firecrackers** during Chinese New Year. 臺灣人喜歡在農曆過年期間放鞭炮。
16 **fortify** [ˋfɔrtə,faɪ]	v. (在防禦、體力等方面) 增強，加強；強化 (食物) 的營養成分 <with> ▲The soldiers are **fortifying** the town for the coming battle. 為了即將來臨的戰役，士兵們正在增強小鎮的防禦力。 ▲This milk is **fortified with** calcium. 這種牛奶有添加鈣質強化。

17 **haunt**
[hɔnt]

v. (幽靈等) 時常出沒於；使困擾

▲That house is said to be **haunted** by its former occupant's ghost.
據說前任屋主的幽靈時常在那棟房子裡出沒。

▲Neil was **haunted** by the memories of the war.
Neil 被戰爭的記憶困擾著。

haunt
[hɔnt]

n. [C] 常去的地方

▲The bar is a favorite **haunt** of actors.
這家酒吧是演員常去的地方。

---

18 **inhabit**
[ɪn`hæbɪt]

v. 居住於

▲The tribes **inhabit** the desert all the year round.
這些部族終年居住於沙漠裡。

---

19 **majestic**
[mə`dʒɛstɪk]

adj. 雄偉的

▲A **majestic** monument stands at the center of the city.
一座雄偉的紀念碑矗立在市中心。

majestically
[mə`dʒɛstɪklɪ]

adv. 雄偉地

▲The 60-foot statue of a saint stands **majestically** on top of the hill. 這座六十呎的聖人雕像雄偉地站立在山頂上。

---

20 **patriot**
[`petrɪət]

n. [C] 愛國者

▲Three **patriots** sacrificed themselves for their country.
三位愛國者為了國家而犧牲自己。

---

21 **polar**
[`polɚ]

adj. 極地的

▲The scientists were sent out to the **polar** region for research. 那些科學家們被派往極區做研究。

---

22 **preventive**
[prɪ`vɛntɪv]

adj. 預防的

▲**Preventive measures** must be taken to avoid influenza. 必須採取預防措施以防止流感。

preventive
[prɪ`vɛntɪv]

n. [C] 預防藥

▲Some experts said that this herb is a useful anti-viral **preventive**. 一些專家說，這種藥草是對抗病毒有效的預防藥。

---

23 **reproduce**
[ˌriprəˋdjus]

v. 重現；複製；繁殖

▲The scene was vividly **reproduced** in the film.
那個景象栩栩如生地在影片中重現。

▲Do not **reproduce** without permission.
未經許可，禁止複製。

▲Reptiles **reproduce** by laying eggs.
爬蟲類動物產卵繁殖後代。

reproduction
[ˌriprəˋdʌkʃən]

n. [C] 複製品；[U] 複製；[U] 繁殖

▲My father bought a **reproduction** of the famous painting. 我父親買了這幅名畫的複製品。

▲**Reproduction** of the book in any form is prohibited.
禁止以任何形式複製這本書。

▲The **reproduction** of rabbits only takes a few months.
兔子繁殖只需要幾個月。

---

24 **synonym**
[ˋsɪnəˌnɪm]

n. [C] 同義字

▲Vick wants to find **synonyms** for “love” in a thesaurus.
Vick 想在同義字字典中查 love 的同義字。

---

25 **yoga**
[ˋjogə]

n. [U] 瑜伽

▲Practicing **yoga** helps me relax my muscles.
練習瑜伽幫助我放鬆肌肉。

Unit 10

1 **abide**
[əˋbaɪd]

v. 忍受；遵守 <by>

▲The woman **cannot abide** the mess in her son’s room.
那個女人無法忍受她兒子房間的髒亂。

▲The players have to **abide by** the umpire’s decision.
運動員必須遵守裁判的判定。

abiding [ə`baɪdɪŋ]

adj. 永久不變的

▲Beethoven had an **abiding** passion for music even after he had lost his hearing.
即使在失聰後，貝多芬對音樂仍有著永久不變的熱情。

---

2 **accordance** [ə`kɔrdn̩s]

n. [U] 遵照

▲People must act **in accordance with** the rules.
人們必須遵照規則行動。

---

3 **alligator** [`ælə͵getɚ]

n. [C] 短吻鱷

▲Many people don't know how to distinguish **alligators** from crocodiles. 許多人不知道如何區別短吻鱷和長吻鱷。

---

4 **anchor** [`æŋkɚ]

n. [C] 錨

▲The captain decided to **lift the anchor** right away.
船長決定立刻起錨。

💡at anchor 停泊 | cast/drop anchor 下錨 | weigh anchor 起錨

anchor [`æŋkɚ]

v. 停泊；使固定

▲The boat **anchored** in the harbor for regular maintenance.
船隻為了定期檢修而停泊港灣。

▲It's best to **anchor** your bookcase to the wall in case of an earthquake. 最好把你的書架固定在牆壁上以防地震發生。

---

5 **auditorium** [͵ɔdə`torɪəm]

n. [C] 禮堂 (pl. auditoriums, auditoria)

▲The graduation ceremony will take place in the **auditorium**.
畢業典禮將在禮堂舉行。

---

6 **boxing** [`bɑksɪŋ]

n. [U] 拳擊

▲The woman is the youngest world **boxing** champion ever.
這名女子是有史以來最年輕的世界拳擊冠軍。

---

7 **breadth** [brɛdθ]

n. [U] 寬度 <in>

▲A standard basketball court is 28 meters in length and 15 meters **in breadth**.
標準籃球場的大小是長二十八公尺、寬十五公尺。

---

8 **captivity** [kæp`tɪvətɪ]

n. [U] 監禁

▲After two years of **captivity**, the prisoner was finally released. 經過兩年的監禁，那名囚犯終於被釋放。

in captivity 被囚禁

---

9 **cholesterol** [kə`lɛstə,rol]

n. [U] 膽固醇

▲More and more people choose foods that are **low in cholesterol**. 越來越多人選擇低膽固醇的食品。

---

10 **cigar** [sɪ`gɑr]

n. [C] 雪茄

▲The merchant offers **cigars** imported directly from Cuba. 商人提供直接從古巴進口的雪茄。

---

11 **comrade** [`kɑmræd]

n. [C] 戰友

▲The veteran visited several of his **comrades** from wartime. 這個退伍軍人拜訪了幾個他在戰時的戰友。

---

12 **cosmetics** [kɑz`mɛtɪks]

n. [pl.] 化妝品

▲The actress uses **cosmetics** to cover up her wrinkles. 這名女演員用化妝品來遮掩皺紋。

---

13 **dazzle** [`dæzl̩]

v. 使目眩；使驚嘆

▲Nancy was **dazzled** by the headlights of an approaching car. Nancy 被來車的車頭燈照得目眩眼花。

▲Ricky **dazzled** everybody with his wit. Ricky 的機智使得大家驚嘆不已。

dazzle [`dæzl̩]

n. [U] 耀眼

▲Ben put on his sunglasses to protect his eyes from the **dazzle** of the sun. Ben 戴上太陽眼鏡擋住耀眼的陽光。

dazzling [`dæzlɪŋ]

adj. 耀眼的；令人驚嘆的

▲The lady's **dazzling** jewels attracted everyone's attention. 那位女士耀眼的珠寶吸引了每個人的注意。

▲The audience was overwhelmed by the **dazzling** magic show. 觀眾折服於神乎其技的魔術表演。

---

14 **dictatorship**
[dɪk`tetɚ͵ʃɪp]

n. [C] 獨裁統治的國家；[U] 獨裁統治

▲Myanmar became a **military dictatorship** in 1962.
緬甸在 1962 年成為軍事獨裁統治國家。

▲The politician has expressed a willingness to work with the military to bring about a peaceful transition from **dictatorship** to democracy.
這名政治家表示願意和軍隊合作，實現從獨裁統治到民主的和平過渡。

---

15 **dispensable**
[dɪ`spɛnsəbl̩]

adj. 非必要的 [反] indispensable

▲The company will get rid of any **dispensable** workers.
公司將裁掉非必要的員工。

---

16 **flake**
[flek]

n. [C] (雪的) 小薄片；碎片

▲**Flakes** of snow are falling. 雪片正在飄落。

▲The paint peeled off in **flakes**. 油漆剝落成碎片。

flake
[flek]

v. (成薄片) 剝落 <off>

▲The paint on the door was beginning to **flake off**.
門上的油漆開始剝落。

---

17 **healthful**
[`hɛlθfəl]

adj. 有益健康的

▲It is necessary for a pregnant woman to have a **healthful** diet. 孕婦需要有益健康的飲食。

---

18 **inquire**
[ɪn`kwaɪr]

v. 詢問，查詢 <about>

▲The tourist called the museum and **inquired about** the opening hours. 這位觀光客致電博物館詢問開放時間。

💡inquire after sb/sth 問候…的健康狀況等

---

19 **martial**
[`mɑrʃəl]

adj. 戰鬥的，軍事的

▲Bruce Lee was known for his mastery of **martial arts**.
李小龍因為他嫻熟的武術技巧而聞名。

💡martial law 戒嚴法，軍事法

---

20 **marvel**
[`mɑrvl̩]

n. [C] 奇蹟

▲That new invention is truly a **marvel** of modern technology.
那項新發明真是現代科技的一個奇蹟。

Level 6

marvel [ˋmɑrvl̩]

v. 對…感到驚嘆

▲My family **marveled** at the golfer's skills.
我的家人對這位高爾夫球員的球技驚嘆不已。

---

21 **pharmacy** [ˋfɑrməsɪ]

n. [C] 藥房，藥局；[U] 藥劑學 (pl. pharmacies)

▲John went to a **pharmacy** to have his prescription filled.
John 去藥局配藥。

▲Allison is studying **pharmacy** at college because she wants to become a pharmacist.
Allison 在大學讀藥劑學，因為她想要成為藥劑師。

---

22 **prose** [proz]

n. [U] 散文

▲Mr. Lee started his literary career writing **prose**.
李先生從寫散文開啟他的文學生涯。

---

23 **prototype** [ˋprotə͵taɪp]

n. [C] 原型 <for, of>

▲The company has developed the **prototype of** the modern car. 這家公司製造出了現代車的原型。

---

24 **reside** [rɪˋzaɪd]

v. 居住，定居 <in>

▲Mrs. Wang longs to **reside in** the U.K.
王太太渴望能定居在英國。

---

25 **synthetic** [sɪnˋθɛtɪk]

adj. 合成的，人造的

▲Are **synthetic** nutrients as healthy as natural vitamins that come from food?
合成營養素是否像來自食物的天然維生素一樣健康？

synthetic [sɪnˋθɛtɪk]

n. [C] 合成物 (usu. pl.)

▲Is this cloth made of natural fibers or **synthetics**?
這塊布是天然纖維製成的還是合成物？

synthesize [ˋsɪnθə͵saɪz]

v. 合成

▲No one has ever succeeded in **synthesizing** gold.
從來沒有人成功地合成金。

synthesis [`sɪnθəsɪs]

n. [C] 綜合體 (pl. syntheses)

▲The band's new album is a **synthesis of** rap and jazz.
這個樂團的新專輯是饒舌和爵士樂的綜合體。

Unit 11

1 **abound** [ə`baund]

v. 為數眾多，有很多，多得很；盛產，充滿 <in, with>

▲Game birds **abound** in this area. 此地充滿可獵捕的鳥。

▲The country **abounds in** mineral resources.
這個國家充滿礦物資源。

---

2 **accountable** [ə`kauntəbl̩]

adj. 負有責任的，有義務做說明的 <for, to>

▲Henry must be **accountable for** his own actions.
Henry 必須對他的行為負責。

---

3 **aluminum** [ə`lumənəm]

n. [U] 鋁

▲Take a large piece of **aluminum foil**, put some onions and potatoes on it, and place it in the oven.
取一大張的鋁箔紙，放些洋蔥和馬鈴薯在上面，然後放進烤箱。

---

4 **astronomy** [ə`strɑnəmɪ]

n. [U] 天文學

▲Jenny majored in **astronomy** at Penn State.
Jenny 曾經在賓州州立大學主修天文學。

---

5 **avert** [ə`vɝt]

v. 轉移 <from>

▲Mark **averted** his eyes **from** the horrible sight.
Mark 把他的目光從這可怕的景象轉移。

---

6 **boycott** [`bɔɪ,kɑt]

n. [C] 抵制 <on, against>

▲The citizens called for a **boycott against** the company's new products to protest animal testing.
市民們發起抵制這公司的新產品以抗議動物試驗。

boycott [`bɔɪ,kɑt]

v. 抵制

▲The consumers **boycotted** the company's overpriced

products. 消費者抵制這家公司索價過高的產品。

7	**bulky** [ˋbʌlkɪ]	adj. 龐大的 (bulkier ∣ bulkiest) ▲This refrigerator was so **bulky** that we couldn't get it through the door. 這臺冰箱太龐大以致於我們無法從門搬過去。
8	**cardboard** [ˋkɑrd͵bord]	n. [U] 厚紙板 ▲My dad made a toy out of **cardboard**. 我爸爸用厚紙板做了一個玩具。
9	**civilize** [ˋsɪvə͵laɪz]	v. 教化 ▲They tried to **civilize** the barbarians. 他們試圖教化野蠻人。
	civilized [ˋsɪvə͵laɪzd]	adj. 文明的 [反] uncivilized ▲All **civilized** countries have laws against domestic violence and murder. 所有文明國家都有法律反對家庭暴力和謀殺。
10	**collision** [kəˋlɪʒən]	n. [C][U] 碰撞 <with> ▲The man's car was completely wrecked in a **collision with** a big truck. 這男人的車與大卡車互相碰撞結果全毀。 💡head-on collision 迎頭相撞 ∣ on a collision course 勢必發生衝突
	collide [kəˋlaɪd]	v. 抵觸 <with> ▲Our ideas **collided with** theirs. 我們的意見和他們的相抵觸。
11	**concession** [kənˋsɛʃən]	n. [C][U] 讓步 <to> ▲The labor union has made it clear that no **concessions will be made to** the employers. 工會已清楚表明不會對資方做出讓步。 💡make concessions to sb 對…讓步
12	**counterpart** [ˋkaʊntɚ͵pɑrt]	n. [C] 相對應的人或事物 ▲Tokyo Disneyland is much smaller than its American **counterpart**. 東京迪士尼樂園比美國的小多了。
13	**deafen** [ˋdɛfən]	v. 使聽不見 ▲The fireworks **deafened** us, so we couldn't hear each other.

煙火震耳欲聾，所以我們聽不見彼此在說什麼。

14 **diesel** [ˋdizḷ]

n. [U] 柴油 (also diesel fuel)

▲The **diesel** engine is reliable and long-lasting.
柴油引擎可靠又持久。

15 **dispense** [dɪˋspɛns]

v. 分發 <to>

▲The nuns **dispensed** food **to** the poor. 修女們分發食物給窮人。

dispense a prescription 按處方配藥 | dispense with sth 免除…

16 **folklore** [ˋfokˏlor]

n. [U] 民間傳說

▲According to **folklore**, the ghosts in the mountains would make people get lost. 根據民間傳說，山中的鬼怪會讓人迷失方向。

17 **imperative** [ɪmˋpɛrətɪv]

adj. 迫切的 [同] vital

▲It is **imperative** that we finish the urgent task today.
我們迫切需要在今天完成緊急的任務。

imperative [ɪmˋpɛrətɪv]

n. [C] 必須做的事

▲It is a moral **imperative** for me to help people in need.
對我來說幫助有需要的人是道德上必須做的事。

18 **intruder** [ɪnˋtrudɚ]

n. [C] 侵入者

▲The smart dog secured the house against the **intruder**.
聰明的狗保護房子不讓侵入者闖入。

19 **mingle** [ˋmɪŋgḷ]

v. 混合 <with> [同] mix；交際 <with> [同] circulate

▲Allie's excitement about college life **mingled with** some fear. Allie 對大學生活的興奮混合著一些恐懼。

▲Bill only **mingles with** important people.
Bill 只和重要人物交際。

20 **permissible** [pɚˋmɪsəbḷ]

adj. (法律) 可容許的 [反] impermissible

▲Smoking in public places is not **permissible** under the new law. 在新的法律下在公共場合抽菸是不可容許的。

21 **playwright** [ˋpleˏraɪt]

n. [C] 劇作家 [同] dramatist

▲Shakespeare is regarded as the greatest **playwright** in

English literature. 莎士比亞被認為是英國文學上最偉大的劇作家。

---

22 **radiate** [ˋredɪˏet]

v. 放射 <from>；散發情感

▲Light and heat **radiate from** the sun. 太陽放射出光和熱。

▲The newlyweds **radiate** happiness. 那對新婚夫妻幸福洋溢。

radiate [ˋredɪət]

adj. 有射線的；輻射狀的

---

23 **respective** [rɪˋspɛktɪv]

adj. 各自的

▲The girls returned to their **respective** homes as night fell. 隨著夜幕降臨，女孩們回到各自的家。

respectively [rɪˋspɛktɪvlɪ]

adv. 分別地

▲The prize for first place and the prize for second place went to Joe and Sam **respectively**. 第一、二名獎項分別由 Joe 和 Sam 獲得。

---

24 **retrieve** [rɪˋtriv]

v. 檢索；取回 <from>

▲Enter the password and then you can **retrieve** information **from** the computer. 輸入密碼後就可以檢索電腦裡的資料。

▲The dog has been taught to **retrieve** objects. 這隻狗學會銜回物品。

retrieval [rɪˋtrivl̩]

n. [U] 挽回

▲Bygone days are beyond **retrieval**. 過去的日子無法挽回。

---

25 **tenant** [ˋtɛnənt]

n. [C] 租客

▲The landlord sued the **tenant** for not paying the rent. 房東控告租客未繳房租。

tenant [ˋtɛnənt]

v. 租

▲The old house is **tenanted** by a poor couple. 這間老房子租給一對貧窮的夫妻。

Unit 12

1 **abstraction**
[æb`strækʃən]

n. [C][U] 抽象

▲Tim often talks in empty **abstractions** without real examples. Tim 說話常空洞抽象，沒有真實的例子。

---

2 **accumulation**
[ə,kjumjə`leʃən]

n. [C] 累積物；[U] 累積

▲An **accumulation** of rubbish ruined the beautiful view.
垃圾累積物破壞了這美景。

▲The **accumulation** of evidence gradually gave us a clear picture of the murder case.
證據的累積讓我們逐漸對這起謀殺案有清楚的了解。

---

3 **amid**
[ə`mɪd]

prep. 在…之間 (also mid, amidst) [同] among

▲The hikers moved along a narrow trail **amid** trees.
登山者沿著樹木之間的狹窄小徑移動。

---

4 **aviation**
[,evɪ`eʃən]

n. [U] 航空

▲The Boeing Company is the major and most influential company in the **aviation** industry.
波音公司是航空業界最主要且最有影響力的公司。

💡aviation academy 航空學校 | aviation badge 飛行徽章

---

5 **brace**
[bres]

n. [C] 牙齒矯正器

▲John wore **braces** to straighten his crooked teeth.
John 戴牙齒矯正器來矯正他歪的牙齒。

brace
[bres]

v. 支撐 <against>；使做好準備

▲The bridge is **braced** with a temporary pillar to prevent it from collapsing. 這座橋以臨時支柱支撐以防崩塌。

▲Fiona **braced** herself to face the bad news.
Fiona 做好面對壞消息的準備。

---

6 **broaden**
[`brɔdn̩]

v. 拓展

▲Both reading and travel **broaden the mind.**
閱讀與旅行皆有助於拓展眼界。

💡broaden sb's mind/horizons 拓展眼界，增廣見聞

Level 6

7 **caffeine**
[kæ`fin]
n. [U] 咖啡因
▲A study found that **caffeine** consumed 6 hours before bedtime had a significant effect on sleep disturbance.
一項研究發現睡前六小時攝取咖啡因會嚴重干擾睡眠。

---

8 **cardinal**
[`kardṇəl]
n. [C] 紅衣主教
▲The man has received a clear directive from the **cardinal**.
那男人收到了來自紅衣主教的明確指示。

cardinal
[`kardṇəl]
adj. 基本的
▲Sour, sweet, bitter, salty, and umami are the 5 **cardinal** tastes. 酸、甜、苦、鹹和鮮是五個基本的味覺。
💡cardinal number 基數

---

9 **clam**
[klæm]
n. [C] 蛤，蚌
▲For real Japanese **clam** miso soup, just follow the recipe.
要做道地的日式味噌蛤蜊湯，只要遵照這份食譜即可。
💡clam up/shut up like a clam 沉默不語

---

10 **comparative**
[kəm`pærətɪv]
adj. 比較的
▲With double income, they now live in **comparative** comfort. 有了雙份薪水後，他們現在的生活比較舒適了。

---

11 **concise**
[kən`saɪs]
adj. 簡潔的
▲The report is **concise** and to the point. 這份報告簡明扼要。

---

12 **coupon**
[`kupɑn]
n. [C] 優待券
▲With this **coupon**, you can get one free cheeseburger.
有了這張優待券，你就可以得到一個免費的起司漢堡。

---

13 **deduct**
[dɪ`dʌkt]
v. 扣除 <from>
▲When you buy something with your debit card, the amount of money will be **deducted from** your account.
當你用簽帳金融卡買東西時，金額將會從你的戶頭中扣除。

---

14 **diplomacy**
[dɪ`ploməsɪ]
n. [U] 外交手腕
▲Skillful **diplomacy** was needed to prevent a war.

要避免戰爭，巧妙的外交手腕是必要的。

---

15 **diversify**
[də`vɝsə͵faɪ]

v. 使多樣化 <into>

▲The radio station **diversified** its programs to attract more listeners. 廣播電臺使節目多樣化來吸引到更多聽眾。

---

16 **gay**
[ge]

adj. 男同性戀的；鮮豔的

▲The celebrities spoke up for the **gay** and lesbian community through the song.
這些名人透過這首歌為男同性戀與女同性戀族群發聲。

▲The clown wore a **gay** costume and funny makeup.
小丑身穿鮮豔的服裝，化著滑稽的妝。

gay
[ge]

n. [C] 男同性戀者

▲The girl knew some **gays** and lesbians, and she didn't view it as something special. 女孩認識一些男同性戀者和女同性戀者，而她並不覺得那是什麼特別的事。

---

17 **inclusive**
[ɪn`klusɪv]

adj. 包含的 <of> [反] exclusive

▲The list is **inclusive of** 3 girls. 這份名單包含了三個女孩。

---

18 **invaluable**
[ɪn`væljəbl̩]

adj. 無價的，無比貴重的，非常寶貴的 [同] priceless

▲Thank you for your **invaluable** comments on my essay.
感謝你對我的文章所提供的寶貴意見。

---

19 **miraculous**
[mə`rækjələs]

adj. 奇蹟似的

▲The magician made a **miraculous** escape from the prison.
魔術師做了一個奇蹟似的監獄逃脫。

---

20 **pneumonia**
[nju`monjə]

n. [U] 肺炎

▲People could take precautions to prevent **pneumonia**, such as washing hands regularly.
人們可以採取預防措施來預防肺炎，比如勤洗手。

💡catch/get pneumonia 得肺炎

---

21 **refresh**
[rɪ`frɛʃ]

v. 使恢復活力；喚起記憶

▲Mike felt **refreshed** after the bath. Mike 洗過澡後恢復活力。

▲Seeing that picture **refreshed** my **memory**.

Level 6

看到那張照片喚起了我的回憶。

22 **resistant** [rɪ`zɪstənt]

adj. 抗拒的 <to>

▲Oliver likes handwritten letters. He is **resistant to** change.
Oliver 喜歡手寫信。他抗拒改變。

23 **robust** [ro`bʌst]

adj. 強健的；堅固的 [同] sturdy

▲The boxer is very **robust**. 那拳擊手很強健。

▲This company always takes pride in producing **robust** machinery. 這間公司向來以製造堅固的器械而自豪。

24 **screwdriver** [`skru͵draɪvɚ]

n. [C] 螺絲起子

▲The worker tightened a screw with a **screwdriver**.
工人用螺絲起子鎖緊螺絲。

25 **tentative** [`tɛntətɪv]

adj. 暫定的，不確定的

▲Margot and Tom have a **tentative** plan for their honeymoon. Margot 和 Tom 有暫定的蜜月計畫。

💡tentative smile 遲疑或靦腆的微笑

Unit 13

1 **academy** [ə`kædəmɪ]

n. [C] 學院

▲Mr. Black graduated from a military **academy**.
Black 先生畢業於一所軍校。

2 **adolescence** [͵ædə`lɛsn̩s]

n. [U] 青春期 [同] puberty

▲During **adolescence**, most boys and girls are strongly influenced by their peers.
大多數的男孩和女孩在青春期都很受同儕影響。

3 **analytical** [͵ænə`lɪtɪkl̩]

adj. 分析的 (also analytic)

▲Students can learn more by applying an **analytical** learning strategy.

藉著運用分析的學習方法，學生可以學得更多。

---

4 **awhile** [ə`waɪl]

adv. 片刻

▲Let's rest **awhile**. 我們休息片刻吧。

---

5 **brassiere** [brə`zɪr]

n. [C] 胸罩 (also bra)

▲The shop sells different types of **brassieres**.
這間商店販賣不同種類的胸罩。

---

6 **carefree** [`kɛr,fri]

adj. 無憂無慮的

▲Meg and David live a **carefree** life in each other's company. Meg 和 David 在彼此的陪伴中過著無憂無慮的生活。

---

7 **carton** [`kartn̩]

n. [C] 硬紙盒 <of>

▲Ted's father asked him to buy a **carton of** cigarettes at a convenience store. Ted 的父親請他去便利超商買一盒香菸。

---

8 **chimpanzee** [,tʃɪmpæn`zi]

n. [C] 黑猩猩 (also chimp)

▲The intelligent **chimpanzee** quietly dies at the end of this movie. 在電影最後，那隻聰明的黑猩猩安靜地死去。

---

9 **clasp** [klæsp]

v. 抱緊 [同] hold

▲The mother **clasped** her baby in her arms.
母親用雙臂抱緊嬰兒。

clasp [klæsp]

n. [C] 扣環

▲My mom bought a leather bag with a silver **clasp**.
我母親買了一個有銀扣環的皮包。

---

10 **compass** [`kʌmpəs]

n. [C] 羅盤；圓規 (usu. pl.)

▲People used to rely on the **compass** to sail.
人們過去仰賴羅盤航行。

▲Our math teacher asked us to bring **a pair of compasses** to class.
我們的數學老師要求我們帶圓規來上課。

compass [`kʌmpəs]

v. 達到

▲Bad guys will do everything to **compass** their ends.

壞人會盡一切可能來達到目的。

11 **condense** [kən`dɛns]	v. 濃縮 <into, to> ▲My boss's secretary **condensed** his statement **into** an abstract. 我老闆的祕書把他說的話濃縮成摘要。
12 **cowardly** [`kauɚdlɪ]	adj. 膽小的 ▲The soldiers were ashamed of their **cowardly** retreat. 士兵們對於他們膽小的撤退感到羞愧。
13 **deem** [dim]	v. 認為 [同] consider ▲The area has been **deemed** safe by government officials. 政府官員認定此區域是安全的。
14 **directive** [də`rɛktɪv]	n. [C] 指令，命令 ▲The company received a **directive** from the government. 公司收到了政府的指令。
15 **diversion** [də`vɝʒən]	n. [C][U] 轉移；[C] 消遣 ▲The woman was under investigation because of the illegal **diversion** of funds into her personal account. 那個女人因非法轉移資金到個人帳戶而被調查中。 ▲Gardening is my only **diversion**. 園藝是我唯一的消遣。
16 **geographical** [,dʒiə`græfɪkḷ]	adj. 地理的 (also geographic) ▲This supermarket has a good **geographical** location and is often crowded with customers. 這間超市有良好的地理位置，常常擠滿了客人。
geographically [,dʒiə`græfɪklɪ]	adv. 地理上地 ▲**Geographically speaking**, Taiwan is located in the northern hemisphere. 從地理上來說，臺灣位於北半球。
17 **intellect** [`ɪntə,lɛkt]	n. [U] 智慧 ▲Dr. Lee is a man of great **intellect**. 李博士是很有智慧的人。

18 **invariably**
[ɪn`vɛrɪəblɪ]

adv. 總是，老是

▲Believe it or not, it **invariably** rains after I have my car washed. 信不信由你，每次我洗車之後總是會下雨。

---

19 **mischievous**
[`mɪstʃɪvəs]

adj. 搗蛋的 [同] naughty

▲The little boy had a **mischievous** grin on his face.
這個小男孩的臉上露出了搗蛋的一笑。

mischievously
[`mɪstʃɪvəslɪ]

adv. 惡意地

▲The students teased the boy **mischievously**.
學生惡意地嘲笑男孩。

---

20 **ponder**
[`pandɚ]

v. 仔細思考，考慮 <on, over> [同] consider

▲My parents asked me to **ponder** my future.
我父母要我仔細思考未來。

---

21 **renowned**
[rɪ`naund]

adj. 著名的 <for, as>

▲The country is **renowned for** its beautiful scenery.
這個國家以美麗的景色著名。

---

22 **royalty**
[`rɔɪəltɪ]

n. [U] 王權；王室成員

▲The crown is a symbol of **royalty**. 皇冠是王權的象徵。

▲The flag is raised in the presence of **royalty**.
這面旗子在王室成員前才會升起。

---

23 **serving**
[`sɝvɪŋ]

n. [C] 一份

▲An adult should eat 3 **servings** of vegetables and 2 **servings** of fruit every day.
一個成年人每天應該吃三份蔬菜和兩份水果。

---

24 **thereafter**
[ðɛr`æftɚ]

adv. 從那以後，之後

▲You will work alone for the first week, but **thereafter** you will work with a group.
第一個星期你會單獨工作，但之後你會加入一個團體一起工作。

---

25 **virgin**
[`vɝdʒɪn]

n. [C] 處女

▲The girl decided to remain a **virgin** until she got married.
女孩決定在結婚前保持處女之身。

virgin [ˋvɝdʒɪn]

adj. 未開發的

▲This **virgin forest** is well protected by the government.
這片未開發的森林被政府保護得很好。

Unit 14

1 **accessory** [ækˋsɛsərɪ]

n. [C] 裝飾品 (usu. pl.)；幫凶 <to> (pl. accessories)

▲The actress is wearing a green dress with matching **accessories**.
這個女演員穿著綠色的洋裝並搭配相襯的裝飾品。

▲The woman was arrested for being an **accessory to** the murder. 這女子因身為謀殺案的幫凶而被逮捕。

💡accessory before/after the fact 事前／事後幫兇｜auto/car accessory 汽車配件｜fashion/computer accessory 時裝／電腦配件

accessory [ækˋsɛsərɪ]

adj. 輔助的

▲The doctor observed the patient's use of **accessory** muscles. 醫生觀察病人運用輔助肌肉。

2 **accordingly** [əˋkɔrdɪŋlɪ]

adv. 照著，相應地

▲Nancy has told you the situation, and you had better behave **accordingly**.
Nancy 已經告訴你情況，而你最好能照著做。

3 **aesthetic** [ɛsˋθɛtɪk]

adj. 美學的 (also esthetic)

▲This artist's painting has many **aesthetic** values.
這位藝術家的畫作有許多美學的價值。

4 **animate** [ˋænə,met]

v. 使生氣勃勃

▲Vivien's face was **animated** with joy at the sight of her father. 當 Vivien 看到她爸爸時，臉上因喜悅而生氣勃勃。

animate
[ˋænəmɪt]
adj. 活的，有生命的 [反] inanimate
▲Some scientists believe that **animate** beings exist on Mars. 有些科學家相信火星上有活的生物存在。

animated
[ˋænə͵metɪd]
adj. 活躍的 [同] lively
▲Tommy and I had an **animated** discussion about politics. Tommy 和我就政治展開活躍的討論。
animated cartoon 卡通影片

animation
[͵ænəˋmeʃən]
n. [C] 動畫
▲*Toy Story* was the first commercial computer **animation**, which took 4 years to make.
《玩具總動員》是第一部商業電腦動畫，花了四年的時間製作。

---

5 **backbone**
[ˋbæk͵bon]
n. [C] 脊椎 [同] spine；支柱；[U] 勇氣
▲The man fell off his horse and broke his **backbone**.
這男子摔下馬而弄斷脊椎。
▲The middle class forms the **backbone of** the country's economy. 中產階級構成這個國家的經濟支柱。
▲Rita lacks the **backbone** to speak up for her beliefs.
Rita 缺乏勇氣為自己的信念辯護。

---

6 **breakdown**
[ˋbrek͵daʊn]
n. [C] 故障；崩潰
▲Stop the car on the shoulder and wait for the **breakdown** service. 把車停在路肩等待故障維修服務。
▲The poor man had a **nervous breakdown** after being laid off. 那個可憐的人被裁員後精神崩潰。

---

7 **cashier**
[kæˋʃɪr]
n. [C] 收銀員
▲After graduating from high school, Helen worked as a **cashier** at a supermarket.
Helen 高中畢業後在超市當收銀員。

---

8 **catastrophe**
[kəˋtæstrəfɪ]
n. [C] 大災難
▲Rachel Carson warned us of the upcoming ecological **catastrophe**.
Rachel Carson 警告我們即將來臨的生態大災難。

catastrophic [ˌkætəˋstrɑfɪk]
adj. 毀滅性的
▲The nuclear bombs dropped on Japan in 1945 caused **catastrophic** damage to the Japanese people.
於 1945 年投向日本的核彈對日本人造成毀滅性的傷害。

---

9 **clearance** [ˋklɪrəns]
n. [C][U] 間距；[U] 許可
▲The **clearance** between the water and the bridge is 4 meters. 水和橋之間的間距是四公尺。
▲The pilot got **clearance** to take off.
飛機駕駛得到起飛許可。

---

10 **confederation** [kənˌfɛdəˋreʃən]
n. [C][U] 同盟，聯盟
▲These two countries are celebrating the anniversary of **confederation**. 這兩個國家在慶祝他們同盟週年。

---

11 **correspondence** [ˌkɔrəˋspɑndəns]
n. [U] 通信
▲Chloe's **correspondence with** Jim lasted many years.
Chloe 與 Jim 的通信持續多年。

---

12 **cozy** [ˋkozɪ]
adj. 舒適的 [同] snug (cozier | coziest)
▲It was **cozy** in front of the fireplace. 壁爐前面暖和舒適。

---

13 **default** [dɪˋfɔlt]
n. [C][U] 拖欠
▲This bankrupt company is **in default on** its loan.
這間破產的公司拖欠貸款。

default [dɪˋfɔlt]
v. 拖欠 <on>
▲If I **default on** the payment, the bank will repossess my apartment. 如果我拖欠付款，銀行會收走我的公寓。

---

14 **diabetes** [ˌdaɪəˋbitɪz]
n. [U] 糖尿病
▲Work out regularly can prevent **diabetes**.
定期健身可以預防糖尿病。

diabetic [ˌdaɪəˋbɛtɪk]
adj. 糖尿病的
▲The patient was in a **diabetic** coma.
病人處於糖尿病引起的昏迷狀態中。

---

15 **disable**

[dɪs`ebl̩]

v. 使失能，使殘疾

▲The accident **disabled** the young worker.

意外使這年輕的員工失能。

disabled

[dɪs`ebl̩d]

adj. 失能的，殘疾的，有身心障礙的

▲The **disabled** young man never lets his disability prevent him from doing whatever he wants to do.

這位身有殘疾的年輕人從不讓失能阻礙他做想做的事。

the disabled 身心障礙者

---

16 **downward**

[`daʊnwɚd]

adj. 向下的

▲Be careful. There's a **downward** slope ahead.

小心。前方有向下的斜坡。

downward spiral 不斷下降

downward

[`daʊnwɚd]

adv. 向下地；衰退地 (also downwards)

▲John looked **downward** in silence. John 沉默地向下看。

▲The sales of the shop keep going **downward**, and it may close this year.

這家店的銷售額持續衰退，今年可能會關門。

---

17 **geometry**

[dʒi`ɑmətrɪ]

n. [U] 幾何學

▲A basic understanding of **geometry** can help you learn art and design.

對幾何學的基本認識可以幫助你學習藝術與設計。

geometric

[ˌdʒiə`mɛtrɪk]

adj. 幾何的 (also geometrical)

▲Many items in nature such as snowflakes and starfish show perfect **geometric** shapes.

很多自然中的東西呈現完美的幾何圖形，例如雪花和海星。

geometric design 幾何圖案設計

---

18 **intimidate**

[ɪn`tɪməˌdet]

v. 恫嚇 <into>

▲The gangsters **intimidated** us **into** agreeing to their demands. 歹徒恫嚇我們答應他們的要求。

intimidated

[ɪn`tɪməˌdetɪd]

adj. 感到害怕的

▲My son felt **intimidated** on his first day at elementary school. 我兒子上小學的第一天感到害怕。

intimidating [ɪn`tɪmə,detɪŋ]

adj. 令人害怕的

▲Many people find public speaking very **intimidating**.
許多人覺得公開演說非常令人害怕。

---

19 **irritate** [`ɪrə,tet]

v. 使惱怒

▲The teacher was a bit **irritated** by the students' jokes.
老師被學生的玩笑弄得有些惱怒。

---

20 **mobilize** [`mobə,laɪz]

v. 動員 [同] rally

▲The purpose of the movement is to **mobilize** public support for women's rights.
這個活動的目的是想動員群眾對女權的支持。

---

21 **preview** [`pri,vju]

n. [C] 試映 (會) 或試演

▲Critics are invited to attend the **preview** of the film.
影評人受邀參加該片的試映會。

preview [pri`vju]

v. 觀看或舉辦…的試映會或試演

▲Journalists and critics are invited to **preview** the new movie tomorrow. 記者和影評人受邀明天觀賞新片的試映。

---

22 **sanitation** [,sænə`teʃən]

n. [U] 衛生 (設備或系統)

▲The mayor must solve the problem of the city's poor **sanitation**. 市長必須解決本市環境衛生設備不良的問題。

---

23 **scenic** [`sinɪk]

adj. 風景的

▲Naples is famous for its **scenic** beauty.
那不勒斯以風景美麗聞名。

---

24 **skeptical** [`skɛptɪkl̩]

adj. 懷疑的 <about, of>

▲Penny's mom is **skeptical about** her chances of success. Penny 的媽媽對她成功的機會存疑。

---

25 **tornado** [tɔr`nedo]

n. [C] 龍捲風 (pl. tornadoes, tornados)

▲A series of **tornadoes** ripped through America's heartland. 一連串龍捲風從美國中心地帶橫掃而過。

Unit 15

1 **accusation**
[ˌækjəˋzeʃən]

n. [C][U] 控訴

▲The singer is under a false **accusation**.
這名歌手正面臨不實的控訴。

---

2 **addiction**
[əˋdɪkʃən]

n. [C][U] 上癮 <to>

▲The man is trying to cure himself of his **addiction to** drugs. 那名男子試著要治療自己的毒癮。

---

3 **affectionate**
[əˋfɛkʃənɪt]

adj. 深情的 [同] loving

▲My sister gave her baby an **affectionate** kiss.
我姊姊給她的寶寶深情的一吻。

---

4 **anticipation**
[ænˌtɪsəˋpeʃən]

n. [U] 期盼

▲The fans waited for the arrival of the singer with eager **anticipation**. 歌迷們熱切地期盼那位歌手的到來。

💡in anticipation of 預料到…

---

5 **badge**
[bædʒ]

n. [C] 徽章

▲How will I know you're a policeman if you don't show me your **badge**?
你若不給我看你的徽章，我怎麼知道你是警察？

💡badge of sth …的象徵

---

6 **breakup**
[ˋbrekˌʌp]

n. [C][U] 瓦解；破裂

▲The **breakup** of the Soviet Union led to the unstable condition in Eastern Europe.
蘇聯的解體導致東歐動盪不安的局面。

▲Constant fights and misunderstandings caused the **breakup** of their marriage.
不斷的爭吵和誤解導致他們的婚姻破裂。

---

7 **casualty** [ˋkæʒuəltɪ]

n. [C] 死傷者，傷亡人員 (pl. casualties)

▲There were many **casualties** in the plane crash.
這起墜機事件傷亡慘重。

light casualties 輕微的傷亡｜heavy/serious casualties 慘重的傷亡

---

8 **chairperson** [ˋtʃɛr,pɝsn̩]

n. [C] 主席 [同] chair (pl. chairpersons)

▲Alma has been appointed as the new **chairperson** of the committee. Alma 已被委任為委員會的新主席。

chairman [ˋtʃɛrmən]

n. [C] 主席 [同] chair, chairperson (pl. chairmen)

▲The election for the **chairman** of the organization will take place on Monday. 該組織的主席選舉將在星期一舉行。

chairwoman [ˋtʃɛr,wumən]

n. [C] 女主席 [同] chair, chairperson (pl. chairwomen)

▲Lisa has the confidence to be re-elected as the **chairwoman** of the meeting.
Lisa 有信心能連任會議的女主席。

---

9 **climax** [ˋklaɪmæks]

n. [C] 高潮

▲The **climax** of the movie takes place in the sewer where the buried treasure is found.
這部電影的高潮發生在下水道內埋藏的寶藏被發現。

come to/reach a climax 達到高潮

climax [ˋklaɪmæks]

v. 達到高潮 <with, in>

▲The musical **climaxes with** a spectacular scene when the crystal chandeliers fall from the ceiling.
水晶吊燈從天花板掉下來時的壯觀場景使音樂劇達到高潮。

---

10 **congressman** [ˋkɑŋgrəsmən]

n. [C] 美國國會議員 (pl. congressmen)

▲The married **congressman** is having an affair with a celebrity. 這位已婚的美國國會議員和一位明星私通。

congresswoman [ˋkɑŋgrəs,wumən]

n. [C] 美國國會女議員 (pl. congresswomen)

▲Jeannette Rankin became the first **congresswoman** in 1916. 珍妮特蘭金在 1916 年成為第一位美國國會女議員。

---

11 **crackdown**
[ˋkræk͵daʊn]

n. [C] 鎮壓 (usu. sing.) <on>

▲The president made a public statement in support of the **crackdown**. 總統發表公開聲明支持鎮壓。

---

12 **credible**
[ˋkrɛdəbl̩]

adj. 可信的 [同] believable, convincing [反] incredible

▲Stories on tabloids are hardly **credible**.
小報上的故事幾乎不可信。

---

13 **defiance**
[dɪˋfaɪəns]

n. [U] 違反

▲**In defiance of** the school rules, some students smoke in the classrooms. 一些學生違反學校規定，在教室中吸菸。

---

14 **disbelief**
[͵dɪsbəˋlif]

n. [U] 懷疑，不相信 <in>

▲Ken stared at Luna **in disbelief**.
Ken 懷疑地盯著 Luna 看。

---

15 **eclipse**
[ɪˋklɪps]

n. [C] (日或月的) 虧蝕

▲A **solar eclipse** plunged the city into darkness.
日蝕讓這座城市陷入黑暗。

solar/lunar eclipse 日蝕／月蝕 | partial/total eclipse 偏蝕／全蝕

eclipse
[ɪˋklɪps]

v. 使相形見絀 <by>

▲The boy has always **been eclipsed by** his smarter older sister. 這男孩跟他更聰明的姊姊相比總相形見絀。

---

16 **eyelid**
[ˋaɪ͵lɪd]

n. [C] 眼皮，眼瞼

▲Both the man's upper and lower **eyelids** were swollen, so it's hard for him to open his eyes.
這名男子的上下眼瞼都腫起來了，所以他很難張開雙眼。

---

17 **glamorous**
[ˋglæmərəs]

adj. 有魅力的，迷人的

▲The **glamorous** movie star attracted a large crowd wherever she went.
這位有魅力的影星無論走到哪裡都吸引一大群人。

---

18 **jade**
[dʒed]
n. [U] 玉
▲My older brother bought a pair of **jade** earrings as a gift for my mother. 我哥哥買了一對玉耳環給媽媽當作禮物。

19 **lifelong**
[ˋlaɪf͵lɔŋ]
adj. 終身的
▲I regard Ben as my **lifelong** friend.
我視 Ben 為終身的朋友。

20 **modernization**
[͵mɑdɚnəˋzeʃən]
n. [U] 現代化
▲The government has planned for **modernization** of the transportation system. 政府預計將交通系統現代化。

21 **priceless**
[ˋpraɪsləs]
adj. 無價的
▲The childhood memory is **priceless** to me.
童年回憶對我來說是無價的。

22 **scorn**
[skɔrn]
n. [U] 鄙夷 <for> [同] contempt
▲Most people have only **scorn for** the politician's speech. 大多民眾對該政治人物的演說只有鄙夷。
pour/heap scorn on sb/sth 對…嗤之以鼻

scorn
[skɔrn]
v. 蔑視
▲The arrogant man **scorns** anyone whose position is lower than his. 這個自傲的男人蔑視所有地位比他低的人。

scornful
[ˋskɔrnfəl]
adj. 輕蔑的 <of> [同] contemptuous
▲Don't be **scornful of** the homeless man.
別輕蔑那個無家可歸的人。

23 **sculptor**
[ˋskʌlptɚ]
n. [C] 雕刻家，雕塑家
▲There is going to be an exhibition of that world-famous **sculptor's** works.
將會有個展覽展出那位世界知名雕刻家的作品。

24 **sneeze**
[sniz]
n. [C] 噴嚏
▲Coughs and **sneezes** are classic symptoms of a cold.
咳嗽和噴嚏是感冒的典型症狀。

sneeze
[sniz]

v. 打噴嚏

▲"God bless you," said the old man after the boy **sneezed.** 在這男孩打噴嚏後，老人說：「願上帝保佑你。」

💡not to be sneezed at = nothing to sneeze at (金額等) 不可輕忽，非同小可

---

25 **transcript**
[`træn,skrɪpt]

n. [C] 文本

▲Do you have a **transcript** of the speech?
你有這場演講的文本嗎？

Unit 16

1 **accustom**
[ə`kʌstəm]

v. 使習慣，使適應 <to>

▲It takes one month for John to **accustom** himself **to** the new working environment. John 花了一個月時間適應新的工作環境。

accustomed
[ə`kʌstəmd]

adj. 習慣的 <to>

▲Sara is **accustomed to** jogging after work. She has been in the habit for one year.
Sara 已經習慣下班後慢跑。她已經維持這個習慣一年了。

---

2 **airtight**
[`ɛr,taɪt]

adj. 密封的；無懈可擊的

▲Mandy puts the cookies in an **airtight** container to keep them crispy. Mandy 把餅乾存放在密封罐裡讓它們保持酥脆。

▲Keri's argument seemed **airtight** but was actually full of flaws. Keri 的論點看似無懈可擊，但事實上卻錯誤百出。

💡airtight alibi 無懈可擊的不在場證明

---

3 **antonym**
[`æntə,nɪm]

n. [C] 反義字 [同] opposite

▲"Up" is the **antonym** of "down." up 是 down 的反義字。

---

4 **barbarian**
[bɑr`bɛrɪən]

adj. 野蠻人的

▲The first chapter of this book introduces the **barbarian** cultures of Europe. 這本書的第一章介紹歐洲野蠻人的文化。

barbarian [bɑr`bɛrɪən]

n. [C] 野蠻人；沒教養的人

▲In ancient times, people built walls to keep out **barbarians**.
古時候，人們建牆來防止野蠻人入侵。

▲Those who carved names on the stone tablet were called uncivilized **barbarians**. 在石匾上刻字的人被稱作沒教養的人。

barbaric [bɑr`bærɪk]

adj. 野蠻的 [同] barbarous

▲Some animal activists have indicated that whale hunting tradition is a **barbaric** ritual.
一些動保人士表示獵捕鯨魚的傳統是一種野蠻的儀式。

---

5 **bribe** [braɪb]

n. [C] 賄賂

▲The official is facing a charge of taking **bribes**.
這位官員正面臨收賄的指控。

💡 offer/give/pay a bribe 行賄｜take/accept a bribe 收受賄賂

bribe [braɪb]

v. 賄賂，行賄 <to>

▲The candidate attempted to **bribe** me **to** vote for him.
這位候選人企圖賄賂我去投票給他。

bribery [`braɪbərɪ]

n. [U] 賄賂

▲The government is taking steps to combat **bribery** and corruption. 政府正採取措施來打擊賄賂與貪汙。

---

6 **cater** [`ketɚ]

v. 包辦宴席 <for>；迎合 (喜好或需求) <to>

▲This restaurant can **cater for** dinner parties of up to 300 people. 這家餐廳可以包辦多達三百人的晚宴。

▲The magazine **caters to** the tastes of teenagers.
這本雜誌迎合青少年的喜好。

caterer [`ketərɚ]

n. [C] 承辦宴席的人或業者

▲The **caterer** has prepared a wide selection of dishes for the wedding guests. 承辦宴席者準備了各式餐點給婚禮嘉賓。

---

7 **charitable** [`tʃærətəbl̩]

adj. 慈善的；仁慈的

▲Sam has been giving away most of his savings to the **charitable** organization. Sam 持續將大部分的積蓄捐給慈善機構。

▲Stella is a **charitable** girl who is always willing to care for the poor. Stella 是一個仁慈的女孩，她總是很樂意照顧貧窮者。

💡charitable donation 慈善捐款

---

8 **clockwise** [ˋklɑkˏwaɪz]

adv. 順時鐘地 [反] counterclockwise

▲Richard turned the key **clockwise** to unlock the garage door. Richard 順時鐘轉動鑰匙打開車庫門。

clockwise [ˋklɑkˏwaɪz]

adj. 順時鐘的 [反] counterclockwise

▲Ellen twisted the rope around the log in a **clockwise** direction. Ellen 以順時鐘方向將繩子纏繞在圓木上。

---

9 **conquest** [ˋkɑŋkwɛst]

n. [U] 征服 <of>；[C] 占領地

▲The **conquest of** Mount Everest is an amazing achievement. 征服聖母峰是一項了不起的成就。

▲This area used to be Japan's **conquest** in World War II.
這個區域曾經是日本在第二次世界大戰的占領地。

---

10 **cracker** [ˋkrækɚ]

n. [C] 薄脆餅乾；鞭炮

▲Jessie likes to eat **crackers** with cheese.
Jessie 喜歡薄脆餅乾搭配起司一起吃。

▲Setting off **crackers** is one of the wedding traditions in Taiwan. 放鞭炮是臺灣的婚禮傳統之一。

---

11 **decisive** [dɪˋsaɪsɪv]

adj. 決定性的；果斷的 [反] indecisive

▲Dennis played a **decisive** role in the basketball game by scoring 20 points.
Dennis 在籃球比賽拿下二十分，扮演決定性的角色。

▲The team needs a **decisive** leader to lead the members through the crisis.
這個團隊需要一位果斷的領導者領導成員們度過危機。

💡decisive factor/victory 決定性因素／勝利

---

12 **definitive** [dɪˋfɪnətɪv]

adj. 最終的；最完整的

▲The manager offered a **definitive** solution to the customer's request. 經理依據顧客的請求提供了一個最終解決方案。

▲Serena owns a **definitive** collection of the writer's novels.
Serena 擁有這名作家最完整的一套小說。

definitive agreement 最終的共識｜definitive work 最完整的作品

---

13 **discard** [dɪs`kɑrd]

v. 丟棄，遺棄 [同] throw away

▲People who **discard** garbage into the river will be fined.
丟棄垃圾到河裡會被罰款。

discard [`dɪskɑrd]

n. [C] 被遺棄的人或事物

▲The old broken bike must have been one of Mark's **discards**. 這臺破舊的腳踏車一定是 Mark 遺棄的東西之一。

---

14 **discomfort** [dɪs`kʌmfɚt]

n. [U] 不適，些微的疼痛；不安；[C] 令人不舒服的事物

▲When the dentist drilled into my tooth, I felt some **discomfort**. 當牙醫在鑽我的牙齒時，我感到有些疼痛。

▲The upcoming entrance exam caused the students much **discomfort**. 即將到來的入學考試令學生們感到很不安。

▲Hot weather is one of the **discomforts** that desert marathon runners have to endure.
炎熱的天氣是沙漠馬拉松跑者必須忍受的其中一種不舒服的事物。

discomfort [dɪs`kʌmfɚt]

v. 使不舒服

▲The constant noise of construction **discomforted** Louis.
施工持續的噪音使 Louis 不舒服。

---

15 **dwelling** [`dwɛlɪŋ]

n. [C] 住所

▲Amber lives in a modern **dwelling** in the center of the city.
Amber 住在市中心一間現代化的房子裡。

single-family dwelling 獨戶住宅

---

16 **flaw** [flɔ]

n. [C] 缺陷 <in> [同] defect；瑕疵 <in>

▲The smartphone has a fatal **flaw in** design, which leads to the overheating of the battery.
這支智慧型手機在設計上有個致命的缺陷導致電池過熱。

▲There is a slight **flaw in** Susan's dress.

Susan 的洋裝有一處小瑕疵。

character flaw 性格上的缺陷

flaw [flɔ]

v. 使有瑕疵

▲Uncontrollable jealousy **flawed** Noah's marriage.

無法控制的嫉妒使 Noah 的婚姻有瑕疵。

---

17 **gleam** [glim]

n. [C] 微光 <of>；光澤，光芒 <of>

▲The sailors saw the **gleam of** the lighthouse in the fog.

水手們在霧中看見燈塔的微光。

▲Many ladies are obsessed with the **gleam of** the diamond.

許多女子對鑽石的光芒很著迷。

a gleam of hope 一絲希望

gleam [glim]

v. 閃爍，閃閃發光 <with>

▲Gary's eyes **gleamed with** joy as he saw the toy car in his father's hands.

當 Gary 看見他父親手中的玩具車時，他的雙眼閃爍著喜悅的光芒。

---

18 **jingle** [`dʒɪŋgl̩]

n. [sing.] 叮噹聲；[C] 廣告歌曲

▲The **jingle** of the coins Brian made really irritated me.

Brian 弄出來的硬幣叮噹聲令我很惱火。

▲Most people are familiar with this advertising **jingle**.

許多人熟悉這首廣告歌曲。

jingle [`dʒɪŋgl̩]

v. (使) 發出叮噹聲

▲The keys **jingled** when Pearl walked.

當 Pearl 走路時，鑰匙發出叮噹聲。

---

19 **lighten** [`laɪtn̩]

v. 減輕 [反] increase；緩和 (氣氛、情緒等)

▲Computers have **lightened** people's workload.

電腦減輕了人們的工作量。

▲Simon tried to tell some jokes to **lighten** the tense atmosphere. Simon 試著說一些笑話來緩和緊張的氣氛。

lighten the burden/load 減輕負擔 | lighten up 放輕鬆

20 **momentum** [mo`mɛntəm]

n. [U] 動力

▲The policy will help gather **momentum** to improve our current economy. 這項政策將有助於凝聚動力來改善現今的經濟。

💡lose momentum 失去動力

---

21 **probe** [prob]

n. [C] 探查，調查 <into>

▲The prosecutors are working on the **probe into** the suspected bribery. 檢察官正在對涉嫌賄選案件進行調查。

💡space probe 太空探測器

---

22 **selective** [sə`lɛktɪv]

adj. 選擇 (性) 的；仔細挑選的，精挑細選的 <about>

▲Emily has a **selective memory** of her first love. Emily 對她的初戀有選擇性的回憶。

▲Tyler is very **selective about** whom he lets into his life. Tyler 對交往的對象是很慎重選擇的。

---

23 **simplicity** [sɪm`plɪsətɪ]

n. [U] 簡單；簡樸

▲The project that the professor assigned was not **simplicity** itself. 這名教授指派的研究非常不簡單。

▲The retired couple live a life of **simplicity**. 這對退休的夫妻過著簡樸的生活。

---

24 **sociable** [`soʃəbḷ]

adj. 好交際的，善於社交的 [反] unsociable

▲Chad is very **sociable**. He is good at making new friends. Chad 非常喜歡交際。他擅長結交新朋友。

---

25 **trillion** [`trɪljən]

n. [C] 兆

▲The government has spent a **trillion** dollars on military defense. 政府已經花費一兆元在軍隊防禦。

Unit 17

1 **acne** [`æknɪ]

n. [U] 痤瘡，粉刺，青春痘

▲Helen suffers from **acne** since she often stays up late

watching Korean dramas.

Helen 因為經常熬夜看韓劇而有青春痘的問題。

💡 develop/get acne 長粉刺或青春痘

---

2 **altitude**

[ˋæltə͵tjud]

n. [C][U] 標高，海拔

▲Jacob felt dizzy when he reached a higher **altitude**.

當 Jacob 到一個海拔較高的地方他感到頭暈目眩。

💡 at high/low altitudes 在高／低海拔地區

---

3 **applaud**

[əˋplɔd]

v. 鼓掌 [同] clap；讚賞 <for>

▲When the concert ended, the audience **applauded** loudly.

當演唱會結束時，觀眾大聲地鼓掌。

▲Mike should be **applauded for** his bravery. He saved a boy from a fire.

Mike 的英勇應該受到讚賞。他從火場中救出一名男孩。

---

4 **bass**

[bes]

n. [C] 男低音歌手；低音吉他

▲Sam is determined to be a world-famous **bass**.

Sam 決心要當一位世界聞名的男低音歌手。

▲Pauline plays the **bass** in the band.

Pauline 在樂團裡彈低音吉他。

bass

[bes]

adj. 低音的

▲Daniel sang for his girlfriend in his deep **bass** voice.

Daniel 用他低沉的嗓音唱歌給他女朋友聽。

---

5 **brink**

[brɪŋk]

n. [sing.] 邊緣 (the ~) <of>

▲Faced with the sudden death of her dog, Eva was on **the brink of** a breakdown. 面臨愛犬的驟逝，Eva 處於崩潰邊緣。

---

6 **caterpillar**

[ˋkætɚ͵pɪlɚ]

n. [C] 毛蟲

▲It takes a long process for a **caterpillar** to turn into a beautiful butterfly. 毛蟲蛻變為美麗的蝴蝶需要一段漫長的過程。

---

7 **checkup**

[ˋtʃɛk͵ʌp]

n. [C] 健康檢查

▲Having regular **checkups** helps people find out health problems early. 定期健康檢查幫助人們及早發現健康問題。

8 **clone**
[klon]

n. [C] 複製 (品)

▲In the movie, a mad scientist attempted to create many **clones** of himself to rule the world. 在這部電影裡，一位瘋狂科學家為了掌控世界企圖創造出許多自己的複製人。

clone
[klon]

v. 複製

▲Scientists are trying to **clone** endangered plants to save them from extinction. 科學家們試著複製瀕危植物以防其絕種。

---

9 **conscientious**
[ˌkɑnʃɪ`ɛnʃəs]

adj. 負責盡職的

▲Kelly is a **conscientious** employee. She always makes her job a priority.
Kelly 是一位盡職的員工。她總是以工作為優先。

---

10 **cram**
[kræm]

v. 把…塞進 <into>；死記硬背 <for> (crammed | crammed | cramming)

▲Naomi **crammed** all of her letters **into** a small box.
Naomi 把她所有的信塞進一個小盒子裡。

▲Students are **cramming for** the final exam.
學生們正在拼命準備期末考。

---

11 **deplete**
[dɪ`plit]

v. 使大量減少，消耗

▲Working day and night **depleted** Eason's energy. He fell asleep as soon as he lay down on the sofa. 日以繼夜地工作耗盡 Eason 的精力。他一躺在沙發上就立刻睡著了。

---

12 **disciple**
[dɪ`saɪpl̩]

n. [C] 信徒，追隨者 <of>

▲Emily is a **disciple of** the fashion designer, Vivienne Westwood. Emily 是時尚設計師薇薇安魏斯伍德的信徒。

---

13 **disciplinary**
[`dɪsəplɪˌnɛrɪ]

adj. 懲戒的

▲The teacher took **disciplinary** measures against students who cheated in the test.
老師針對考試作弊的學生採取懲戒措施。

---

14 **distress**

[dɪˋstrɛs]

n. [U] 痛苦，苦惱

▲The boy was **in distress** after he confessed his love to a girl and got rejected. 男孩向女孩表白遭拒後感到很苦惱。

distress

[dɪˋstrɛs]

v. 使痛苦，使苦惱

▲Chester's childhood memories have **distressed** him greatly. Chester 的童年記憶使他很痛苦。

distressed

[dɪˋstrɛst]

adj. 痛苦的，苦惱的，憂傷的 <at, by>

▲Many of the actor's fans were deeply **distressed at** the news of his death. 很多這位演員的影迷為他的死訊深感憂傷。

---

15 **encyclopedia**

[ɪn͵saɪkləˋpidɪə]

n. [C] 百科全書

▲It took over five years for the publisher to compile this **encyclopedia**. 出版社花了超過五年時間編纂這本百科全書。

---

16 **garment**

[ˋgɑrmənt]

n. [C] (一件) 衣服

▲The **garment** factory causes serious pollution to the local environment. 這間成衣工廠帶給當地環境嚴重的汙染。

---

17 **glitter**

[ˋglɪtɚ]

n. [U] 閃爍；魅力

▲The **glitter** of fireworks attracts many people's attention.
煙火的閃爍吸引了許多人的目光。

▲We were fascinated by the **glitter** of Macau.
澳門的魅力令我們著迷。

glitter

[ˋglɪtɚ]

v. 閃閃發光；閃爍 <with>

▲The diamond necklace **glittered** under the spotlights.
鑽石項鍊在聚光燈下閃閃發光。

▲The coach's eyes **glittered with** delight because his team won the game.
教練的雙眼閃爍著愉快的光芒因為他的球隊贏了比賽。

glittering

[ˋglɪtərɪŋ]

adj. 閃爍的；成功的

▲The **glittering** neon signs brightened the night sky of the big city. 閃爍的霓虹燈招牌照亮了大城市的夜空。

▲Joe has a **glittering** career and makes a large fortune.

Level 6

Joe 有一個成功的事業而且賺很多錢。

---

18 **joyous** [ˋdʒɔɪəs]

adj. 喜悅的，歡樂的

▲Christmas is a **joyous** day for many families.
耶誕節對許多家庭而言是一個歡樂的日子。

---

19 **mainland** [ˋmenˏlænd]

n. [sing.] 國土的主體 (the ～)

▲There are ferries between the islands and **the mainland**.
有渡輪往返島嶼和本島之間。

---

20 **monotony** [məˋnɑtənɪ]

n. [U] 單調，無聊 <of>

▲The **monotony of** the scenery along the freeway makes driving a tedious task. 高速公路沿途景色單調讓開車變得乏味。

break the monotony 打破單調

monotonous [məˋnɑtənəs]

adj. 單調乏味的

▲Chloe is tired of the **monotonous** routine of everyday life.
Chloe 對每天生活上單調的例行公事感到厭倦。

---

21 **procession** [prəˋsɛʃən]

n. [C][U] 行列

▲The pilgrims marched **in procession** to a temple of Matsu. 信眾列隊朝向媽祖廟行進。

funeral procession 送葬隊伍

---

22 **sharpen** [ˋʃɑrpən]

v. 使鋒利；加強，改善

▲Mom made me **sharpen** her fish knife.
媽媽要我幫她磨切魚用刀。

▲The online course helped Albee **sharpen** her writing skills. 這門線上課程幫助 Albee 改善她的寫作技巧。

sharpen up 改進，改善

---

23 **sloppy** [ˋslɑpɪ]

adj. 馬虎草率的 [同] careless；寬鬆的 (sloppier | sloppiest)

▲John was fired because of his **sloppy** work.
John 因為工作馬虎而被解僱。

▲The girl who is wearing a **sloppy** T-shirt is Katie.
那位穿著寬鬆 T 恤的女孩是 Katie。

---

24 **span**
[spæn]

n. [C] 一段時間 (usu. sing.)；全長

▲A fruit fly has a short life **span**. 果蠅的壽命短暫。

▲The **span** of Jessica's arms is more than one meter.
Jessica 的手臂展開的長度超過一公尺。

span
[spæn]

v. 持續，延續 (一段時間)；橫跨，橫越 (spanned | spanned | spanning)

▲Tom's life **spanned** nearly a century. Tom 活了將近一世紀。

▲A fine bridge **spans** the river. 一座美麗的橋樑橫跨在河上。

---

25 **upright**
[ˋʌp͵raɪt]

adv. 挺直地

▲Leslie sits with her back **upright** as she does her homework. 當 Leslie 在寫作業時，她背部挺直地坐著。

upright
[ˋʌp͵raɪt]

adj. 直立的；正直的

▲For the sake of safety, passengers' seats should be in the **upright** position during takeoff and landing.
為了安全，乘客的椅子在飛機起降時都須保持直立狀態。

▲Derek is an **upright** man. You can count on him.
Derek 是個正直的人，你可以信賴他。

upright
[ˋʌp͵raɪt]

n. [C] 直立之物

▲The **uprights** of the office chair are made of wood.
辦公室椅子的支柱是木頭做的。

Unit 18

1 **acre**
[ˋekɚ]

n. [C] 英畝

▲The field measures more than two **acres**.
這塊田面積超過兩英畝。

---

2 **ambiguity**
[͵æmbɪˋgjuətɪ]

n. [C][U] 模稜兩可；模稜兩可或含混不清的事物 (pl. ambiguities)

▲When writing a contract, you have to make the statements precise and avoid **ambiguity**.

在擬合約的時候，你必須讓說明清楚並且避免模稜兩可。

▲There are **ambiguities in** the things the suspect said.

這名嫌疑犯說的話有含混不清之處。

---

3 **approximate** [ə`prɑksəmɪt]

adj. 大約的，大概的 [反] exact

▲The **approximate** population of people over 70 in this city is 10,000. 這座城市超過七十歲的人口大約是一萬人。

approximate [ə`prɑksə,met]

v. 接近 <to>

▲The story **approximates to** the real history.

這個故事接近真實歷史。

approximately [ə`prɑksəmɪtlɪ]

adv. 大約，大概 [同] roughly

▲Amy spent **approximately** 2 days knitting a pair of gloves for her husband.

Amy 花了大概兩天的時間編織一雙手套給她丈夫。

---

4 **batter** [`bætɚ]

n. [C] (棒球) 打擊手

▲The pitcher threw a ball at the **batter** by accident.

這名投手誤將球投向打擊手。

batter [`bætɚ]

v. 連續猛擊，用力撞擊

▲The firefighters **battered down** the door and entered the building. 消防隊員用力撞倒門，進入這棟大樓。

battered [`bætɚd]

adj. 破舊的

▲We are going to replace the **battered** sofa with a new one. 我們將要把破舊的沙發替換成新的。

---

5 **brochure** [bro`ʃʊr]

n. [C] 小冊子

▲Before deciding where to go on vacation, Benton read some travel **brochures**.

在決定要去哪裡渡假前，Benton 讀了一些旅遊手冊。

---

6 **cavity** [`kævətɪ]

n. [C] (牙齒) 蛀洞 (pl. cavities)

▲Mandy went to the dentist's to get her **cavities** filled.

Mandy 去牙醫診所填補蛀牙。

---

7 **chirp** [tʃɝp]

n. [C] 鳥或蟲的叫聲

▲**Chirps** of cicadas tell us that summer is coming.
蟬叫聲告訴我們夏天來了。

chirp [tʃɝp]

v. 發出啁啾聲，鳴叫，啼叫

▲Some cuckoos are **chirping** outside the window.
一些杜鵑鳥正在窗外啼叫。

---

8 **closure** [ˋkloʒɚ]

n. [C][U] 關閉，停業 <of>

▲The **closure of** the factory resulted in a high unemployment rate in this town.
工廠關閉造成這座城鎮的高失業率。

---

9 **conserve** [kənˋsɝv]

v. 節約；保護 [同] preserve

▲Replacing the old bulbs with LED lights can help **conserve** electricity. 把舊燈泡換成 LED 燈具有助於省電。

▲To live an eco-friendly lifestyle is the easiest way to **conserve** wildlife habitats.
以環保的方式來生活是最簡單的保護野生動物棲地的方法。

conserve [ˋkɑnsɝv]

n. [C][U] 蜜餞

▲Claire prefers strawberry **conserve** to lollipops.
比起棒棒糖，Claire 更喜歡草莓蜜餞。

---

10 **cramp** [kræmp]

n. [C][U] 痙攣，抽筋

▲Hank got a **cramp** in his foot while swimming.
Hank 游泳時腳抽筋了。

cramp [kræmp]

v. 限制

▲The lack of education **cramped** Jill's chances to find a good job. 教育不足限制了 Jill 找到好工作的機會。

---

11 **deprive** [dɪˋpraɪv]

v. 從…奪去 <of>

▲The accident **deprived** them **of** their only son.
那場意外事故奪去了他們的獨子。

---

12 **disclosure** [dɪsˋkloʒɚ]

n. [U] 揭露 <of>；[C] 揭發的事實 <of>

▲The **disclosure of** Samuel's extramarital affair with his young assistant ruined his political life.

與年輕助理的婚外情揭露毀了 Samuel 的政治生涯。

▲The magazine made sensational **disclosures of** the singer's personal life.
這本雜誌聳人聽聞地揭露了那位歌手的私生活。

---

13 **disturbance** [dɪˋstɝbəns]

n. [C][U] 干擾 <to>；混亂，不安

▲The construction noise caused a **disturbance to** Nick when he was studying. 施工噪音在 Nick 讀書時造成了干擾。

▲The escape of the criminals caused a **disturbance** of public security. 罪犯的逃走造成對於治安的不安。

---

14 **endeavor** [ɪnˋdɛvɚ]

n. [C][U] 努力，嘗試 <to>

▲All the nations of the world will be at the conference and make every **endeavor to** establish peace.
世界各國皆會與會並盡一切努力建立和平。

endeavor [ɪnˋdɛvɚ]

v. 努力 <to>

▲The rescue team **endeavored to** save the victims in the golden 72 hours.
救難團隊盡力在黃金七十二小時內救出受災者。

---

15 **esteem** [əˋstim]

n. [U] 敬重

▲Please accept the small gift as a mark of our **esteem**.
請接受我們表示敬意的小禮物。

💡be held in high/low esteem 備受／不受敬重

esteem [əˋstim]

v. 敬重

▲The king is greatly **esteemed** by all his people.
這位國王深受全民敬重。

---

16 **hacker** [ˋhækɚ]

n. [C] 電腦入侵者，電腦駭客

▲The computer **hacker**, who illegally hacked into the government's computer system, received a harsh sentence. 這個非法入侵政府電腦系統的駭客被判以重刑。

hack [hæk]

v. 駭入 <into>；砍，劈 <off, down>

▲Bill was sent to prison for **hacking into** several banks' computer systems. Bill 因為駭入數家銀行的電腦系統而入獄。

▲The construction workers **hacked** away at the huge rock, trying to make an opening in the mountainside.
建築工人將巨石劈開，試著在山坡做一個開口。

---

17 **itch** [ɪtʃ]

n. [C] 癢 (usu. sing.)

▲Don't scratch. Use the herbal cream to stop the **itch**.
不要抓。用這草藥膏來止癢。

itch [ɪtʃ]

v. 發癢

▲The mosquito bites on my legs **itched** terribly.
我腿上被蚊子叮咬的包非常癢。

itchy [`ɪtʃɪ]

adj. (令人) 發癢的

▲As Alex was allergic to seafood, he got an **itchy** rash after eating some shrimps.
因為 Alex 對海鮮過敏，他吃了一些蝦子後身體出現發癢的疹子。

---

18 **lavish** [`lævɪʃ]

adj. 奢華的；慷慨大方的 <with, in>

▲The unwise couple insist on living a **lavish** life even though they have to borrow money to do so.
這對不明智的情侶即使借錢也堅持要過奢華的生活。

▲The entrepreneur is **lavish in** donating her profits to the poor. 這名企業家慷慨捐贈她的營利給窮人。

---

19 **marginal** [`mɑrdʒɪnl̩]

adj. 些微的 [反] significant

▲There is only a **marginal** pay increase while a significant rise in the price. 薪水只有些微增加，而物價卻大幅增長。

💡 of marginal interest 只有少數人感興趣的

marginally [`mɑrdʒɪnəlɪ]

adv. 些微地 [同] slightly [反] significantly

▲The two versions of how the explosion happened are about the same; they're only **marginally** different. 關於爆炸如何發生的兩個版本說法幾乎一樣；它們只有些微地不同。

Level 6

20 **morale** [mə`ræl]

n. [U] 士氣

▲The general made a speech to boost the **morale** of the soldiers. 將軍發表演說來提升軍人的士氣。

high/low morale 士氣高昂／低落

---

21 **proficiency** [prə`fɪʃənsɪ]

n. [U] 精通，熟練 <in>

▲With **proficiency in** computer skills, Frank easily found a job as soon as he graduated from the university. 由於 Frank 對於電腦技術很精通，他大學一畢業就輕易找到工作。

---

22 **slang** [slæŋ]

n. [U] 俚語 <for>

▲"Kick the bucket" is **slang for** "die."
「踢水桶」是俚語，指「死亡」。

slang [slæŋ]

v. 辱罵

▲The coach **slanged** me for my poor performance.
教練因為我表現差而辱罵我。

---

23 **sparrow** [`spæro]

n. [C] 麻雀

▲The chirping of a flock of **sparrows** woke me up.
一群麻雀吱吱喳喳的叫聲吵醒我。

---

24 **supplement** [`sʌpləmənt]

n. [C] 補充物；增刊，副刊

▲Tyler takes vitamin **supplements** every day.
Tyler 每天服用維生素補充劑。

▲The magazine publishes a fashion **supplement** every month. 該雜誌每月出版一份時尚副刊。

supplement [`sʌplə,mɛnt]

v. 補充，增補，補貼 <by, with>

▲On top of his full-time job, Ralph **supplemented** his income **by** working as a freelance writer.
除了全職的工作外，Ralph 自由撰稿補貼收入。

supplemental [,sʌplə`mɛntl̩]

adj. 補充的 (also supplementary)

▲Cindy recommended some **supplemental** reading materials to Judy. Cindy 向 Judy 推薦一些補充的閱讀材料。

---

25 **upward**
[ˋʌpˌwɚd]

adj. 向上的，往上的 [反] downward

▲The housing prices in the city have been in an **upward** trend recently. 這座城市的房價近期一直有不斷往上的趨勢。

upward
[ˋʌpˌwɚd]

adv. 向上地，往上地 (also upwards)

▲The boy looked **upward** and saw a helicopter flying over his head. 男孩往上看，見到一架直升機飛過他的頭頂。

Unit 19

1 **adaptation**
[ˌædəpˋteʃən]

n. [C] 改編 <of>；[U] 適應 <to>

▲The movie is an **adaptation of** the novel *The Great Gatsby*. 這部電影改編自小說《大亨小傳》。

▲We are worried about Sally's **adaptation to** the new environment. 我們很擔心 Sally 是否能適應新的環境。

---

2 **amplify**
[ˋæmpləˌfaɪ]

v. 擴大，增強；詳述

▲Reading a wide variety of books can **amplify** our knowledge. 廣泛閱讀各種書籍可以擴充我們的知識。

▲The speaker **amplified** his point by giving examples.
這位講者藉由提供例子詳述他的觀點。

amplifier
[ˋæmpləˌfaɪɚ]

n. [C] 擴音器

▲I put my hand on the **amplifier** to feel the vibration caused by the sound. 我把手放在擴音器上感受聲音帶來的震動。

amplification
[ˌæmpləfəˋkeʃən]

n. [U] 闡述

▲Students ask the teacher to provide further **amplification** of the issue. 學生們請求老師針對這個議題提供更進一步的闡述。

---

3 **archaeology**
[ˌɑrkɪˋɑlədʒɪ]

n. [U] 考古學 (also archeology)

▲The unexpected discovery of the emperor's tomb amazed people in the field of **archaeology**.
意外發現皇帝的陵寢讓考古學界驚嘆不已。

---

4 **beautify**
[ˋbjutəˏfaɪ]

v. 美化

▲All of my classmates are working together to **beautify** the campus. 我所有的同學合力美化校園。

---

5 **broil**
[brɔɪl]

v. 燒烤 [同] grill

▲Turn the chicken over and continue to **broil** the other side for 20 minutes. 把雞肉翻面，把另一面繼續烤二十分鐘。

---

6 **celery**
[ˋsɛlərɪ]

n. [U] 芹菜

▲Julia likes to put some **celery** on the top of the dish.
Julia 喜歡在菜肴上放些芹菜。

💡a stalk/stick of celery 一根芹菜

---

7 **coalition**
[ˏkoəˋlɪʃən]

n. [C][U] 聯盟

▲These victims of fraud formed a **coalition** to fight for their rights. 這群詐騙受害者組成聯盟爭取他們的權利。

💡coalition government 聯合政府

---

8 **commonplace**
[ˋkɑmənˏples]

adj. 常見的

▲It is **commonplace** for teenagers to have social media accounts. 對於年輕人來說擁有社群帳號是很常見的。

commonplace
[ˋkɑmənˏples]

n. [C] 司空見慣的事 (usu. sing.)

▲Quarrels between the couple have become a **commonplace**. 夫妻間的爭吵已經是一件司空見慣的事。

---

9 **consolation**
[ˏkɑnsəˋleʃən]

n. [C][U] 安慰，慰藉 <for, to>

▲Rock music is Wayne's only **consolation** after a bad day at school.
搖滾樂是 Wayne 在學校度過了糟糕的一天之後唯一的慰藉。

---

10 **crater**
[ˋkretɚ]

n. [C] 火山口；坑洞

▲This **crater** lake is a must-see spot in Iceland.
這座火口湖是冰島必看的地點。

▲Be careful when walking. There's a huge **crater** in the road. 走路時小心，路上有一個巨大的坑洞。

crater [ˋkretɚ]

v. 使形成坑洞

▲The bombing **cratered** the historic site and caused serious damage. 炸彈襲擊把古蹟炸出坑洞，造成嚴重損失。

---

11 **descent** [dɪˋsɛnt]

n. [C][U] 下降 [反] ascent；[U] 血統 <of, from>

▲The girl was asked to sit still and keep quiet during the plane's **descent**. 女孩被要求在飛機下降時坐好以及保持安靜。

▲John's wife is **of** royal **descent**. John 的妻子有皇室血統。

---

12 **discreet** [dɪˋskrit]

adj. 言行謹慎的 [反] indiscreet

▲The lawyer made **discreet** inquiries about the witness. 律師謹慎地詢問證人。

---

13 **dwell** [dwɛl]

v. 居住 <in> (dwelt, dwelled | dwelt, dwelled | dwelling)

▲Nomads move from one place to another. They don't **dwell in** a particular place all the time.

游牧民族從一處移居到另一處。他們不會一直住在某個特定的地方。

dwell on sth 老是想著，一直在說

dweller [ˋdwɛlɚ]

n. [C] 居民

▲Brian is a typical city **dweller** and cannot live without department stores.

Brian 是一個典型的都市人，生活無法沒有百貨公司。

---

14 **enroll** [ɪnˋrol]

v. 註冊，登記 <in, on, at>

▲Steve dreams of **enrolling in** the best medical school in Taiwan. Steve 夢想註冊就讀臺灣最好的醫學院。

enrollment [ɪnˋrolmənt]

n. [C][U] 註冊 (人數)

▲The continuous decline in school **enrollments** is largely the result of the low birth rate.

學校註冊人數持續減少很大原因是低出生率。

---

15 **hail** [hel]

n. [U] 冰雹；[sing.] 一陣

▲Many cars were badly damaged by heavy showers of **hail** last night. 許多車輛因為昨夜的大型冰雹雨而嚴重受損。

▲Upon approaching the gangster, the police were met with **a hail of** bullets. 接近歹徒時，警方面臨一陣彈雨。

hail
[hel]

v. 下冰雹；呼喊；歡呼

▲It **hailed** for several hours, causing heavy damage to the crops. 冰雹下了好幾個小時，對農作物造成嚴重損害。

▲The climber heard someone **hail** from the distant mountain. 登山者聽見從遠山傳來的呼喊。

▲We **hailed** the triumphant baseball team.
我們對優勝的棒球隊伍報以歡呼。

be hailed as sth 被譽為…

---

16 **heighten**
[ˋhaɪtn̩]

v. 提高，增加 [同] intensify

▲A series of car bombings have **heightened** people's fears of terrorists.
一連串的汽車爆炸事件加深了人們對恐怖分子的恐懼。

---

17 **kindle**
[ˋkɪndl̩]

v. 點燃，激起 (熱情等)

▲The bombing **kindled** their anger at terrorists.
這場爆炸激起了他們對恐怖分子的憤怒。

kindle sb's enthusiasm/interest 激起熱情／興趣

---

18 **layman**
[ˋlemən]

n. [C] 外行人 [反] expert

▲This book contains many technical terms that are not easily understood by the **layman**.
這本書含有許多外行人不易了解的術語。

in layman's terms 以一般用語來說

---

19 **monetary**
[ˋmʌnə,tɛrɪ]

adj. 貨幣的，金融的

▲The **monetary** unit of Japan is the yen.
日本的貨幣單位是日圓。

monetary policy 貨幣政策

---

20 **nationalism**
[ˋnæʃənə,lɪzəm]

n. [U] 民族主義

▲The documentary promotes an understanding of the spirit of **nationalism**. 這部紀錄片促進人們對民族主義精神的了解。

---

21 **provincial**
[prəˋvɪnʃəl]

adj. 省的；地方的

▲Each **provincial** government in this country has its own tax law. 這個國家各個省政府都有自己的稅法。

▲Rita didn't like the big city, and decided to move to the **provincial** town. Rita 不喜歡大城市，她打算搬去地方小鎮。

provincial
[prəˋvɪnʃəl]

n. [C] 鄉下人

▲Daniel doesn't look like a **provincial**. He's very familiar with the capital.
Daniel 看起來不像是個鄉下人。他對首都十分熟悉。

---

22 **slaughter**
[ˋslɔtɚ]

n. [U] 屠殺；宰殺

▲The authorities tried to hide the fact of the mass **slaughter** of the minority.
當局試圖隱瞞少數民族大屠殺的真實情況。

▲Children cried for chickens being fattened up for **slaughter**. 小孩為被養肥來宰殺的雞哭泣。

💡 like a lamb to the slaughter 如同待宰羔羊，任人宰割

slaughter
[ˋslɔtɚ]

v. 屠殺；宰殺；輕鬆擊敗

▲The innocent civilians were **slaughtered** in the war.
無辜的平民在戰爭中被屠殺。

▲Pigs are **slaughtered** in a slaughterhouse.
豬隻在屠宰廠被宰殺。

▲It was jaw-dropping that the top seed got **slaughtered**, 21–5. 真是令人難以置信，頭號種子選手竟以 21 比 5 慘敗。

---

23 **spiral**
[ˋspaɪrəl]

adj. 螺旋狀的

▲There is a **spiral** staircase in the lighthouse.
燈塔中有螺旋狀的樓梯。

spiral
[ˋspaɪrəl]

n. [C] 螺旋 (狀)

▲A blue **spiral** of smoke drifted up from his pipe.
螺旋狀的藍煙自他的菸斗飄出。

spiral [ˋspaɪrəl]

v. 呈螺旋狀上升或下墜；上漲

▲The drone **spiraled** down and crashed to the ground.
無人機呈螺旋狀下墜，墜毀在地面。

▲The prices of toilet paper began to **spiral** up because of the shortage of raw materials.
由於原料短缺，衛生紙價格開始上漲。

---

24 **swarm** [swɔrm]

n. [C] (昆蟲或人的) 一大群 <of>

▲A **swarm of** reporters gathered at the city hall and waited for the mayor. 大批記者聚在市政府等待市長。

swarm [swɔrm]

v. 成群移動；擠滿 <with>

▲Locusts are **swarming** across parts of Africa, where farmers are desperately worried.
在非洲部分地區蝗蟲正蜂擁而至，那裡的農民倍感擔憂。

▲During the long weekend, every tourist attraction was **swarming with** tourists.
連假期間，所有觀光景點都擠滿了遊客。

---

25 **underway** [ˏʌndɚˋwe]

adv. 進行中，發生中 (also under way)

▲Preparations for the school festival are **underway**.
校慶的準備工作在進行中。

Unit 20

1 **administer** [ədˋmɪnəstɚ]

v. 管理；給與，施用，使接受 <to> (also administrate)

▲The mayor **administers** the affairs of the city.
市長掌管市內的事務。

▲Questionnaires will be **administered to** more than 3,500 students. 超過三千五百位學生將接受問卷調查。

💡administer first aid/punishment 施行急救／懲罰

2 **analogy**
[ə`næləd ʒɪ]

n. [C][U] 類比，比較 <between, with> (pl. analogies)

▲Fred drew an **analogy between** life and a play.
Fred 將人生與戲劇做類比。

by analogy with 以…作比擬

---

3 **archive**
[`ɑrkaɪv]

n. [C] 檔案；檔案室

▲My grandma used to store her photos in her family **archives**. 我的奶奶過去習慣把照片存放在家庭檔案裡。

▲The accountant is looking for the transaction records in the **archive**. 會計正在檔案室裡尋找交易紀錄。

---

4 **beep**
[bip]

n. [C] 嗶聲

▲Josh forgot to leave his message after the **beep**.
Josh 忘了在嗶聲後留言。

beep
[bip]

v. 發出嗶嗶聲

▲The rice cooker **beeps** when the rice is ready.
當米飯煮好後，電飯鍋會發出嗶嗶聲。

---

5 **brook**
[brʊk]

n. [C] 小河

▲There is a **brook** running through the park and into a pond. 有條小河穿過公園，然後流入水池。

---

6 **cellular**
[`sɛljələ˞]

adj. 與手機或通訊系統相關的

▲The new **cellular** phone sells well in European countries. 這支新款手機在歐洲國家很暢銷。

---

7 **coastline**
[`kost͵laɪn]

n. [C] 海岸線 <along, around>

▲The travelers enjoyed the views of Taiwan's eastern **coastline**. 那些遊客享受臺灣東海岸線的風光。

a stretch of coastline 一段海岸線

---

8 **comprehensive**
[͵kɑmprɪ`hɛnsɪv]

adj. 全面的，詳盡的 [同] thorough

▲Our company will provide you with a **comprehensive** training course. 我們公司將提供你一堂全面的訓練課程。

comprehensive insurance 綜合保險，全險

Level 6

9 **console** n. [C] (電子設備或機器的) 操控臺

[ˋkɑnsol]

▲Nate saved his pocket money to buy a new game **console**. Nate 存零用錢打算買一臺新的遊戲機。

console v. 安慰 <with>

[kənˋsol]

▲Patty **consoled** herself **with** the thought that she had done her best. Patty 以她已經盡力了的想法來安慰自己。

---

10 **crocodile** n. [C] 鱷魚

[ˋkrɑkəˌdaɪl]

▲**Crocodiles** are considered one of the dangerous animals in the zoo. 鱷魚被視為是動物園的危險動物之一。

💡crocodile tears 假慈悲

---

11 **despise** v. 鄙視，厭惡 <for>

[dɪˋspaɪz]

▲The cook didn't **despise** the vagrants. On the contrary, he cooked a dinner for them.
這名廚師沒有鄙視流浪漢。相反地，他還為他們煮晚餐。

---

12 **disgrace** n. [U] 恥辱；[sing.] 丟臉或不名譽的事

[dɪsˋgres]

▲The murderer brought **disgrace** to his family.
這位殺人犯為他的家庭帶來恥辱。

▲The dirty environment **is a disgrace to** our neighborhood. 骯髒的環境是讓我們社區丟臉的事。

💡in disgrace 丟臉地

disgrace v. 使蒙羞

[dɪsˋgres]

▲The officer **disgraced** herself by accepting bribes.
這名官員因為收賄讓自己蒙羞。

disgraceful adj. 可恥的，丟臉的

[dɪsˋgresfəl]

▲It is **disgraceful** that you took home the hotel towels and bathrobes. 你把飯店毛巾和浴衣帶回家，真是太丟臉了。

---

13 **edible** adj. 可食用的 [反] inedible

[ˋɛdəbl̩]

▲If you cannot tell the difference between **edible** and poisonous plants, don't eat them.
如果你無法分辨可食用和有毒的植物，不要吃它們。

---

14 **escort**

[ˋɛskɔrt]

n. [C][U] 護衛 (者) <under, with>

▲The visiting heads of state were sent to the meeting **under** police **escort**. 來訪的元首們在警察的護送下前往會議。

escort

[ɪˋskɔrt]

v. 護送；陪同；陪伴 (異性) 參加社交活動

▲The billionaire is always **escorted** by several bodyguards. 這位億萬富翁總是由好幾位保鏢保護。

▲The receptionist **escorted** customers to their rooms.
接待人員引導陪同房客至房間。

▲Students are curious about who is going to **escort** Emily to the ball. 學生們很好奇誰會陪伴 Emily 出席舞會。

---

15 **heroin**

[ˋhɛroɪn]

n. [U] 海洛因

▲A flight attendant was under arrest for smuggling **heroin**. 一名空服員因為走私海洛因而被拘捕。

heroin addict 吸食海洛因成癮者

---

16 **lengthy**

[ˋlɛŋθɪ]

adj. 冗長的，漫長的 (lengthier | lengthiest)

▲We couldn't help dozing off in the lecturer's **lengthy** speech.
我們忍不住在講師漫長的演講中打瞌睡。

---

17 **literal**

[ˋlɪtərəl]

adj. 字面的；逐字翻譯的

▲It's not easy to understand the poem if you only know its **literal** meaning.
若僅從字面上的意義來理解這首詩，你會發現它不好理解。

▲Some readers don't like to read the **literal** translation of English novels. 有些讀者不喜歡閱讀直譯版的英文小說。

literally

[ˋlɪtərəlɪ]

adv. 確實地；逐字翻譯地

▲The dress Ivan bought for his wife cost him **literally** two million dollars. Ivan 買給他妻子的洋裝確實值兩百萬元。

▲If you translate this English movie title **literally** into Chinese, you may find it ridiculous.
如果你把這個英文片名逐字翻譯成中文，你會發現它很可笑。

---

18 **medieval** [ˌmidɪˋivḷ]

adj. 中世紀的

▲George majored in **medieval** literature at university.
George 大學時主修中世紀文學。

---

19 **mortal** [ˋmɔrtḷ]

adj. 不免一死的 [反] immortal；致命的

▲Humans are **mortal**, but their works of art are immortal.
人類不免一死，但作品會留存於世。

▲The soldier died of **mortal** injuries during the war.
這士兵在戰爭時因致命傷死亡。

mortal [ˋmɔrtḷ]

n. [C] 凡人，普通人

▲In Greek mythology, gods use music and dance to communicate with **mortals**.
在希臘神話裡，眾神用音樂和舞蹈與凡人交流。

---

20 **notable** [ˋnotəbḷ]

adj. 顯著的，著名的 <for>

▲Taiwan is **notable for** its local dishes. 臺灣以小吃著稱。

💡notable achievement 顯著的成就

notable [ˋnotəbḷ]

n. [C] 名人，顯要人物

▲Many **notables** attended the royal wedding.
皇家婚禮名流薈萃。

notably [ˋnotəblɪ]

adv. 明顯地；尤其，特別是

▲The news report **notably** biased the public against the company. 這新聞報導明顯使大眾對該公司產生偏見。

▲The author's books are popular with readers, most **notably** young children.
這位作者的書很受讀者歡迎，尤其是小孩子。

---

21 **radiant** [ˋredɪənt]

adj. 洋溢著幸福的，容光煥發的 <with>；有射線的，輻射 (狀) 的

▲Ben's **radiant** smile shows that he is the happiest man in the world. Ben 燦爛的笑容透露出他是世上最幸福的男人。

▲The scientist is conducting some research on the **radiant** heat transfer. 科學家正在對輻射熱傳導進行研究。

radiant [ˋredɪənt]

n. [C] (輻射) 光源或熱源，發光體

▲Can you see the two **radiants** in the sky?
你能看見天上那兩個光點嗎？

---

22 **slum** [slʌm]

n. [C] 貧民區，貧民窟

▲A nonprofit organization is raising funds to help people living in the **slums**.
一個非營利組織在募款幫助住在貧民窟的人。

slum [slʌm]

v. 造訪貧民窟；過簡樸生活，屈就於品質較差的環境 (slummed | slummed | slumming)

▲The kind old lady often goes **slumming**.
這位仁慈的老太太常去拜訪貧民區。

▲Harrison went bankrupt and had to **slum it** in a tiny room. Harrison 破產了，所以不得不住進很小的房間。

---

23 **stationary** [ˋsteʃəˌnɛrɪ]

adj. 靜止不動的

▲Because of the traffic accident, the cars behind remained **stationary** for an hour.
由於交通事故的關係，後方的車子靜止不動一小時了。

---

24 **textile** [ˋtɛkstaɪl]

n. [C] 紡織品；[pl.] 紡織業 (~s)

▲England is famous for its wool **textiles**.
英格蘭以羊毛織品聞名。

▲The village relies on **textiles** for most of its income.
這座村莊的大部分收入來自紡織業。

textile [ˋtɛkstaɪl]

adj. 紡織的

▲This jacket is made of waterproof **textile** material.
這件外套是以防水的紡織原料做成的。

---

25 **urgency** [ˋɝdʒənsɪ]

n. [U] 緊迫

▲Rescuing those who are trapped inside the collapsed building is a matter of **urgency**.
拯救那些受困在傾倒大樓內的人是十分迫切的事。

Unit 21

1 **dismay** [dɪsˋme]

n. [U] 驚慌

▲The mother looked at her wounded son **in dismay**.
母親驚慌地看著受傷的兒子。

💡to sb's dismay 令…驚慌的是

dismay [dɪsˋme]

v. 使驚慌害怕

▲The prime minister's call for reform **dismayed** many conservative people. 首相號召改革使許多保守人士感到驚慌。

dismayed [dɪsˋmed]

adj. 感到震驚的 <by, at>

▲We liked the hotel but were **dismayed by** the price of the room. 我們喜歡這間旅館，但房間的價位卻讓我們感到震驚。

---

2 **editorial** [ˌɛdəˋtorɪəl]

adj. 編輯的

▲Ann is a member of the **editorial** staff. Ann 是編輯部成員。

editorial [ˌɛdəˋtorɪəl]

n. [C] 社論

▲That **editorial** is reflective of public opinion.
那篇社論反映民意。

---

3 **expire** [ɪkˋspaɪr]

v. 到期，終止

▲My visa is due to **expire** next week. I'd better renew it soon.
我的簽證將在下週到期。我最好趕快更新簽證。

---

4 **formidable** [ˋfɔrmɪdəbḷ]

adj. 令人敬畏的

▲The president regards the leader of the opposition as a **formidable** opponent. 總統視在野黨主席為勁敵。

💡formidable task/obstacle 令人敬畏的任務／障礙

---

5 **goalkeeper** [ˋgolˌkipɚ]

n. [C] 守門員

▲Making a great save, the **goalkeeper** successfully stopped the other team from scoring.
那名守門員精采地撲救，成功阻止另一隊射門得分。

---

6 **hierarchy**
[ˋhaɪəˌrɑrki]
n. [C] (管理) 階層 (pl. hierarchies)
▲Fiona has been working so hard, and now she is in the management **hierarchy**.
Fiona 努力工作，而現在她位居管理階層。

---

7 **indignant**
[ɪnˋdɪgnənt]
adj. 憤慨的 <at, about>
▲Shelly was **indignant about** being laid off.
Shelly 對於被解僱感到氣憤。

indignation
[ˌɪndɪgˋneʃən]
n. [U] 憤慨
▲The political scandal aroused public **indignation**.
這樁政治醜聞引起公憤。

---

8 **isle**
[aɪl]
n. [C] 小島
▲My parents have been to some Caribbean **isles**.
我父母曾經去過一些加勒比海的島嶼。

---

9 **lieutenant**
[luˋtɛnənt]
n. [C] 中尉
▲Victor was promoted to the rank of **lieutenant** in the army.
Victor 在陸軍被升為中尉。

---

10 **magnify**
[ˋmægnəˌfaɪ]
v. 擴大
▲The chairperson used a loudspeaker to **magnify** her voice so that everyone could hear what she said clearly. 主席用擴音器擴大她的聲音，讓每個人都能清楚地聽到她說什麼。

---

11 **motto**
[ˋmɑto]
n. [C] 座右銘 (pl. mottoes, mottos)
▲What's your **motto**? Mine is "Never give up."
你的座右銘是什麼？我的是「永不放棄」。

---

12 **oblige**
[əˋblaɪdʒ]
v. 使有義務，迫使
▲A company is **obliged to** pay their employees' salaries.
公司有義務支付員工薪水。

---

13 **outset**
[ˋaʊtˌsɛt]
n. [sing.] 開端
▲At the **outset** of the film, a man lost his suitcase.
電影一開始，一個男子掉了他的皮箱。

---

14 **perish** v. 死亡，喪生
[ˋpɛrɪʃ]
▲Many people **perished** in the earthquake.
許多人在地震中喪生。

perishable adj. 易腐敗的
[ˋpɛrɪʃəbl̩]
▲We have to store **perishable** foods in the refrigerator.
我們必須把易腐敗的食物存放在冰箱。

perishing adj. 非常寒冷的
[ˋpɛrɪʃɪŋ]
▲The winter in Alaska is **perishing**. 阿拉斯加的冬天酷寒。

---

15 **precedent** n. [C][U] 先例，前例
[ˋprɛsədənt]
▲This financial disaster is **without precedent**.
這次的財務危機是史無前例的。
set a precedent 開先例 | break with precedent 打破先例

---

16 **purify** v. 淨化，使純淨
[ˋpjʊrə͵faɪ]
▲To **purify** the drinking water, we have to use a filter.
為了使飲水純淨，我們必須使用濾水器。

---

17 **reign** n. [C] (君主的) 統治 (期間)
[ren]
▲The **reign** of Queen Victoria lasted for over sixty years.
維多利亞女王的統治超過六十年之久。

reign v. (君主) 統治
[ren]
▲Henry VIII **reigned over** England from 1509 to 1547.
亨利八世在 1509 年到 1547 年期間統治英國。

---

18 **rivalry** n. [C][U] 競爭 [同] competition (pl. rivalries)
[ˋraɪvl̩rɪ]
▲There is a keen **rivalry** between the two schools.
這兩所學校間競爭激烈。

---

19 **shabby** adj. 破舊的；寒酸的 (shabbier | shabbiest)
[ˋʃæbɪ]
▲The elderly man lived alone in the **shabby** apartment.
這年長者獨自住在那棟破舊的公寓裡。
▲The young fellow looked **shabby**.
那個年輕小伙子看起來很寒酸。

20 **socialism** [ˋsoʃəˌlɪzəm]

n. [U] 社會主義

▲Under **socialism**, the country's industries are owned by the government. 在社會主義的制度下，該國的產業為政府所有。

---

21 **statute** [ˋstætʃut]

n. [C][U] 法規

▲Protection for children is laid down by **statute**.
法規中有關於保護兒童的規定。

---

22 **superiority** [səˌpɪrɪˋɔrətɪ]

n. [U] 優越 <of, in, over>

▲We believe in the **superiority of** our products.
我們相信我們產品的優越。

---

23 **tiresome** [ˋtaɪrsəm]

adj. 煩人的，令人厭煩的

▲Handling these trivial matters is very **tiresome**.
處理這些瑣事很煩人。

---

24 **unification** [ˌjunəfəˋkeʃən]

n. [U] 統一

▲Enemies tried to block the **unification** of the country.
敵人試圖阻礙國家統一。

---

25 **violinist** [ˌvaɪəˋlɪnɪst]

n. [C] 小提琴家

▲Vicky is one of the well-known **violinists** in the world.
Vicky 是世界上著名的小提琴家之一。

Unit 22

1 **disposable** [dɪˋspozəbl̩]

adj. 用完即丟的

▲Lily always uses reusable containers instead of **disposable** ones. Lily 都用可重複使用而不是用完即丟的容器。

disposable [dɪˋspozəbl̩]

n. [C] 用完即丟的產品 (usu. pl.)

▲**Disposables** cause much pollution to the environment.
用完即丟的產品造成很多環境汙染。

---

2 **electrician** [ɪˌlɛkˋtrɪʃən]

n. [C] 電工

▲The **electrician** tried to repair the electrical equipment.
這位電工試著修理這臺電器設備。

---

3 **extract** [ˋɛkstrækt]

n. [C][U] 濃縮物，提取物 <from>

▲I added lemon **extract** to the soup. 我把檸檬濃縮汁加入湯裡。

extract [ɪkˋstrækt]

v. 提取，精煉 <from>；摘錄 <from>

▲The herbalist **extracted** juice **from** several plants for medical use. 藥草商從幾種植物中提煉汁液以作為醫療用途。

▲Tina **extracted** a passage **from** John's speech to support her argument. Tina 引用 John 演說中的一節來支持她的論點。

---

4 **formulate** [ˋfɔrmjəˌlet]

v. 明確地闡述

▲The candidate **formulated** his political opinions.
那位候選人明確地闡述了他的政見。

---

5 **goodwill** [ˌgʊdˋwɪl]

n. [U] 友好，友善

▲They agreed to build houses for the flood victims for free as a gesture of **goodwill**.
他們同意免費為洪水受災者建造房屋以表示友好。

---

6 **hijack** [ˋhaɪˌdʒæk]

v. 劫持 (飛機等)

▲Several terrorists **hijacked** an airplane which later crashed into a mountain. 幾名恐怖分子劫持一架飛機，之後飛機撞山墜毀。

hijack [ˋhaɪˌdʒæk]

n. [C][U] 劫持事件

▲There was an airline **hijack** two hours ago. Fortunately, all the passengers were released safe.
兩小時前有一起劫機事件。幸好，所有乘客平安獲釋。

hijacker [ˋhaɪˌdʒækɚ]

n. [C] 劫機犯

▲One of the suspected **hijackers** is only a teenager.
其中一位劫機嫌疑犯只是青少年。

hijacking [ˋhaɪˌdʒækɪŋ]

n. [C][U] 劫持事件

▲Drastic measures should be taken to prevent more **hijackings**. 應該採取嚴厲的措施來預防更多劫機事件。

---

7 **industrialize**

[ɪn`dʌstrɪə,laɪz]

v. 使工業化

▲When factories began to **industrialize** the clothing production, the prices of clothes went down remarkably.

當工廠開始把服裝的生產工業化之後，衣服價格就顯著下降了。

---

8 **ivy**

[`aɪvɪ]

n. [C][U] 常春藤 (pl. ivies)

▲The **ivy** is climbing up the wall. 常春藤沿牆攀附而上。

---

9 **limp**

[lɪmp]

n. [C] 跛行

▲Jane walked with a **limp** after the car accident.

Jane 在車禍後走路一拐一拐的。

limp

[lɪmp]

v. 跛行，一拐一拐地行走

▲The basketball player **limped** off the court.

那位籃球員一拐一拐地離開球場。

limp

[lɪmp]

adj. 疲憊無力的

▲Helen's **limp** body collapsed on the sofa after the tiring day. 辛勞的一天結束後，Helen 那疲憊不堪的身子癱倒在沙發上。

---

10 **majesty**

[`mædʒɪstɪ]

n. [U] 雄偉

▲The tourists were awed by the **majesty** of the Alps.

遊客們對阿爾卑斯山的雄偉嘆為觀止。

---

11 **mound**

[maʊnd]

n. [C] 堆

▲There is a **mound** of clothes on my bed.

有一堆衣服在我床上。

mound

[maʊnd]

v. 堆起，堆積

▲Tony's bowl was **mounded** with rice. Tony 的碗堆滿米飯。

---

12 **obsess**

[əb`ses]

v. 使著迷

▲Edward **is obsessed with** video games. He spends most of his free time playing them.

Edward 迷上電玩。他閒暇時花許多時間玩。

---

13 **outskirts**

[`aʊt,skɝts]

n. [pl.] 郊區 (the ～)

▲Mary lives on **the outskirts** of the city. Mary 住在郊區。

---

14 **persevere** [ˌpɝsəˋvɪr]

v. 堅持 <with, in>

▲Shelly **persevered in** her fight against sexual discrimination. Shelly 堅持反抗性別歧視。

perseverance [ˌpɝsəˋvɪrəns]

n. [U] 毅力，不屈不撓

▲**Perseverance** allowed Jack to overcome many hardships. 毅力使 Jack 克服許多困境。

persevering [ˌpɝsəˋvɪrɪŋ]

adj. 不屈不撓的

▲The **persevering** climber finally reached the top of the mountain. 不屈不撓的登山者終於抵達山頂。

---

15 **precision** [prɪˋsɪʒən]

n. [U] 精確 [同] accuracy

▲Mike chose his words with **precision**. Mike 精確地選擇措辭。

---

16 **purity** [ˋpjʊrətɪ]

n. [U] 潔淨，純淨；純潔

▲Many people worried about the **purity** of the water. 許多人擔心水的純度。

▲To maintain the **purity** of their mind, children should not watch violent movies. 為了保持心靈純潔，兒童不該看暴力電影。

---

17 **rejoice** [rɪˋdʒɔɪs]

v. 高興，喜悅 <at, in, over>

▲We **rejoiced at** the success of the experiment. 我們很高興實驗成功。

---

18 **roam** [rom]

v. 閒逛，漫步 <around>

▲Jenny likes to **roam around** the store to look for discounted items. Jenny 喜歡逛逛商店，看看有沒有打折商品。

roam [rom]

n. [sing.] 漫遊

---

19 **shaver** [ˋʃevɚ]

n. [C] 電動刮鬍刀

▲**Shavers** are fast, safe, and convenient. 電動刮鬍刀快速、安全又方便。

---

20 **socialist** [ˋsoʃəlɪst]

n. [C] 社會主義者

▲There are lots of radical **socialists** in the meeting room. 會議室裡有許多激進的社會主義者。

socialist [ˋsoʃəlɪst]

adj. 社會主義的

▲Some of the workers come from a **socialist** country.
那些工人當中有一些是來自於社會主義的國家。

---

21 **stepchild** [ˋstɛp͵tʃaɪld]

n. [C] 繼子，繼女 (pl. stepchildren)

▲Doris lived with her new husband and **stepchildren** in the country. Doris 跟新丈夫和繼子繼女們住在鄉間。

---

22 **superstitious** [͵supɚˋstɪʃəs]

adj. 迷信的

▲The islanders are **superstitious** about old taboos.
這些島民對古老的禁忌非常迷信。

---

23 **token** [ˋtokən]

n. [C] 象徵，代表；代幣

▲Jason bought Lily a gift as a **token** of appreciation for her help. Jason 買了一個禮物給 Lily，表示感謝她的幫忙。

▲I want to exchange five dollars for **tokens**.
我要換五塊錢的代幣。

---

24 **unify** [ˋjunə͵faɪ]

v. 統一 [反] divide

▲The chairperson wants to **unify** the political party before the next election. 主席想在下次選舉之前統一政黨。

---

25 **vocation** [voˋkeʃən]

n. [C][U] 職業，志業；使命

▲It is especially important for graduates to find their true **vocation**. 找到真正適合自己的職業對畢業生來說格外重要。

▲Dora felt that helping the poor was her **vocation** in life.
Dora 認為幫助窮人是她人生的使命。

Unit 23

1 **disposal** [dɪˋspozl̩]

n. [U] 處理 <of>

▲The **disposal of** garbage is a problem.
垃圾處理是一個問題。

💡at sb's disposal 供…使用，由…支配

2	**elevate** [ˋɛlə͵vet]	v. 舉起，抬高，提高 [同] raise；提升，晉升 <to> [同] promote ▲The crane **elevated** the bricks to a higher place. 起重機舉起磚頭到更高的地方。 ▲The board **elevated** Bill **to** CEO of the company. 董事會提拔 Bill 成為公司執行長。
3	**extracurricular** [͵ɛkstrəkəˋrɪkjələ˞]	adj. 課外的 ▲Students are encouraged to take part in **extracurricular** activities. 學生被鼓勵參加課外活動。
4	**forsake** [fə˞ˋsek]	v. 遺棄 [同] abandon；放棄 [同] give up (forsook | forsaken | forsaking) ▲The poor little girl was **forsaken** by her parents. 那名可憐的小女孩遭到父母遺棄。 ▲Though Eric faced several difficulties, he never **forsook** his ideals. Eric 儘管面臨許多困難也從未放棄他的理想。
5	**gorilla** [gəˋrɪlə]	n. [C] 大猩猩 ▲The breeding season of **gorillas** has begun this year. 今年大猩猩的繁殖季已到。
6	**hoarse** [hors]	adj. (聲音) 沙啞的 (hoarser | hoarsest) ▲Melissa's voice is **hoarse** because of a cold. Melissa 因為感冒而聲音沙啞。
7	**infectious** [ɪnˋfɛkʃəs]	adj. 傳染性的 ▲Those who catch **infectious** diseases should take sick leave. 患有傳染病的人應該要請病假。
8	**janitor** [ˋdʒænətə˞]	n. [C] 管理員 ▲A **janitor** has responsibility for taking care of a building. 管理員有責任看管照料大廈。
9	**liner** [ˋlaɪnə˞]	n. [C] 客輪，遊輪 ▲We took a cruise on a luxury **liner**. 我們搭豪華遊輪去玩。

10 **manuscript** [ˋmænjə,skrɪpt]

n. [C] 手稿，原稿

▲Alan's **manuscripts** are currently exhibited in the museum. Alan 的手稿正在博物館展出。

11 **mourn** [morn]

v. 哀悼 <for> [同] grieve

▲Sandra **mourned for** the death of a friend. Sandra 哀悼死去的朋友。

mourning [ˋmornɪŋ]

n. [U] 哀悼 [同] grief

▲Everybody wore a black armband as a sign of **mourning** at the funeral. 喪禮中每個人都戴黑臂紗表示哀悼。

in mourning 服喪

12 **obstinate** [ˋɑbstənɪt]

adj. 固執的 [同] stubborn

▲That man is narrow-minded and **obstinate** in his opinion. 那個男人心胸狹窄且固執己見。

obstinately [ˋɑbstənɪtlɪ]

adv. 固執地

▲Tony **obstinately** refused to accept my proposal. Tony 固執地拒絕我的提議。

13 **overdo** [,ovɚˋdu]

v. 過度 (overdid | overdone | overdoing)

▲Drinking is enjoyable as long as you don't **overdo** it. 喝酒很愉快，只要你不過度。

overdone [,ovɚˋdʌn]

adj. 烹煮過久的 [反] underdone

▲The steak was **overdone**. It was tough. 牛排煎過頭，太老了。

14 **persistence** [pɚˋsɪstəns]

n. [U] 堅持

▲Their **persistence** forced the authorities to give in. 他們的堅持迫使當局退讓。

15 **predecessor** [ˋprɛdɪ,sɛsɚ]

n. [C] 前任；(機器等改良前的) 舊款，前一代，前身

▲Will the new president reverse the policies of his **predecessor**? 新任總統會大改其前任的政策嗎？

▲The new model of this washing machine works much better than its **predecessor**. 這種洗衣機的新機種比前一代的功能好很多。

16 **quake**
[kwek]

v. 發抖 <with> [同] tremble

▲The little boy is **quaking with** fear. 這個小男孩害怕得發抖。

quake
[kwek]

n. [C] 地震 [同] earthquake

▲The whole house shook when a **quake** happened this morning. 今天早上發生地震時，整間房子都在搖晃。

---

17 **relay**
[`rile]

n. [C] 接替的團隊

▲The rescue teams worked **in relays** to search for the survivors. 救援隊輪班接力搜尋生還者。

💡relay race 接力賽｜relay station 中繼站

relay
[rɪ`le]

v. 轉播

▲The Olympic Games was **relayed** worldwide by satellite. 奧運會經由衛星轉播到世界各地。

---

18 **rotate**
[`rotet]

v. 旋轉 [同] revolve；輪流

▲The Earth **rotates** on its axis. 地球繞著地軸旋轉。

▲We **rotate** the cleaning jobs to keep the office clean. 我們輪流打掃以保持辦公室的清潔。

---

19 **shortcoming**
[`ʃɔrt,kʌmɪŋ]

n. [C] 缺點 (usu. pl.) [同] defect

▲Please point out my **shortcomings** so that I can improve myself. 請指出我的缺點，這樣我才能改善自己。

---

20 **socialize**
[`soʃə,laɪz]

v. 交際 <with>

▲Gloria doesn't like to go to parties because she dislikes **socializing with** strangers. Gloria 不喜歡參加派對，因為她不喜歡跟陌生人交際。

---

21 **stepfather**
[`stɛp,fɑðɚ]

n. [C] 繼父

▲Betty was upset when her mother married her **stepfather**. 當母親與繼父結婚時，Betty 相當沮喪。

---

22 **suppress**
[sə`prɛs]

v. 鎮壓 [同] quash；壓抑

▲The revolt was **suppressed** by the police. 暴動被警察鎮壓了。

▲I couldn't **suppress** my feelings for Tom anymore.
我再也無法壓抑對 Tom 的感覺了。

---

23 **torrent** [ˋtɔrənt]

n. [C] 急流；(言詞等的) 迸發，連發

▲A mountain **torrent** lay before us.
我們眼前有一條山谷的急流。

▲John let out a **torrent** of words in the meeting.
John 在會議裡滔滔不絕地說話。

💡in torrents (雨) 傾盆地 | a torrent of abuse/criticism 恣意地謾罵／批評

---

24 **unveil** [ʌnˋvel]

v. (首次) 推出，發表 (新產品等)

▲The company will **unveil** an innovative product in the exhibition next week. 公司將在下週的展示會發表創新的產品。

---

25 **vocational** [voˋkeʃənl̩]

adj. 職業的

▲The **vocational** school is an ideal choice for those who want to learn practical skills.
對那些想要學習實用技能的人而言，職業學校是理想的選擇。

💡vocational training/education 職業訓練／教育

Unit 24

1 **dispose** [dɪˋspoz]

v. 丟棄 <of>

▲Nuclear waste must not be **disposed of** recklessly.
核廢料絕對不能隨便丟棄。

---

2 **emigrant** [ˋɛməgrənt]

n. [C] (移居他國的) 移民

▲My father left his country as an **emigrant** at the age of ten.
我父親在十歲時，離開他的國家成為移民。

---

3 **eyelash** [ˋaɪˌlæʃ]

n. [C] 睫毛 (usu. pl.) (also lash)

▲With the help of false **eyelashes**, Meg's eyes looked bigger than usual.

有了假睫毛的幫忙，Meg 的眼睛看起來比平常大。

flutter sb's eyelashes 拋媚眼

---

4 **forthcoming** [ˌfɔrθ`kʌmɪŋ]

adj. 即將到來或出現的

▲This is the catalog of the **forthcoming** books.

這是近期將出版圖書的目錄。

---

5 **gospel** [`gaspl̩]

n. [U] 信條，信念；[sing.] 福音 (usu. the ～)

▲The man **took** his wife's words **as gospel**.

這男人把妻子的話奉為信條。

▲The pastor **preached the gospel** everywhere.

這牧師四處傳講福音。

---

6 **homosexual** [ˌhomə`sɛkʃuəl]

adj. 同性戀的

▲There is a wide discussion about **homosexual** marriage.

對於同性戀的婚姻有廣泛的討論。

homosexual [ˌhomə`sɛkʃuəl]

n. [C] 同性戀者

▲Some people have a strong prejudice against **homosexuals**. 有些人對同性戀者有強烈的偏見。

---

7 **inhabitant** [ɪn`hæbətənt]

n. [C] 居民；棲息的動物

▲Most of the **inhabitants** in this area are immigrants from South America. 這地區大部分的居民是來自南美洲的移民。

▲Wild birds are the only **inhabitants** of that small island.

野鳥是那座小島唯一的棲息動物。

---

8 **jasmine** [`dʒæsmɪn]

n. [C][U] 茉莉花

▲My mother enjoys **jasmine** tea very much.

我母親非常喜歡茉莉花茶。

---

9 **lining** [`laɪnɪŋ]

n. [C] 內襯

▲Jenny bought this jacket because of its soft **lining**.

Jenny 買這件夾克是因為它柔軟的內襯。

---

10 **maple** [`mepl̩]

n. [C][U] 楓樹

▲There are so many **maple** trees in the park.

公園裡有許多楓樹。

maple syrup 楓糖漿

11 **mournful** [ˋmɔrnf!]

adj. 哀傷的 [同] melancholy

▲The little girl looked at her mother with **mournful** eyes.

小女孩以哀傷的目光看著她的媽媽。

mournfully [ˋmɔrnfəlɪ]

adv. 哀傷地

▲Fiona spoke **mournfully** about her father in the hospital.

Fiona 哀傷地說著在醫院的父親。

12 **occurrence** [əˋkɝəns]

n. [C] 發生的事

▲A total solar eclipse is a **rare occurrence**.

日全蝕是很少發生的事。

13 **overhear** [ˌovɚˋhɪr]

v. 無意間聽到 (overheard | overheard | overhearing)

▲I **overheard** my bosses talking about the financial crisis of our company. 我無意間聽到上司們在談論公司的財務危機。

14 **petrol** [ˋpɛtrəl]

n. [U] 汽油 [同] gasoline

▲We need to fill our car up with **petrol** before going on a road trip around Australia.

在澳洲汽車旅行之前，我們必須給車子裝滿汽油。

15 **prehistoric** [ˌprihɪsˋtɔrɪk]

adj. 史前時代的

▲The dinosaur is a giant **prehistoric** animal.

恐龍是史前時代的巨大動物。

prehistory [priˋhɪstrɪ]

n. [U] 史前時代

▲We can learn about the **prehistory** of Europe from this book. 我們可以從這本書中得知歐洲的史前時代。

16 **qualification** [ˌkwɑləfəˋkeʃən]

n. [C][U] 資格，條件

▲Technology skills and a high level of proficiency in English are necessary **qualifications** for this job.

運用科技的技能與高水平的英文是這份工作的必備條件。

17 **reliance** [rɪˋlaɪəns]

n. [U] 依賴，信賴 <on>

▲Leo placed too much **reliance on** his friends.
Leo 太信賴他的朋友。

18 **rotation** [roˋteʃən]

n. [C][U] 旋轉；輪流

▲It takes the Earth around 24 hours to complete one **rotation** on its axis. 地球繞地軸自轉一周大約是二十四小時。

▲The paintings in the museum are exhibited in **rotation**.
博物館的畫輪流被展示。

19 **shortsighted** [ˋʃɔrtˋsaɪtɪd]

adj. 目光短淺的，缺乏遠見的；近視的 [同] nearsighted

▲Some politicians are **shortsighted** and care about nothing but elections. 有些政客缺乏遠見而且只在乎選舉。

▲Many of my classmates are **shortsighted** and have to wear glasses. 我許多同學都近視必須戴眼鏡。

20 **sociology** [ˌsoʃɪˋɑlədʒɪ]

n. [U] 社會學

▲Mary is a student in the department of **sociology**.
Mary 是社會學系的學生。

21 **stepmother** [ˋstɛpˌmʌðɚ]

n. [C] 繼母

▲Rita became the **stepmother** of these two girls after she married their father.
Rita 在與兩個女孩的父親結婚後，成為了這兩個女孩的繼母。

22 **surge** [sɝdʒ]

n. [C] (數量) 急升，遽增 <in>；(人潮) 湧現 <of>

▲There has been a sudden **surge in** demand for air conditioners. 冷氣機的需求量遽增。

▲A **surge of** demonstrators appeared in front of the court.
示威的人潮出現在法院門口。

💡a surge of excitement/jealousy 一陣興奮／嫉妒

surge [sɝdʒ]

v. 湧現

▲Customers **surged** into the store during the sale.
特價期間，顧客湧入店內。

23 **trademark**
[ˋtredˌmɑrk]

n. [C] 商標；特徵

▲This is our **registered trademark** and cannot be used by any other company without permission.
這是我們的註冊商標，任何其他公司未經允許不得使用。

▲Bill was known for his **trademark** dancing.
Bill 以他特有的舞蹈聞名。

---

24 **uprising**
[ˋʌpˌraɪzɪŋ]

n. [C] 暴動，造反 [同] rebellion

▲The government tried to put down the **popular uprising** in the capital. 政府試圖鎮壓首都的人民暴動。

---

25 **vowel**
[ˋvaʊəl]

n. [C] 母音

▲A **vowel** is an essential component of a syllable.
母音是音節必要的組成部分。

Unit 25

1 **dissent**
[dɪˋsent]

n. [U] 不同意，異議

▲Hearing what the chairman said, Alan made a gesture of **dissent**. 聽到主席所言，Alan 做出不同意的手勢。

---

2 **emigrate**
[ˋɛməˌgret]

v. 移居他國

▲We haven't heard of Victor since he **emigrated** to the United States. 自從 Victor 移民美國後，我們就沒聽到過他的消息了。

---

3 **eyesight**
[ˋaɪˌsaɪt]

n. [U] 視力 [同] vision

▲Sandy has good **eyesight**. She can see objects clearly 20 feet away. Sandy 的視力良好。她可以清楚看見二十呎外的物體。

---

4 **fowl**
[faʊl]

n. [C][U] 家禽 (pl. fowl, fowls)

▲William raised lots of **fowls** such as chickens and ducks in his backyard. William 養很多家禽在他的後院，像是雞和鴨。

5 **grapefruit**
[ˋgrep͵frut]
n. [C] 葡萄柚
▲Some people start their breakfast with half a **grapefruit**.
有些人早餐時會先吃半顆葡萄柚。

---

6 **honorary**
[ˋɑnə͵rɛrɪ]
adj. 榮譽的
▲The university gave an **honorary** degree to Peter in recognition of his many accomplishments.
這所大學頒授榮譽學位給 Peter，表彰他的許多成就。

---

7 **injustice**
[ɪnˋdʒʌstɪs]
n. [C][U] 不公平 [反] justice
▲Describing him as a second-rate painter, that article did him a great **injustice**. 那篇文章把他描述為二流畫家，對他很不公平。

---

8 **jockey**
[ˋdʒɑki]
n. [C] (職業的) 賽馬騎師 (pl. jockeys)
▲David is a champion **jockey** this year.
David 是今年的職業賽馬冠軍騎師。
💡DJ = disc jockey (電臺音樂節目或舞會等的) 主持人

jockey
[ˋdʒɑki]
v. 運用手段謀取
▲There were several politicians **jockeying** for power before the election. 有些政客在選舉前謀求權力。

---

9 **liter**
[ˋlitɚ]
n. [C] 公升 (abbr. l)
▲I drink two **liters** of water every day. 我每天喝兩公升的水。

---

10 **mar**
[mɑr]
v. 弄糟，破壞 [同] spoil, ruin (marred | marred | marring)
▲The trip was **marred** by bad weather and the poor service of the hotel. 壞天氣與旅館不好的服務破壞了遊興。

---

11 **mow**
[mo]
v. 割草 (mowed | mowed, mown | mowing)
▲Peter **mows the lawn** for his neighbors as a part-time job on weekends. Peter 週末兼差幫鄰居修剪草坪。

---

12 **octopus**
[ˋɑktəpəs]
n. [C] 章魚 (pl. octopuses, octopi)
▲An **octopus** has eight tentacles. 章魚有八隻腳。

---

13 **overlap**
[ˋovɚ͵læp]
n. [C][U] 重疊或相同之處 <between>
▲There are some **overlaps between** these two dissertations.

這兩篇論文有些相同之處。

overlap [ˌovɚˋlæp]

v. 重疊或有共同之處 <with> (overlapped | overlapped | overlapping)

▲My vacation doesn't **overlap with** my husband's so we cannot take a trip together.

我的假期和我先生的沒有重疊，所以我們不能一起去旅行。

overlapping [ˌovɚˋlæpɪŋ]

adj. 重疊的或相同的

▲Those two programs have **overlapping** functions.

那兩個程式的功能有重疊的地方。

---

14 **petroleum** [pəˋtrolɪəm]

n. [U] 石油

▲The country is known for producing **petroleum**.

該國以生產石油聞名。

---

15 **premiere** [prɪˋmɪr]

n. [C] 首映 (會)

▲All the main actors of the movie attended its world **premiere**.

所有這部電影的主要演員都參加了電影的世界首映會。

---

16 **radioactive** [ˌredɪoˋæktɪv]

adj. 放射性的，有輻射的

▲Laura is conducting a study of **radioactive** waste.

Laura 正在做放射性廢料的研究。

---

17 **reliant** [rɪˋlaɪənt]

adj. 依靠的，依賴的 [同] dependent

▲Sam is still **reliant** on his parents' support after graduating from college. Sam 大學畢業後仍然依靠父母的贊助。

---

18 **rubbish** [ˋrʌbɪʃ]

n. [U] 垃圾；廢話

▲Please clean out the **rubbish** in your room.

請清掃出你房裡的垃圾。

▲What Eric said was all **rubbish**. Eric 所說的都是廢話。

---

19 **shred** [ʃrɛd]

n. [C] 碎片 (usu. pl.) [同] scrap

▲Shelly **tore** the letter **to shreds** after breaking up with her boyfriend. Shelly 與她的男友分手後，把信撕成碎片。

in shreds 破碎的；嚴重受損的

Level 6

shred [ʃrɛd]	v. 弄碎，使支離破碎 (shredded | shredded | shredding) ▲My mother **shredded** the cheese and sprinkled it over the pasta. 我母親把乳酪刨碎，撒在義大利麵上。
20 **solemn** [`sɑləm]	adj. 莊嚴的 [同] serious ▲All the attendees looked very **solemn** at the funeral. 參加葬禮的人看起來神情莊嚴肅穆。 solemn promise 鄭重的承諾
21 **strait** [stret]	n. [C] 海峽 ▲Taiwan is separated from mainland China by the Taiwan **Strait**. 臺灣和中國大陸由臺灣海峽隔開。
22 **surgical** [`sɝdʒɪkḷ]	adj. 手術的，外科手術的 ▲The doctor explained the details of **surgical** procedures carefully. 醫師仔細地解釋手術流程的細節。
23 **transmit** [træns`mɪt]	v. 傳送；傳播 (疾病等) (transmitted | transmitted | transmitting) ▲The message will be **transmitted** through the computer system. 訊息將藉由電腦系統傳送。 ▲Dengue fever is a disease **transmitted** by mosquitoes. 登革熱是藉由蚊子傳播的疾病。
24 **usher** [`ʌʃɚ]	v. 引導，接待 <in, into> ▲Can you **usher** the guest **in**? 你可以帶領這位客人入內嗎？
usher [`ʌʃɚ]	n. [C] 帶位員 ▲The **usher** will show you to your seat. 帶位員會帶你去你的座位。
25 **wag** [wæg]	v. 搖擺或搖動 (尾巴、手指等) (wagged | wagged | wagging) ▲My dog will **wag** its tail and jump on me whenever it greets me home. 我的狗迎接我回家時都會搖尾巴並跳到我身上。
wag [wæg]	n. [C] 搖擺，搖動 (usu. sing.) ▲Rita only responded with a **wag** of her head. Rita 只有搖頭回應。

Unit 26 

1 **distraction** [dɪ`strækʃən]

n. [C][U] 令人分心或分散注意力的事物；[C] 娛樂，消遣

▲I like to study in a quiet place free from **distractions**.
我喜歡在不會分散注意力的安靜場所念書。

▲Reading is a welcome **distraction** for May and her whole family. 閱讀是 May 全家喜歡的娛樂消遣。

💡drive sb to distraction 使心煩意亂

---

2 **emigration** [ˌɛmə`greʃən]

n. [C][U] 移居他國 <from, to>

▲The war caused mass **emigration** of Jews **from** Germany **to** the U.S. 戰爭導致大量猶太人從德國移民到美國。

---

3 **faction** [`fækʃən]

n. [C] 派系

▲The party leader resigned because of the pressure from different **factions** within the party.
這位政黨領導人因為黨內不同派系的壓力而辭職。

---

4 **fracture** [`fræktʃɚ]

n. [C] 骨折

▲The rider suffered a skull **fracture** in the motorcycle accident. 那場摩托車意外事故造成騎士頭骨骨折。

fracture [`fræktʃɚ]

v. (使) 骨折；(使)(團體) 分裂 [同] split

▲My friend **fractured** both his legs in the car accident.
我朋友在車禍中雙腿骨折。

▲Conflicts between different races **fractured** the society.
不同種族間的衝突造成社會分裂。

---

5 **groan** [gron]

n. [C] (因疼痛、不悅等的) 呻吟聲 [同] moan

▲The wounded soldier let out a **groan**. 那名傷兵發出一聲呻吟。

groan [gron]

v. (因疼痛、不悅等而) 呻吟 [同] moan；發出嘎吱聲 [同] moan

▲All the students **groaned** when their teacher assigned them more homework. 老師出了更多功課時，學生們全都叫苦連天。

▲The old suspension bridge **groaned** under our weight.

老舊的吊橋被我們的重量壓得嘎吱作響。

moan and groan 抱怨連連

6 **hospitality** [ˌhɑspɪˋtælətɪ]

n. [U] 殷勤待客

▲Taiwan is known for its beautiful scenery and **hospitality**.

臺灣以風景優美和熱情待客聞名。

7 **inland** [ˋɪnlənd]

adj. 內陸的

▲There are some large or famous areas of **inland** water in the world, such as the Caspian Sea and the Dead Sea.

世界上有些廣大或知名的內陸水域，例如裏海和死海。

inland [ˋɪnˌlænd]

adv. 向內陸，在內陸

▲The aborigines live further **inland**.

這些原住民住在更內陸的地區。

inland [ˋɪnˌlænd]

n. [U] 內陸 (the ～)

▲We are going to move from the coast to **the inland**.

我們將要從海岸地區搬家到內陸。

8 **jolly** [ˋdʒɑlɪ]

adj. (令人) 愉快的 (jollier | jolliest)

▲The winter vacation is coming, and we are looking forward to a **jolly** trip. 寒假快到了，我們期待一趟愉快的旅遊。

jolly [ˋdʒɑlɪ]

adv. 很，非常

▲We have been **jolly** busy recently. 我們最近很忙。

jolly [ˋdʒɑlɪ]

v. 好言好語地勸說或鼓勵

▲The kindergarten teacher tried to **jolly** the kids **into** napping.

幼兒園老師試著哄孩子們睡午覺。

jolly [ˋdʒɑlɪ]

n. [C] 玩樂，歡樂 (pl. jollies)

▲John went out to Thailand on a **jolly**. John 跑去泰國玩樂。

get sb's jollies (常指從不好的事物中) 得到樂趣

9 **literate** [ˋlɪtərɪt]

adj. 有讀寫能力的 [反] illiterate；精通的，很懂的

▲Growing up in a slum, the man is barely **literate** and has trouble writing his name.

那名男子在貧民窟長大，他幾乎不識字，連名字都不太會寫。

▲Applicants for the job are required to be **computer literate**.
申請這份工作的人被要求要精通電腦。

💡be politically/musically literate 很懂政治的／很會演奏樂器的

literate [ˋlɪtərɪt]
n. [C] 識字的人
▲There are only ten **literates** in this village.
這座村莊裡只有十位識字的人。

---

10 **mastery** [ˋmæstərɪ]
n. [U] 精通，熟練 <of>；控制 <of, over>
▲Students work hard to achieve **mastery of** English.
學生們為了精通英文而努力用功。
▲We should learn to gain **mastery over** our emotions.
我們應該要學習控制情緒。

---

11 **muse** [mjuz]
n. [C] 給與靈感的人或事物，靈感的來源 [同] inspiration
▲My girlfriend is my **muse**. 我的女朋友是我靈感的來源。

---

12 **offshore** [ˌɔfˋʃor]
adj. 離岸的，海上的；近海的
▲Do you know how many people working on these **offshore** oil rigs? 你知道有多少人在這些海上鑽油塔工作嗎？
▲My neighbors tried to swim to an **offshore** island.
我的鄰居們試圖游到一座近海的島嶼。

💡offshore oil field 海上油田 | offshore/onshore oil reserves 海上／陸上石油儲備

---

13 **overwork** [ˋovɚˌwɝk]
n. [U] 工作過度
▲We have been exhausted from **overwork** these days.
我們這陣子因為工作過度而筋疲力竭。

overwork [ˌovɚˋwɝk]
v. (使) 過度工作
▲If you continue to **overwork**, you're going to fall ill from overwork. 你如果再這樣過度工作會積勞成疾的。

---

14 **pharmacist** [ˋfɑrməsɪst]
n. [C] 藥劑師
▲The **pharmacist** soon made up my prescription.
藥劑師很快就幫我配好藥了。

15 **preside** v. 主持，擔任主席 <at, over>
[prɪˋzaɪd]
▲Mr. Smith often **presides at** the company's meetings.
Smith 先生經常擔任公司會議的主席。

---

16 **radish** n. [C] 櫻桃蘿蔔
[ˋrædɪʃ]
▲I tossed together lettuces, onions, and **radishes** to make salad. 我把萵苣、洋蔥和櫻桃蘿蔔拌在一起做成沙拉。

---

17 **relic** n. [C] 遺跡，遺物；遺風，遺俗
[ˋrɛlɪk]
▲The pieces of pottery were **relics** from prehistoric times.
這些陶器碎片是史前時代的遺物。
▲This special custom is a **relic** from the 17th century.
這種特殊的風俗是從十七世紀遺留下來的。

---

18 **rugged** adj. 崎嶇的，起伏不平的；(長相) 粗獷而好看的
[ˋrʌgɪd]
▲The trail through the forest is **rugged**. 穿越森林的小徑崎嶇不平。
▲Many girls are attracted by the actor's **rugged** good looks.
許多女孩被那名演員粗獷俊美的外表所吸引。
💡rugged ground 凹凸不平的地面 | rugged features 粗獷的容貌

ruggedly adv. 崎嶇不平地；粗獷地
[ˋrʌgɪdlɪ]
▲The hill rises **ruggedly** ahead of the hikers.
丘陵在健行者面前越來越陡且崎嶇不平。
▲This famous actor is **ruggedly** handsome.
這位知名演員長相粗獷俊美。

---

19 **shriek** n. [C] 尖叫聲 <of> [同] scream；尖銳刺耳的聲音
[ʃrik]
▲Hearing the good news, Tom hugged Mary with a **shriek of** delight. Tom 聽到好消息就興奮尖叫地抱住了 Mary。
▲I heard the **shriek** of a siren. 我聽到警報器尖銳刺耳的聲響。

shriek v. 尖叫 [同] scream；尖叫著說 [同] scream
[ʃrik]
▲The witch **shrieked with laughter**. 巫婆尖聲大笑。
▲"Stop!" Helen **shrieked** at Hector.
Helen 對著 Hector 尖叫大喊「住手！」
💡shriek abuse at sb 對…尖聲叫罵

---

20 **solitude** [ˋsɑlə,tjud]

n. [U] 獨處

▲I enjoy spending the morning **in solitude**. 我喜歡早上獨處。

---

21 **stray** [stre]

adj. 走失的，流浪的；偏離的

▲There is a **stray** dog lying on the sidewalk.

人行道上躺著一隻流浪狗。

▲A man was hit by a **stray** bullet in the leg.

一名男子被流彈擊中腿部。

stray [stre]

v. 迷路，走失；偏離

▲The children **strayed into** the woods.

那些孩子們迷路走進了森林。

▲Don't **stray from** the subject. You should stick to the point.

不要偏離主題。你應該專注在這要點上。

stray [stre]

n. [C] 流浪的動物

▲When the couple found that the cat was a **stray**, they decided to adopt it. 那對情侶發現那是一隻流浪貓而決定領養牠。

---

22 **surpass** [sɚˋpæs]

v. 勝過，超過

▲The new product helped us to **surpass** our competitors.

這款新產品幫助我們勝過競爭者。

💡surpass sb's expectations 超過…的預期 | surpass sb's understanding 超過…的理解範圍

---

23 **transplant** [ˋtræns,plænt]

n. [C][U] 移植

▲The patient had a heart **transplant** yesterday.

那名病人昨天接受了心臟移植。

💡kidney/liver/corneal/bone marrow transplant 腎臟／肝臟／角膜／骨髓移植

transplant [trænsˋplænt]

v. 移植

▲I **transplanted** the flowers from the pots to the garden.

我把花從盆裡移植到庭園中。

---

24 **utensil** [juˋtɛnsḷ]

n. [C] (廚房等家庭) 用具

▲The couple bought some **kitchen utensils**, including knives, spoons, spatulas, and whisks.

Level 6

那對夫妻買了一些廚房用具，包括刀子、湯匙、鏟子和打蛋器。

25 **walnut** [ˋwɔlnʌt]

n. [C] 胡桃，核桃

▲The lady added some chopped **walnuts** in her salad.
那位女士加了一些弄碎的核桃在她的沙拉裡。

Unit 27

1 **divert** [dəˋvɝt]

v. 使轉向，使改道 <from>；轉移 (注意力等) <from>

▲The river has been **diverted** away **from** the city.
河流被改道而遠離城市。

▲The noise **diverted** my attention **from** my work.
噪音轉移了我對工作的注意力。

2 **endowment** [ɪnˋdaʊmənt]

n. [C][U] 資助，捐款，捐贈

▲The hospital received a generous 10 million **endowment** last year. 醫院去年收到一筆一千萬元的巨額捐款。

3 **Fahrenheit** [ˋfærən͵haɪt]

n. [U] 華氏 (溫標)，華氏溫度

▲Please give me the temperature in **Fahrenheit**.
請告訴我華氏溫度。

Fahrenheit [ˋfærən͵haɪt]

adj. 華氏的

▲Water freezes at 32° **Fahrenheit**. 水在華氏 32 度時會結冰。

4 **fragrant** [ˋfregrənt]

adj. 芳香的

▲This island is known for its beautiful scenery and **fragrant** tea. 這座島嶼以其美麗的風景和芳香的茶葉聞名於世。

5 **growl** [graʊl]

n. [C] 低吼聲，咆哮聲

▲The cat arched its back and exposed its teeth in a threatening **growl**. 那隻貓弓背齜牙發出威脅性的低吼聲。

growl [graʊl]

v. 低吼，咆哮 <at>

▲My neighbor's dog **growls at** every passing rider.
我鄰居的狗對每位經過的騎士低吼咆哮。

6 **hospitalize** [ˋhɑspɪtə͵laɪz]

v. 送醫治療，使住院治療

▲My neighbor was **hospitalized** for appendicitis.
我鄰居因盲腸炎被送醫住院治療。

---

7 **innumerable** [ɪˋnjumərəbl̩]

adj. 無數的，數不清的，很多的

▲The brave girl's story has inspired **innumerable** people.
那個勇敢女孩的故事激勵了無數人。

---

8 **junction** [ˋdʒʌŋkʃən]

n. [C] (公路、鐵路、河流等的) 交會點，交叉口 [同] intersection

▲Formosa Boulevard is one of the biggest metro **junctions** in Kaohsiung. 美麗島站是高雄最大的捷運交會點之一。

---

9 **livestock** [ˋlaɪv͵stɑk]

n. [pl.] 家畜，牲畜

▲The farmer used to keep **livestock** on his farm.
那名農夫以前有在他的農場飼養牲畜。

---

10 **mediate** [ˋmidɪ͵et]

v. 調停，調解 <between>；藉調解找到解決辦法，達成或促成 (協議等) [同] negotiate

▲The government tried to **mediate between** labor and management. 政府試著為勞資雙方調解。

▲The United Nations is trying to **mediate** peace between the two warring countries. 聯合國正試著促成兩個交戰國家間的和平。

mediation [͵midɪˋeʃən]

n. [U] 調停，調解

▲The two conflicting sides finally reached an agreement through the **mediation** of a third party.
透過第三方的調停，這決裂的兩方終於達成協議。

mediator [ˋmidɪ͵etɚ]

n. [C] 調停者，調解者

▲The government is expected to act as a neutral **mediator** in labor disputes. 政府在勞資糾紛中應該要做中立的調解者。

---

11 **mustache** [ˋmʌstæʃ]

n. [C] (長在上唇上方的) 鬍子，八字鬍

▲The general has a **mustache**, looking very tough.
那名將軍留著八字鬍，看起來很堅韌。

---

12 **operative** [ˋɑpərətɪv]
adj. 運作中的，有效的 [同] functional [反] inoperative
▲When will the agreement become **operative**?
那份協議什麼時候開始生效？
be fully operative again 全面恢復運作

13 **ozone** [ˋozon]
n. [U] 臭氧
▲**Ozone** protects us from harmful ultraviolet radiation.
臭氧保護我們不受紫外線傷害。
ozone layer 臭氧層

14 **pickpocket** [ˋpɪk,pɑkɪt]
n. [C] 扒手
▲I saw a sign of "Beware of **Pickpockets**" in the crowded market. 我在擁擠的市場中看見「小心扒手」的告示。

15 **prestige** [prɛsˋtiʒ]
n. [U] 聲望，名聲
▲The piracy of computer software has damaged the nation's **prestige**. 盜版電腦軟體已損害了國家的聲望。

prestigious [prɛsˋtɪdʒəs]
adj. 有聲望的，有名望的
▲Most senior high school students hope to enter **prestigious** colleges. 大部分的高中生希望進入有名的大學。

16 **rash** [ræʃ]
n. [C] 疹子 (usu. sing.)；[sing.] (壞事等的) 接連發生 [同] spate
▲I **break out in a rash** if I eat seafood. 我若吃海鮮會起疹子。
▲There has been **a rash of** car accidents in the neighborhood recently. 最近這附近接二連三發生車禍。
diaper/nettle/heat rash 尿布疹／蕁麻疹／痱子

rash [ræʃ]
adj. 輕率的，草率的，魯莽的 [同] reckless
▲It was too **rash** of Liz to marry someone she had known for only three days. Liz 和一個只認識三天的人結婚太草率了。

rashly [ˋræʃlɪ]
adv. 輕率地，草率地，魯莽地
▲Don't act **rashly**. 不要魯莽行事。

rashness [ˋræʃnəs]
n. [U] 輕率，草率，魯莽
▲I bitterly regret my **rashness**. 我非常後悔我的輕率魯莽。

17 **reminiscent** [ˌrɛməˋnɪsənt]

adj. 令人想起…的 <of>

▲Old songs can be strongly **reminiscent of** old days.
老歌很容易令人想起往日時光。

---

18 **ruthless** [ˋruθlɪs]

adj. 冷酷無情的，殘忍的

▲The **ruthless** dictator was finally overthrown.
那個殘忍的獨裁者最終被推翻了。

---

19 **shrub** [ʃrʌb]

n. [C] 灌木

▲The couple planted evergreen **shrubs** as well as flowering **shrubs** in the garden.
那對夫妻在花園裡種了常綠灌木和會開花的灌木。

---

20 **sovereign** [ˋsɑvrɪn]

adj. 有主權的，獨立自主的；至高無上的

▲**Sovereign** states enjoy autonomy; they are independent and govern themselves. 主權國家享有自治權，他們獨立自主。

▲The king has the **sovereign** power in his country.
國王在國內有至高無上的權力。

sovereign [ˋsɑvrɪn]

n. [C] 君主，元首

▲Do you know who the first European **sovereign** to visit this country is? 你知道第一位到訪這個國家的歐洲元首是誰嗎？

---

21 **stroll** [strol]

n. [C] 閒逛，散步

▲I **went for a leisurely stroll** in the woods.
我在森林裡悠閒地散步。

stroll [strol]

v. 閒逛，散步

▲My mom and I used to **stroll down** the riverbank after dinner. 母親和我以前晚餐後都會沿著河岸散步。

---

22 **suspense** [səˋspɛns]

n. [U] 懸疑

▲The movie **kept** me **in suspense** till the end.
這部電影從頭到尾都讓我提心吊膽。

---

23 **treasury** [ˋtrɛʒərɪ]

n. [C] 國庫；寶庫

▲Officials should not steal from the nation's **treasury**.
官員不應染指國庫。

Level 6

▲The queen used most of her **treasury** to build her royal palace. 那個女王動用了大半寶庫來蓋她的皇宮。

💡the Treasury 財政部

---

24 **utter** [ˋʌtɚ]

adj. 全然的，完全的，極度的

▲Jason stared at me in **utter** astonishment.
Jason 極為驚訝地瞪著我。

utter [ˋʌtɚ]

v. 說；發出聲音

▲No matter how tired my boyfriend was, he never **uttered a word** of complaint. 我男友不管多累都沒說過一句抱怨的話。

▲The crowd **uttered** a cry of joy. 群眾發出高興的叫聲。

---

25 **ward** [wɔrd]

n. [C] 病房；受監護人

▲There are just a few patients in the emergency **wards** today. 今天急診病房只有一些病患。

▲The orphan was made a **ward of the court**.
那名孤兒受法院監護。

💡surgical/maternity/isolation ward 外科／婦產科／隔離病房

ward [wɔrd]

v. 抵禦，避開 <off>

▲Infants receive vaccine to **ward off** some diseases.
嬰兒注射疫苗來抵禦一些疾病。

Unit 28

1 **dividend** [ˋdɪvəˌdɛnd]

n. [C] 股息，股利

▲Shareholders can receive **dividends** from the company once or twice a year. 股東每年可獲該公司配發一次或兩次股利。

---

2 **endurance** [ɪnˋdjʊrəns]

n. [U] 耐力

▲It requires great **endurance** to run a marathon.
跑馬拉松需要有極大的耐力。

💡beyond endurance 難以忍受，忍無可忍

---

3 **falter** v. 躊躇，猶豫，動搖；說話結結巴巴，支支吾吾

[`fɔltɚ]

▲My faith in my brother never **faltered**.

我對弟弟的信心從未動搖。

▲The boy wanted to apologize, but his **voice faltered**.

男孩想要道歉，但卻支支吾吾地說不出話來。

---

4 **freak** n. [C] 怪人，怪物 [同] weirdo；狂熱的愛好者，…狂，…迷

[frik]

▲Wearing that strange heavy makeup, the actor looked like a **freak**. 那位演員頂著那奇怪的大濃妝，看起來像個怪人。

▲I broke up with my ex because I found that he was a **control freak**. 我發現前男友是控制狂所以跟他分手了。

💡fitness/computer/movie freak 健身狂／電腦迷／電影迷

freak v. (使) 震驚，(使) 大驚失色，(使) 非常激動 <out>

[frik]

▲The horror movie **freaked** me **out**. 這部恐怖電影嚇死我了。

freak adj. 異常的，怪異的，詭異的

[frik]

▲A **freak** storm destroyed half of the buildings in the village.

一場詭異的風暴摧毀了那座村莊一半的建築物。

💡freak weather conditions 異常的天氣狀況

---

5 **grumble** v. 抱怨 <about, at> [同] moan

[`grʌmbl̩]

▲The students **grumbled about** having too many exams.

學生們抱怨考試太多。

grumble n. [C] 抱怨 (聲)

[`grʌmbl̩]

▲The teacher ignored students' **grumbles** about extra homework and exams.

老師不理會學生對於額外功課和考試的抱怨。

---

6 **hostel** n. [C] (廉價) 旅社

[`hastl̩]

▲To save money, Albert stayed at youth **hostels** while traveling. 為了省錢，Albert 旅行時都住在青年旅館。

Level 6

7 **insistence**
[ɪn`sɪstəns]

n. [U] 堅持 <on>

▲We were surprised by the teacher's **insistence on** perfection.
那位老師對完美的堅持令我們感到驚訝。

at sb's insistence 由於…的堅持

insistent
[ɪn`sɪstənt]

adj. 堅持的 <on>

▲The accused was **insistent on** his innocence.
被告堅稱自己無罪。

---

8 **kin**
[kɪn]

n. [pl.] 親戚，親屬

▲The missing child's **kin** are all looking for him.
失蹤孩童的親屬都在找他。

next of kin (直系血親等) 最近的親屬｜distant/close kin 遠親／近親｜be no kin to sb 和…不是親屬

kin
[kɪn]

adj. 有血緣關係的

▲Susan is **kin** to the royal family. Susan 和皇室有血緣關係。

---

9 **locker**
[`lɑkɚ]

n. [C] (可上鎖的) 儲物櫃，置物櫃

▲I usually keep my books in my **locker** at school.
我通常把書放在學校的置物櫃裡。

---

10 **meditate**
[`mɛdə,tet]

v. 沉思 <on, upon>

▲The writer **meditated on** the theme of his next novel.
作家沉思他下一本小說的主題。

---

11 **mute**
[mjut]

adj. 沉默的 [同] silent；啞的 [同] dumb (muter｜mutest)

▲The accused remained **mute** about the charges against him.
被告對於指控保持沉默。

mute
[mjut]

v. 減弱，減低 (聲音)

▲Heavy curtains and thick carpets help to **mute** noises.
厚重的窗簾和地毯有助於減低噪音。

mute
[mjut]

n. [C] 弱音器；啞巴 (pl. mutes)

▲The musician played her trumpet with a **mute**.
那位音樂家演奏裝有弱音器的小喇叭。

mute button (遙控器、電話等的) 靜音鍵

---

12 **oppress**
[ə`prɛs]

v. 壓迫；使鬱悶，使心情沉重

▲The aboriginal people have **been oppressed by** the tyrant for years. 這些原住民多年來都受到暴君壓迫。

▲The kid **was oppressed by** nightmares.
那孩子因為惡夢連連而鬱悶。

oppressive
[ə`prɛsɪv]

adj. 壓迫的，殘暴的；令人鬱悶的，令人難受的；悶熱的

▲People are fleeing from the **oppressive** regime.
人民逃離那個殘暴的政權。

▲I tried to say something to break the **oppressive** silence in the meeting room. 我試著說點什麼來打破會議室中令人難受的寂靜。

▲The **oppressive heat** made us dizzy. 悶熱的天氣讓我們頭昏。

---

13 **packet**
[`pækɪt]

n. [C] 小包，小袋

▲Alice poured a **packet of** sugar into her coffee.
Alice 在她的咖啡裡倒了一小包糖。

💡a packet of ketchup/mustard/seeds 一小包番茄醬／芥末醬／種子

---

14 **pilgrim**
[`pɪlgrɪm]

n. [C] 朝聖者，香客

▲Some **pilgrims** make a long journey to Mecca every year.
有些朝聖者每年長途跋涉去麥加。

---

15 **privatize**
[`praɪvə,taɪz]

v. 使 (國營企業等) 民營化，使私有化

▲Do you agree that the government should **privatize** education? 你贊成政府應讓教育民營化嗎？

---

16 **ratify**
[`rɛtə,faɪ]

v. 批准，使正式生效

▲The Senate refused to **ratify** the agreement.
參議院拒絕批准那項協議。

---

17 **reptile**
[`rɛptaɪl]

n. [C] 爬蟲類動物；卑鄙的人

▲**Reptiles**, such as snakes and lizards, are cold-blooded animals that lay eggs. 蛇、蜥蜴等爬蟲類是會產卵的冷血動物。

▲The old man was so angry that he called the real estate agent a **reptile**. 老伯氣到說那個房屋仲介是卑鄙的人。

reptile [ˋrɛptaɪl]

adj. 爬蟲類的

▲The zookeeper found some **reptile** eggs.
動物園管理員發現一些爬蟲類的卵。

---

18 **salute** [səˋlut]

n. [C][U] 敬禮

▲The general **gave** the president a **salute**. 將軍向總統敬禮。

take/return a salute 接受敬禮／回禮｜21-gun salute 二十一響禮炮｜in salute 致敬

salute [səˋlut]

v. 敬禮

▲The soldier always stands to attention and **salutes** any officers he meets. 那名士兵遇見軍官都會立正敬禮。

---

19 **shuffle** [ˋʃʌfl̩]

v. 拖著腳走路；(因厭煩、不安等) 把腳動來動去，坐立不安

▲I was so tired that I just **shuffled** along. 我累到拖著腳走路。

▲Students kept **shuffling** around in their seats, waiting for the end of class. 學生們在位子上坐立不安地動來動去，等著下課。

shuffle the cards/deck 洗牌

---

20 **spectacle** [ˋspɛktəkl̩]

n. [C] 奇觀；壯觀

▲It's a **spectacle** to see the cat taking care of the new-born puppies. 看到這隻貓照顧新生的小狗，真是個奇景。

▲The sunrise we saw from the top of Mt. Ali was a great **spectacle**. 我們從阿里山山頂看的日出很壯觀。

make a spectacle of oneself 使自己出醜

spectacles [ˋspɛktəkl̩z]

n. [pl.] 眼鏡

▲When did the first pair of **spectacles** appear?
什麼時候出現了第一副眼鏡？

a pair of spectacles 一副眼鏡

---

21 **stun** [stʌn]

v. 使不省人事，使昏厥；使震驚，使大吃一驚 <at, by> (stunned｜stunned｜stunning)

▲The robber **stunned** the victim with a blow to the head.
搶匪打受害者的頭，把他打昏了。

▲We are all **stunned by** the tragedy. 那起悲劇令我們都很震驚。

stunning adj. 驚人的，令人震驚的；非常出色的，令人印象深刻的
[ˋstʌnɪŋ]
▲Well, well, what **stunning** news! 哇哦，真是驚人的消息！
▲What a **stunning** view! 多麼出色的美景！

---

22 **swamp** n. [C][U] 沼澤，溼地
[swɑmp]
▲Alligators usually live in **swamps**. 短吻鱷通常棲息在沼澤。

swamp v. 使不堪負荷 <by, with>；淹沒 <by>
[swɑmp]
▲I **was swamped with** homework. 我被回家作業給淹沒了。
▲The street **was** completely **swamped by** the flood.
街道全被洪水淹沒了。

---

23 **trifle** n. [C] 瑣事，小事
[ˋtraɪfl̩]
▲The couple often quarreled over **trifles**.
那對夫妻常為一些瑣事爭吵。

trifle v. 玩弄 <with>；虛度 (光陰)，浪費 (時間)
[ˋtraɪfl̩]
▲Don't **trifle with** anyone's affections. 不要玩弄任何人的感情。
▲I don't want to **trifle** my life **away**. 我不想虛度一生。

---

24 **vaccine** n. [C][U] 疫苗
[vækˋsin]
▲Is there any **vaccine** against this virus?
有防治這種病毒的疫苗嗎？

---

25 **warrant** n. [C] (逮捕令、搜索令等) 執行令，授權令，令狀
[ˋwɔrənt]
▲The court issued **warrants** for several suspects' arrest.
法院發出了幾名嫌犯的逮捕令。
💡arrest/search warrant 逮捕令／搜索令

Unit 29

1 **doom** n. [U] 厄運，劫數
[dum]
▲A sense of impending **doom** hung over the small island as the hurricane approached.
隨著颶風逐步逼近，一種厄運將臨的感覺籠罩著小島。

	doom and gloom 絕望 ∣ meet sb's doom 喪生 ∣ spell doom for sth 意味著…的滅亡，使滅亡或終結
doom [dum]	v. 注定 (失敗等) <to>
	▲Those schemes **were doomed to** failure. 那些計畫注定要失敗。
2 **enhance** [ɪn`hæns]	v. 提升 (品質等)
	▲The company sponsored the music festival to **enhance** its image. 這家公司贊助了音樂節以提升形象。
enhancement [ɪn`hænsmənt]	n. [C][U] (品質等的) 提升
	▲The **enhancement** of the security checks at the airport will help to prevent terrorist acts. 機場安檢的提升將有助於防止恐怖行動。
3 **familiarity** [fə,mɪlɪ`ærətɪ]	n. [U] 熟悉 <with>；親切
	▲**Familiarity with** English helped us enjoy our trip to London. 熟悉英語幫助我們享受倫敦之旅。
	▲The host treated us with **familiarity**. 主人親切地招待我們。
4 **freeway** [`fri,we]	n. [C] 高速公路
	▲Driving on the **freeway** for the first time can be exciting or frightening for a new driver. 第一次開車上高速公路對新手駕駛來說可能會是刺激或可怕的。
5 **hamper** [`hæmpɚ]	v. 妨礙，阻礙 [同] hinder
	▲Bad weather severely **hampered** rescue efforts. 惡劣的天氣嚴重阻礙了救援工作。
6 **hover** [`hʌvɚ]	v. 盤旋
	▲An eagle **hovered over** the tent. 一隻老鷹在帳篷上方盤旋。
hover [`hʌvɚ]	n. [sing.] 盤旋
7 **instinctive** [ɪn`stɪŋktɪv]	adj. 本能的，直覺的，天生的
	▲Animals have an **instinctive** fear of fire. 動物天性怕火。
	instinctive reaction 本能反應，直覺反應

8 **knowledgeable** [ˋnɑlɪdʒəbl̩]

adj. 知識豐富的 <about>

▲The scholar is **knowledgeable about** marine life.
這位學者對海洋生物知識豐富。

---

9 **lodge** [lɑdʒ]

n. [C] 小屋

▲During the storm, the hikers took refuge in a hunting **lodge** in the mountains.
在暴風雨期間，那些登山者躲在山中的狩獵小屋裡。

lodge [lɑdʒ]

v. 卡住 <in> [反] dislodge；正式提出 (申訴等)

▲A fish bone **lodged in** my throat. 一根魚刺卡在我的喉嚨裡。

▲Several employee **lodged** complaints **against** the employer in court. 數名員工在法庭對僱主提出申訴。

💡lodge a protest/claim 提出抗議／索賠｜lodge an appeal 提出上訴

lodging [ˋlɑdʒɪŋ]

n. [U] 寄宿 (處)；[C] 出租的房間 (usu. pl.)

▲Does the price include **board and lodging**?
這價格有包括食宿費用嗎？

▲It is much cheaper to live in **lodgings** with family than in a hotel or villa.
與家人住在民宅的出租房間比住在旅館或渡假別墅便宜多了。

💡full board and lodging 食宿全包

---

10 **meditation** [ˌmɛdəˋteʃən]

n. [C][U] 沉思，冥想

▲The noise interrupted my morning **meditations**.
噪音打斷了我早晨的冥想。

💡deep/lost in meditation 陷入沉思

---

11 **nag** [næg]

v. 嘮叨，碎碎念 <at> (nagged｜nagged｜nagging)

▲Some parents are always **nagging** their children **to** clean their rooms. 有些家長總是嘮嘮叨叨地要孩子整理房間。

💡nag at sb 對…嘮叨｜nag sb about sth 嘮叨…的…

nag [næg]

n. [C] 嘮叨的人

▲An awful **nag** can drive me crazy. 太嘮叨的人會令我抓狂。

nagging
[ˋnægɪŋ]

adj. (問題、病痛等) 煩擾不休的；嘮叨的，喋喋不休的

▲How can I ease this **nagging** headache?
我要怎樣才能減緩一直煩擾我的頭痛？

▲The wife finally got away from her **nagging** husband.
那位妻子最後離開了喋喋不休的丈夫。

💡nagging pain/toothache/doubt 煩擾不休的疼痛／牙痛／疑慮

---

12 **oppression**
[əˋprɛʃən]

n. [U] 壓迫

▲The revolution freed the people from political **oppression**. 那次革命將人民從政治壓迫中解放出來。

---

13 **paddle**
[ˋpædl̩]

n. [C] 槳

▲We found only one **paddle** inside the canoe.
我們在獨木舟裡只發現了一支槳。

paddle
[ˋpædl̩]

v. 用槳划船

▲I **paddled** hard, trying to get the canoe to shore as fast as possible. 我努力用槳划獨木舟，想盡快到達岸邊。

---

14 **pinch**
[pɪntʃ]

n. [C] 一小撮，少量 <of>；捏，掐，擰，夾

▲I put a **pinch of** salt in the soup and stirred it.
我在湯裡放了一撮鹽攪一攪。

▲I gave my brother a playful **pinch**.
我開玩笑地捏了我弟一下。

💡take sth with a pinch of salt 對…持保留態度，存疑，半信半疑 | feel the pinch 手頭拮据，手頭緊

pinch
[pɪntʃ]

v. 捏，掐，擰，夾

▲I **had to pinch myself** to make sure that I was not dreaming. 我捏自己一下好確定自己不是在做夢。

---

15 **prohibition**
[ˌproəˋbɪʃən]

n. [C] 禁令 <against, on>；[U] 禁止 <of>

▲There is a **prohibition on** the import of weapons.
有針對武器進口的禁令。

▲Will **prohibition of** smoking succeed? 禁菸能成功嗎？

---

16 **reap**
[rip]

v. 收割 (農作物)；獲得 (報酬等)

▲The old farmer needs some workers to help him **reap** the crops. 那位老農需要一些工人幫他收割作物。

▲We want to **reap** good profits from our investments. 我們希望能從投資中獲取豐厚的報酬。

💡reap the benefits/rewards of sth 因…獲益

---

17 **resent**
[rɪˋzɛnt]

v. 憤恨，憎恨，怨恨

▲The lady **resented** her husband's ignorance. 那位女士怨恨丈夫的無知。

resentment
[rɪˋzɛntmənt]

n. [U] 憤恨，憎恨，怨恨

▲I bear no **resentment against** you. 我對你毫無怨恨。

---

18 **salvage**
[ˋsælvɪdʒ]

v. 搶救 (財物等) <from>

▲Divers are trying to **salvage** some cargo **from** the sunken ship. 潛水員正試著從沉船中搶救一些貨物。

---

19 **shutter**
[ˋʃʌtɚ]

n. [C] (常設有百葉孔的) 護窗板，窗戶的活動遮板 (usu. pl.)；(照相機的) 快門

▲**Shutters**, usually in pairs on the outside of a window, are wooden or metal covers that can be opened or closed like a door. 護窗板通常兩片一組裝在窗外，是木頭或金屬材質、可以像門一樣開關的遮板。

▲The model heard a click of the camera **shutter**. 模特兒聽到相機快門的喀擦聲。

shutter
[ˋʃʌtɚ]

v. 關上護窗板

▲During the riot, people barred their doors and **shuttered** their windows. 在暴動期間，人們把門閂上並把護窗板關上。

---

20 **splendor**
[ˋsplɛndɚ]

n. [U] 壯麗，輝煌，富麗堂皇

▲Architects are working hard to restore the decaying palace to as much as possible of its original **splendor**. 建築師努力整修老舊的宮殿，盡量使它恢復以前的富麗堂皇。

21 **stutter**
[ˋstʌtɚ]

n. [sing.] 結巴，口吃 [同] stammer

▲The king had **a stutter** when he was young.
國王年輕時有口吃。

stutter
[ˋstʌtɚ]

v. 結結巴巴地說 [同] stammer

▲The nervous student **stuttered** a reply.
那名緊張的學生結結巴巴地回答。

---

22 **symmetry**
[ˋsɪmɪtrɪ]

n. [U] 對稱 [反] asymmetry

▲The perfect **symmetry** of the leaf is amazing.
這葉子完美的對稱令人驚異。

symmetrical
[sɪˋmɛtrɪkḷ]

adj. 對稱的 (also symmetric) [反] asymmetrical

▲I like patterns that are **symmetrical**. 我喜歡對稱的圖案。

---

23 **tropic**
[ˋtrɑpɪk]

n. [C] 回歸線；熱帶 (地區) (usu. pl.)

▲Taiwan is crossed by **the Tropic of Cancer**.
臺灣有北回歸線經過。

▲Botanists have found many plant species in **the tropics**.
植物學家已經在熱帶地區發現很多植物物種。

💡the Tropic of Capricorn 南回歸線

tropic
[ˋtrɑpɪk]

adj. 熱帶 (地區) 的 [同] tropical

▲Have you ever been to **tropic** rainforests?
你有去過熱帶雨林嗎？

---

24 **vanity**
[ˋvænətɪ]

n. [U] 虛榮 (心)

▲The girl bought the diamond necklace for reasons of **vanity**. 那個女孩因為虛榮心而買下鑽石項鍊。

---

25 **warranty**
[ˋwɔrəntɪ]

n. [C] (商品的) 保證書，保固單 (pl. warranties)

▲This **warranty** covers the laptop for a year.
這份保證書承諾這臺筆電保固一年。

💡come with a one-year/three-year warranty 保固一年／三年 | under warranty 在保固期內

Unit 30

1 **dormitory**
[ˋdɔrmə͵torɪ]

n. [C] 學生宿舍 (also dorm) (pl. dormitories)

▲Students live in the school's **dormitory**.
學生們住在學校的宿舍裡。

---

2 **enlighten**
[ɪnˋlaɪtn̩]

v. 啟發

▲The essence of education is not only to teach but also to **enlighten** students. 教育的本質不僅是教學，也在於啟發學生。

enlightenment
[ɪnˋlaɪtn̩mənt]

n. [U] 啟發

▲Good stories provide **enlightenment**. 好的故事能提供啟發。

---

3 **feasible**
[ˋfizəbl̩]

adj. 可實行的，行得通的，可行的

▲Your plan may work in a small company, but it is not **feasible** in a large corporation like this.
你的計畫在小公司也許是可行的，但在像這樣的大企業卻行不通。

---

4 **friction**
[ˋfrɪkʃən]

n. [U] (物體的) 摩擦 ; [C][U] (人際的) 摩擦 ， 不和 <between> [同] tension

▲Tires wear down because of **friction** between the tires and the road. 輪胎因和路面摩擦而磨損。

▲There is **friction between** the two families. 這兩家不和。

💡cause/create friction 導致衝突

---

5 **handicap**
[ˋhændɪ͵kæp]

n. [C] 身心障礙 [同] disability ; 阻礙，障礙 [同] obstacle

▲The social workers treat people with physical or mental **handicaps** well. 這些社工們善待身心障礙人士。

▲Not speaking English can be a big **handicap** when looking for a good job.
想找好工作的話，不會說英語很可能會是一大阻礙。

handicap
[ˋhændɪ͵kæp]

v. 阻礙，妨礙，使處於不利狀況 (handicapped | handicapped | handicapping)

▲I don't want to **be handicapped by** poor English.

我不想因為英文不夠好而處於不利狀況。

6 **humiliate** v. 使蒙羞，使丟臉，羞辱
[hju`mɪlɪ,et]
▲The criminal's actions **humiliated** his family.
那個罪犯的行為使他的家庭蒙羞。

humiliated adj. 丟臉的，難堪的，屈辱的
[hju`mɪlɪ,etɪd]
▲Tom said that he had never felt so **humiliated** in his life.
Tom 說他這輩子從沒覺得那麼丟臉過。

humiliation n. [C][U] 丟臉，難堪，屈辱
[hju,mɪlɪ`eʃən]
▲Most people can't take the **humiliation** of being criticized in public. 大多數人無法接受被公開批評的屈辱。

7 **intake** n. [C][U] 攝取 (量)
[`ɪn,tek]
▲The doctor told my parents to reduce their daily **intake** of salt, fat, and sugar.
醫生交代我爸媽要減少每天的鹽分、脂肪和糖分的攝取。
💡 sharp/sudden intake of breath 猛吸一口氣，倒抽一口氣

8 **lad** n. [C] 小伙子，少男
[læd]
▲Two **lads** are fighting outside the shop.
兩個小伙子在店外打架。

9 **lofty** adj. (地位、理想等) 崇高的 (loftier | loftiest)
[`lɔftɪ]
▲My teacher is a man of **lofty** ideals.
我的老師是個有崇高理想的人。

10 **melancholy** n. [U] 憂鬱，憂傷
[`mɛlən,kɑlɪ]
▲Karen sometimes sinks into deep **melancholy**.
Karen 有時候會陷入憂鬱。

melancholy adj. 憂鬱的，憂傷的
[`mɛlən,kɑlɪ]
▲Some people feel **melancholy** in winter because of gloomy weather. 有些人在冬天因為陰暗的天氣而鬱鬱寡歡。

11 **narrate** v. 敘述 [同] relate
[`næ,ret]
▲The story is **narrated** by a nine-year-old boy.
這個故事是由一個九歲的男孩敘述的。

narration [nə`reʃən]

n. [C][U] 敘述；旁白

▲Some stories use first-person **narration** while others use third-person **narration**.
有些故事採用第一人稱敘述，有些則是採用第三人稱敘述。

▲A superstar did the **narration** for this documentary.
一位超級巨星為這部紀錄片念旁白。

---

12 **ordeal** [ɔr`dil]

n. [C] 苦難，磨難 <of>

▲The refugees went through a terrible **ordeal**.
這些難民遭受極大的苦難。

💡 face/undergo the ordeal of sth 面對／經歷…的磨難

---

13 **paperback** [`pepɚ,bæk]

n. [C][U] 平裝書，平裝本

▲This novel is published both in **paperback** and hardback.
這本小說平裝本和精裝本都有出。

---

14 **plague** [pleg]

n. [C][U] 瘟疫

▲There was an outbreak of **plague** in the village.
這個村子爆發瘟疫。

💡 a plague of rats/locusts 鼠害／蝗災

---

15 **propel** [prə`pɛl]

v. 推動，推進；驅使，促使 <to, into> (propelled | propelled | propelling)

▲This boat is **propelled** by a motor. 這艘船是由馬達推動。

▲The album's success **propelled** the singer **to** international stardom. 專輯大賣促使那位歌手成為國際巨星。

propeller [prə`pɛlɚ]

n. [C] 螺旋槳

▲The **propellers** are spinning. The helicopters are going to take off. 螺旋槳正在轉動，直升機即將起飛。

---

16 **reckon** [`rɛkən]

v. 猜想，覺得；認為，視為

▲I **reckon that** there will be an afternoon thunderstorm soon. 我覺得就要下午後雷陣雨了。

▲Mary's boss **reckoned** her the best employee he had ever had. Mary 的老闆認為她是他有過最好的員工。

Level 6

💡be reckoned (to be) sth 被認為是⋯，被視為⋯｜reckon on sth 指望⋯，盼望⋯｜reckon with/without sth 有將／未將⋯列入考慮

reckoning [ˋrɛkənɪŋ]

n. [C][U] 計算，估計

▲**By my reckoning**, ten thousand people attended the rally. 據我估計，有一萬人參與集會。

---

17 **restoration** [ˌrɛstəˋreʃən]

n. [C][U] 恢復 <of>；修復 <of>

▲We are hoping for the **restoration of** peace.
我們希望能恢復和平。

▲The **restoration of** this ancient temple will take two years. 修復這座古廟需要花兩年的時間。

---

18 **savage** [ˋsævɪdʒ]

adj. 猛烈的 [反] mild；凶殘的，野蠻的

▲The speaker made a **savage** attack on the government's policies. 那位發言者猛烈抨擊政府的政策。

▲It's a **savage** ritual to sacrifice a person to gods.
以人為供神祭品是種殘忍的宗教儀式。

💡savage dog 惡犬｜savage tribe 野蠻部落

savage [ˋsævɪdʒ]

n. [C] 凶殘的人，野蠻的人

▲The terrorist attack was regarded as the work of **savages**. 那起恐怖攻擊被認為是凶殘野蠻人的行徑。

savage [ˋsævɪdʒ]

v. 攻擊

▲The victim was **savaged** to death by a fierce animal.
受害者被一隻凶惡的動物攻擊致死。

---

19 **simplify** [ˋsɪmpləˌfaɪ]

v. 簡化，使變簡單

▲The introduction of the computer into the workplace has **simplified** many jobs. 引進電腦到工作場所中簡化了許多工作。

---

20 **spokesperson** [ˋspoksˌpɝsn̩]

n. [C] 發言人 <for>

▲A government **spokesperson** denied the rumors.
政府發言人否認了傳言。

spokesman

n. [C] (男) 發言人 <for>

[ˋspoksmən] ▲This gentleman used to be the **spokesman for** Buckingham Palace. 這位紳士曾是白金漢宮的發言人。

spokeswoman [ˋspoks͵wʊmən]
n. [C] (女) 發言人
▲A police **spokeswoman** confirmed the news. 警方發言人證實了這項消息。

---

21 **stylish** [ˋstaɪlɪʃ]
adj. 時髦的
▲You can find a variety of **stylish** clothes in that shop. 你可以在那家店裡找到各式各樣時髦的服飾。

---

22 **sympathize** [ˋsɪmpə͵θaɪz]
v. 同情 <with>
▲We **sympathize with** the orphan. 我們同情這名孤兒。

---

23 **trout** [traʊt]
n. [C][U] 鱒魚 (pl. trout, trouts)
▲We had **trout** for lunch yesterday. 我們昨天吃鱒魚當午餐。

---

24 **vapor** [ˋvepɚ]
n. [C][U] 蒸氣
▲Dense clouds of **vapor** rise from the hot spring. 一陣陣濃密的蒸氣從溫泉升起。
water vapor 水蒸氣

---

25 **waterproof** [ˋwɔtɚ͵pruf]
adj. 防水的
▲Jessica bought a new **waterproof** jacket. Jessica 買了一件新的防水外套。
waterproof watch/boots 防水手錶／靴子

waterproof [ˋwɔtɚ͵pruf]
v. 使防水，將 (布料等) 作防水處理
▲The workers are **waterproofing** the roof. 工人正在為屋頂作防水處理。

Unit 31

1 **doze** [doz]
v. 小睡
▲Mom usually **dozes** for half an hour in the afternoon. 媽媽通常會在下午小睡半小時。

		💡doze off 打盹，打瞌睡
	doze [doz]	n. [sing.] 小睡 ▲I had **a doze** after lunch. 我吃完午餐後小睡了一下。
2	**equalize** [ˋikwə͵laɪz]	v. 使平等，使均等，使相等 ▲The company tried to **equalize** the workload among the staff. 公司試著均分員工們的工作量。
3	**feeble** [ˋfibl̩]	adj. 虛弱的；微弱的 (feebler | feeblest) ▲The patient was too **feeble** to utter a word. 這位病人虛弱到連聲音都發不出來。 ▲The **feeble** cry of the injured kitten could barely be heard. 這隻受傷小貓的微弱哭聲幾乎都聽不見了。 💡feeble excuse/joke 站不住腳的藉口／乾巴巴的笑話
4	**fume** [fjum]	v. 發怒，發火，發脾氣 <at, about, over> ▲The customer **fumed at** the clumsy waiter. 那名顧客對笨手笨腳的服務生發火。
	fume [fjum]	n. [C] 廢氣，臭氣 (usu. pl.) ▲Car exhaust **fumes** made me sick. 汽車廢氣的臭味令我作嘔。
5	**handicraft** [ˋhændɪ͵kræft]	n. [C] 手工藝 (usu. pl.)；手工藝品 (usu. pl.) ▲Jenny has been learning **handicrafts**, and her favorite **handicraft** is pottery. Jenny 一直都有在學手工藝，而她最喜歡的手工藝是陶藝。 ▲I am interested in making **handicrafts**. 我對做手工藝品有興趣。
6	**hunch** [hʌntʃ]	n. [C] 直覺 ▲I **have a hunch** (that) you will pass the exam. 我直覺認為你會通過考試。 💡act on/follow/play a hunch 憑直覺行動
	hunch [hʌntʃ]	v. 弓背，弓著身子，彎腰駝背，拱肩縮背 ▲Mom always tells me to stand up straight and not to

hunch my back. 媽媽總是叫我要站直、不要彎腰駝背。

7 **interpreter** [ɪn`tɝprɪtɚ]

n. [C] 口譯員

▲My friend was the **interpreter** when we were in Poland.
我們在波蘭時由我朋友擔任口譯員。

8 **landlady** [`lænd,ledɪ]

n. [C] 女房東，女地主

▲The **landlady** promised to redecorate the house before we move in. 女房東答應在我們搬進去之前先把房子重新裝潢。

9 **logo** [`logo]

n. [C] 商標 (pl. logos)

▲The athlete wore a T-shirt with her sponsor's **logo**.
那位運動員穿著一件帶有贊助者商標的 T 恤。

10 **mentality** [mɛn`tælətɪ]

n. [C] 心態 (usu. sing.) (pl. mentalities)

▲Can you understand the **mentality** of those people?
你能理解那些人的心態嗎？

criminal/get-rich-quick mentality 犯罪／一步登天的心態

11 **narrator** [`næretɚ]

n. [C] 敘述者

▲The **narrator** of that film is a pig.
那部電影的敘述者是一隻豬。

12 **orderly** [`ɔrdɚlɪ]

adj. 井然有序的，有規律的 [反] disorderly

▲After retirement, Sam lives a simple and **orderly** life.
退休後，Sam 過著簡單規律的生活。

in an orderly fashion 井然有序地

orderly [`ɔrdɚlɪ]

n. [C] (醫院病房) 雜役，勤務員 (pl. orderlies)

▲My friend works part-time as a hospital **orderly**.
我朋友在醫院打工當醫院病房雜工。

13 **paralyze** [`pærə,laɪz]

v. 使癱瘓

▲The accident **paralyzed** traffic in the downtown area.
這起交通事故使得市中心區的交通癱瘓。

paralyzed [`pærə,laɪzd]

adj. 癱瘓的

▲The stroke left the patient permanently **paralyzed**.

Level 6

那名病人因為中風而終身癱瘓。

paralyzed from the waist/neck down 腰部／頸部以下癱瘓｜paralyzed with/by fear 嚇得無法動彈，嚇呆了

14 **plantation** [plæn`teʃən]

n. [C] (熱帶地區的) 大農場，種植園，種植場

▲In the past, many people who worked on **plantations** were slaves. 以前在熱帶大農場工作的人很多是奴隸。

coffee/rubber/sugar/cotton plantation 咖啡／橡膠／蔗糖／棉花園

15 **prosecute** [`prɑsɪ,kjut]

v. 起訴 <for>；繼續進行 (戰爭等)，將…執行到底

▲That man was **prosecuted for** murder.
那名男子因謀殺被起訴。

▲Will the two countries **prosecute** the war to the end?
那兩國會參戰到底嗎？

prosecutor [`prɑsɪ,kjutɚ]

n. [C] 檢察官

▲The **prosecutor** has begun an investigation into the bribery scandal. 檢察官對這起賄賂醜聞展開調查。

16 **reconcile** [`rɛkən,saɪl]

v. 使和解 <with>；調和，使一致 <with>

▲The couple **was reconciled with** each other after a brief separation. 這對夫妻在短暫分居後和解了。

▲It is not easy to **reconcile** your words **with** your actions.
要言行一致並不簡單。

reconcile oneself to sth 與 (現實等) 妥協，接受 (現實等)

17 **restrain** [rɪ`stren]

v. 抑制，克制，制止 <from>

▲I could barely **restrain** myself **from** striking him.
我幾乎無法克制自己去揍他。

18 **scrape** [skrep]

v. 擦傷，刮壞；刮除，削去

▲The kid **scraped** his knee on a stone.
那孩子的膝蓋被石頭擦傷。

▲The hunter **scraped** the mud **off** her boots before entering the house. 那位獵人進屋前先刮掉了她靴上的泥巴。

💡scrape through sth 勉強通過 (考試等) | scrape by (on sth) (靠…) 糊口，勉強維持生計

scrape
[skrep]

n. [C] 擦傷；(自己造成的) 困境，麻煩；[sing.] 摩擦聲

▲Fortunately, my sister only suffered a few **scrapes** in the car crash. 很幸運地，我姊在車禍中只受了一點擦傷。

▲Think before you do things, and stop **getting into** silly **scrapes**! 做事之前先考慮一下，別再闖禍惹麻煩了啦！

▲Some people hate the **scrape** of fingernails or chalks on a blackboard. 有些人討厭指甲或粉筆摩擦黑板的聲音。

---

19 **simultaneous**
[ˌsaɪml̩ˋtenɪəs]

adj. 同時的

▲Betty works as a **simultaneous** interpreter.
Betty 從事同步翻譯的工作。

simultaneously
[ˌsaɪml̩ˋtenɪəslɪ]

adv. 同時地

▲The two accidents happened **simultaneously**.
兩件意外同時發生。

---

20 **sportsman**
[ˋsportsmən]

n. [C] 運動員

▲Charles is considered a talented all-round **sportsman**.
Charles 被認為是極具天賦的全能運動員。

sportswoman
[ˋsports͵wʊmən]

n. [C] 女運動員

▲Jessica is the most talented **sportswoman** I have ever met. Jessica 是我遇過最有天賦的女運動員。

---

21 **subordinate**
[səˋbɔrdn̩ɪt]

adj. 次要的 <to> [同] secondary

▲Some people think environmental protection is **subordinate to** economic growth.
有些人認為環保沒有經濟成長重要。

💡subordinate clause 從屬子句

subordinate
[səˋbɔrdn̩ɪt]

n. [C] 下屬

▲The boss asked one of her **subordinates** to carry out that project. 老闆叫她的其中一個下屬來完成那項計畫。

subordinate [sə`bɔrdn̩,et]
v. 使居於次要地位
▲Most parents **subordinate** their wishes **to** their children's. 大多數父母將他們的願望置於他們孩子的願望之下。

22 **symphony** [`sɪmfənɪ]
n. [C] 交響樂 (pl. symphonies)
▲Grace is impressed with Beethoven's Fifth **Symphony**.
Grace 對貝多芬的五號交響曲印象深刻。

23 **trustee** [trʌs`ti]
n. [C] 受託人
▲Who will act as the **trustee** for the estate until this child grows up? 誰會在這孩子長大之前擔任遺產受託人？

24 **velvet** [`vɛlvɪt]
n. [U] 天鵝絨
▲The lady dressed in dark purple **velvet** over there is my teacher. 那邊那一位穿著深紫色天鵝絨的女士是我的老師。

velvet [`vɛlvɪt]
adj. 天鵝絨 (製) 的
▲Judy bought some **velvet** cushions for her new house.
Judy 為她的新房子買了一些天鵝絨坐墊。

25 **wharf** [wɔrf]
n. [C] 碼頭 (pl. wharfs, wharves)
▲The sailor unloaded the crates onto the **wharf**.
水手把箱子卸下放在碼頭上。

wharf [wɔrf]
v. 將 (船) 停靠於碼頭

Unit 32

1 **draught** [dræft]
n. [C] (吹過房間的) 冷風 [同] draft
▲The candle on the table flickered **in a draught**.
桌上的蠟燭在一陣冷風中閃爍。

2 **equate** [ɪ`kwet]
v. 將…視為同等，等同視之，相提並論 <with>
▲People tend to **equate** wealth **with** happiness.
人們容易將財富與幸福視為同等。

3 **feminine**

[ˋfɛmənɪn]

adj. 女性的，女性特有的，有女性特質的

▲Decorated with many flowers, my cousin's room is very **feminine**. 我表姊的房間用許多花裝飾，很有女孩味。

traditional feminine role 傳統的女性角色

feminine

[ˋfɛmənɪn]

n. [sing.] 女性 (the ~)；[C] (某些語言中的) 陰性詞彙

▲The distinction between the masculine and **feminine** used to be emphasized. 以前很強調男女有別。

▲People using German refer to the sun in the **feminine**. 使用德語的人用陰性詞彙談論太陽。

---

4 **fury**

[ˋfjʊrɪ]

n. [U][sing.] 狂怒，暴怒 [同] rage

▲Learning his friend's betrayal, the businessman **flew into a fury**. 得知朋友的背叛，那名企業家勃然大怒。

in a fury 盛怒之下

---

5 **harass**

[həˋræs]

v. 煩擾，騷擾

▲The singer was **harassed** by the repeated questions from the reporters. 這位歌手被記者不斷重複的質問煩擾。

sexually harass sb 對…性騷擾

harassment

[həˋræsmənt]

n. [U] 煩擾，騷擾

▲Cases of **sexual harassment** are increasing rapidly. 性騷擾案例快速地增加。

racial harassment 種族騷擾

---

6 **hurdle**

[ˋhɝdl̩]

n. [C] 障礙，困難 [同] obstacle；(跨欄等的) 欄架

▲We overcame a lot of **hurdles**. 我們克服了許多困難。

▲Some of the athletes fell and failed to **clear** all the **hurdles**. 有些運動員摔倒未能跨過所有的欄架。

clear a hurdle 克服困難；成功跨欄 | the 100-meter/400-meter hurdles 一百／四百公尺跨欄賽跑

hurdle

[ˋhɝdl̩]

v. (奔跑著) 跨越，跳越 (欄架、籬笆等)

▲The boy **hurdled** the fence with a dog going after him. 男孩被狗追著跑跳過圍欄。

Level 6

7 **intersection** [ˋɪntɚˏsɛkʃən]

n. [C][U] 交叉 (口)，交叉 (點)

▲The station is **at the intersection of** Zhongxiao E. Rd. and Fuxing S. Rd.
這個車站位在忠孝東路和復興南路的交叉口。

at a busy intersection 在繁忙的交叉路口

---

8 **landslide** [ˋlændˏslaɪd]

n. [C] 山崩，坍方

▲Miraculously, the family survived the **landslide**.
這一家人奇蹟似地在山崩中倖免於難。

---

9 **lonesome** [ˋlonsəm]

adj. 寂寞的 [同] lonely

▲Alice felt **lonesome** without her friends around her.
沒有朋友在身邊，Alice 感到很寂寞。

---

10 **mermaid** [ˋmɝˏmed]

n. [C] 美人魚

▲The sailor mistook manatees for **mermaids** while sailing in the sea. 這水手在海上航行時將海牛誤認為美人魚。

---

11 **navigation** [ˏnævəˋgeʃən]

n. [U] 導航；航行

▲Usually, George drives, and Mary does the **navigation**.
通常是 George 開車而 Mary 導航。

▲When was the Panama Canal first opened for **navigation**? 巴拿馬運河何時第一次開放航行？

GPS navigation system 全球定位導航系統

---

12 **organizer** [ˋɔrgəˏnaɪzɚ]

n. [C] 組織者，籌辦者，主辦者 (pl. organizers)

▲The event **organizers** should provide enough seats for the guests. 活動籌辦者應提供來賓足夠的座位。

---

13 **parliament** [ˋpɑrləmənt]

n. [C][U] 國會，議會

▲In this country, laws are made by **parliament**.
在該國，法律是國會制定的。

dissolve parliament 解散國會

---

14 **plow** [plaʊ]

n. [C] 犁

▲The local farmers use horses to pull heavy **plows**.
當地的農夫利用馬匹來拉沉重的犁。

under the plow (田地) 用於耕作的

plow [plaʊ]

v. 犁 (田)，耕 (地)

▲Farmers usually start to **plow** fields in spring.
農夫通常在春天開始耕作。

plow through sth 費力地穿越或通過…；費力地閱讀… | plow into sb/sth (車等) 撞上…

---

15 **prospective** [prə`spɛktɪv]

adj. 可能的，有望的 [同] potential

▲The personnel manager is interviewing **prospective** employees. 人事經理正在和未來可能的員工面試。

---

16 **redundancy** [rɪ`dʌndənsɪ]

n. [U] 冗贅

▲**Redundancy** should be avoided in writing.
寫作應該避免贅詞。

---

17 **restraint** [rɪ`strent]

n. [C][U] 克制，抑制，限制

▲My anger was beyond **restraint**. 我無法克制怒火。

be placed/kept under restraint 受到限制 | without restraint 自由地，無所顧忌地 | impose restraints on sth 對…加以限制

---

18 **scroll** [skrol]

n. [C] 卷軸；渦卷形的圖案或裝飾

▲The ancient **scrolls** were found in caves by the desert.
那些古代卷軸在沙漠旁的洞穴中被找到。

▲The wall was painted with **scrolls**. 牆上畫有渦卷形的圖案。

roll up/unroll a scroll 捲起／展開卷軸

scroll [skrol]

v. 使電腦頁面上下轉動 <up, down, through>

▲Julia **scrolled down** to find more information.
Julia 往下轉動頁面找尋更多資訊。

---

19 **skim** [skɪm]

v. 撈掉，撇去 <off, from>；擦過，掠過；瀏覽 <over, through> [同] scan (skimmed | skimmed | skimming)

▲I **skimmed** the cream **off** the milk. 我撈掉牛奶上的浮油。

▲A seagull **skimmed** the water. 一隻海鷗掠過水面。

▲I used to **skim** three newspapers every day.
我以前每天瀏覽三份報紙。

skim [skɪm]

n. [sing.] 瀏覽；(從液體表面撈掉的) 浮油等薄層

▲Leo did a quick **skim** through the list to find his own name. Leo 快速瀏覽了一下名單想找他自己的名字。

skim milk 脫脂牛奶

---

20 **sportsmanship** [ˋsportsmən͵ʃɪp]

n. [U] 運動家精神

▲The coach tried to teach these children good **sportsmanship** after they lost the game.
在輸掉比賽後，這教練試著教導孩子良好的運動家精神。

---

21 **subscribe** [səbˋskraɪb]

v. 訂閱 <to>；贊同 <to>

▲My classmates have **subscribed to** the online music service. 我的同學們訂閱了那個線上音樂服務。

▲I don't **subscribe to** his theories. 我不贊同他的理論。

---

22 **syrup** [ˋsɪrəp]

n. [C][U] 糖漿

▲Ann's parents like to eat pancakes with maple **syrup**.
Ann 的父母喜歡鬆餅配著楓糖漿吃。

cough syrup 止咳糖漿

---

23 **tuck** [tʌk]

v. 把…塞入

▲Jeff **tucked** his handkerchief **into** his pocket.
Jeff 把手帕塞入口袋。

tuck [tʌk]

n. [C] (衣物上的) 褶子

▲The tailor made a **tuck** in the dress.
裁縫師在洋裝上打了一個褶子。

---

24 **veterinarian** [͵vɛtrəˋnɛrɪən]

n. [C] 獸醫 (also vet)

▲If your pet has a skin problem, you'd better bring it to a **veterinarian**. 如果你的寵物有皮膚病，你最好帶牠去看獸醫。

---

25 **whiskey** [ˋwɪskɪ]

n. [C][U] 威士忌 (also whisky) (pl. whiskeys, whiskies)

▲Some people like to mix **whiskey** with Coke.
有些人喜歡把威士忌和可樂調在一起。

Unit 33

Level 6

1 **dresser**
[ˋdrɛsɚ]

n. [C] 有抽屜的衣櫃 [同] chest of drawers；衣著…的人

▲Open the top drawer of the **dresser**, and you will find the pink sweater. 打開衣櫃的上層抽屜，你就會找到那件粉紅色毛衣了。

▲My neighbor is a **snappy dresser**. 我鄰居是衣著時髦的人。

💡smart/stylish/sloppy dresser 衣著時髦有型／邋遢的人

---

2 **evacuate**
[ɪˋvækjʊˌet]

v. (使) 撤離 <from>

▲Hundreds of people were **evacuated from** the theater because of a fire. 數百人因火災被疏散出戲院。

---

3 **fiancé**
[fiˋɑnse]

n. [C] 未婚夫 (also fiance)

▲Emily introduced her **fiancé** to us yesterday.
Emily 昨天介紹她的未婚夫讓我們認識。

---

4 **fuse**
[fjuz]

n. [C] 保險絲；導火線，引信 (also fuze)

▲The **fuse blew** and the room became dark.
保險絲燒斷，房間一片漆黑。

▲The soldier **lit** the **fuse** of the bomb and quickly took cover behind a tree. 這名士兵點燃炸彈的引線並迅速躲到樹後。

fuse
[fjuz]

v. 融合，結合 <into>

▲Several minor parties were **fused into** the most powerful one. 幾個小政黨結合成一個最大黨。

---

5 **harden**
[ˋhɑrdn̩]

v. (使) 變硬，(使) 硬化 [反] soften；(使) 變得強硬或冷酷 [反] soften

▲The concrete **hardened** after several hours.
混凝土在幾個小時後變硬了。

▲The king **hardened his heart** against those rebels.
國王硬起心腸對付反叛者。

---

6 **hypocrite**
[ˋhɪpəˌkrɪt]

n. [C] 偽善者，偽君子

▲You are a **hypocrite**! You tell us to care about the weak and the poor but you do the opposite.

你是個偽善者！你要我們關心弱者、貧者，但你自己卻不這樣做。

hypocrisy [hɪˋpɑkrəsɪ]
n. [C][U] 偽善，虛偽 [反] sincerity (pl. hypocrisies)
▲Saying one thing but doing another is **hypocrisy**.
說一套做一套就是虛偽。

---

7 **intervene** [ˌɪntɚˋvin]
v. 干涉，干預，介入 <in>
▲The teacher **intervened** before the boys started fighting.
老師在男孩們開打前介入。

---

8 **latitude** [ˋlætəˌtjud]
n. [C][U] 緯度 (abbr. lat.)；[U] 自由
▲I need a map that shows lines of longitude and **latitude**.
我需要一份有標示經緯線的地圖。
▲The students in this school enjoy great **latitude** in choosing courses. 這所學校的學生享有高度的選課自由權。
💡at a latitude of 23 degrees north/23 degrees north latitude 在北緯 23 度｜high/low/northern/southern latitudes 高緯度／低緯度／北緯／南緯地區

---

9 **longitude** [ˋlɑndʒəˌtjud]
n. [C][U] 經度 (abbr. long.)
▲The current position of the typhoon is at 130 degrees east **longitude** and 20 degrees north latitude.
颱風現在位置在東經 130 度、北緯 20 度。

---

10 **migrant** [ˋmaɪgrənt]
n. [C] 移居者，移民；候鳥等遷徙動物
▲There are more **migrants** looking for work in the major cities. 大城市中有較多尋找工作的移民。
▲Are these birds **migrants**? 這種鳥是候鳥嗎？

migrant [ˋmaɪgrənt]
adj. 遷徙的，移居的
▲Some **migrant** workers suffer unfair treatment.
有些移工遭受到不公平的對待。
💡migrant bird 候鳥

---

11 **nearsighted** [ˌnɪrˋsaɪtɪd]
adj. 近視的
▲It is reported that 80% of high school students in this country are **nearsighted**. 據報導，該國 80% 的高中生近視。

---

12 **orthodox** [ˋɔrθə,dɑks]

adj. 被普遍接受的，傳統的，正統的，正規的 [反] unorthodox

▲Some people prefer alternative medicine to **orthodox** medicine. 有些人偏好另類療法勝於傳統的正規醫療。

---

13 **pastime** [ˋpæs,taɪm]

n. [C] 消遣，娛樂

▲Dancing is my favorite **pastime**. 我最喜歡的消遣是跳舞。

---

14 **pony** [ˋponɪ]

n. [C] 小型馬，矮種馬 (pl. ponies)

▲A **pony** is a small horse that is generally friendly and intelligent. 矮種馬是一種矮小的馬，通常很友善和聰明。

---

15 **proverb** [ˋprɑvɝb]

n. [C] 諺語

▲As the **proverb** goes, "Haste makes waste." I made mistakes when I did things too quickly.

正如諺語所說：「欲速則不達。」我做事太急就犯錯了。

---

16 **reef** [rif]

n. [C] 暗礁，礁石

▲Have you ever been to the Great Barrier **Reef**?

你有去過大堡礁嗎？

coral reef 珊瑚礁

---

17 **retort** [rɪˋtɔrt]

n. [C] 回嘴，反駁

▲Hearing May's criticism, Tim made an amusing **retort**.

Tim 聽到 May 的批評而做出了詼諧的反駁。

retort [rɪˋtɔrt]

v. 回嘴，反駁

▲"It's none of my business," my sister **retorted**.

我妹回嘴說：「那不關我的事」。

---

18 **scrutiny** [ˋskrutənɪ]

n. [U] 仔細檢查，嚴格審查，詳細調查

▲All applications are **under scrutiny**.

所有的申請書都受到嚴格審查。

---

19 **slash** [slæʃ]

v. 揮砍，劈砍，將…劃出深長的切口；大幅削減

▲Don't try to commit suicide by **slashing** your wrists.

不要試圖割腕自殺。

▲The board of the company decided to **slash** one million dollars from the budget.
公司的董事會決定從預算中大幅削減一百萬美元。

slash [slæʃ]
n. [C] 深長的切口
▲The cook made deep **slashes** in the meat.
廚師在肉上劃了幾刀深長的切口。
💡slash (mark) 斜線

---

20 **spur** [spɝ]
v. 用馬刺驅策馬；激勵 <on> (spurred | spurred | spurring)
▲The riders **spurred** their horses (on). 騎士們策馬快跑。
▲Critics' comments **spurred** the director **on to** success.
影評家的評論激勵那位導演取得成功。

spur [spɝ]
n. [C] 馬刺；激勵 <to>
▲The cowboy wore boots and **spurs**. 那牛仔穿著有馬刺的靴子。
▲Poverty can sometimes be a good **spur to** action.
貧窮有時可以激勵行動。
💡on the spur of the moment 一時興起 | win/earn sb's spurs 功成名就，揚名立萬

---

21 **subsidize** [ˋsʌbsəˏdaɪz]
v. 補貼，補助，資助
▲Is this project **subsidized** by the government?
這項計畫有受政府補助嗎？

---

22 **tan** [tæn]
n. [C][U] 日曬後的膚色，古銅色，棕褐色 (usu. sing.) [同] suntan
▲My friend came back from Miami with a beautiful **tan**.
我朋友從邁阿密曬了一身美麗的古銅膚色回來。
💡get a tan 將皮膚曬成古銅色或棕褐色

tan [tæn]
adj. 古銅色的，棕褐色的 (tanner | tannest)
▲The girl wore **tan** shoes. 那個女孩穿著棕褐色的鞋子。

tan [tæn]
v. (使) 曬黑，(使) 曬成古銅色或棕褐色 (tanned | tanned | tanning)
▲Some people have pale skin that does not **tan** easily.
有些人有不容易曬黑的白皮膚。

---

23 **turmoil** [ˋtɝmɔɪl]

n. [U][sing.] 混亂

▲The death of the king **threw** the country **into turmoil**. 國王駕崩使國家陷入混亂之中。

💡in (a) turmoil 處於混亂狀態

---

24 **veto** [ˋvito]

n. [C][U] 否決 (權) <on> (pl. vetoes)

▲Who has a **veto on** this project? 誰對這項提案有否決權？

💡exercise the veto 行使否決權

veto [ˋvito]

v. 否決

▲The bill was **vetoed** by the Parliament. 那項法案遭議會否決。

---

25 **wholesale** [ˋhol͵sel]

adj. 批發的

▲**Wholesale** prices are usually cheaper. 批發價通常比較便宜。

💡wholesale dealer 批發商

wholesale [ˋhol͵sel]

adv. 批發地

▲That store only sells **wholesale**. 那家店只賣批發。

wholesale [ˋhol͵sel]

n. [U] 批發

▲There's a sharp increase in food prices at **wholesale**. 食物的批發價急遽上漲。

wholesale [ˋhol͵sel]

v. 批發販售

▲The merchant **wholesales** clothing to retailers. 這名商人將服飾批發販售給零售商。

wholesaler [ˋhol͵selɚ]

n. [C] 批發商

▲My aunt is a furniture **wholesaler**. 我阿姨是一名家具批發商。

Unit 34

1 **dressing** [ˋdrɛsɪŋ]

n. [C][U] (沙拉等的) 調味醬 (also salad dressing)；[C] (保護傷口的) 敷料

▲Helen had a salad with Thousand Island **dressing**. Helen 吃了一份加千島醬的沙拉。

▲The nurse changed the patient's **dressing**.

	護士更換病人的敷料。 💡dressing room 後臺更衣室
2 **evergreen** [ˋɛvɚ,grin]	adj. (植物) 常綠的 ▲**Evergreen** plants have green leaves all year. 常綠植物全年都有綠葉。
evergreen [ˋɛvɚ,grin]	n. [C] 常綠植物 ▲Ivy is an **evergreen**. 常春藤是一種常綠植物。
3 **fin** [fɪn]	n. [C] 鰭 ▲We don't have soup made of sharks' **fins** anymore because we think it's cruel. 我們不再吃魚翅湯了，因為我們覺得殘忍。
4 **fuss** [fʌs]	n. [sing.] 過度緊張，小題大作，大驚小怪 ▲Don't **make such a fuss.** 別這樣小題大作。 💡make a fuss about sth 對…小題大作 ∣ make a fuss over sb 對…關愛備至或過分關愛 ∣ a fuss about nothing 無謂的小題大作，庸人自擾
fuss [fʌs]	v. 過度緊張，小題大作，大驚小怪 ▲My colleague was **fussing about** a little cockroach. 我同事對一隻小蟑螂大驚小怪。 💡fuss over sb 對…關愛備至或過分關愛
5 **harmonica** [harˋmanɪkə]	n. [C] 口琴 ▲Harry likes to play the **harmonica**. Harry 愛吹口琴。
6 **iceberg** [ˋaɪs,bɝg]	n. [C] 冰山 ▲The *Titanic* struck an **iceberg** and sank. 鐵達尼號撞到冰山而沉了。 💡the tip of the iceberg 冰山一角
7 **intimacy** [ˋɪntəməsɪ]	n. [C][U] 親密，親近 ▲I feel great **intimacy** with my elder sister. 我和姊姊特別親近。

8 **layout**

[ˋleˏaʊt]

n. [C] (建築等的) 設計，格局；(書籍等的) 版面設計

▲The couple liked the **layout** of the apartment.
那對夫妻喜歡那間公寓的格局。

▲There is software that can help you design the **page layout** of a book. 有軟體可以協助你做書籍版面設計。

9 **lotion**

[ˋloʃən]

n. [C][U] 乳液

▲Apply some **lotion** or cream after a bath.
洗完澡後擦些乳液或乳霜。

10 **miscellaneous**

[ˏmɪsəˋlenɪəs]

adj. 各式各樣的

▲You can find **miscellaneous** goods in a grocery store.
你可以在雜貨店找到各式各樣的貨品。

11 **nostril**

[ˋnɑstrəl]

n. [C] 鼻孔

▲One of John's **nostrils** is stuffed up.
John 有一邊鼻孔塞住了。

12 **ounce**

[aʊns]

n. [C] 盎司 (abbr. oz.)

▲There are about 28 grams in one **ounce**.
一盎司大約為二十八公克。

An ounce of prevention is worth a pound of cure.【諺】預防勝於治療。| an ounce of common sense/truth 一點點常識／事實 | every ounce of courage/strength 全部的勇氣／力氣

13 **patriotic**

[ˏpetrɪˋɑtɪk]

adj. 愛國的

▲The soldiers are singing a **patriotic** song.
士兵們正在唱一首愛國歌曲。

14 **populate**

[ˋpɑpjəˏlet]

v. 居住於，生活於

▲New York City is densely **populated**. 紐約市人口密度很高。

15 **provisional**

[prəˋvɪʒənl̩]

adj. 暫時的，臨時的 [同] temporary

▲In most states in the U.S., teens between 15 and 18 must have a **provisional** license to learn how to drive. 在美國大多數的州，十五到十八歲的青少年必須有臨時駕照才能學開車。

16 **referee**
[ˌrɛfəˋri]
n. [C] 裁判
▲Don't argue with the **referee**, or you may be sent off.
不要跟裁判發生爭執，不然可能會被罰出場。

referee
[ˌrɛfəˋri]
v. 當裁判
▲Who will **referee** the final? 誰會是決賽的裁判？

---

17 **revelation**
[ˌrɛvəˋleʃən]
n. [C][U] (出乎意料的) 發現或揭露
▲It was a **revelation** to me that my brother can cook so well. 發現我弟很會做菜讓我很意外。

---

18 **seagull**
[ˋsigəl]
n. [C] 海鷗 (also gull)
▲Hearing the cries of **seagulls**, I know the beach is not far away. 我聽見海鷗的叫聲，就知道沙灘不遠了。
a flock of seagulls 一群海鷗

---

19 **slay**
[sle]
v. 殺 (slew | slain | slaying)
▲President Kennedy was **slain** in Dallas.
甘迺迪總統在達拉斯遇刺身亡。

---

20 **stabilize**
[ˋstebəˌlaɪz]
v. (使) 穩定
▲The government has a plan to **stabilize** prices.
政府有穩定物價的計畫。

---

21 **succession**
[səkˋsɛʃən]
n. [U] 繼承 <to>；[sing.] 連續，一連串
▲The prince is first in line of **succession to** the throne.
這位王子是王位的第一繼承人。
▲**A succession of** rainy days put everyone in a bad mood.
一連串的雨天讓每個人的心情都不好。
in succession 連續地，接連地

---

22 **tedious**
[ˋtidɪəs]
adj. 冗長乏味的 [同] boring
▲The speech was incredibly **tedious**! I could not help dozing off. 這演講真是有夠無聊！我忍不住打瞌睡了。

---

23 **twilight**
[ˋtwaɪˌlaɪt]
n. [U] 黃昏，薄暮；[sing.] 衰退期，晚期 (the ～)
▲We enjoyed watching the stars come out **in the twilight**.
我們享受在薄暮中看著星星出來。

▲The actor is now **in the twilight of** his acting career.
那位演員現在處於他演藝生涯的衰退期。

💡the twilight years 晚年，暮年

---

24 **vibrate**
[ˋvaɪbret]

v. 震動

▲Someone's smartphone is **vibrating** in the drawer.
有人的手機在抽屜裡震動。

---

25 **wholesome**
[ˋholsəm]

adj. 有益 (身心) 健康的

▲Teresa made a **wholesome** dish with many vegetables and fruits. Teresa 用很多蔬菜和水果做了一份有益健康的餐點。

💡wholesome entertainment 有益身心健康的娛樂｜wholesome food 健康食品

Unit 35

1 **dual**
[ˋdjuəl]

adj. 雙重的，兩個的

▲With her **dual role** as principal and mother, my cousin is a busy career woman.
我的表姊有著校長與母親的雙重角色，是一名忙碌的職業婦女。

💡dual citizenship/nationality 雙重國籍｜dual purpose 雙重用途或目的

---

2 **evoke**
[ɪˋvok]

v. 喚起或引起 (記憶、感情等)，使人想起

▲This song **evoked** memories of my childhood.
這首歌使我想起童年回憶。

💡evoke sympathy 引起同情

---

3 **finite**
[ˋfaɪnaɪt]

adj. 有限的 [反] infinite

▲The length of a human life is **finite**. 人類的壽命是有限的。

💡finite resources 有限的資源｜a finite number of possibilities/choices 為數有限的可能／選擇

---

4 **gallop**
[ˋgæləp]

n. [sing.] 奔馳，飛奔

▲Hearing the gunshot, most horses will **break into a gallop**.
聽到槍聲，大部分的馬會飛奔起來。

at a gallop 快速地

gallop
[ˋgæləp]

v. 騎馬奔馳；飛奔

▲The cowboy **galloped** across the field. 牛仔騎馬疾馳過原野。

▲The kids **galloped** to the playground. 孩子們奔向遊樂場。

---

5 **headphones**
[ˋhɛd͵fonz]

n. [pl.] (頭戴式) 耳機

▲I usually listen to music on my **headphones**.
我聽音樂通常會戴耳機。

a pair/set of headphones 一副耳機

---

6 **imminent**
[ˋɪmənənt]

adj. (尤指壞事) 即將發生的，即將來臨的

▲We took precautions because of an **imminent** storm.
因為暴風雨即將來臨，我們採取預防措施。

imminent disaster/threat 迫在眉睫的災難／威脅 | in imminent danger of extinction/collapse 瀕臨滅絕／崩潰的危險

---

7 **intonation**
[͵ɪntoˋneʃən]

n. [C][U] 語調

▲Some foreign language learners have difficulty learning **intonation**. 有些外語學習者覺得語調很難學。

---

8 **lease**
[lis]

n. [C] 租約 <on>

▲The couple **signed** a one-year **lease on** the apartment.
那對夫妻簽下那間公寓一年的租約。

take out a lease on sth 租下… | the lease runs out/expires 租約到期

---

9 **lottery**
[ˋlɑtərɪ]

n. [C] 彩券 (pl. lotteries)

▲Many people hope to **win the lottery**. 很多人希望彩券中獎。

a lottery ticket 彩券 | play the lottery/buy lottery tickets 買彩券

---

10 **mistress**
[ˋmɪstrɪs]

n. [C] 女主人；情婦

▲The unqualified servant got fired by the **mistress** of the house. 那位不稱職的僕人被女主人解僱了。

▲Rumor has it that the businessman has a wife and keeps **a string of mistresses**. 傳聞說那名商人有妻子還有一堆情婦。

11 **novice** [ˋnɑvɪs]

n. [C] 初學者，新手 <at, in> [同] beginner

▲George and Mary are complete **novices at** skiing. George 和 Mary 完全是滑雪新手。

novice driver/writer/pilot/teacher 新手駕駛／作家／飛行員／教師

12 **outing** [ˋaʊtɪŋ]

n. [C] 出遊，遠足 <to>

▲Sue and her friends went **on an outing to** the wetland park. Sue 和朋友去溼地公園遠足。

school/class/family outing 校外教學／班遊／家庭遠足

13 **pebble** [ˋpɛbl̩]

n. [C] 小圓石，鵝卵石

▲The little girl is picking up **pebbles** at the beach. 小女孩在海灘撿小石頭。

14 **porter** [ˋportɚ]

n. [C] 行李員，搬運工

▲I tipped the **porter** because he carried my baggage to the car. 我給行李員小費，因為他幫我把行李拿到車上。

15 **psychiatry** [saɪˋkaɪətrɪ]

n. [U] 精神病學

▲The doctor has a degree in **psychiatry**. 這位醫生有精神病學的學位。

16 **referendum** [ˌrɛfəˋrɛndəm]

n. [C][U] 公民投票 <on> (pl. referenda, referendums)

▲Environmental groups have gathered enough signatures to initiate the **referendum**. 環保團體已收集到足以發起公投的連署簽名。

hold a referendum on sth 就…舉行公民投票

17 **revival** [rɪˋvaɪvl̩]

n. [C][U] 復興，再度流行

▲Recently there seems to be a **revival of** herbal medicine. 最近草藥似乎再度流行了起來。

18 **seduce** [sɪˋdjus]

v. 引誘，誘惑；誘姦，勾引

▲How can you **seduce** the little boy **into** smoking? 你怎麼可以引誘那個小男孩抽菸？

Level 6

▲Some rapists claim that it is victims that **seduce** them.
有些強姦犯宣稱是受害者勾引他們的。

seduction [sɪˋdʌkʃən]
n. [C][U] 誘惑
▲I can't resist the **seductions of** the articles in shop windows. 我無法抗拒櫥窗商品的誘惑。

seductive [sɪˋdʌktɪv]
adj. 誘人的
▲The roast chicken has a very **seductive** aroma.
烤雞的香味非常誘人。

---

19 **slump** [slʌmp]
n. [C] 暴跌 <in>；(經濟不景氣、運動員低潮等) 表現低落的時期
▲The **slump in** prices depressed merchants.
價格暴跌令商人沮喪。
▲The basketball players have been **in a slump** for months.
這些籃球員們已經處於低潮期幾個月了。
💡in a slump 處於蕭條期或低潮期

slump [slʌmp]
v. 沉重地落下或倒下；暴跌
▲The drunken man **slumped** to the floor.
那個喝醉的男人重重地倒在地上。
▲Sales **slumped** dramatically by 45%. 銷售量急遽下降了 45%。

---

20 **stagger** [ˋstægɚ]
v. 搖搖晃晃，蹣跚，踉蹌 [同] stumble；使震驚，使驚愕
▲The wounded soldier **staggered to his feet**.
那名傷兵搖搖晃晃地站起來。
▲Sherry's turning down the promotion **staggered** all the members in the sales department.
Sherry 拒絕升職，使行銷部全體同仁都很震驚。

stagger [ˋstægɚ]
n. [C] 搖晃，蹣跚 (usu. sing.)
▲The old lady walked with **a stagger**. 那位老婦人步履蹣跚。

staggered [ˋstægɚd]
adj. 震驚的，驚愕的 [同] amazed
▲We were all **staggered** to hear the bad news.
我們聽到這個壞消息都很震驚。

staggered at/by sth 對…感到震驚

staggering [ˋstægərɪŋ]

adj. 令人吃驚的，驚人的 [同] amazing

▲The result turned out to be quite **staggering**. 結果變得很令人吃驚。

---

21 **successive** [səkˋsɛsɪv]

adj. 連續的，接連的 [同] consecutive

▲It has rained for five **successive** days. 已經連續下雨下了五天。

three/four successive victories 三／四連勝 | the third/fourth successive victory 第三／四次連勝 | successive governments 歷屆政府

---

22 **teller** [ˋtɛlɚ]

n. [C] 銀行出納員；選舉計票員；講述者

▲My neighbor is a bank **teller**. 我的鄰居是一名銀行出納員。

▲The **tellers** are still counting the votes. 計票員還在計票。

▲The kindergarten teacher is a good **teller** of tales. 那位幼兒園教師很會講故事。

---

23 **twinkle** [ˋtwɪŋkl̩]

n. [C] 閃爍，閃耀，發亮 (usu. sing.)

▲There was a mischievous **twinkle** in the kid's eye. 那孩子的眼神中閃爍著惡作劇的光芒。

twinkle [ˋtwɪŋkl̩]

v. 閃爍，閃耀，發亮

▲Stars were **twinkling** in the night sky. 星星在夜空中閃閃發亮。

sb's eyes twinkle with excitement/amusement 興奮／開心地雙眼發亮

---

24 **vibration** [vaɪˋbreʃən]

n. [C][U] 震動

▲The strong winds caused **vibrations** of the windows. 強風造成窗戶的震動。

---

25 **widow** [ˋwɪdo]

n. [C] 寡婦

▲The soldier was killed, leaving a **widow** and a child. 那名士兵被殺，身後留下寡婦和一個孩子。

widower [ˋwɪdəwɚ]
n. [C] 鰥夫
▲The man became a **widower** after his wife got killed in an accident. 那名男子在妻子意外身亡之後成了鰥夫。

Unit 36

1 **dubious** [ˋdjubɪəs]
adj. 可疑的，不可靠的 [同] suspicious；懷疑的 <about> [同] doubtful
▲Frank's excuse for being late sounded **highly dubious**.
Frank 遲到的理由聽起來很可疑。
▲The police were **dubious about** the criminal's confession.
警方懷疑這個罪犯的自白。
💡dubious character 可疑人物

2 **excel** [ɪkˋsɛl]
v. 擅長 <in, at> (excelled | excelled | excelling)
▲Angela **excels in** math. Angela 擅長數學。
💡excel oneself 超越自我，勝過平時

3 **fireproof** [ˋfaɪr,pruf]
adj. 防火的
▲I saw a firefighter in her **fireproof** suit standing by a fire engine. 我看到一位消防員穿著防火衣站在消防車旁邊。

4 **gangster** [ˋgæŋstɚ]
n. [C] 犯罪集團成員，幫派分子
▲Carl read a book about Chicago **gangsters** last week.
Carl 上週讀了一本跟芝加哥的幫派分子有關的書。
💡gangster movie 幫派電影

5 **hearty** [ˋhɑrtɪ]
adj. 熱情的，熱誠的，誠摯的；豐盛的 (heartier | heartiest)
▲The family received a **hearty** welcome.
這一家人受到熱情的歡迎。
▲I enjoy eating a **hearty** breakfast every morning.
我喜歡每天早上都吃豐盛的早餐。
💡hearty greeting/handshake 熱情的問候／握手 | hearty

congratulations 真誠的祝賀 | hearty laugh 開懷大笑 | hearty meal/appetite/eater 豐盛的餐點／好胃口／吃很多的人

6 **implicit** [ɪm`plɪsɪt]

adj. 不言明的，含蓄的 [反] explicit；毫無疑問的，絕對的 [同] absolute

▲When popping the question, Eric interpreted Ann's smile as **implicit** consent to marry him.

求婚時，Eric 把 Ann 的微笑解讀為默許同他結婚。

▲Tom has **implicit** confidence in the plan.

Tom 對那項計畫有絕對的信心。

💡 have implicit faith/trust in sth 對…絕對信任

7 **intrigue** [ɪn`trig]

n. [C][U] 密謀，陰謀

▲The story is about political **intrigue**, betrayal, and murder.

這個故事跟政治陰謀、背叛和謀殺有關。

intrigue [ɪn`trig]

v. 激發興趣或好奇心

▲We were all **intrigued** by the mystery.

我們都被那個謎團激發了好奇心。

8 **legislator** [`lɛdʒɪs͵letɚ]

n. [C] 立法者，立法委員

▲Will **legislators** in both parties support the idea?

兩黨的立法委員都會支持這個想法嗎？

9 **lotus** [`lotəs]

n. [C] 蓮花，荷花 (pl. lotuses, lotus)

▲In the pond, **lotuses** float on the surface of the water.

水池中有蓮花漂浮在水面上。

10 **modernize** [`mɑdɚ͵naɪz]

v. (使) 現代化

▲The mayor planned to **modernize** the transportation system.

市長計畫將運輸系統現代化。

11 **nucleus** [`njuklɪəs]

n. [C] 核心 <of>；原子核 (pl. nuclei)

▲These players **form the nucleus of** our school team.

這些球員組成我們校隊的核心。

▲Daniel learned about electrons, protons, neutrons, and the **nucleus** of an atom in the physics class.

Daniel 在物理課中學到電子、質子、中子和原子核。

---

12 **outlaw** [ˋaʊt͵lɔ]

n. [C] 不法之徒

▲Robin Hood is probably the most famous **outlaw** in legend.
羅賓漢大概是傳說中最有名的不法之徒。

outlaw [ˋaʊt͵lɔ]

v. 禁止，宣布為非法 [同] ban

▲The sale of alcohol in vending machines is **outlawed**.
自動販賣機禁止賣酒。

---

13 **peek** [pik]

n. [C] 一瞥 (usu. sing.)

▲The kid **sneaked a peek** inside the envelope.
那孩子偷偷瞥了一眼信封裡面。

have/take a peek 看一眼 | a quick peek 匆匆一瞥

peek [pik]

v. 偷看

▲The thief **peeked through** the keyhole. 小偷從鑰匙孔偷看。

---

14 **posture** [ˋpastʃɚ]

n. [C][U] 姿勢，姿態；態度，立場 (usu. sing.)

▲Those who have **bad posture** are very likely to have back pain. 姿勢不良的人很可能會背痛。

▲The scholar **adopted a** defensive **posture** when his theory was challenged. 那名學者在他的理論受到質疑時採取防衛的態度。

posture [ˋpastʃɚ]

v. 裝模作樣

▲Don't mind the yelling man. He is just **posturing**.
別理那個大吼大叫的人。他只是在裝模作樣。

political posturing 政治作秀

---

15 **psychic** [ˋsaɪkɪk]

adj. 有特異功能的，通靈的

▲I have no idea. I'm not **psychic**! 我不知道啦，我又不會通靈！

psychic powers 特異功能

---

16 **refine** [rɪˋfaɪn]

v. 精煉；使精進，改良，改善

▲Crude oil must be **refined** before it can be used as a fuel.
原油必須先經精煉才能當作燃料。

▲Engineers have **refined** the software.
工程師已將這個軟體加以改善。

refinement [rɪˋfaɪnmənt]

n. [C][U] 改良，改善，改進；[U] 文雅，有教養

▲**Refinements** are needed to improve the performance of the car. 這輛車需要改良來提升性能。

▲Craig is a gentleman of great **refinement**. Craig 是一位很有教養的紳士。

refined [rɪˋfaɪnd]

adj. 文雅的，有教養的；精煉的，精製的 [反] unrefined

▲The queen's speech and manners are always **refined**. 女王的言行舉止總是很文雅。

▲**Refined** foods include white sugar and white bread. 精製食品包括白糖和白麵包。

refined oil/sugar 精煉油／精製糖

refinery [rɪˋfaɪnərɪ]

n. [C] 精煉廠，精製廠 (pl. refineries)

▲The beach is polluted by a nearby **refinery**. 海灘被附近的一座精煉廠汙染了。

oil/sugar refinery 煉油廠／製糖廠

---

17 **revive** [rɪˋvaɪv]

v. (使) 復興；(使) 甦醒，(使) 復甦

▲The old custom is **reviving**. 這個古老的風俗正在復興。

▲The nurse immediately gave the patient some oxygen to **revive** him. 護士立即給病人一些氧氣使他甦醒。

---

18 **serene** [səˋrin]

adj. 平靜的，寧靜的

▲The nun leads a **serene** life. 那位修女過著平靜的生活。

serenity [səˋrɛnətɪ]

n. [U] 平靜，寧靜

▲Joanne looked at her baby with complete **serenity**. Joanne 十分平靜地看著她的寶貝。

---

19 **sly** [slaɪ]

adj. 狡猾的 [同] cunning (slyer, slier | slyest, sliest)

▲That dishonest man is as **sly** as a fox. 那個不誠實的男人像隻狐狸一樣地狡猾。

on the sly 偷偷地

---

20 **staple** [ˋstepl̩]

n. [C] 主要產物；主食或基本食物；釘書針

▲Coffee is one of the **staples** of Brazil.

咖啡是巴西的主要產物之一。

▲The refugees are short of **staples** such as flour and salt.
那些難民缺乏麵粉、鹽等基本食物。

▲The secretary fastened those sheets of paper together with **staples**. 祕書將那些紙張用釘書針釘在一起。

staple [ˋstepl̩]

v. 用釘書針固定

▲The teacher **stapled** the handouts **together**.
老師用釘書針把講義釘在一起。

stapler [ˋsteplɚ]

n. [C] 釘書機

▲Put some staples in the **stapler**. 把釘書針裝到釘書機裡。

---

21 **suffocate** [ˋsʌfə͵ket]

v. (使) 窒息而死，(使) 悶死；呼吸困難，難以呼吸

▲The murderer **suffocated** the victim by placing a bag over her head. 凶手用一個袋子套在被害人的頭上來悶死她。

▲I **was suffocating** in the damp, smelly cellar.
我在那潮溼、有異味的地窖裡感到難以呼吸。

---

22 **tempo** [ˋtɛmpo]

n. [C][U] (樂曲的) 速度，節拍 (pl. tempos, tempi)；(生活等的) 節奏，步調 (pl. tempos)

▲Can you keep up with the **tempo** of the music?
你跟得上音樂的節拍嗎？

▲Some people don't like the fast **tempo** of modern life.
有些人不喜歡現代生活的快速步調。

---

23 **unanimous** [juˋnænəməs]

adj. 一致同意的，無異議的

▲Did the judges make a **unanimous** ruling?
法官們有做出一致同意的裁決嗎？

---

24 **victor** [ˋvɪktɚ]

n. [C] 優勝者

▲Ben was the **victor** of the tournament. Ben 是錦標賽的優勝者。

---

25 **withhold** [wɪθˋhold]

v. 拒絕給與，拒絕提供 <from> (withheld | withheld | withholding)

▲You can't **withhold** information **from** the police.
你不能拒絕提供消息給警方。

Unit 37

Level 6

1 **duration** [djʊ`reʃən]

n. [U] 持續期間

▲The summer camp is of one week's **duration**.

= The **duration** of the summer camp is one week.

夏令營為期一週。

for the duration of sth 在…期間

---

2 **exempt** [ɪg`zɛmpt]

adj. 被免除的，被豁免的 <from>

▲Some books are **exempt from** tax in that country.

在該國有些書籍免稅。

exempt from military service/certain exams 免役／免試

---

3 **fishery** [`fɪʃərɪ]

n. [C] 漁場 (pl. fisheries)

▲The environmental organization raised public awareness of protecting the **fisheries**.

該環保組織提高大眾保護漁場的意識。

tuna/salmon fishery 鮪魚／鮭魚漁場 |
freshwater/saltwater fishery 淡水／鹹水漁場 |
coastal/inshore/deep-sea fishery 沿海／近海／深海漁場

---

4 **gauge** [gedʒ]

n. [C] (燃油、瓦斯等的) 計量表，測量儀器

▲Does the fuel **gauge** read full or empty?

油表顯示滿的還是空的？

temperature/rain gauge 溫度／雨量計

gauge [gedʒ]

v. 評估，判斷；測量

▲Francis tried to **gauge** whether his boss was angry or not. Francis 試著判斷他的老闆是不是在生氣。

▲I need some instruments for **gauging** humidity.

我需要測量溼度的儀器。

gauge sb's mood/reaction 評估…的心情／反應

---

5 **hedge**

n. [C] 樹籬；避免經濟損失等的方式，防範措施 <against>

[hɛdʒ] ▲Tim is trimming the **hedge**. Tim 正在修剪樹籬。

▲**Hedges against** inflation include buying gold or real estate. 避免通貨膨脹損失的保值方式包括購買黃金或是房地產。

hedge [hɛdʒ]

v. 迴避問題，閃爍其詞；(以樹籬) 圍住

▲My boyfriend often **hedges** when I ask him questions. 我男友常在我問他問題時閃爍其詞。

▲Shall we **hedge** our garden with shrubs? 我們要不要用灌木叢把花園圍起來？

---

6 **imposing** [ɪm`pozɪŋ]

adj. 宏偉的

▲The **imposing** building is a landmark in the city. 這棟宏偉的建築物是這個城市的地標。

---

7 **intrude** [ɪn`trud]

v. 侵入，侵擾 <on, into>

▲How many planes **intruded into** our airspace yesterday? 昨天有多少飛機侵入我方領空？

💡intrude on/into sb's private life/personal freedom 侵犯…的私生活／個人自由

---

8 **lesbian** [`lɛzbɪən]

adj. 女同性戀者的

▲Sappho is an ancient Greek female poet, especially admired by **lesbian** communities. 莎芙是特別受到女同性戀團體尊崇的古希臘女詩人。

---

9 **loudspeaker** [`laud,spikɚ]

n. [C] 擴音器

▲The students listened to the principal's speech **over the loudspeaker**. 學生透過擴音器聽校長的演講。

---

10 **monarch** [`mɑnɚk]

n. [C] 君主

▲A **monarch** is a king or queen who rules a country. 君主是統治一國的國王或女王。

monarchy [`mɑnɚkɪ]

n. [U] 君主政體；[C] 君主國家 (pl. monarchies)

▲People sometimes discuss whether to abolish the **monarchy**. 人們有時會討論要不要廢除君主政體。

▲Both Japan and the United Kingdom are constitutional

monarchies. 日本和英國都是君主立憲國家。

---

11 **nude**
[njud]

adj. 裸體的 [同] naked

▲There are some **nude** scenes in this movie.
這部電影有一些裸體的畫面。

nude model 裸體模特兒

nude
[njud]

n. [C] 裸體畫

▲There are several **nudes** in the exhibition.
展覽中有幾幅裸體畫。

in the nude 裸體地，一絲不掛地

---

12 **outlook**
[ˋaʊtˏlʊk]

n. [C] 景觀，景色；前景，展望 (usu. sing.) <for>；[C][U] 看法，觀點 (usu. sing.) <on>

▲From the top of the mountain, the **outlook** over the forest was beautiful. 從山頂上眺望森林的景色很美。

▲The **outlook for** the industry is bleak. 這個產業的前景黯淡。

▲I have a rather positive **outlook on** life.
我的人生觀蠻積極的。

---

13 **pending**
[ˋpɛndɪŋ]

adj. 未定的，待決的，即將發生的

▲The result of the election is still **pending**.
選舉的結果仍然未定。

pending case 懸案

---

14 **potent**
[ˋpotn̩t]

adj. 強大的，強效的，強而有力的

▲Some **potent** drugs have unpleasant side effects.
有些強效藥物有不好的副作用。

potent painkiller/weapon/argument 強效止痛藥／強大的武器／有力的論點

---

15 **psychotherapy**
[ˏsaɪkoˋθɛrəpɪ]

n. [U] 心理治療

▲A psychotherapist practices **psychotherapy** by discussing problems with patients rather than by giving them drugs. 心理治療師藉由與病人討論問題，而不是藉由給與病人藥物，來進行心理治療。

---

16 **reflective**
[rɪ`flɛktɪv]

adj. 反射的，反光的；反映出…的 <of>；深思的，沉思的 [同] thoughtful

▲It is safer to wear a **reflective** jacket when you go jogging at night. 晚上出門慢跑穿反光外套比較安全。

▲This editorial is **reflective of** public opinion.
這篇社論反映民意。

▲My friends sat in a **reflective** silence.
我的朋友們坐著安靜沉思。

---

17 **revolt**
[rɪ`volt]

n. [C][U] 反抗 <against> [同] rebellion

▲The people rose in **revolt against** the military government. 人民奮起反抗軍政府。

revolt
[rɪ`volt]

v. 反抗 <against> [同] rebel；使反感，使厭惡

▲The people **revolted against** tyranny. 人民反抗暴政。

▲Such cruelty **revolted** me. 這樣的暴行使我反感。

revolting
[rɪ`voltɪŋ]

adj. 令人反感的，令人作嘔的 [同] disgusting

▲It is a **revolting** habit to take off your shoes and scratch the toes in public.
在公共場合脫掉鞋子抓腳趾頭是令人作嘔的習慣。

---

18 **sergeant**
[`sɑrdʒənt]

n. [C] 中士

▲The soldier saluted the **sergeant**. 士兵向中士敬禮。

---

19 **smuggle**
[`smʌgl̩]

v. 走私

▲Some people **smuggled** cocaine **into** the country.
有些人走私古柯鹼進入這個國家。

smuggler
[`smʌglɚ]

n. [C] 走私者

▲The drug **smuggler** was arrested at the airport.
毒品走私者在機場被逮捕。

---

20 **starvation**
[stɑr`veʃən]

n. [U] 挨餓，飢餓

▲There are still many people in the world facing **starvation**. 世上仍有許多人面臨挨餓。

---

21 **suitcase**

n. [C] 行李箱

[ˋsutˏkes] ▲I packed my **suitcase** for the trip.

我把旅行的用品裝進行李箱。

---

22 **terrace** [ˋtɛrɪs]

n. [C] 平臺

▲A girl is sitting on the sea-facing **terrace**.

一名女孩坐在面海的平臺上。

terrace [ˋtɛrɪs]

v. 使成梯田，使成階地

▲Farmers **terraced** the hillside to grow rice.

農夫將那片山坡整成梯田來種稻。

terraced [ˋtɛrɪst]

adj. 梯田形的，階地狀的

▲There are some **terraced** fields by the hill.

山丘旁有些梯田。

---

23 **unconditional** [ˏʌnkənˋdɪʃənl̩]

adj. 無條件的，無限制的

▲The enemy finally made an **unconditional** surrender.

敵軍最終無條件投降了。

💡unconditional love 毫無保留的愛

---

24 **vigor** [ˋvɪgɚ]

n. [U] 活力，精力 [同] vitality

▲The students learned English **with** renewed **vigor** after a brief break. 學生們在短暫休息後繼續精力充沛地學習英文。

---

25 **woe** [wo]

n. [U] 悲痛；[pl.] 苦難 (~s)

▲The poor widow's life was full of misery and **woe**.

那名可憐寡婦的人生充滿了不幸與悲痛。

▲No one understands the **woes** the victims have been through. 沒人了解那些受害者所經歷過的苦難。

Unit 38

1 **dusk** [dʌsk]

n. [U] 黃昏 [同] twilight

▲As **dusk fell**, the farmer went home.

隨著黃昏降臨，那位農夫回家了。

💡at dusk 在黃昏時刻

---

2 **exert** [ɪgˋzɝt]

v. 運用或行使 (權力等)，施加 (影響力等)

▲Several politicians **exerted** great **pressure on** the committee to pass the proposal.
數名政客向委員會大力施壓以通過提案。

💡exert oneself 盡力，努力

---

3 **flourish** [ˋflɝɪʃ]

v. 繁榮，興盛 [同] thrive；茁壯成長，茂盛 [同] thrive

▲My business is **flourishing**. 我的生意興隆。

▲The plants **flourish** with the tender care of the gardener.
植物在園丁的細心照顧下長得很茂盛。

flourish [ˋflɝɪʃ]

n. [C] 誇張或引人注目的動作 (usu. sing.)

▲The magician opened the box **with a flourish**.
魔術師動作誇張地打開箱子。

---

4 **glamour** [ˋglæmɚ]

n. [U] 魅力

▲The couple couldn't resist the **glamour of** staying in a five-star hotel. 那對情侶無法抗拒住宿五星級飯店的魅力。

---

5 **hemisphere** [ˋhɛməsˌfɪr]

n. [C] (地球等天體的) 半球；腦半球

▲The equator divides the earth into the southern and northern **hemispheres**. 赤道把地球分成南北半球。

▲Damage to different parts of either **hemisphere** can have effects on different abilities.
任何一邊的腦半球若有損傷都可能會對不同能力有影響。

💡the left/right hemisphere 左／右半腦

---

6 **imprison** [ɪmˋprɪzn̩]

v. 使入獄，關押，監禁

▲The two men **were imprisoned for** drug dealing.
那兩個男人因為販毒而被關押入獄。

imprisonment [ɪmˋprɪzn̩mənt]

n. [U] 入獄，關押，監禁

▲The drug dealers were sentenced to 25 years' **imprisonment**. 那些毒犯被判處二十五年徒刑。

💡life imprisonment 終身監禁

7 **inventory**
[ˋɪnvən͵torɪ]

n. [C][U] 存貨，庫存 [同] stock (pl. inventories)

▲The store keeps a large **inventory** of kitchen utensils.

這家店有大量廚房用具的存貨。

inventory
[ˋɪnvən͵torɪ]

v. 列出清單

▲The storekeeper is **inventorying** the stock.

店主正在列出存貨的清單。

---

8 **lessen**
[ˋlɛsn̩]

v. 減少，減輕，減低 [同] diminish, reduce

▲Eating vegetables can **lessen** the risk of cancer.

多吃蔬菜可減低罹患癌症的危險。

---

9 **lucrative**
[ˋlukrətɪv]

adj. 有利潤的，賺錢的，有利可圖的 [同] profitable

▲The entrepreneur is looking for a more **lucrative** market.

那名企業家在尋找更有利可圖的市場。

---

10 **monstrous**
[ˋmɑnstrəs]

adj. (像怪獸般) 龐大而駭人的，巨大的；凶殘或醜惡的，駭人聽聞的

▲The lost child was frightened by **monstrous** shadows of the trees in the forest.

這迷路的孩子被森林中彷彿大怪獸的樹影嚇壞了。

▲I can't tolerate such **monstrous** injustice.

我無法忍受這麼駭人聽聞的不公不義。

monstrous crime/lie 凶殘或駭人聽聞的罪行／彌天大謊

---

11 **nurture**
[ˋnɝtʃɚ]

v. 培養

▲Parents should **nurture** their children's special talents.

父母親應該培養孩子的特殊天分。

nurture
[ˋnɝtʃɚ]

n. [U] 培養，養育，教養

▲I believe both nature and **nurture** greatly influence a child's development.

我相信本性和養育對孩子的發展都有很大的影響。

---

12 **outrage**
[ˋaʊt͵redʒ]

n. [U] 憤怒，憤慨

▲The release of the murderer provoked public **outrage**.

謀殺犯被釋放這件事激起公憤。

outrage [ˋaʊt,redʒ]

v. 激怒

▲Mike shouted at his sister because he **was outraged** by her insult. Mike 對他的姊姊大吼，因為他被她的侮辱給激怒。

---

13 **peninsula** [pəˋnɪnsələ]

n. [C] 半島

▲Vivian bought a house on the Florida **Peninsula**. Vivian 在佛羅里達半島買了一棟房子。

💡the Korean/Arabian Peninsula 朝鮮／阿拉伯半島

---

14 **poultry** [ˋpoltrɪ]

n. [pl.] 家禽；[U] 家禽的肉

▲The farmer keeps **poultry** such as chicken, ducks, and geese. 那名農夫養了雞、鴨、鵝等家禽。

▲I want some **poultry** to go with this wine. 我想要一些禽肉來搭配這瓶酒。

💡poultry farming 家禽養殖業

---

15 **publicize** [ˋpʌblɪ,saɪz]

v. 宣傳，宣揚

▲The author gave speeches to **publicize** her latest book. 這位作家以演講來宣傳新書。

💡be much/well/highly/widely publicized 廣為宣傳的

---

16 **refreshments** [rɪˋfrɛʃmənts]

n. [pl.] 點心，茶點 (also refreshment)

▲Let's take some **refreshments** at the café. 我們到咖啡館吃些點心吧。

---

17 **revolve** [rɪˋvɑlv]

v. (使) 旋轉，(使) 轉動 <around>；圍繞著…打轉，以…為中心或重心 <around>

▲Many planets, including the Earth, **revolve around** the Sun. 很多行星，包括地球，繞著太陽轉動。

▲The mother's life **revolves around** her children. 那位母親的生活圍著孩子打轉。

💡revolving door 旋轉門

---

18 **serial** [ˋsɪrɪəl]

adj. 連續的，連環的，一連串的

▲Jack saw a thriller about a **serial** killer. Jack 看了一部有關連續殺人魔的驚悚片。

💡serial novel/number 連載小說／編號或序號

---

19 **sneaker**

[ˋsnikɚ]

n. [C] (膠底) 運動鞋 (usu. pl.)

▲The athlete wore a pair of black **sneakers**.

那位運動員穿著一雙黑色的運動鞋。

---

20 **statesman**

[ˋstetsmən]

n. [C] 政治家

▲There are many politicians, but few **statesmen**.

政客很多，但政治家很少。

statesmanship

[ˋstetsmən͵ʃɪp]

n. [U] 政治才能

▲People praise the leader for his **statesmanship**.

人們讚賞那位領導者的政治才能。

---

21 **summon**

[ˋsʌmən]

v. 召喚，傳喚；鼓起 (勇氣等) <up>

▲The driver was **summoned to** appear in court as a witness. 那位駕駛被傳喚出庭作證。

▲Tom **summoned up the courage** to ask Mary out on a date. Tom 鼓起勇氣找 Mary 約會。

💡summon a meeting/conference 召開會議

---

22 **thermometer**

[θɚˋmɑmətɚ]

n. [C] 溫度計

▲The **thermometer** reads 36°C. 溫度計顯示為攝氏三十六度。

---

23 **underestimate**

[͵ʌndɚˋɛstə͵met]

v. 低估

▲We failed because we **underestimated** the difficulty of the task. 我們因為低估了這項工作的困難性而失敗了。

underestimate

[͵ʌndɚˋɛstəmɪt]

n. [C] 低估

▲Those figures might be **underestimates**.

那些數據可能都是低估。

---

24 **villa**

[ˋvɪlə]

n. [C] 別墅

▲Let's rent a seaside **villa** for our honeymoon.

我們租一棟海濱別墅來度蜜月吧。

---

25 **wrestle**

[ˋrɛsl̩]

v. 摔角，將…摔倒或壓制在地 <with>；奮力對付，努力處理 <with>

▲Michael **wrestled** the attacker **to the ground**.
Michael 把襲擊者摔倒並壓制在地上。

▲We have **wrestled with** this touchy problem for weeks.
我們已經花了好幾個禮拜奮力解決這個棘手的問題。

wrestle [ˋrɛsl̩]

n. [sing.] 奮鬥，掙扎

▲After a brief **wrestle** with her conscience, Ruby decided to take the money she found on the road to the police station.
經過一番天人交戰，Ruby 決定將路上撿到的錢送交警察局。

Unit 39

1 **dwarf** [dwɔrf]

n. [C] (童話中的) 小矮人；侏儒 (pl. dwarfs, dwarves)

▲In the story, the princess Snow White lives with seven **dwarfs** in the forest.
在故事中，白雪公主和七個小矮人住在森林裡。

▲A **dwarf** is a person much smaller than normal because of dwarfism. 侏儒是因為侏儒症而身材特別矮小的人。

dwarf [dwɔrf]

v. 使顯得矮小

▲I **was dwarfed by** the sumo wrestler's gigantic figure.
相撲選手龐大的身軀使我顯得矮小。

dwarf [dwɔrf]

adj. 矮小的

▲Jason grows **dwarf** trees in pots in the living room.
Jason 在客廳種矮小的樹木盆栽。

---

2 **expenditure** [ɪkˋspɛndɪtʃɚ]

n. [C][U] 花費，支出，開銷 <on>

▲The government tried to reduce annual **expenditure on** education. 政府試圖縮減年度教育支出。

▲My colleague's monthly **expenditure** exceeds his income.
我同事每月都入不敷出。

3 **flunk**
[flʌŋk]
v. 考試不及格
▲I **flunked** math. 我數學考不及格。
💡flunk a test/an exam 考試不及格 | flunk out (因課業成績不及格) 遭到退學

flunk
[flʌŋk]
n. [C][U] 不及格 (的成績)

---

4 **glide**
[glaɪd]
v. 滑動，滑行；滑翔
▲Skaters **glided** over the frozen lake.
溜冰的人在結冰的湖面上滑行。
▲The bird **glided** gracefully in the air. 鳥兒優雅地在空中滑翔。

glide
[glaɪd]
n. [sing.] 滑行或滑翔
▲The airplane will go into a **glide**. 飛機將開始滑行。

---

5 **heroic**
[hə`roɪk]
adj. 英雄的，英勇的
▲The **heroic** young man saved the hostages.
這位英勇的年輕人拯救了人質。

heroics
[hɪ`roɪks]
n. [pl.] 英雄表現，英勇事蹟
▲Ben's **heroics** made the kids admire him very much.
Ben 的英雄表現讓孩子們對他仰慕萬分。

---

6 **incline**
[ɪn`klaɪn]
v. (使) 傾向；(使) 傾斜
▲The rescue team **inclined to** take action as soon as possible. 救援隊傾向於盡快採取行動。
▲The floor of the room **inclines** gently. 房間地板有點微微傾斜。

incline
[`ɪn͵klaɪn]
n. [C] 斜坡，斜面
▲There is a beautiful house at the top of the **incline**.
斜坡頂端有間漂亮的房子。
💡gentle/slight/steep incline 緩／陡坡

---

7 **ironic**
[aɪ`rɑnɪk]
adj. 嘲諷的，諷刺的 (also ironical)
▲It is **ironic** that such a small man is called "Big" John.
諷刺的是，這樣矮小的男人叫做「大」約翰。
💡ironic smile/remark 嘲諷的微笑／言語

Level 6

ironically [aɪˋrɑnɪklɪ]

adv. 嘲諷地

▲**Ironically**, the seats in the economy section of the concert hall were still quite expensive.
諷刺的是，音樂廳的經濟座位仍然相當貴。

---

8 **lethal** [ˋliθəl]

adj. 致命的 [同] fatal, deadly

▲The house was on fire and full of **lethal** fumes within minutes. 房子起火了，幾分鐘之內就充滿了致命的毒氣。

---

9 **lure** [lʊr]

n. [C] 誘惑 (力) (usu. sing.)

▲Tony couldn't resist the **lure** of the chocolate cake.
Tony 無法抗拒巧克力蛋糕的誘惑。

lure [lʊr]

v. 誘惑 <to, into, away from>

▲We **lured** him **away from** the company by offering him a much higher salary. 我們提供更高的薪資誘惑他離開那家公司。

---

10 **moody** [ˋmudɪ]

adj. 喜怒無常的，情緒多變的 (moodier | moodiest)

▲It's not easy to get along with **moody** people.
喜怒無常的人不好相處。

---

11 **oasis** [oˋesɪs]

n. [C] 綠洲；舒適宜人的地方 (pl. oases)

▲The grassy **oasis** is a natural habitat for animals in the desert. 這片碧草如茵的綠洲是沙漠動物的天然棲地。

▲The park is an **oasis** of quiet in the busy city.
這座公園是繁忙都市中一個寧靜舒適的地方。

---

12 **outrageous** [aʊtˋredʒəs]

adj. 駭人聽聞的，令人難以接受的，離譜的

▲The suspect committed an **outrageous** crime.
那名嫌犯犯下駭人聽聞的罪行。

outrageously [aʊtˋredʒəslɪ]

adv. 離譜地

▲Everything in that restaurant is **outrageously** expensive.
那家餐廳的每一樣東西都貴得離譜。

---

13 **perch** [pɝtʃ]

n. [C] 高處

▲We had a good view from our **perch** on the hilltop.
我們在高高的小山頂上視野很好。

perch v. 棲息

[pɝtʃ]

▲The eagle **perched on** the top of the tree. 老鷹停在樹梢。

14 **preach** v. 傳教，講道；倡導，勸說

[pritʃ]

▲The minister **preached to** the crowd on forgiveness.
牧師以寬恕為題對大眾講道。

▲Parents should practice what they **preach**.
父母應該要以身作則。

💡preach the gospel 傳福音 | preach at/to sb about sth 向…嘮叨勸戒…

15 **puff** n. [C] 一口氣；蓬鬆的東西

[pʌf]

▲Bob blew out the candle in a **puff**. Bob 一口氣吹熄了蠟燭。

▲There are **puffs** of clouds in the sky. 天上有一朵朵的雲。

💡powder/cream puff 粉撲／奶油泡芙

puff v. 抽菸 <on, at>；噴出 (蒸汽等)

[pʌf]

▲The old man **puffed on** his pipe. 那位老伯抽著菸斗。

▲The locomotive **puffed** out steam. 火車頭噴出蒸汽。

💡puff out sb's cheeks 鼓起兩頰

16 **refute** v. 反駁，駁斥

[rɪˋfjut]

▲The speaker spoke with such certainty that it seemed impossible to **refute** his argument.
那位演講者說得如此肯定，令人似乎無法反駁他的論點。

17 **rigorous** adj. 嚴謹的，嚴格的

[ˋrɪgərəs]

▲The recruits received **rigorous** military training.
那些新兵接受了嚴格的軍事訓練。

18 **sermon** n. [C] 布道，講道；(令人厭煩的) 說教

[ˋsɝmən]

▲The priest is preaching a **sermon** in the church.
牧師正在教堂裡講道。

▲My mom gives me and my brother a **sermon** once in a while. 我媽偶爾會對我和哥哥說教。

19 **sneaky** [ˋsnikɪ]

adj. 偷偷摸摸的，鬼鬼祟祟的 (sneakier | sneakiest)

▲Don't play any **sneaky** trick on me!
別對我玩什麼偷偷摸摸的花樣！

20 **stationery** [ˋsteʃən͵ɛrɪ]

n. [U] 文具

▲The store at the corner also sells **stationery**, such as pens, paper, and envelopes.
轉角那家店也有賣筆、紙、信封等文具。

21 **superficial** [͵supɚˋfɪʃəl]

adj. 表面的，表皮的；膚淺的

▲It's lucky for you to escape with only **superficial** wounds in such a serious accident.
你很幸運，在這麼嚴重的意外事故中只受到皮肉傷。

▲The boy only has a **superficial** knowledge of navigation.
那個男孩對航海只是略知皮毛。

22 **tilt** [tɪlt]

n. [C][U] 傾斜，歪斜 (usu. sing.)

▲The painting seemed to be at a slight **tilt**.
那幅畫好像有點傾斜了。

💡(at) full tilt 全速地

tilt [tɪlt]

v. (使) 傾斜，(使) 歪斜 [同] tip；(使) 傾向，(使) 偏向 <toward>

▲Allen **tilted** his chair back against the wall.
Allen 把椅背斜靠在牆上。

▲Public opinion **tilted toward** the ruling party.
輿論傾向執政黨。

23 **underpass** [ˋʌndɚ͵pæs]

n. [C] 地下道

▲The **underpass** is closed because of flooding.
地下道因為淹水而關閉了。

24 **vine** [vaɪn]

n. [C] 藤本植物或攀緣植物 (的藤蔓)

▲The **vines** have been trained around the window frames.
藤蔓被修整成圍繞著窗框生長。

25 **wrinkle** [ˋrɪŋkl̩]

n. [C] (皮膚的) 皺紋；(布料等的) 皺褶 (usu. pl.) [同] crease

▲The model tried the cream to reduce the fine **wrinkles** around her eyes. 那名模特兒試用乳霜來消除眼睛周圍的細紋。

▲The housekeeper ran her hands over the bed to smooth out the **wrinkles**. 客房清潔人員用手撫平床鋪上的皺褶。

wrinkle
[ˋrɪŋkḷ]

v. (使) 起皺紋 <up>；(使) 起皺褶 [同] crease

▲The boy **wrinkled up his nose** at the smell in disgust.
男孩聞到味道，厭惡地皺起了鼻子。

▲This shirt **wrinkles** easily. 這件襯衫容易皺。

💡wrinkle sb's brow 皺眉

Unit 40

1 **expiration**
[ˌɛkspəˋreʃən]

n. [U] 到期，期滿

▲Can I renew the lease before its **expiration**?
我可以在租約到期前就先續約嗎？

💡expiration date 到期日，有效使用期限

---

2 **foe**
[fo]

n. [C] 敵人

▲These two nations joined together to fight their **common foe**. 這兩國聯合起來對抗共同的敵人。

---

3 **gloom**
[glum]

n. [U][sing.] 陰暗；憂鬱 [同] depression

▲Leona saw an animal emerging from the **gloom** of the hallway. Leona 看見陰暗的走廊中出現了一隻動物。

▲Watching this sad movie may deepen your **gloom**.
看這部悲傷的電影可能會加深你的憂鬱。

gloom
[glum]

v. (使) 憂鬱，(使) 消沉

▲Emma **gloomed** for several months after her lover passed away. Emma 在愛人過世後消沉了數月之久。

---

4 **heterosexual**
[ˌhɛtərəˋsɛkʃuəl]

adj. 異性戀的

▲Whether in **heterosexual** or homosexual relationships, people should respect each other.
不管是在異性戀的或是同性戀的關係中，人都要互相尊重。

heterosexual [ˌhɛtərə`sɛkʃuəl]

n. [C] 異性戀者

▲All people, whether **heterosexuals** or homosexuals, should show respect for each other.
所有的人，不管是異性戀者還是同性戀者，都應該要互相尊重。

---

5 **incur** [ɪn`kɝ]

v. 招致，引起，遭受 (incurred | incurred | incurring)

▲This controversial movie **incurred the wrath** of the public when it was released ten years ago.
這部有爭議的電影十年前上映時，引起了大眾的憤怒。

---

6 **irritable** [`ɪrətəbḷ]

adj. 易怒的，煩躁的 [同] bad-tempered；(器官等) 敏感的

▲The hot weather made me **irritable**. 炎熱的天氣使我煩躁。

▲Some patients with **irritable bowel syndrome** get worse because of pressure.
有些腸躁症患者會因為壓力而病情惡化。

---

7 **liable** [`laɪəbḷ]

adj. 要負法律責任的 <for>；可能…的，容易 (遭受)…的 <to>

▲The careless driver **was liable for** the damage he caused. 那位粗心的駕駛必須對他造成的損失負起法律責任。

▲It is **liable to** rain at any moment. 隨時都有可能會下雨。

💡be liable for a debt 有義務償付債務

---

8 **madam** [`mædəm]

n. [C] 太太，小姐，女士 [同] ma'am

▲May I help you, **madam**? 小姐，我能為您效勞嗎？

---

9 **motherhood** [`mʌðɚˌhud]

n. [U] 母親身分

▲Mary tries to strike a balance between her career and **motherhood**. Mary 試著在事業和母親身分之間找到平衡。

---

10 **oatmeal** [`otˌmil]

n. [U] 燕麥片，燕麥粉，燕麥粥

▲Christopher usually eats **oatmeal** for breakfast.
Christopher 通常吃燕麥片當早餐。

💡oatmeal bread/cookie 燕麥麵包／餅乾

---

11 **peril** [`pɛrəl]

n. [C][U] (重大的) 危險

▲Firefighters put their own lives **in peril** to rescue people from dangerous situations.

消防員為了救人脫離險境，置自己的生命於危險之中。

peril [`pɛrəl] v. 將 (性命等) 置於危險之中 (periled, perilled | periled, perilled | periling, perilling)

perilous [`pɛrələs] adj. 非常危險的

▲Icy roads are very **perilous** to drivers.
結冰的道路對駕駛人來說很危險。

---

12 **precede** [pri`sid] v. 在⋯之前

▲Sam **preceded** the report with a brief introduction.
Sam 在報告之前先做了一個簡短的介紹。

precedence [`prɛsədəns] n. [U] 優先 <over> [同] priority

▲I believe quality always **takes precedence over** quantity. 我認為質永遠比量重要。

---

13 **punctual** [`pʌŋktʃuəl] adj. 準時的

▲Kevin is always **punctual** for appointments.
Kevin 約會一向準時。

punctually [`pʌŋktʃuəlɪ] adv. 準時地

▲The employees are required to arrive at work **punctually** every day. 員工被要求必須每天準時上班。

---

14 **rehabilitate** [ˌriə`bɪləˌtet] v. 使康復或恢復正常生活；修復

▲We need plans and places to help **rehabilitate** drug addicts. 我們需要協助藥物成癮者恢復正常生活的計畫和地方。

▲The officials have decided to spend some money **rehabilitating** this old bridge.
官員決定花些錢修復這座老舊的橋。

---

15 **ripple** [`rɪpl̩] n. [C] 漣漪

▲A gentle wind **made ripples** on the surface of the pond.
微風使池面泛起漣漪。

💡a ripple of laughter/applause/excitement 一陣笑聲／掌聲／騷動

Level 6

ripple [ˋrɪpl̩]
v. (使) 起漣漪
▲A soft breeze **rippled** the lake. 輕柔的微風在湖面吹起漣漪。

16 **setback** [ˋsɛt͵bæk]
n. [C] 阻礙，挫折 <to, for, in>
▲The CEO's resignation was a serious **setback to** the company. 執行長辭職對公司而言是個重大的打擊。
suffer/receive/experience a setback 遭遇挫折

17 **snore** [snor]
v. 打鼾
▲My father **snores** horribly every night. 我爸每天晚上打鼾的聲音都大得嚇人。

snore [snor]
n. [C] 鼾聲
▲My father's loud **snores** woke me up. 我爸響亮的鼾聲吵醒了我。

18 **stature** [ˋstætʃɚ]
n. [U] 身高 [同] height；名望，聲譽 [同] reputation
▲The boy's short **stature** prevented him from joining the basketball team. 那男孩因為身材矮小而無法加入籃球隊。
▲I want to study at a great university of considerable **stature**. 我想去念聲譽卓著的好大學。
gain/grow/rise in stature 聲望提高

19 **superintendent** [͵supɚɪnˋtɛndənt]
n. [C] 主管，負責人
▲The **superintendent** of our department asks us to report to him once a week. 我們部門的主管要求我們每週一次向他報告工作情況。

20 **tiptoe** [ˋtɪp͵to]
n. [C][U] 腳尖
▲I walked up the stairs **on tiptoe**. 我躡手躡腳地走上樓。
stand/walk on tiptoe(s) 踮起腳尖站立／走路

tiptoe [ˋtɪp͵to]
v. 踮著腳尖走
▲We **tiptoed** so we would not make a sound and wake up the baby. 我們踮腳走路以免發出任何聲響吵醒嬰兒。

21 **vineyard**

[ˋvɪnjɚd]

n. [C] 葡萄園

▲Eric owns a **vineyard** that can produce 500 gallons of wine every year.

Eric 擁有一座能年產五百加侖葡萄酒的葡萄園。

---

22 **yearn**

[jɝn]

v. 渴望 <for, to> [同] long

▲The prisoner **yearned for** his freedom. 這囚犯渴望自由。

▲The couple **yearned to** go to France on their honeymoon. 那對情侶渴望去法國度蜜月。

---

23 **yogurt**

[ˋjogɚt]

n. [C][U] 優酪乳，優格

▲A bowl of **yogurt** with fruit makes a delicious and nutritious breakfast. 一碗優格加水果是美味又營養的早餐。

---

24 **zoom**

[zum]

v. 激增 [同] escalate；快速移動，疾駛而過

▲Interest rates have **zoomed** from 5% to 15% in the past few days. 利率在過去幾天內已由 5% 漲到 15%。

▲The electric vehicle **zoomed** past me without a sound.

那臺電動車無聲地從我身邊疾駛而過。

💡zoom in/out (鏡頭) 拉近／遠

zoom

[zum]

n. [C] 變焦鏡頭 (also zoom lens)

▲Take a close-up with a **zoom**. 用變焦鏡頭拍一張特寫。

Level 6

單字索引

單字索引

D

Q

Index

T

Unit 1

1 **ace** [es]
n. [C] 一流的發球
▲Peter hit an **ace** on his first serve.
Peter 一開始就擊出了一個漂亮的發球。

ace [es]
adj. 一流的
▲David's an **ace** football player. David 是一流的美式足球選手。

---

2 **artifact** [ˋɑrtɪ͵fækt]
n. [C] 人工製品 (also artefact)
▲**Artifacts** such as bowls were created in prehistoric times.
像碗之類的人工製品在史前時代就被製作出來了。

---

3 **barefoot** [ˋbɛr͵fʊt]
adv. 赤腳地
▲I love to walk **barefoot** in the sand at the beach.
我喜歡光著腳走在海邊沙灘上。

---

4 **chatter** [ˋtʃætɚ]
v. 喋喋不休 [同] jabber；(機器、牙齒等) 咯咯作響，顫動
▲Stop **chattering** and finish your work.
不要再喋喋不休，做完你的工作吧！
▲It was so cold that my teeth **chattered**.
天氣冷得我牙齒直打顫。

chatter [ˋtʃætɚ]
n. [U] 閒聊
▲My roommates' endless **chatter** is annoying.
室友們聊天聊個沒完，真令人受不了。

---

5 **clench** [klɛntʃ]
v. 咬緊；握緊 [同] grasp
▲The girl **clenched** her teeth to hold back the tears.
女孩咬緊牙關忍住淚水。
▲The boy **clenched** the coins in his hand.
男孩把硬幣緊握在手裡。

---

6 **crook** [krʊk]
n. [C] 彎曲處 [同] bend
▲The vet held the puppy in the **crook** of her arm.
獸醫將小狗抱在她的臂彎裡。

crook [kruk]

v. 使彎曲 [同] bend [反] straighten

▲My supervisor **crooked** his finger, gesturing for me to go to him. 主管彎曲手指，示意我過去他那邊。

crooked [ˋkrukɪd]

adj. 彎曲的 [同] bent [反] straight；欺詐的 [同] dishonest [反] honest

▲Many collisions happened along the **crooked** road.
這彎曲的路段發生過許多撞車事件。

▲Some **crooked** businessmen try to evade taxes.
有些不肖商人試圖逃稅。

---

7 **dissuade** [dɪˋswed]

v. 勸阻 <from> [同] deter [反] persuade

▲The father **dissuaded** his daughter **from** marrying her boyfriend. 這位父親勸阻女兒不要和男朋友結婚。

---

8 **doorstep** [ˋdɔr͵stɛp]

n. [C] 門口的臺階

▲A cat is sleeping on the **doorstep**. 一隻貓在門口的臺階上睡覺。

💡on one's doorstep 在某人住家附近

---

9 **ebb** [ɛb]

n. [C] 退潮 (usu. sing.)

▲The tide is on the **ebb** now. 現在正在退潮。

💡the ebb and flow 潮起潮落；(人生、事業等的) 盛衰

ebb [ɛb]

v. 衰退 <away> [同] decline [反] grow

▲The injured soldier felt his life **ebbing away**.
受傷的士兵感到生命力正在流失。

---

10 **expel** [ɪkˋspɛl]

v. 驅逐 <from> [同] dismiss [反] accept (expelled | expelled | expelling)

▲The student was **expelled from** school for hitting a teacher.
這名學生因毆打老師而被學校退學了。

---

11 **fret** [frɛt]

v. 苦惱 <about, over> [同] worry (fretted | fretted | fretting)

▲Susan spent most of her time **fretting about** trifles.
Susan 大半時間在為小事煩惱。

---

12 **hairdo** [ˋhɛr͵du]

n. [C] 髮型 [同] hairstyle

▲Mrs. Wang got a new **hairdo** in that hairdressing salon.

王太太在那家美容院做了一個新髮型。

---

13 **hereafter** [hɪr`æftɚ]

adv. 從今以後 [同] from now on

▲Mr. White will **hereafter** be in charge of our company's computers. 從現在起由 White 先生來管理我們公司的電腦。

hereafter [hɪr`æftɚ]

n. [sing.] 來世 (the ~) [同] afterlife

▲My mother believes that she will meet my father again in **the hereafter.** 我媽媽相信死後會和爸爸再相遇。

---

14 **incidental** [,ɪnsə`dɛntl̩]

adj. 附帶的 <to>

▲The bill includes several **incidental** charges.

這帳單包含了幾項雜支。

---

15 **nonviolent** [nɑn`vaɪələnt]

adj. 非暴力的

▲Dr. King led **nonviolent** protests against racial discrimination. 金恩博士領導非暴力抗爭反對種族歧視。

nonviolence [nɑn`vaɪələns]

n. [U] 非暴力 (主義)，消極反抗

▲Mahatma Gandhi is a proponent of **nonviolence.**

聖雄甘地是非暴力主義的倡導者。

---

16 **preface** [`prɛfəs]

v. 為…作序文，為…作開場 <with>

▲I **prefaced** my speech **with** my sincere gratitude to the organizers. 我以我對主辦單位誠摯的感謝作為演說的開場白。

---

17 **prune** [prun]

v. 修剪 <back> [同] trim；刪除，刪減 <back> [同] eliminate

▲John spent the weekend **pruning back** the hedges.

John 整個週末都在修剪樹籬。

▲You have to **prune** the redundant words from your essay.

你必須刪除文章中多餘的字詞。

---

18 **retaliate** [rɪ`tælɪ,et]

v. 報復 <by, against> [同] revenge

▲Tom slapped Jack, so Jack **retaliated by** kicking Tom's ankle. Tom 打了 Jack 一巴掌，於是 Jack 踢 Tom 的腳踝來報復。

retaliation [rɪ,tælɪ`eʃən]

n. [U] 報復 <against, for> [同] revenge

▲The citizens lived under the terrorists' threats of **retaliation.**

市民們活在恐怖分子報復的威脅中。

▲The enemy took immediate measures **in retaliation for** the military attack. 敵方對於這個軍事攻擊採取即刻的報復行動。

---

19 **spire** [spaɪr]

n. [C] 尖頂 [同] steeple

▲The **spires** of the Catholic church were visible in the distance. 那座天主教堂的尖塔從遠處就可看到。

---

20 **streak** [strik]

n. [C] 條紋 [同] stripe；傾向

▲There were **streaks** of mascara on your cheek. 你臉頰上有一些睫毛膏。

▲Sam has a **streak** of stubbornness in him. Sam 有些固執。

💡a streak of lightning 一道閃電 | a cruel/mean/jealous/romantic streak | 性格殘暴 / 卑鄙 / 善妒 / 浪漫

streak [strik]

v. 在…留下條紋；疾馳

▲Alan was **streaked** with sweat after exercising. 運動過後，Alan 身上都是汗水的痕跡。

▲The car **streaked** down the street. 這輛車在路上疾馳。

---

21 **tempest** [ˋtɛmpɪst]

n. [C] 暴風雨 [同] storm

▲A violent **tempest** blew the ship off its course. 猛烈的暴風雨把船吹離了航線。

---

22 **trot** [trɑt]

n. [C] 騎馬疾行；[sing.] 奔走，小跑步

▲The cavalry went at a **trot**. 騎兵隊快馬前進。

▲The pedestrian **broke into a trot** as it started to rain. 開始下雨時，那個路人快步小跑了起來。

trot [trɑt]

v. 快步走，急速前進 <along> (trotted | trotted | trotting)

▲The dog **trotted along** after the sheep. 狗快步地追趕著羊。

---

23 **uphold** [ʌpˋhold]

v. 支持，維護 [同] support (upheld | upheld | upholding)

▲The president vowed to **uphold** the rights of minority groups. 總統誓言維護少數族群的權利。

---

24 **victorious** [vɪkˋtorɪəs]

adj. 獲勝的 <in, over> [同] triumphant

▲We were **victorious over** our opponents. 我們擊敗了對手。

25 **zinc** [zɪŋk]

n. [U] 鋅

▲The iron bar is plated with **zinc** to stop it from rusting.
這根鐵棒被鍍上鋅以免生鏽。

Unit 2

1 **arctic** [ˋɑrktɪk]

adj. 北極的 (also Arctic)；極寒的 [同] frigid

▲This moss is usually found in **Arctic** regions.
這種苔蘚通常可以在北極地區找到。

▲Some soldiers were frozen to death in the **arctic** climate of Russia. 一些士兵在俄國嚴寒的氣候下凍死。

Arctic [ˋɑrktɪk]

n. [U] 北極區 (the ～)

▲Penguins live in the Antarctic, and polar bears live in **the Arctic.** 企鵝住在南極，北極熊住在北極。

---

2 **asylum** [əˋsaɪləm]

n. [U] (政治的) 庇護 [同] shelter

▲A Russian athlete **asked for** political **asylum** while attending the Olympic Games.
一名俄國運動員於參加奧運時請求政治庇護。

grant sb asylum 給予…庇護

---

3 **barometer** [bəˋrɑmətɚ]

n. [C] 氣壓計；變化指標 <of>

▲Thunderstorms are likely to occur when the **barometer** falls suddenly in the summer.
夏天氣壓突然下降時，很有可能會出現雷雨天氣。

▲Blood pressure is an important **barometer of** health.
血壓是重要的健康指標。

---

4 **carbohydrate** [ˌkɑrboˋhaɪdret]

n. [C][U] 碳水化合物，醣類

▲Soda pop contains **carbohydrates.** 汽水裡含有碳水化合物。

---

5 **check-in**

n. [U] (機場、旅館等的) 報到 (手續)；[C] (機場、旅館的) 報到處

[ˋtʃɛk͵ɪn]

▲E-tickets make **check-in** easier. 電子機票使報到手續更簡單。

▲Can we meet at the **check-in** tomorrow?
我們明天可以在報到處碰面嗎？

checkout [ˋtʃɛk͵aʊt]

n. [C] 收銀臺；[U] (旅館等的) 退房，結帳離開

▲During the summer vacation, I worked part-time at the **checkout** in a supermarket. 暑假時我在超市兼差收銀。

▲Our VIP guests can enjoy late **checkout** until 2 p.m.
貴賓級的客人可享受延遲退房到下午兩點。

---

6 **commence** [kəˋmɛns]

v. 開始 [同] begin [反] end

▲Classes will **commence** in February. 課程將於二月開始。

---

7 **deficiency** [dɪˋfɪʃənsɪ]

n. [C][U] 不足 <in, of> [同] lack [反] sufficiency；缺陷 <in> [同] flaw

▲Many elderly people suffer from broken bones caused by calcium **deficiency**. 很多老年人因為鈣質不足而骨折。

▲The most serious **deficiency in** the factory is the lack of automatic machines. 工廠最嚴重的缺點就是缺乏自動化的機器。

deficient [dɪˋfɪʃənt]

adj. 缺乏的 <in> [同] inadequate；有缺陷的 <in> [同] defective

▲Junk food is **deficient in** nutrients. 垃圾食品缺乏營養。

▲Dino's study is seriously **deficient in** some aspects.
Dino 的研究在某些方面有嚴重缺陷。

💡mentally deficient 智能不足的

---

8 **distort** [dɪsˋtɔrt]

v. 扭曲 (聲音、圖像等)；曲解事實 [同] misrepresent

▲Linda's face was **distorted** in the broken mirror.
從破掉的鏡子裡看，Linda 的臉變形了。

▲The reporter deliberately **distorted** my argument.
記者刻意扭曲我的論點。

---

9 **ecstasy** [ˋɛkstəsɪ]

n. [C][U] 欣喜若狂

▲The people of Morocco **went into ecstasies** over the historic victory in the World Cup.
摩洛哥人民因在世界盃足球賽取得歷史性的勝利而欣喜若狂。

10 **expertise**
[ˌɛkspɚˋtiz]

n. [U] 專門的知識技術 <in>

▲The job requires **expertise in** computer programming.
這項工作需要專業的電腦程式設計能力。

---

11 **exquisite**
[ˋɛkskwɪzɪt]

adj. (品味等) 敏銳的，有鑑賞力的；(工藝等) 精美的，細緻的 [同] delicate

▲Mrs. Smith had **exquisite** taste in clothes.
Smith 太太穿著的品味高雅。

▲The artist painted her portrait with **exquisite** precision.
畫家無比精確地畫下她的肖像。

---

12 **generalize**
[ˋdʒɛnərəlˌaɪz]

v. 概括而論 <about> [同] conclude；歸納 <from>

▲The author **generalized** that people who live in a big city are indifferent and selfish.
作者概括而論地說大城市的人都冷漠且自私。

▲The scientist **generalized from** the experiments and proposed his theory. 科學家歸納實驗結果，並提出他的理論。

---

13 **heavenly**
[ˋhɛvənlɪ]

adj. 天堂的 [同] divine；極好的 [同] wonderful [反] awful

▲This song is like a **heavenly** melody.
這首歌如同天堂之樂般悅耳。

▲The idea of spending the holidays in the mountains seems **heavenly**. 到山裡渡假的想法極吸引人。

💡heavenly Father 天父，上帝

---

14 **oar**
[or]

n. [C] 槳

▲We need a pair of **oars** to row the boat.
我們需要一對槳來划船。

---

15 **prick**
[prɪk]

v. 刺，戳洞 [同] puncture；刺痛

▲Potatoes cook faster if you **prick** them before baking.
烤馬鈴薯前先在上面戳洞會比較快熟。

▲The gardener **pricked** his fingers on the cactus thorns.
園丁的手指被仙人掌的刺刺到。

💡prick one's conscience 使某人良心不安

PLUS

16 **quarrelsome** [ˋkwɔrəlsəm]
adj. 好爭吵的 [同] argumentative [反] agreeable
▲The two brothers are **quarrelsome**. They are always fighting. 這兩兄弟愛吵架。他們總是爭吵不休。

---

17 **reel** [ril]
n. [C] 一卷
▲Robert put a **reel** of film in the camera and started to take pictures. Robert 把一卷底片放入相機開始拍照。

reel [ril]
v. 用捲軸捲；蹣跚 [同] stagger
▲The angler is **reeling in** his catch. 垂釣者正把魚拉上來。
▲The sheriff got drunk and **reeled** out of the pub.
警長喝醉了，蹣跚地走出酒吧。

---

18 **ruby** [ˋrubɪ]
n. [C] 紅寶石
▲A **ruby** ring is my favorite type of jewelry.
紅寶石戒指是我最喜歡的珠寶類型。

ruby [ˋrubɪ]
adj. 紅寶石色的
▲The wine is **ruby** in color. 這葡萄酒有紅寶石的色澤。

---

19 **smack** [smæk]
v. 拍打，掌摑 [同] slap；(看到食物而) 咂嘴
▲The mother punished her son by **smacking** his bottom.
那位母親用打屁股的方式處罰兒子。
▲The gourmet **smacked** his lips when he saw the turkey.
那位美食家看到火雞時，咂了咂嘴唇。

smack [smæk]
n. [C] 摑掌，猛擊 [同] slap；咂嘴，大聲親吻
▲Ian got a **smack** in the face from his friend.
Ian 被他的朋友打了臉。
▲Cindy gave her baby a **smack** on the cheek.
Cindy 在寶寶的臉頰上大聲地親了一下。

---

20 **stump** [stʌmp]
n. [C] 樹樁
▲The trees were cut down to a **stump**. 樹被砍到只剩樹樁。
💡the stump of a candle/tooth/tree 蠟燭頭 / 斷齒根 / 樹樁

stump [stʌmp]
v. 使困惑 [同] bewilder
▲This sudoku puzzle **stumps** me. 這個數獨題目難倒我了。

21 **thrift**

[θrɪft]

n. [U] 節儉

▲Jenny's parents asked her to practice **thrift**.

Jenny 的父母要求她力行節儉。

thrifty

[ˋθrɪftɪ]

adj. 節儉的 [同] economical

▲My wife is a **thrifty** shopper, always looking for the cheapest prices. 我老婆買東西很省，總是在找最便宜的價格。

---

22 **topple**

[ˋtapḷ]

v. 傾倒 [同] overturn；推翻 [同] overthrow

▲The pile of bricks **toppled** over onto the ground.

那堆磚塊坍倒在地上。

▲The general decided to **topple** the regime.

將軍決定推翻該政權。

---

23 **umpire**

[ˋʌmpaɪr]

n. [C] (棒球、網球、板球等的) 裁判

▲The **umpire** called the batter out. 裁判判打者出局。

umpire

[ˋʌmpaɪr]

v. 裁判

▲Mr. Green was asked to **umpire** the game.

Green 先生被要求當這場比賽的裁判。

---

24 **urine**

[ˋjʊrɪn]

n. [U] 尿液

▲The doctor needed a sample of her **urine** for a further medical examination.

醫生需要她的尿液樣本來做更進一步的化驗。

---

25 **utmost**

[ˋʌtˌmost]

adj. 極度的 (the ~) [同] ultimate

▲The commander drew up a plan with **the utmost** care.

指揮官極度審慎地擬定計畫。

utmost

[ˋʌtˌmost]

n. [sing.] 最大限度

▲The car mechanic **did his utmost to** fix my car.

修車工人竭盡全力要把我的車修好。

to the utmost of one's ability 盡某人能力的極限

Unit 3

1 **armor**
[ˋɑrmɚ]

n. [U] 盔甲

▲In the Middle Ages, knights wore suits of **armor** when going into battle. 在中世紀，騎士上戰場時會穿盔甲。

2 **beckon**
[ˋbɛkən]

v. 示意 <to> [同] signal；吸引 <to> [同] attract

▲The police officer **beckoned** me **to** follow him.
警察示意要我跟著他。

▲The smell of coffee **beckoned** them.
咖啡的香味吸引了他們。

3 **besiege**
[bɪˋsidʒ]

v. 包圍；(以問題等) 煩擾 <with> [同] bombard

▲The army **besieged** the fort until their enemies surrendered. 軍隊包圍堡壘直到敵人投降為止。

▲The actress was **besieged with** questions in the press conference. 那位女演員在記者會上被問得難以招架。

4 **brisk**
[brɪsk]

adj. 敏捷的，輕快的 [同] quick；涼爽的 [同] refreshing

▲A group of soldiers traveled across the field at a **brisk** pace. 一群士兵以敏捷的步伐穿過原野。

▲The wind on the top of the hill was **brisk**.
山頂上的風很涼爽。

briskly
[ˋbrɪsklɪ]

adv. 敏捷地，輕快地

▲Nancy walked **briskly**, and her cheeks turned rosy. Nancy 輕快地走著，臉頰潤變得紅潤起來。

5 **clan**
[klæn]

n. [C] 宗族，大家族；同黨，團體 [同] group

▲Ivan said in jest that the whole **clan** was coming to stay with us for the New Year holiday.
Ivan 開玩笑說整個家族都會來與我們共度新年假期。

▲The **clan** of actors often spend their leisure hours in this club. 那群演員常來這間俱樂部消磨時間。

6 **clutch**
[klʌtʃ]

v. 緊握 <at> [同] grip [反] loosen

▲The boy **clutched at** the rope in case he would fall.
男孩緊抓著繩子以免掉下去。

clutch n. [C] 離合器；[pl.] 抓住，掌控 [同] control

[klʌtʃ]

▲To drive a car with manual transmission, you have to push the **clutch** in and then put the car into gear.

開手排車，你必須踩下離合器然後進檔。

▲The poor sparrow was **in the clutches of** a hawk.

那隻可憐的麻雀被老鷹抓住。

---

7 **degrade** v. 貶損 [同] debase；使惡化 [反] improve

[dɪˋgred]

▲Don't **degrade** yourself by telling such a lie.

不要撒這種謊來貶損自己。

▲The environment was **degraded** by severe industrial pollution. 嚴重的工業污染使環境惡化。

---

8 **distrust** n. [U] [sing.] 不信任 <of> [同] mistrust [反] trust

[dɪsˋtrʌst]

▲The villagers have a deep **distrust of** outsiders.

村民非常不信任外來者。

distrust v. 不信任 [同] mistrust [反] trust

[dɪsˋtrʌst]

▲I have **distrusted** David ever since he lied to me.

自從 David 對我說謊以後，我再也不信任他了。

---

9 **elite** n. [C] 精英

[ɪˋlit]

▲The intellectual **elite** have been trying to improve the government's tax system.

這些知識精英不斷試著去改進政府的稅務制度。

---

10 **fad** n. [C] 一時性的流行 [同] fashion

[fæd]

▲Roller-skating was once a **fad** among youngsters.

溜滑輪曾是年輕人的時下流行。

---

11 **famine** n. [C][U] 饑荒

[ˋfæmɪn]

▲That country is experiencing a terrible **famine**.

那個國家正經歷嚴重的饑荒。

---

12 **glisten** v. (潮溼或具光澤的表面) 閃閃發光 <with> [同] gleam

[ˋglɪsn̩]

▲Hermione's eyes **glistened with** tears as she read the letter. Hermione 讀信的時候，眼睛閃著淚光。

PLUS

13 **heed** [hid]
v. 注意，留心 [同] mind [反] neglect
▲You should have **heeded** my words. 你早該聽我的話。

heed [hid]
n. [U] 注意，留心 <of, to> [同] attention [反] disregard
▲My husband **took** no **heed of** my advice.
老公沒有把我的忠告聽進去。

---

14 **mellow** [ˋmɛlo]
adj. 醇熟的 [同] full-flavored
▲Helen enjoyed the **mellow** taste of wine.
Helen 享受醇酒的滋味。

mellow [ˋmɛlo]
v. (使) 成熟 [同] mature
▲Age has **mellowed** Shawn, and now he is a sympathetic person.
歲月使 Shawn 成熟許多，現在的他很有同理心。

---

15 **outdo** [autˋdu]
v. 勝過，超越 <in> (outdid | outdone | outdoing) [同] excel
▲Henry **outdoes** me in every subject.
Henry 每一個科目都勝過我。
▲**Not to be outdone**, Rebecca spent extra hours on preparing for the contest.
為了不輸給別人，Rebecca 花了額外的時間準備比賽。

---

16 **pierce** [pɪrs]
v. 穿洞 [同] puncture
▲Mindy had her ears **pierced**. Mindy 穿了耳洞。

piercing [ˋpɪrsɪŋ]
adj. (眼光) 銳利的 [同] penetrating
▲Lily's **piercing** eyes made James uncomfortable.
Lily 銳利的眼神讓 James 覺得不舒服。

---

17 **query** [ˋkwɪrɪ]
n. [C] 疑問，質疑 [同] question [反] answer
▲The man raised a **query** about my motive.
那人對我的動機提出質疑。

query [ˋkwɪrɪ]
v. 詢問 [同] inquire；懷疑 [同] doubt
▲Andrew **queried** my reason for leaving the post.
Andrew 詢問我離職的原因。
▲I **query** whether Ben's words can be trusted.

我懷疑 Ben 的話是否可信。

18 **rumble** [ˋrʌmbḷ]

v. 咕嚕咕嚕作響；隆隆作響

▲Lindsay's stomach **rumbled** because she didn't eat breakfast. Lindsay 因為沒吃早餐，肚子咕嚕咕嚕作響。

▲The tanks **rumbled** along the road and headed to the front. 坦克隆隆地駛過這條路並向前線邁進。

rumble [ˋrʌmbḷ]

n. [C] 隆隆聲

▲I just heard a **rumble** of thunder. 我剛剛聽到雷聲。

19 **safeguard** [ˋsef,gɑrd]

n. [C] 保護物，保護裝置 <against> [同] protection

▲That lock is a **safeguard against** improper operation. 那個鎖是防止不當操作的安全裝置。

safeguard [ˋsef,gɑrd]

v. 保護 <against, from> [同] protect [反] endanger

▲The copyright law serves to **safeguard** the rights of authors or publishers. 版權法是用來保護作者或出版者的權利。

20 **smother** [ˋsmʌðɚ]

v. 使窒息 [同] suffocate；抑制 (感情等) [同] suppress

▲The murderer **smothered** the victim with a pillow. 兇手用枕頭把被害人悶死。

▲Amy struggled to **smother** her frustration. Amy 努力地抑制她的挫敗感。

💡smother anger/irritation/self-pity/giggles/jealousy 壓抑怒氣 / 憤怒 / 自憐 / 竊笑 / 嫉妒

21 **stunt** [stʌnt]

v. 阻礙生長，妨礙發展

▲Lack of sufficient nutrition will **stunt** a child's growth. 營養不足會阻礙一個孩子的成長。

stunt [stʌnt]

n. [C] 特技 [同] trick

▲Jackie performed a **stunt** in the show. Jackie 在節目中表演特技。

💡stunt man/woman 特技男 / 女演員；男 / 女替身 | pull a stunt 耍噱頭，耍花招

PLUS

22 **substitution** [ˌsʌbstəˋtjuʃən]

n. [C][U] 代替；代換

▲In my experience, the **substitution of** gum-chewing **for** smoking doesn't work.
就我的經驗來說，以嚼口香糖來取代吸菸不可行。

---

23 **throb** [θrɑb]

v. 抽動，跳動 <with> [同] beat (throbbed | throbbed | throbbing)

▲My head **throbbed with** pain as I hadn't slept for forty-eight hours straight.
我的頭陣陣劇痛，因為我已經連續四十八小時沒睡了。

throb [θrɑb]

n. [C] 跳動，搏動

▲Carol is so nervous that she can feel the **throb** of her heart. Carol 緊張到可以感覺自己的心跳。

---

24 **understandable** [ˌʌndɚˋstændəbl̩]

adj. 可以理解的

▲Your disappointment is perfectly **understandable**.
你的失望是完全可以理解的。

---

25 **valiant** [ˋvæljənt]

adj. 勇敢的 [同] brave

▲Maggie made a **valiant** attempt to compete with the world champion. Maggie 勇敢嘗試去對抗世界冠軍。

Unit 4

1 **auxiliary** [ɔgˋzɪljərɪ]

adj. 備用的 [同] supplementary [反] chief

▲Since the main engine was broken, we had no choice but to use the **auxiliary** one.
由於主引擎故障，我們只好使用備用引擎。

---

2 **bazaar** [bəˋzɑr]

n. [C] 市集 [同] market

▲The tourists were bargaining for souvenirs in the **bazaar**. 觀光客在市集裡針對紀念品討價還價。

---

3 **bleak**

adj. 荒涼的 [同] barren；黯淡的 [同] depressing

[blik] ▲There is an abandoned hut on the **bleak** hilltop.
荒涼的山丘上有一間廢棄小屋。
▲The veteran led a **bleak** life in his old age because he had no one to depend on and suffered PTSD.
這名老兵晚年過著淒涼的生活，因為他沒有人能夠依靠，又患有創傷後壓力症候群。

---

4 **caress** [kəˋrɛs]
v. 撫摸 [同] stroke
▲The mother gently **caressed** the back of her baby.
母親溫柔地撫摸寶寶的背部。

caress [kəˋrɛs]
n. [C] 撫摸
▲Mike gave his lover a **caress** to comfort her.
Mike 輕撫他的愛人以安慰她。

---

5 **cocoon** [kəˋkun]
n. [C] 繭 <of>
▲The caterpillar came out of its **cocoon** and became a beautiful butterfly. 毛毛蟲破繭而出變成美麗的蝴蝶。

cocoon [kəˋkun]
v. (為保護而) 把…裹起來 <from, in> [同] protect
▲Refusing to work, Andy was still **cocooned in** his father's wealth. Andy 拒絕工作，並且仍受他父親財富的庇護。

---

6 **commemorate** [kəˋmɛmə͵ret]
v. 慶祝 [同] celebrate；紀念 [同] memorialize
▲We **commemorated** our school's 60th anniversary.
我們慶祝六十週年校慶。
▲The monument **commemorates** the 228 Incident.
這座紀念碑紀念二二八事件。

commemoration [kə͵mɛməˋreʃən]
n. [C][U] 紀念，紀念儀式
▲A series of concerts were held **in commemoration of** the 200th anniversary of Mozart's death.
為了紀念莫札特逝世兩百週年舉行了一連串的音樂會。

---

7 **denounce** [dɪˋnaʊns]
v. 譴責 <as> [同] condemn [反] praise；告發，指控 <as, to> [同] accuse
▲Some politicians openly **denounced** the mayor's

PLUS

inability to deal with the emergency.
有些政客公開譴責市長在處理緊急事件上的無能。

▲Sylvia **denounced** her ex-boyfriend **as** a spy.
Sylvia 告發她的前男友是間諜。

---

8 **dosage**
[ˋdosɪdʒ]

n. [C] 一劑的藥量 (usu. sing.)

▲The correct **dosage** is one spoonful four times a day.
正確的藥量是每天四次，每次一湯匙。

---

9 **dreary**
[ˋdrɪrɪ]

adj. 沉悶的，乏味的 [同] gloomy [反] cheerful

▲It was a **dreary** December night—cold, dark, and wet.
這是個沉悶的十二月夜晚——又冷、又黑、又溼。

drearily
[ˋdrɪrɪlɪ]

adv. 沉悶地

▲The old woman was dressed **drearily** in gray.
老婦人穿著灰沉沉的衣服。

---

10 **federation**
[ˌfɛdəˋreʃən]

n. [C] 聯盟 [同] league；聯邦

▲Several countries formed a **federation** to develop international trade. 幾個國家組成聯盟以發展國際貿易。

▲Kazan is a city in the Russian **Federation**.
喀山是俄羅斯聯邦的一個城市。

---

11 **flare**
[flɛr]

v. 火光閃耀 <up> [同] blaze；突然發怒 <up> [同] explode

▲The bonfire **flared** in the wind. 營火在風中熊熊燃燒著。

▲My temper **flared up** because Alex called me names.
Alex 罵我使得我勃然大怒。

flare
[flɛr]

n. [C] 火光閃耀 [同] blaze

▲There was a sudden **flare** as Anderson struck a match.
Anderson 一劃火柴，火花就迸出來了。

---

12 **grope**
[grop]

v. 摸索 <for> [同] feel about；搜尋 <for> [同] search

▲Jack **groped** his way across the dark basement.
Jack 摸索而行，穿過黑暗的地下室。

▲We have been **groping for** solutions to defuse the crisis. 我們一直在找尋緩和危機的解決之道。

13 **herald** n. [C] 預兆 [同] sign

[ˋhɛrəld]

▲Dark clouds are the **heralds** of bad weather.

烏雲是壞天氣的預兆。

herald v. 預告…的來臨；宣告 <as> [同] announce

[ˋhɛrəld]

▲The invention of the steam engine **heralded** the beginning of a new era. 蒸汽機的發明預告了新時代的來臨。

▲The new drug **is heralded as** an important breakthrough in modern medicine.

這種新藥被宣告為現代醫學上的重大突破。

---

14 **hysterical** adj. 歇斯底里的，異常激動的 [反] calm

[hɪsˋtɛrɪkl̩]

▲The little girl became **hysterical** when she couldn't find her parents. 小女孩找不到爸媽時變得歇斯底里。

---

15 **militant** adj. 好戰的，好鬥的 [同] aggressive

[ˋmɪlətənt]

▲Ben is unpopular among his peers for his **militant** attitude. Ben 因咄咄逼人的態度在同儕間不受歡迎。

---

16 **oversleep** v. 睡過頭 (overslept | overslept | oversleeping)

[ˌovɚˋslip]

▲I **overslept** this morning and missed the train.

今天早上我睡過頭而沒趕上火車。

---

17 **ransom** n. [C][U] 勒贖金

[ˋrænsəm]

▲The terrorists demanded a **ransom** of five million dollars for the safe return of the journalist.

恐怖分子要求五百萬美元贖金，才會讓該名記者安全回來。

▲The schoolboy was **held for ransom** until the police finally busted the gang.

這名學童被擄勒贖，直到警察終於抓到那幫綁匪才獲釋。

ransom v. (支付贖金) 贖回

[ˋrænsəm]

▲The boy's father **ransomed** him for two million dollars.

男孩的父親支付兩百萬美元贖他回來。

---

18 **rustle** v. (使) 沙沙作響

[ˋrʌsl̩]

▲Jessica's silk dress **rustled** as she moved through the

PLUS

fair. Jessica 穿過市集的時候，她的絲綢洋裝沙沙作響。

▲The strong wind **rustled** the reeds.

強風吹得蘆葦沙沙作響。

rustle [ˋrʌsl̩]

n. [sing.] 沙沙聲

▲We heard a **rustle** in the bushes and were petrified.

我們聽到樹叢裡的沙沙聲，整個嚇壞了。

---

19 **salvation** [sælˋveʃən]

n. [U] 救贖；救星

▲The religious leader's message of **salvation** has changed many lives.

這個宗教領袖的救贖信息改變了很多人的生命。

▲This cup of coffee was my **salvation**. I feel much more awake now. 這杯咖啡真是我的救星，我現在清醒多了。

---

20 **shun** [ʃʌn]

v. 迴避 [同] avoid ；避免 [同] avoid (shunned | shunned | shunning)

▲Harvey was **shunned** by his friends because of the sex scandal. 因為這個性醜聞，Harvey 的朋友都避著他。

▲Sherry enjoys being alone and **shuns** society.

Sherry 喜歡獨自一人並避免交際。

---

21 **snare** [snɛr]

n. [C] 陷阱 [同] trap；(騙人的) 圈套 [同] trick

▲The hunter **laid snares** for the rabbits on the grassland. 獵人設陷阱捕捉草原上的兔子。

▲The enemy **fell** right **into** our **snare**.

敵人正中了我們的圈套。

snare [snɛr]

v. 用陷阱捕捉 [同] trap

▲Sully **snared** the fox that had eaten his chickens.

Sully 用陷阱捉到了那隻吃他雞的狐狸。

---

22 **tariff** [ˋtærɪf]

n. [C] 關稅 <on>；價目表

▲The government should **reduce tariffs on** imported cars. 政府應該減少進口汽車的關稅。

▲You can see the hotel **tariff** at the front desk.

你可以在櫃檯看見旅館價目表。

💡 impose a tariff 徵收關稅 | raise/increase the tariff 增加關稅

---

23 **tranquil** [ˋtræŋkwɪl]

adj. 平靜的，平穩的 [同] peaceful

▲I enjoy the **tranquil** atmosphere of this coffee shop.
我享受這咖啡館的寧靜氣氛。

tranquilize [ˋtræŋkwɪ͵laɪz]

v. 使鎮靜，使麻醉 [同] soothe

▲This drug is used to **tranquilize** animals.
這種藥是用來麻醉動物的。

tranquilizer [ˋtræŋkwɪ͵laɪzɚ]

n. [C] 鎮定劑

▲These **tranquilizers** will help you to relieve anxiety.
這些鎮定劑可以幫助你緩解焦慮。

---

24 **validity** [vəˋlɪdətɪ]

n. [U] 正當性；有效性

▲The **validity** of the law is questionable.
這條法律的正當性令人質疑。

▲The **validity** of the visa is restricted to one year.
這張簽證的有效期限為一年。

---

25 **wade** [wed]

v. 涉水渡過 <across, through>

▲The river is too deep to **wade across**.
河水太深無法涉水而過。

Unit 5

1 **ambush** [ˋæmbuʃ]

v. 埋伏襲擊 [同] entrap

▲The security guard was **ambushed** by the gunmen while on duty. 這位保全人員在執勤時受到持槍暴徒的襲擊。

ambush [ˋæmbuʃ]

n. [C][U] 埋伏 [同] trap

▲The soldiers **fell into an ambush** near the border.
士兵們在邊界附近遭到埋伏攻擊。

lie/wait in ambush 埋伏

2 **blizzard** [ˋblɪzɚd]
n. [C] 暴風雪 [同] snowstorm
▲We were stuck at the airport for two days because of the **blizzard**. 因為這場暴風雪，我們被困在機場兩天。

3 **blunder** [ˋblʌndɚ]
n. [C] 愚蠢的大錯 [同] error
▲I **made/committed** a **blunder** by taking him for his younger brother. 我犯了個把他誤認為他弟弟的大錯。

blunder [ˋblʌndɚ]
v. 跌跌撞撞地走 [同] stumble；(因愚蠢或粗心而) 犯錯
▲Aaron **blundered** about in the dim room.
Aaron 在昏暗的房裡跌跌撞撞地走著。
▲The pilot **blundered** by pushing the wrong button.
該名飛行員因按錯按鈕，釀成了大錯。

4 **charcoal** [ˋtʃɑr͵kol]
n. [U] 木炭；炭筆
▲Don't forget to buy some **charcoal** for tomorrow's barbecue party. 別忘了買些明天烤肉派對要用的木炭。
▲William found a sketch drawn in **charcoal** in his grandfather's diary.
William 在爺爺的日記裡找到一張炭筆素描。
a stick/piece of charcoal 一根 / 一塊木炭

5 **coil** [kɔɪl]
n. [C] 捲曲之物
▲Bring me that **coil** of wire on the shelf in the basement.
幫我把地下室架上那卷鐵絲拿過來。

coil [kɔɪl]
v. 纏繞 [同] wind
▲The python **coiled** itself around a tree trunk.
蟒蛇纏繞在樹幹上。

6 **companionship** [kəmˋpænjən͵ʃɪp]
n. [U] 情誼
▲Having lived alone for two years, Lily misses the **companionship** of her old friends.
獨居兩年之後，Lily 想念老朋友的情誼。

7 **disgraceful**
adj. 可恥的 [同] shameful [反] honorable

[dɪs`gresfəl] ▲The cheating student should feel ashamed of his **disgraceful** behavior.
這名作弊的學生該為自己可恥的行為感到羞恥

8 **dissident** [`dɪsədənt]
adj. 持異議的，反政府的
▲The **dissident** writer was put in jail.
那位反政府的作家被捕入獄。

9 **eloquence** [`ɛləkwəns]
n. [U] 口才 [同] rhetoric
▲The politician always speaks with great **eloquence**.
這位政治人物說話總是很有口才。

eloquent [`ɛləkwənt]
adj. 口才好的 [同] rhetorical
▲The lawyer made an **eloquent** plea to the judge.
這個律師口才便給地向法官提出申辯。

10 **fiddle** [`fɪdḷ]
n. [C] 小提琴 [同] violin
▲My little sister plays the **fiddle** in the school band.
我妹妹在學校的樂團中拉小提琴。

fiddle [`fɪdḷ]
v. (無目的地) 撥弄，把玩 <with>
▲Can you stop **fiddling with** your pencil?
你可以不要一直玩你的鉛筆嗎？

11 **flick** [flɪk]
n. [C] (快速的) 輕打，輕彈，輕擺 [同] flip
▲The lady called the waiter over with a **flick** of her hand.
這名女士揮了揮手叫服務生過來。

flick [flɪk]
v. (快速地) 輕打，輕觸 [同] flip；輕彈，輕拂
▲The machine started working after the engineer **flicked** the switch. 工程師按下開關後，機器就開始運作了。
▲The hairstylist **flicked** the dandruff away from the customer's black coat.
髮型師輕輕彈掉顧客黑色外套上的頭皮屑。

12 **hardy** [`hardɪ]
adj. 強壯的 [同] strong [反] weak
▲You have to be **hardy** to work as a construction worker.
你必須要夠強壯才能當建築工人。

PLUS

13 **incense** [ˋɪnsɛns]

n. [U] (尤指宗教儀式中的) 香，薰香

▲The temple burns **incense** every day. 這間寺廟每天燒香。

a stick of incense 一炷香

incense [ɪnˋsɛns]

v. 激怒 [同] irritate

▲The writer was **incensed** by the rude remark.
這位作家被無禮的評論激怒了。

---

14 **nuisance** [ˋnjusn̩s]

n. [C] 令人討厭的東西 (usu. sing.) [同] annoyance

▲The noisy factory is **a public nuisance** to the neighborhood. 這嘈雜的工廠對附近居民而言是項公害。

make a nuisance of oneself 惹人討厭

---

15 **peck** [pɛk]

v. 啄 (食) <at>；輕吻 <on>

▲The sparrows were **pecking at** the grains.
麻雀在啄食穀粒。

▲Ann **pecked** her boyfriend **on** the cheek as they parted.
Ann 跟男友分別時，在他臉頰上輕輕吻了一下。

peck [pɛk]

n. [C] 輕吻

▲The foreign guest gave me a **peck** on the cheek as a greeting. 那位外國貴賓親了一下我的臉頰當作打招呼。

---

16 **ravage** [ˋrævɪdʒ]

v. 毀壞 [同] ruin

▲The village was completely **ravaged** by the war.
這個村莊被戰爭徹底地摧毀了。

ravages [ˋrævɪdʒɪz]

n. [pl.] 損壞 (the ～) <of> [同] devastation

▲The deserted windmill was left to **the ravages of** the rain and the wind. 廢棄的風車被擱置，任由風雨摧殘。

the ravages of war/time/disease 戰爭 / 歲月 / 疾病的摧殘

---

17 **rhythmic** [ˋrɪðmɪk]

adj. 有節奏的 (also rhythmical)

▲The **rhythmic** sound of the rain hitting the tin roof is like a song. 雨有節奏地打在鐵皮屋頂上的聲音就像一首歌。

---

18 **saloon** [səˋlun]

n. [C] (尤指昔日美國西部的) 酒館 [同] bar

▲The two cowboys promised to meet again at the

saloon. 兩位牛仔約定在酒館再次見面。

19 **sanction** [ˋsæŋkʃən]

n. [C] 制裁 (usu. pl.) <against> [同] punishment ; [U] 認可，批准 [同] permission [反] disapproval

▲Many countries have **imposed** economic **sanctions against** Russia since the Ukraine war.

烏克蘭戰爭開打後，已有多國對俄羅斯採取經濟制裁。

▲It is necessary to obtain the **sanction** of the authorities to enter this building. 進入這棟大樓需要得到相關單位的許可。

give sanction to sb/sth 認可…

sanction [ˋsæŋkʃən]

v. 認可，批准 [同] approve [反] disapprove

▲The president refused to **sanction** the use of nuclear weapons in the time of crisis.

總統拒絕在危機時期批准使用核子武器。

20 **shudder** [ˋʃʌdɚ]

v. 發抖 [同] quiver ; 搖動 [同] shake

▲I **shudder to think** what my mother will say when she sees my poor grades.

想到媽媽看到我糟糕的成績會說什麼，就讓我不寒而慄。

▲The car **shuddered** when my father started the engine.

當我父親發動引擎時，車子開始震動了起來。

shudder [ˋʃʌdɚ]

n. [C] 發抖 [同] shiver

▲The girl gave a **shudder** of horror when she entered the haunted house. 女孩進入鬼屋時，嚇得發起抖來。

21 **sneer** [snɪr]

v. 譏笑 <at> [同] mock

▲The naughty students **sneered at** the principal's warning. 頑皮的學生們對校長的警告嗤之以鼻。

sneer [snɪr]

n. [C] 譏笑

▲The boy curled his lips in a **sneer** when the teacher scolded him. 被老師責備時，男孩不屑地撇了撇嘴。

22 **tart** [tɑrt]

n. [C] 塔，餡餅

▲Would you like to have a fruit **tart**? 你要來個水果塔嗎？

tart [tɑrt]
adj. 酸的
▲The apple is really **tart**. 這顆蘋果真的很酸。

23 **tread** [trɛd]
v. 行走 [同] walk；踩踏 <on> [同] step on (trod, treaded | trodden, trod | treading)
▲The runaway girl was **treading** a path through the forest. 逃跑的女孩正沿著一條小徑穿過森林。
▲Please do not **tread on** the lawn. 請不要踐踏草坪。
💡tread water 踩水；原地踏步，沒有進步

tread [trɛd]
n. [sing.] 腳步聲；[C][U] (鞋底、輪胎的) 紋路
▲My little cousins' heavy **tread** on the floor keeps me awake the whole night.
小表弟們重踩在地板上的腳步聲讓我整晚都睡不著。
▲It's weird that the **treads** on the front tires of my new car are quite worn.
奇怪的是，我新車前輪的胎紋已經被嚴重磨損了。

24 **verge** [vɝdʒ]
n. [C] 邊緣 [同] brink
▲The golf player pushed the ball from the **verge** of the green. 高爾夫球選手從果嶺的邊緣把球推擊出去。
💡on the verge of sth 瀕臨…；將要…

verge [vɝdʒ]
v. 緊鄰 <on> [同] border；接近 (某狀態) <on>
▲My estate **verges on** the lake. 我的土地緊鄰著湖邊。
▲The crazy fans' strange behavior **verged on** the outrageous. 這些瘋狂粉絲的怪異行為簡直到了過分的地步。

25 **wail** [wel]
v. 痛哭，嚎啕大哭，哀號
▲The baby **wailed** for her mother. 寶寶哭著要找媽媽。

wail [wel]
n. [C] 鳴聲；痛哭 (聲)，哀號 (聲)
▲Did you hear the **wails** of police sirens?
你有聽到警笛鳴聲嗎？
▲Mrs. Miller let out a **wail** of sadness as she learned that her husband had been executed.

Miller 太太得知先生被處決時，哀痛地哭出聲來。

Unit 6

1 **amiable** [ˋemɪəbl̩]

adj. 和藹可親的 [同] friendly [反] hostile

▲Sally's **amiable** personality allows her to get along with others easily. Sally 和藹可親的個性讓她很容易和別人相處。

---

2 **bog** [bɑg]

v. 使陷入泥沼 <down>；使落入困境 (bogged | bogged | bogging)

▲Our truck was **bogged down** in the mud.
我們的卡車陷入泥沼中。

▲The world economy has been **bogged down** for several years. 世界經濟已低迷好幾年了。

---

3 **bombard** [bɑmˋbɑrd]

v. (連續) 砲轟 [同] bomb；(以大量問題、要求等) 困擾某人 <with> [同] assault

▲The enemy ruthlessly **bombarded** our coastal cities.
敵軍無情地轟炸我方的沿海城市。

▲News reporters **bombarded** the politician **with** questions. 新聞記者們以問題砲轟那個政客。

---

4 **chuckle** [ˋtʃʌkl̩]

v. 咯咯竊笑 [同] giggle

▲Andrew **chuckled** at his mother's funny dress.
Andrew 對他母親滑稽的洋裝咯咯地笑了起來。

chuckle [ˋtʃʌkl̩]

n. [C] 咯咯竊笑 [同] giggle

▲Lily gave a **chuckle** when she saw me fall.
Lily 看見我跌倒，發出咯咯的笑聲。

---

5 **conceit** [kənˋsit]

n. [U] 自負 [同] arrogance [反] humility

▲Celine's **conceit** prevented her from seeing her own faults. Celine 的自負使她無法看清自己的缺點。

conceited

adj. 自負的 [同] arrogant [反] humble

[kən`sitɪd] ▲Many workers dislike the young and **conceited** manager. 很多員工不喜歡這個年輕又自負的經理。

---

6 **confer** [kən`fɝ]

v. 交換意見 <with> [同] discuss；授予 <on, upon> [同] grant [反] deprive (conferred | conferred | conferring)

▲Before answering any questions, the company had better **confer with** its lawyers.
在回答任何問題前，該公司最好和它的律師商議一下。

▲Kyoto University **conferred** an honorary doctorate **on** the scholar. 京都大學授予這位學者名譽博士學位。

---

7 **deteriorate** [dɪ`tɪrɪə,ret]

v. 惡化 [同] worsen [反] improve

▲The air quality in the area has been **deteriorating** steadily since the factory was built.
自從工廠建好以來，這個地區的空氣品質日益惡化。

---

8 **drawback** [`drɔ,bæk]

n. [C] 缺點 <of, to> [同] defect [反] advantage

▲The two major **drawbacks to** living in a big city are the traffic jams and the air pollution.
住在大城市的兩大缺點是交通堵塞和空氣汙染。

---

9 **embark** [ɪm`bɑrk]

v. 登船，登機 [同] board [反] disembark；著手從事 <on, upon> [同] launch

▲The passengers were waiting to **embark** at Keelung for Japan. 乘客們在基隆等待登船前往日本。

▲Martin quit his job and **embarked on** a political career. Martin 辭去工作並開始從政。

---

10 **flap** [flæp]

v. 擺動 [同] flutter；拍打，拍動

▲The national flag was **flapping** in the strong wind.
國旗在強風中飄揚。

▲The sparrow **flapped** its wings and then flew away.
麻雀拍動翅膀然後飛走了。

flap [flæp]

n. [C] (一面固定的) 下垂物；輕拍 [同] flutter

▲Farmers wear caps with **flaps** to protect their faces from the sunlight.

農夫戴有布罩的帽子以保護他們的臉免受陽光照射。

▲The magpie flew onto the roof with a **flap** of its wings.

喜鵲拍拍翅膀，飛到屋頂上。

tent flap 帳棚門罩

---

11 **flicker** [ˋflɪkɚ]

v. 閃爍 [同] sparkle；(表情、想法等) 閃現 <across, on>

▲The candlelight **flickered** in the wind and gradually diminished. 燭光在風中閃閃爍爍，漸漸黯淡下去。

▲When Mr. Lin saw his cat, a smile **flickered across** his face. 林先生看到他的貓時，臉上浮現一抹微笑。

flicker [ˋflɪkɚ]

n. [C] 閃爍 [同] spark；(希望、情緒等的) 閃現 <of>

▲I absent-mindedly stared at the **flicker** of the flames in the fireplace. 我心不在焉地盯著壁爐裡閃爍的火光。

▲The mayor answered the question with a **flicker of** annoyance in his eyes.

市長回答那個問題時，眼中閃現一絲不悅。

---

12 **humanitarian** [hju͵mænəˋtɛrɪən]

adj. 人道主義的 [同] humane

▲The government sent **humanitarian** aid to the victims of the disaster. 政府提供災難受害者人道援助。

---

13 **inward** [ˋɪnwɚd]

adj. 內部的，向內的；內心的 [同] inner

▲The speaker took an **inward** breath and continued her speech. 講者吸了口氣，繼續她的演說。

▲The lottery winner smiled with **inward** joy.

那位中彩券的人發自內心喜悅地微笑。

inward satisfaction/panic/relief 發自內心的滿足 / 慌張 / 安心

---

14 **peddle** [ˋpɛdl̩]

v. 沿街兜售 [同] hawk；傳播 (思想等)

▲My uncle **peddles** souvenirs on the streets every day.

我叔叔每天都在街上兜售紀念品。

▲The politician tries to **peddle** his militarism.

這個政客試圖散播他的軍國主義。

PLUS

15 **pesticide** [ˋpɛstə͵saɪd]

n. [C][U] 殺蟲劑 [同] insecticide

▲The overuse of **pesticides** will pollute the environment. 過度使用殺蟲劑會汙染環境。

16 **pious** [ˋpaɪəs]

adj. 虔誠的 [同] religious [反] impious

▲The **pious** old lady never missed a single church service. 這位虔誠的老太太從未缺席任何一次教會禮拜。

piously [ˋpaɪəslɪ]

adv. 虔誠地

▲The man prayed **piously** to God. 那人虔誠地向上帝禱告。

17 **redundant** [rɪˋdʌndənt]

adj. 累贅的，冗餘的 [同] excessive [反] essential

▲It is **redundant** to say "a sad tragedy."

「悲哀的悲劇」是累贅的說法。

18 **rite** [raɪt]

n. [C] 儀式 [同] ceremony

▲People practice different **rites of passage** in different cultures. 在不同的文化中，人們遵行不同的生命禮儀。

19 **sanctuary** [ˋsæŋktʃu͵ɛrɪ]

n. [C][U] 避難所，庇護 [同] refuge；[C] 禁獵區 [同] reserve

▲The country is considered to be a **sanctuary** for political refugees. 該國被視為政治犯的避難所。

▲This rainforest was made a wildlife **sanctuary** last year. 這座雨林去年被列為野生動物禁獵區。

💡 find/seek sanctuary 尋求庇護

20 **simmer** [ˋsɪmɚ]

v. 用小火煮 [同] stew；內心充滿 (情緒等) <with>

▲The soup is **simmering**. 湯正在用小火燉煮。

▲Don't argue with Susan. Can't you see that she is **simmering with** anger now?

不要去跟 Susan 爭辯。你難道看不出來她現在正一肚子火？

💡 simmer down 平靜下來

simmer [ˋsɪmɚ]

n. [sing.] 用小火煮

▲To make a hearty soup, chop two onions and bring them to a **simmer** first.

要做一道豐盛的湯，切碎兩顆洋蔥並先用小火煨煮。

21 **sprawl**

[sprɔl]

v. 四肢攤開地躺；延伸 [同] extend

▲The strong winds of typhoons can send people **sprawling** to the ground. 颱風的強風可以把人吹倒在地。

▲The vines **sprawled** out everywhere. 藤蔓到處蔓延。

sprawl

[sprɔl]

n. [sing.] (尤指城市雜亂的) 延伸

▲The countryside is being destroyed by **urban sprawl**.

都市無計畫地擴展使鄉村地區受到破壞。

---

22 **taunt**

[tɔnt]

n. [C] 嘲弄 [同] mockery

▲The helpless girl could do nothing but endure those guys' **taunts** and insults.

這無助的女孩什麼也不能做，只能忍受那些男生的譏笑和侮辱。

taunt

[tɔnt]

v. 嘲弄 <about, with> [同] tease

▲The two soccer teams **taunted** each other during the entire game. 這兩支足球隊整場比賽都在互相叫陣。

---

23 **tremor**

[ˋtrɛmɚ]

n. [C] (輕微的) 震動 [同] quake；顫抖 [同] tremble

▲There was a small **tremor** this morning.

今天早上有個小地震。

▲John felt a **tremor** of excitement when he won the race.

John 贏得比賽時，感到一陣興奮的顫抖。

---

24 **victimize**

[ˋvɪktɪ͵maɪz]

v. 使犧牲，使受害，欺凌

▲Some ethnic minorities are **victimized** by mainstream society. 一些少數民族受到主流社會的壓迫欺凌。

---

25 **whirl**

[hwɝl]

v. 旋轉 <around> [同] rotate

▲The elegant dancers **whirled around** in front of the king.

優雅的舞者們在國王面前迴旋起舞。

whirl

[hwɝl]

n. [C] 旋轉 (usu. sing.) [同] spin；[sing.] 混亂，騷動

▲A **whirl** of sand blocked the sailors' vision.

飛旋的風沙擋住了水手們的視線。

▲My thoughts were **in a whirl** after I heard the devastating news. 聽到那個令人驚愕的消息後，我的思緒陷入一片混亂。

PLUS

Unit 7

1 **anecdote**
[ˋænɪk͵dot]

n. [C][U] 軼事 [同] tale

▲A book on the **anecdotes** about the former president was published recently.
最近出版了一本關於前任總統軼事的書。

---

2 **bout**
[baʊt]

n. [C] (拳擊、摔角的) 比賽 [同] match；(疾病的) 發作 <of, with>

▲Sam beat his opponent in the wrestling **bout**.
Sam 在這場摔角比賽中擊敗他的對手。

▲I had a **bout with** chicken pox during the summer vacation. 暑假期間我得了水痘。

---

3 **braid**
[bred]

n. [C] 髮辮，辮子

▲Lily never goes out without wearing her hair in two **braids**. Lily 每次出門必定綁著兩條髮辮。

braid
[bred]

v. 綁辮子

▲On the beach, some women make money by **braiding** tourists' hair.
在海灘上，有些女子替觀光客綁辮子來賺錢。

---

4 **clamp**
[klæmp]

v. (用工具) 夾緊 <together> [同] fasten [反] loosen；強行實施 <on> [同] impose

▲**Clamp** the two planks **together** until the glue gets dry. 將兩片木板夾緊，直到膠水乾透。

▲The rebels **clamped** a curfew **on** the occupied towns.
叛軍在占領的城鎮強制實行宵禁。

💡clamp down on sth 強力取締…

clamp
[klæmp]

n. [C] 夾鉗

▲The blacksmith fastened the two pieces of plates with a **clamp**. 鐵匠用夾鉗固定這兩片板子。

---

5 **constituent**
[kən`stɪtʃuənt]

adj. 組成的 [同] component

▲In order to understand the sentence better, we need to consider its **constituent** parts.
為更理解這個句子，我們需考慮到它的組成部分。

constituent
[kən`stɪtʃuənt]

n. [C] 成分 <of> [同] component

▲What is the major **constituent of** the new medicine?
這種新藥物的主要成分是什麼？

---

6 **counterclockwise**
[ˌkaʊntɚ`klɑkˌwaɪz]

adv. 逆時針地 [反] clockwise

▲Mike unscrewed the cap **counterclockwise** to open the bottle. Mike 逆時針旋轉瓶蓋以打開瓶子。

---

7 **devalue**
[di`vælju]

v. 貶低價值 [反] enhance

▲Dennis tends to **devalue** his own achievements because of his lack of self-confidence.
Dennis 因缺乏自信而傾向貶低自己的成就。

---

8 **displease**
[dɪs`pliz]

v. 使不悅 [同] annoy [反] please

▲Leo's carelessness **displeased** the professor.
Leo 的粗心使教授不悅。

displeased
[dɪs`plizd]

adj. 不滿的 <with, at> [反] pleased

▲Sandy is very **displeased with** you because you are always late. Sandy 對你非常不滿，因為你總是遲到。

---

9 **enact**
[ɪn`ækt]

v. 制定法規 [同] legislate

▲The country's congress **enacted** several new laws.
這個國家的國會制定了幾條新法律。

enactment
[ɪn`æktmənt]

n. [U] 制定 [同] legislation

▲The **enactment** of the abortion law is still in dispute.
墮胎法的制定仍有爭議。

---

10 **fling**
[flɪŋ]

v. 猛扔 [同] hurl；猛然移動 (身體、手臂等) (flung | flung | flinging)

▲The boy **flung** the book down on the sofa and stamped out of the living room.

PLUS

男孩把書摔在沙發上，重重踱步離開客廳。

▲The girl **flung** her arms around her father's neck.
女孩突然伸手抱住父親的脖子。

---

11 **foil** [fɔɪl]

v. 阻撓 [同] hinder

▲An attempt to assassinate the governor was **foiled** by police. 警方阻止了一起暗殺州長的計畫。

foil [fɔɪl]

n. [C] 襯托物，陪襯 <for, to> [同] complement；[U] 箔

▲The dress is a perfect **foil for** Lucy's terrific figure.
這件洋裝完美地襯托出 Lucy 極好的身材。

💡gold foil 金箔｜aluminum foil 鋁箔

---

12 **installment** [ɪn`stɔlmənt]

n. [C] 分期付款

▲Jim paid for the laptop **in/by** six monthly **installments**. Jim 以六個月分期購買筆記型電腦。

💡installment plan 分期付款計畫

---

13 **jeer** [dʒɪr]

v. 嘲笑，嘲弄 <at> [同] sneer

▲The crowd **jeered at** the candidate.
群眾嘲笑那位候選人。

jeer [dʒɪr]

n. [C] 嘲弄，嘲笑 (usu. pl.) [同] taunt

▲The **jeers** and boos made the performer feel uncomfortable. 嘲笑和噓聲讓表演者感到不自在。

---

14 **massacre** [`mæsəkɚ]

v. 屠殺 [同] slaughter

▲Japanese soldiers **massacred** Chinese civilians during World War II.
日軍在第二次世界大戰期間屠殺中國百姓。

---

15 **peg** [pɛg]

n. [C] (衣物的) 掛勾；(固定物體的) 釘，栓，樁 [同] pin

▲James took off his raincoat and hung it on a **peg** outside the door. James 脫下雨衣，掛在門外的掛勾上。

▲The bluesman turned the tuning **pegs** on his guitar and played a few notes.
藍調樂手轉了轉吉他上的調音栓，接著彈了幾個音。

💡 tent/wooden peg 營釘 / 木釘

peg [pɛg]

v. 用釘子固定 <down> (pegged | pegged | pegging)

▲We **pegged down** the tent at the campsite.
我們在營地以釘子固定帳棚。

---

16 **pollutant** [pə`lutənt]

n. [C] 汙染物

▲When these wastes are burned, **pollutants** are released into the air.
這些廢棄物燃燒時，汙染物會被排放到空氣中。

---

17 **relish** [`rɛlɪʃ]

n. [C][U] 佐料；[U] 享受 <with> [同] enjoyment

▲I'd like some **relish** on my hot dog.
我要在我的熱狗上加些佐料。

▲Tina was reading a detective story **with great relish**.
Tina 津津有味地讀著偵探小說。

relish [`rɛlɪʃ]

v. 享受，喜歡 [同] enjoy [反] dislike

▲The greedy man **relished** the idea of cheating others out of their money.
那名貪婪的男子滿心想著要從別人身上騙取錢財。

---

18 **ridicule** [`rɪdɪ,kjul]

n. [U] 嘲笑 [同] mockery

▲John has become an object of **ridicule** among his colleagues. John 已經成了同事們嘲笑的對象。

💡 hold sb/sth up to ridicule 嘲笑⋯

ridicule [`rɪdɪ,kjul]

v. 嘲笑 [同] mock

▲Mr. Wang is often **ridiculed** for his accent.
王先生常因說話的口音受到嘲笑。

---

19 **sane** [sen]

adj. 神智正常的 [反] insane ；合理的 ，明智的 [同] rational [反] irrational

▲As far as I can judge, Roy is perfectly **sane**.
依我的判斷，Roy 的精神狀態相當正常。

▲Turning off the valve immediately is a **sane** action when gas leaks. 瓦斯外洩時立即關上開關是個明智之舉。

---

20 **snort** [snɔrt]

v. (表示不屑而) 發出哼聲

▲The workers **snorted** at the employer's answer.
工人們對雇主的答覆發出不屑的哼聲。

snort [snɔrt]

n. [C] (表不認同等的) 哼聲

▲Billy gave a **snort** of contempt after I expressed my opinion. Billy 在我表達意見後嗤之以鼻。

---

21 **stammer** [ˋstæmɚ]

v. 結巴 [同] stutter

▲The secretary often **stammered** when she felt uncomfortable. 那位祕書感到不自在時，常常會結巴。

stammer [ˋstæmɚ]

n. [C] 結巴 (usu. sing.) [同] stutter

▲Otis spoke with a **stammer** because he was lying. Otis 因為說謊的緣故，說話結結巴巴的。

---

22 **terminate** [ˋtɝmə͵net]

v. 終結 [同] stop [反] start

▲The contract **terminates** on June 30.
這份契約於六月三十日終止。

---

23 **trespass** [ˋtrɛspəs]

v. 侵入 (私有土地) <on> [同] invade；濫用，占用 <on>

▲The sign read, "No **trespassing**."
告示牌上面寫著「禁止入內」。

▲I am sorry to have **trespassed on** your time.
我很抱歉占用了你的時間。

trespass [ˋtrɛspəs]

n. [C][U] (對私有土地的) 侵入 [同] invasion

▲The thief was charged with criminal **trespass**.
這個小偷被控非法入侵。

---

24 **visualize** [ˋvɪʒuəl͵aɪz]

v. 想像，在心中描繪 [同] imagine

▲Can you **visualize** what you will be like in ten years?
你能想像自己十年後的樣子嗎？

---

25 **whisk** [hwɪsk]

v. 攪拌；迅速帶走 <off, away>

▲The baker is **whisking** together the yolks and sugar.
麵包師傅正在將蛋黃和砂糖攪拌在一起。

▲The police squad **whisked** the man **off**.

警隊迅速帶走那名男子。

whisk [hwɪsk]

n. [C] 攪拌器

▲Dad used a **whisk** to mix the batter for the cake.

爸爸用攪拌器混合做蛋糕的麵糊。

Unit 8

1 **antenna** [æn`tɛnə]

n. [C] 天線 (pl. antennas, antennae)；(昆蟲等的) 觸角 (pl. antennae)

▲The soldier was twirling the radio **antenna**, hoping to send out signals successfully.

那名士兵轉動無線電的天線，希望能成功發出信號。

▲A snail's eyes are on its **antennae**. 蝸牛的眼睛長在觸角上。

---

2 **brew** [bru]

v. 釀造 (啤酒)；醞釀著，即將發生

▲Craft beer is usually **brewed** in small quantities.

精釀啤酒通常都是少量釀造。

▲A crisis is **brewing** in the company. 危機正在公司裡醞釀。

brew [bru]

n. [C][U] 釀造的酒

▲This pub serves home **brew**. 這家酒館賣自家釀的酒。

---

3 **brooch** [brotʃ]

n. [C] 胸針 [同] pin

▲Anyone attending the ceremony is required to wear a diamond **brooch**. 任何參加這個典禮的人都必須佩戴鑽石胸針。

---

4 **contemplation** [ˌkɑntəm`pleʃən]

n. [U] 深思 [同] reflection

▲Looking at the old photos, Sophie seemed lost **in contemplation**. Sophie 看著舊照片，似乎陷入沉思。

---

5 **corps** [kɔr]

n. [C] 部隊，兵團 [同] crew (pl. corps)

▲After graduating from high school, Jerry joined the Marine **Corps**. 高中畢業後，Jerry 加入海軍陸戰隊。

---

6 **crouch** [krautʃ]

v. 蹲伏 <down> [同] squat

▲The boy **crouched** behind the tree while playing hide-and-seek. 男孩玩捉迷藏時蹲伏在樹後。

crouch [krautʃ]

n. [sing.] 蹲伏 [同] squat

▲Ruth lowered her body in a **crouch** to hide from the killer. Ruth 蹲下身來以躲避殺手。

7 **designate** [`dɛzɪg,net]

v. 任命 <as, to> [同] appoint；指定 <as, for> [同] specify

▲Sharon is the first woman **designated as** a cabinet member. Sharon 是第一位被任命為內閣成員的女性。

▲This place was **designated as** the site of the new dam. 此地為新水壩的預定地。

designate [`dɛzɪgnɪt]

adj. 已任命但尚未就職的

▲The prime minister **designate** is preparing to take office. 即將上任的首相正準備接任職位。

8 **disregard** [,dɪsrɪ`gard]

v. 不理會，無視 [同] ignore

▲Let's **disregard** Johnny's criticism and go on with our work. 我們別理會 Johnny 的批評，繼續工作吧。

disregard [,dɪsrɪ`gard]

n. [U] 漠視，無視 <for, of>

▲The violent suppression of the demonstration has shown total **disregard for** human rights. 對示威遊行的暴力鎮壓展現了對人權的完全漠視。

9 **enclosure** [ɪn`kloʒɚ]

n. [C] (以籬笆、牆等圍繞的) 圈地；(信或包裹的) 附件

▲The family grow vegetables in the **enclosure**. 那戶人家在圍起的空地裡種菜。

▲Details of the proposal can be found in the accompanying **enclosure**. 你可以在隨函附件裡看到企劃案的細節。

10 **flutter** [`flʌtɚ]

v. (旗子等) 飄動 [同] flap；(心臟因緊張或興奮而) 快速跳動

▲The sails of the pirate ship **fluttered** in the wind. 海盜船的船帆在風中飄動。

▲Laura's heart began to **flutter** as her crush came closer.

當 Laura 喜歡的對象走近，她的心臟開始狂跳。

flutter [ˋflʌtɚ]

n. [sing.] 緊張，慌亂

▲Traveling by airplane always puts me **in a flutter**.
搭飛機總是讓我很緊張。

---

11 **gobble** [ˋgɑbl̩]

v. 狼吞虎嚥 <up, down> [同] devour；併吞 <up>

▲The hungry boy **gobbled up** two sausages.
飢餓的男孩狼吞虎嚥地吃下兩條香腸。

▲The company is notorious for **gobbling up** smaller companies. 該公司專門併吞弱小的企業，因此惡名昭彰。

💡gobble up sth 快速消耗…

---

12 **irritation** [ˌɪrəˋteʃən]

n. [U] 惱怒 [同] annoyance；[C] 惱人的事物

▲My neighbor yelled at my dog with **irritation** because it pissed on his lawn.
鄰居惱怒地對我的狗大吼，因為牠在他家草坪上撒尿。

▲Those problems were just minor **irritations** compared to the challenges we later faced.
相較我們之後面對的挑戰，那些問題只是惱人的小事而已。

---

13 **lame** [lem]

adj. 跛的 [同] disabled；缺少說服力的

▲The car crash had left Jim **lame** for the rest of his life.
那場車禍讓 Jim 終生跛腳。

▲Thomas gave some **lame** excuses for being late again.
Thomas 為自己再次遲到找了些不具說服力的理由。

💡lame duck (因表現不佳而) 需要協助的人

---

14 **lament** [ləˋmɛnt]

v. 表達悲痛，感到惋惜 [同] mourn

▲We all **lamented** the death of the firemen.
我們都對那些消防員的死深感悲痛。

---

15 **mouthpiece** [ˋmaʊθˌpis]

n. [C] (電話的) 話筒，(樂器的) 吹嘴；代言人，發言人 [同] spokesperson

▲Miles blew into the **mouthpiece** of the trumpet, but no sound came out.

Miles 對著小喇叭的吹嘴吹氣，但吹不出聲音來。

▲The TV station was the **mouthpiece** of the ruling party.
這家電視臺是執政黨的傳聲筒。

---

16 **plight**
[plaɪt]

n. [C] 困境 (usu. sing.) [同] difficulty

▲The **plight** of the people in the concentration camps was pitiful. 集中營裡人們的困境令人同情。

---

17 **pluck**
[plʌk]

v. 拔 (毛) [同] pull out；撥彈 (琴弦) <at>

▲The farmer's wife **plucked** the chicken's feathers and chopped it into pieces. 農夫的妻子拔去雞毛，將雞肉剁成小塊。

▲The flamenco player **plucked at** the strings of the guitar.
佛朗明哥樂手撥了撥吉他的弦。

---

18 **repress**
[rɪ`prɛs]

v. 壓抑 [同] restrain [反] release；鎮壓 [同] suppress

▲I could not **repress** a smile. 我忍不住微笑。

▲The antiwar protest was brutally **repressed**.
那場反戰的抗議行動遭到殘忍地鎮壓。

repressed
[rɪ`prɛst]

adj. 被壓抑的 [同] suppressed

▲Painting is a good way to release **repressed** emotions for Barbara. 對 Barbara 來說畫畫是抒解被壓抑的情感的好方法。

repressive
[rɪ`prɛsɪv]

adj. 壓迫性的，壓制的

▲The regime has **repressive** laws on women's rights.
該政權有著壓迫女性權力的法律。

repression
[rɪ`prɛʃən]

n. [U] 壓迫；壓抑 [同] oppression

▲Many people fled the political **repression** in that country.
許多人逃離該國的政治壓迫。

---

19 **shrewd**
[ʃrud]

adj. 精明的，聰明的 [同] wise

▲The manager came up with a **shrewd** solution to the problem. 經理想出了解決問題的聰明辦法。

---

20 **sprint**
[sprɪnt]

n. [C] 短距離賽跑；[sing.] 全速衝刺 [同] dash

▲Ben won the 100-meter **sprint**. Ben 獲得一百公尺短跑勝利。

▲When the kids got off the car, they **made a sprint** for the beach. 孩子們一下車，馬上就朝著海灘直奔而去。

sprint [sprɪnt]

v. 全力衝刺 [同] dash

▲Kelly **sprinted** down the road to catch the last train.
Kelly 為了趕上最後一班車而沿路狂奔。

---

21 **stout** [staʊt]

adj. 堅固的 [同] strong；肥壯的，粗壯的 [同] fat [反] skinny

▲The **stout** ship was unharmed through the strong winds and rain. 這艘堅固的船在強風大雨中沒有受到一點損傷。

▲You are getting a little **stout**. 你有點兒發胖。

---

22 **toil** [tɔɪl]

n. [U] 辛勞 [同] hard work

▲Nancy finished the project after years of **toil**.
歷經多年的辛勞後，Nancy 完成了那項計畫。

toil [tɔɪl]

v. 努力，辛苦工作 [同] work hard；艱難緩慢地行進

▲Sue **toiled** away at the task. Sue 為了那項差事拼命工作。

▲The soldiers **toiled** across the swamp.
士兵們艱難緩慢地走過沼澤。

---

23 **triumphant** [traɪˋʌmfənt]

adj. 勝利的 [同] victorious；得意的

▲The **triumphant** team celebrated its victory.
勝利的隊伍慶祝勝利。

▲Todd had a **triumphant** expression on his face.
Todd 的臉上有著得意的神情。

---

24 **vogue** [vog]

n. [C][U] 流行 (usu. sing.) <for> [同] fashion

▲This hairstyle was **in vogue** in the 1960s.
這種髮型在 1960 年代風行一時。

---

25 **wring** [rɪŋ]

v. 擰，擠 <out> [同] twist；扭轉，搓揉 (wrung | wrung | wringing)

▲I **wrung out** the wet towel and hung it on the rack.
我把濕毛巾擰乾並晾在架上。

▲Sarah was anxious and kept **wringing** her hands.
Sarah 很焦急，不停地緊扭著她的手。

💡wring sb's neck (氣到想要) 扭斷…的脖子

Unit 9

1 **antibody** [ˋæntɪ͵bɑdɪ]
n. [C] 抗體
▲Breast milk contains **antibodies** which can protect newborn babies from infection. 母乳含有保護新生兒對抗感染的抗體。

---

2 **brood** [brud]
n. [C] (小雞、小鳥等的) 一窩
▲The hen walked back and forth to feed her **brood**.
母雞來回走來走去餵牠的小雞。

brood [brud]
v. 沉思，憂思 <over, about> [同] worry
▲Tyler was **brooding over** his parents' divorce.
Tyler 憂鬱地想著他父母親的離婚。

---

3 **buckle** [ˋbʌkl̩]
n. [C] 扣環
▲Hugo's wife gave him a belt with a gold **buckle** as a birthday present. Hugo 的太太送他一條有黃金扣環的皮帶當作生日禮物。

buckle [ˋbʌkl̩]
v. 扣住
▲You should always **buckle** your seat belt when riding in a car. 搭車時應該都要繫上安全帶。
💡buckle up 繫上安全帶

---

4 **cleanse** [klɛnz]
v. 清潔 [同] clean [反] dirty；使純淨，滌淨 <of, from> [同] purge
▲James **cleansed** his wound thoroughly and then put a bandage on it. James 仔細清理他的傷口後纏上繃帶。
▲Helen believes that religion can **cleanse** her soul **of** sin. Helen 相信宗教可以除去罪惡，淨化她的心靈。

---

5 **cordial** [ˋkɔrdʒəl]
adj. 熱誠的，誠懇的 [同] friendly
▲The host family gave Maria a **cordial** welcome when they first met. 當他們初次見面時，寄宿家庭給予 Maria 熱誠的歡迎。

---

6 **crunch**
v. (發出嘎吱聲地) 咀嚼 <on>

[krʌntʃ] ▲Bella **crunched on** some buttery popcorn while watching the movie. Bella 邊看電影邊咀嚼著奶油爆米花。

crunch n. [sing.] (咀嚼、踩踏發出的) 嘎吱聲

[krʌntʃ] ▲The dog barked when it heard the **crunch** of footsteps outside the door. 聽到門外傳來嘎吱的腳步聲，狗叫了起來。

crunchy adj. (食物) 酥脆的 [同] crisp

[ˋkrʌntʃɪ] ▲The cucumber is fresh and **crunchy**. 這條小黃瓜又新鮮又脆。

---

7 **dismantle** v. 拆卸 (機械等) [同] disassemble；撤除 (組織、制度等)

[dɪsˋmæntl̩] ▲The bomb technician tried to **dismantle** the explosive device found by the police. 拆彈技術員試著拆卸警方發現的爆炸裝置。

▲The new government has **dismantled** the old welfare system. 新政府已經廢除了舊有的福利制度。

---

8 **drizzle** n. [U] [sing.] 毛毛雨 [同] sprinkle

[ˋdrɪzl̩] ▲There was a light **drizzle** last night. 昨晚下了一場毛毛雨。

drizzle v. 下毛毛雨 [同] sprinkle

[ˋdrɪzl̩] ▲Come inside the house. It's **drizzling** now.
進屋來吧。現在正在下毛毛雨。

---

9 **erode** v. 侵蝕，腐蝕 [同] destroy

[ɪˋrod] ▲The waves and the wind are constantly **eroding** away the cliff. 海浪和風正不斷地侵蝕懸崖。

erosion n. [U] 侵蝕，腐蝕；逐漸削弱

[ɪˋroʒən] ▲These trees are planted in order to prevent soil **erosion**.
這些樹是種來防止土壤侵蝕的。

▲A series of failures caused the **erosion** of Ben's confidence.
一連串的失敗導致 Ben 的信心漸漸喪失。

---

10 **foresee** v. 預見，預測 (foresaw | foreseen | foreseeing) [同] foretell

[fɔrˋsi] ▲Economists have **foreseen** an economy recovery after the COVID-19 pandemic.
經濟學家已預見了新冠肺炎疫情後的經濟復甦。

---

11 **gorge** n. [C] 峽谷 [同] canyon

PLUS

[gɔrdʒ] ▲A narrow rocky path winds through the **gorge**.
一條滿佈石塊的小徑蜿蜒在峽谷中。
Taroko Gorge 太魯閣峽谷

gorge [gɔrdʒ]
v. 狼吞虎嚥地吃 <on> [同] gobble
▲The children **gorged themselves on** chocolate cakes at Christmas. 孩子們在聖誕節狼吞虎嚥地吃著巧克力蛋糕。

---

12 **ingenuity** [ˌɪndʒəˋnuətɪ]
n. [U] 獨創力
▲The architect showed great **ingenuity** in designing the spherical concert hall.
建築師在設計這座球體音樂廳時展現了極佳的創造力。

---

13 **lyric** [ˋlɪrɪk]
n. [C] 抒情詩；[pl.] 歌詞
▲Emily Dickinson is a poet famous for her **lyrics**.
艾蜜莉狄金生是一位以抒情詩聞名的詩人。
▲The love song sounds familiar, but I can't remember the **lyrics**. 那首情歌聽起來很熟悉，但我不記得歌詞。

---

14 **menace** [ˋmɛnɪs]
n. [C][U] 威脅 [同] threat
▲Nuclear weapons are a great **menace** to world peace.
核子武器對世界和平是一大威脅。

menace [ˋmɛnɪs]
v. 威脅 [同] endanger
▲The country has been **menaced** by war for a long time.
這個國家長期飽受戰爭威脅。

menacing [ˋmɛnɪsɪŋ]
adj. 威脅的 [同] threatening
▲The teacher stared at the naughty children with a **menacing** look. 那老師用威脅的眼神盯著調皮的孩子們。

---

15 **pact** [pækt]
n. [C] 協定，合約 <with> [同] treaty
▲The government signed a peace **pact with** the rebels last month. 政府和叛亂分子上個月簽署了和平協定。

---

16 **picturesque** [ˌpɪktʃəˋrɛsk]
adj. 美麗如畫的 [同] beautiful
▲Lucas lives in a **picturesque** village near Florence.
Lucas 住在靠近佛羅倫斯一個風景如畫的村莊裡。

---

17 **pocketbook** [ˋpɑkɪt͵bʊk]

n. [C] (女用) 手提包 [同] handbag

▲Jean keeps her scarf in her **pocketbook**.
Jean 把圍巾放在她的手提包中。

---

18 **resolute** [ˋrɛzə͵lut]

adj. 堅決的 [同] persistent [反] irresolute

▲The explorer was **resolute** in carrying out his expedition to the Arctic. 這個探險家決心實現他的極地遠征之旅。

resolutely [ˋrɛzə͵lutlɪ]

adv. 堅決地

▲David **resolutely** refused to give up his parental rights over his daughter. David 堅決地拒絕放棄對女兒的親權。

---

19 **sewer** [ˋsuɚ]

n. [C] 下水道

▲Don't pour the kitchen waste into the **sewer**.
不要把廚餘倒入下水道。

---

20 **stern** [stɝn]

adj. 嚴厲的，嚴肅的 [同] strict

▲With a **stern** voice, Lucy asked her son to explain why he skipped class. Lucy 用嚴厲的語氣要求她的兒子解釋為何他會蹺課。

---

21 **tact** [tækt]

n. [U] 周全，得體，圓滑 [同] diplomacy

▲As a diplomat, Frank always handles risky situations with **tact**. 身為一個外交官，Frank 總是能周全地處理危險的情勢。

tactful [ˋtæktfəl]

adj. 周全的，得體的，圓滑的 [同] diplomatic [反] tactless

▲It was not **tactful** of you to turn down her offer.
你拒絕她的提議可真是失了分寸。

---

22 **tramp** [træmp]

n. [sing.] 沉重的腳步聲；[C] 流浪漢 [同] hobo

▲As the soldiers approached, we could hear the **tramp** of their boots. 當士兵走近時，我們可以聽到軍靴的沉重腳步聲。

▲The **tramp** crouched in the corner, shivering in the snow.
流浪漢蹲在角落，在雪中顫抖。

tramp [træmp]

v. 以沉重的腳步走 [同] stomp

▲Lily heard someone **tramping** up the stairs and guessed it was her drunken husband.
Lily 聽到有人腳步沉重地上樓，猜想那應該是她喝醉的先生。

---

23 **unpack**
[ʌn`pæk]
v. 打開 (行李等) [反] pack
▲Ivan went into his bedroom and **unpacked** his suitcase after arriving home. Ivan 回家後進到臥室，打開他的行李箱。

---

24 **vulgar**
[`vʌlgɚ]
adj. 低俗的 [同] crude
▲Some people thought that great literature should not contain the **vulgar** language.
有些人認為偉大的文學作品不應該包含粗俗的語言。

---

25 **yarn**
[jɑrn]
n. [U] 紗線
▲You need a lot of **yarn** if you are going to make a big quilt.
如果要做一床大棉被，你需要很多的紗線。

Unit 10

1 **artery**
[`ɑrtərɪ]
n. [C] 動脈
▲A heart attack is usually caused by blocked coronary **arteries**. 心臟病發作常是因冠狀動脈阻塞造成的。

---

2 **brute**
[brut]
n. [C] 殘忍又野蠻的人 [同] savage
▲Allen beats his pets whenever he gets drunk. He is such a **brute**.
Allen 一喝醉酒就會打他的寵物。他真是個殘忍又野蠻的人。

brute
[brut]
adj. 粗野的 [同] savage
▲The police used **brute force** to push the suspect into the patrol car. 警察使用暴力將嫌犯推入警車。

brutish
[`brutɪʃ]
adj. 殘忍的 [同] brutal
▲The **brutish** man abuses his wife and children almost every day. 這個兇殘的男人幾乎每天虐待他的太太和小孩。

---

3 **cellar**
[`sɛlɚ]
n. [C] 地窖，地下室 [同] basement
▲John is a wine collector. He has stored a lot of wine in the **cellar**.

John 是一位葡萄酒收藏家。他在地窖裡儲藏了許多葡萄酒。

---

4 **cosmopolitan**

[ˌkɑzməˋpɑlətn̩]

adj. 世界性的，國際性的 [同] international；見多識廣的 [同] worldly

▲Christchurch is a city with a **cosmopolitan** atmosphere.
基督城是一個具有國際化氛圍的城市。

▲Having been an exchange student for one year, Helen became much more **cosmopolitan**.
Helen 當了一年交換學生，視野寬闊許多。

---

5 **covet**

[ˋkʌvɪt]

v. 覬覦 [同] yearn for

▲Tina **coveted** the manager's position, but she never made it. Tina 覬覦經理的職位，但從未成功。

---

6 **dart**

[dɑrt]

n. [C] 飛鏢；[sing.] 猛衝 [同] dash

▲The brown bear is killed by a poisoned **dart**.
這隻棕熊被淬毒的飛鏢毒死了。

▲The little boy **made a dart for** the door when his mom came home. 當母親回到家時，小男急忙向門口跑去。

dart

[dɑrt]

v. 猛衝 [同] dash；投射 (視線等) <at>

▲Students **darted** into the classroom on hearing the bell ring. 學生一聽到鐘聲就飛奔進教室。

▲Fred **darted** a fierce glance **at** his little sister because she broke his toy car.
Fred 狠狠地瞪了他小妹一眼，因為她弄壞他的玩具車。

darts

[dɑrts]

n. [U] 擲鏢遊戲

---

7 **dispatch**

[dɪˋspætʃ]

v. 發送 (信、文件等) [同] transmit；派遣 <to> [同] send

▲The telegram was **dispatched** immediately.
電報立即被發送。

▲The government **dispatched** 10,000 soldiers **to** the flooded areas to evacuate residents.
政府派遣一萬名士兵到洪患地區疏散居民。

dispatch [dɪˋspætʃ]

n. [U] 發送，派遣

▲Some aid workers were in charge of the **dispatch** of food and clothing. 有些救援隊員負責食物和衣服的發送。

---

8 **dynamite** [ˋdaɪnə͵maɪt]

n. [U] 炸藥 [同] explosive

▲Before digging a tunnel, workers blasted the rock with **dynamite**. 在挖掘隧道前，工人們用炸藥爆破岩石。

dynamite [ˋdaɪnə͵maɪt]

v. 用炸藥爆破

▲The rebellious troops **dynamited** the power plant in the city. 叛軍用炸藥炸掉城裡的發電廠。

---

9 **emphatic** [ɪmˋfætɪk]

adj. (語氣) 強調的 <about, that> [同] assertive

▲Our manager is **emphatic about** the importance of punctuality. 我們的經理強調守時的重要。

---

10 **frail** [frel]

adj. 脆弱的 [同] fragile [反] firm；虛弱的 [同] feeble [反] healthy

▲Don't touch the **frail** antique. It is worth more than 10 million dollars.
請勿觸碰這脆弱老舊的古董。它價值超過一千萬美元。

▲After surgery, the **frail** old lady passed away.
這位虛弱的老婦人在手術後去世了。

---

11 **glee** [gli]

n. [U] (因成功、勝利等而產生的) 喜悅，快樂 [同] joy [反] sadness

▲The candidate announced the outcome of the election with **glee**. 該名候選人高興地宣布選舉的結果。

---

12 **gulp** [gʌlp]

v. 大口地吞食 <down> [同] swallow [反] nibble；抑制 <back>

▲The thirsty boy **gulped down** a glass of water.
這個口渴的男孩大口地灌下一杯水。

▲Lydia **gulped back** her tears at her best friend's funeral.
Lydia 在她摯友的葬禮上強忍住淚水。

gulp [gʌlp]

n. [C] 一大口 (的量)

▲The snake swallowed a hen in one **gulp**.

這條蛇一口吞下一隻母雞。

13 **magnitude** [ˋmægnə͵tjud]

n. [U] 規模 [同] size；[C] (地震等的) 規模

▲A project of such **magnitude** will take considerable time to complete. 這樣大規模的企劃將需要相當多的時間來完成。

▲A **magnitude** 6.5 earthquake hit the country last month.
上個月這個國家發生了規模 6.5 級的地震。

14 **materialism** [məˋtɪrɪəl͵ɪzəm]

n. [U] 物質主義

▲**Materialism** plays a major role in modern society.
物質主義在現代社會扮演重大的角色。

15 **migrate** [ˋmaɪgret]

v. (動物依季節而) 遷移；移居 <from, to> [同] emigrate

▲Some birds **migrate** south to Taiwan to overwinter in fall.
一些鳥類在秋天時南遷到臺灣過冬。

▲We haven't seen Rachel for a long time since she **migrated to** New York.
自從 Rachel 移居紐約後，我們已經很長時間沒有見到她了。

16 **poach** [potʃ]

v. 盜獵 [同] hunt illegally；水煮 (荷包蛋、魚、肉等) [同] simmer

▲Rhinos are often **poached** for their horns.
犀角經常因為牠們的角遭到非法獵捕。

▲I'd like my eggs **poached**, please. 我要水煮荷包蛋，謝謝。

poacher [ˋpotʃɚ]

n. [C] 盜獵者

▲**Poachers** constantly invaded the national park.
盜獵者經常侵入這座國家公園。

17 **prop** [prɑp]

n. [C] 支撐物 [同] support；道具 (usu. pl.)

▲We need to find something as a **prop** to keep the tree from falling. 我們需要找個東西撐著，讓這棵樹不要倒下來。

▲Ruby was chosen to be in charge of **props** for the play.
Ruby 被選中負責這部戲劇的道具。

💡stage props 舞臺道具

prop

v. 支撐 <on, against> [同] support

[prap]

▲Ian **propped** the ladder **against** the wall.
Ian 撐起梯子靠在牆上。

---

18 **recur**
[rɪ`kɝ]

v. 再發生 [同] reappear <to>；重複出現

▲Our team tried to make plans carefully to ensure that the accident would not **recur**.
我們團隊試圖仔細制定計畫，以確保事故不會再發生。

▲Kate's headaches **recurred** even though she took the medicine regularly. 雖然 Kate 按時服藥，她的頭痛仍一再復發。

recurrence
[rɪ`kɝəns]

n. [C][U] 再發生 <of>；重複出現 <of>

▲The government should take measures to stop the **recurrence of** drunk driving.
政府應採取措施制止酒後駕車再次發生。

▲The **recurrence of** earthquakes in this area frightens many people. 這地區地震不斷發生讓很多人感到害怕。

recurrent
[rɪ`kɝənt]

adj. 頻頻發生的 [同] frequent

▲Sheila had a **recurrent** nightmare of being chased by a beast. Sheila 經常做被一隻野獸追趕的惡夢。

---

19 **signify**
[`sɪgnə,faɪ]

v. 表示 [同] convey；意指 <that> [同] mean

▲Please **signify** your agreement by raising your hand.
請舉手表示贊成。

▲The treaty **signifies** the peace between the two countries. 這項條約意味著兩國間的和平。

---

20 **stoop**
[stup]

v. 俯身 <down>；彎腰駝背

▲The little girl **stooped down** to put on her shoes.
小女孩俯身穿鞋。

▲Lillian tends to **stoop** when standing.
Lillian 站著的時候往往會彎腰駝背。

stoop
[stup]

n. [sing.] 駝背；[C] 門前臺階

▲The old lady walked with a **stoop**. 這名老婦人走路駝背。

▲Zoe sat on the **stoop** of the kindergarten waiting for her grandparents to pick her up.

Zoe 坐在幼兒園的門前臺階上等她的祖父母來接她。

---

21 **temperament**

[ˋtɛmprəmənt]

n. [C][U] 氣質 [同] nature；性情 [同] mood

▲Dan's artistic **temperament** always attracts many girls.

Dan 的藝術家氣質總是吸引著許多女孩。

▲Dora has a fiery **temperament**. She gets angry easily.

Dora 的個性火爆，很容易生氣。

temperamental

[ˏtɛmprəˋmɛntl̩]

adj. 喜怒無常的 [同] moody

▲A **temperamental** person is often unreliable.

喜怒無常的人通常不太可靠。

---

22 **trample**

[ˋtræmpl̩]

v. 踩壞，踐踏 <on> [同] stamp；蔑視 (權利等) <on>

▲There was a sign to remind people not to **trample on** the lawn. 有一個告示提醒人們不要踩壞草坪。

▲Some people accused the military government of **trampling on** human rights. 一些人譴責軍政府蔑視人權。

---

23 **upbringing**

[ˋʌpˏbrɪŋɪŋ]

n. [C] 養育，教養 (usu. sing.)

▲Having a strict **upbringing**, Ryan was never allowed to go out playing with his classmates.

因為受到嚴格的教養，Ryan 從不被允許和同學出去玩。

---

24 **withstand**

[wɪθˋstænd]

v. 抵抗 (withstood | withstood | withstanding) [同] resist

▲The tableware cannot **withstand** intense heat.

這種餐具不耐高溫。

---

25 **yeast**

[jist]

n. [U] 酵母 (菌)

▲**Yeast** is used to make bread rise. 酵母被用來使麵包膨脹。

PLUS

PLUS 索引

PLUS Index

國家圖書館出版品預行編目資料

進階英文字彙力4501~6000 PLUS／丁雍嫻,邢雯桂,
盧思嘉,應惠蕙編著.－－初版二刷.－－臺北市：三
民，2024
面；　公分.－－(英語Make Me High系列)

ISBN 978-957-14-7612-4（平裝）
1. 英語 2. 詞彙

805.12　　112000708

英語 Make Me High 系列

進階英文字彙力 4501~6000 PLUS

編著者	丁雍嫻　邢雯桂　盧思嘉　應惠蕙
責任編輯	何尉賢
創辦人	劉振強
發行人	劉仲傑
出版者	三民書局股份有限公司 (成立於 1953 年)

三民網路書店
https://www.sanmin.com.tw

地址	臺北市復興北路 386 號　(復北門市)　(02)2500-6600
	臺北市重慶南路一段 61 號 (重南門市)　(02)2361-7511
出版日期	初版一刷 2023 年 9 月
	初版二刷 2024 年 9 月
書籍編號	S872630
ISBN	978-957-14-7612-4